Mission 13 :
LE CLAN ARAMOV

www.casterman.com

casterman
Cantersteen 47
1000 Bruxelles

Publié en Grande-Bretagne par Hodder Children's Books, sous le titre : *People's Republic*.
© Robert Muchamore 2011 pour le texte.

ISBN : 978-2-203-08057-7
N° d'édition : L.10EJDN001289.C002

casterman

© Casterman 2012 pour l'édition française, 2014 pour la présente édition.
Achevé d'imprimer en septembre 2014, en Espagne.
Dépôt légal : janvier 2014 ; D.2014/0053/119
Déposé au ministère de la Justice, Paris (loi n°49.956 du 16 juillet 1949
sur les publications destinées à la jeunesse).

Robert Muchamore
LE CLAN ARAMOV

Traduit de l'anglais
par Antoine Pinchot

CHERUB/13

CHERUB

Avant-propos

CHERUB est un département spécial des services de renseignement britanniques composé d'agents âgés de dix à dix-sept ans recrutés dans les orphelinats du Royaume-Uni. Soumis à un entraînement intensif, ils sont chargés de remplir des missions d'espionnage visant à mettre en échec les entreprises criminelles et terroristes qui menacent le pays. Ils vivent au quartier général de CHERUB, une base aussi appelée « campus » dissimulée au cœur de la campagne anglaise.

Ces agents mineurs sont utilisés en dernier recours dans le cadre d'opérations d'infiltration, lorsque les agents adultes se révèlent incapables de tromper la vigilance des criminels. Les membres de CHERUB, en raison de leur âge, demeurent insoupçonnables tant qu'ils n'ont pas été pris en flagrant délit d'espionnage.

Près de trois cents agents vivent au campus. Ils sont généralement recrutés entre six et douze ans, parfois plus tôt lorsqu'ils accompagnent une sœur ou un frère aîné. Ils sont autorisés à participer aux missions d'infiltration dès l'âge de dix ans, pourvu qu'ils aient obtenu la qualification opérationnelle à l'issue du programme d'entraînement initial de cent jours. Les recrues sont sélectionnées au regard de leurs facultés intellectuelles, de leur endurance physique, de leurs capacités à résister au stress et de leur esprit d'initiative.

L'organisation remplissant à la fois les fonctions d'internat scolaire et de centre de renseignement opérationnel, elle dispose d'importantes installations sportives, éducatives et logistiques. De ce fait, CHERUB compte davantage de personnel que d'agents : cuisiniers, jardiniers, enseignants, instructeurs, techniciens et spécialistes des opérations d'infiltration.

ZARA ASKER occupe le poste de directrice de CHERUB.

En 1957, CHERUB a adopté le port de T-shirts de couleur pour matérialiser le rang hiérarchique de ses agents et de ses instructeurs.

Le T-shirt **orange** est réservé aux invités. Les résidents de CHERUB ont l'interdiction formelle de leur adresser la parole, à moins d'avoir reçu l'autorisation du directeur.

Le T-shirt **rouge** est porté par les résidents qui n'ont pas encore suivi le programme d'entraînement initial exigé pour obtenir la qualification d'agent opérationnel. Ils sont pour la plupart âgés de six à dix ans.

Le T-shirt **bleu ciel** est réservé aux résidents qui suivent le programme d'entraînement initial.

Le T-shirt **gris** est remis à l'issue du programme d'entraînement initial aux résidents ayant acquis le statut d'agent opérationnel.

Le T-shirt **bleu marine** récompense les agents ayant accompli une performance exceptionnelle au cours d'une mission.

Le T-shirt **noir** est décerné sur décision du directeur aux agents ayant accompli des actes héroïques au cours d'un grand nombre de missions. La moitié des résidents reçoivent cette distinction avant de quitter CHERUB.

La plupart des agents prennent leur retraite à dix-sept ou dix-huit ans. À leur départ, ils reçoivent le T-shirt **blanc**. Ils ont l'obligation — et l'honneur — de le porter à chaque fois qu'ils reviennent au campus pour rendre visite à leurs anciens camarades ou participer à une convention.

La plupart des instructeurs de CHERUB portent le T-shirt blanc.

PREMIÈRE PARTIE

1. Erreur judiciaire

JUILLET 2011

Trois femmes étaient rassemblées dans le bureau de la direction de CHERUB. Les derniers rayons du soleil filtraient entre les lattes du store vénitien. La hotte du système de climatisation ronronnait discrètement.

— Parlez-moi de lui, dit le docteur D avec un fort accent new-yorkais, en étudiant la photo d'un garçon âgé de douze ans. Quel beau visage. A-t-il des origines arabes ?

Le docteur D était une petite femme d'une soixantaine d'années. En dépit de la chaleur, elle portait une pèlerine à motif écossais, de hautes bottes et un épais collant gris. Malgré ses allures de secrétaire acariâtre, elle occupait de très hautes fonctions à la CIA, le plus important service de renseignement américain.

Zara Asker, quarante ans, directrice de CHERUB, n'avait pas non plus la tête de l'emploi. Elle arborait une montre en plastique bon marché. Et quelques minutes auparavant, son plus jeune fils avait constellé sa jupe de taches de bouillie.

— Ryan nous a rejoints il y a quatorze mois, expliqua Zara. Ses grands-parents étaient respectivement syrien, allemand, irlandais et pakistanais.

Le docteur D souleva un sourcil.

— On dirait la première phrase d'une mauvaise blague.

— Ryan a grandi en Russie et en Arabie Saoudite. Son père était géologue dans l'industrie pétrolière, mais il a sombré dans l'alcoolisme avant de contracter d'importantes dettes de jeu. Son corps a été retrouvé dans une décharge à ordures, sans que l'on puisse déterminer s'il s'agissait d'un meurtre ou d'un suicide. Ryan a gagné l'Angleterre en 2009 avec sa mère et ses trois jeunes frères. Cette dernière suivait un traitement contre une forme rare de cancer dans une clinique privée, mais elle en a été exclue en raison de difficultés financières. Les services d'immigration ont envisagé de la renvoyer en Syrie, mais son état de santé rendait l'expulsion impossible. Elle est morte sans un sou dans un hôpital public. On ne lui connaît pas de famille, à l'exception de ses quatre garçons.

— Ils ont tous rejoint CHERUB ? demanda le docteur D.

Zara hocha la tête.

— Nous ne séparons jamais les frères et sœurs. Ryan est l'aîné. Les jumeaux fêteront bientôt leur dixième anniversaire, et Théo a sept ans.

— Tout à l'heure, vous disiez que Ryan n'avait pas beaucoup d'expérience.

— Il n'a participé qu'à quelques missions de routine n'excédant pas vingt-quatre heures, mais la qualité de son travail a attiré notre attention. L'opération que vous proposez est parfaitement dans ses cordes.

Le docteur D hocha la tête, se pencha en avant et déposa la photo sur le plateau de verre de la table basse.

— Très bien. Quand pourrai-je le rencontrer ?

...

Ryan ignorait qu'on discutait de son cas dans le bureau de la directrice. Pour l'heure, il remontait à pas lents la piste d'athlétisme. La chaleur était étouffante. Il souleva le bas de son T-shirt afin de s'éponger le front, dévoilant des abdominaux parfaitement dessinés.

Tout son corps était sec et musclé. Les yeux bruns, les cheveux noirs et raides, il arborait un bijou discret à son oreille récemment percée. Il but deux gorgées à une fontaine puis gravit les trois marches menant à la remise délabrée des instructeurs sportifs.

L'unique fenêtre, dont la vitre dépolie avait été brisée par un ballon de football, était obstruée par une planche. L'abri obscur était désert, mais les vestes imperméables et les pantalons de survêtement suspendus à une rangée de patères exhalaient une forte odeur de sueur.

Ryan s'empara de l'épais carnet à souches posé sur le banc. C'est là qu'étaient consignés les tours de piste sanctionnant les manquements au règlement intérieur. Une goutte de sueur roula de son front jusqu'au bout de son nez puis s'écrasa au centre de la page. À l'aide d'un stylo-bille, il commença à remplir le formulaire : heure, date, nom, matricule, nombre de tours, motif de la punition.

Parvenu à cette dernière case, Ryan envisagea d'inscrire *erreur judiciaire*. Il estimait parfaitement justifiées les sanctions qui frappaient les agents indisciplinés, mais il venait de courir cinq kilomètres en raison d'un fou rire incontrôlable qui l'avait surpris au beau milieu d'un cours de mathématiques. En outre, de tous les garçons qui s'étaient abandonnés à l'hilarité, seuls Alfie et lui avaient été punis.

— Tu comptes y passer la nuit ? lança une voix haut perchée.

Ryan haletait si bruyamment qu'il n'avait pas entendu la petite fille en T-shirt CHERUB rouge chaussée de Nike roses entrer dans la baraque. De mauvaise grâce, il inscrivit *Fou rire en classe*, apposa sa signature au bas du document puis lui tendit le carnet.

— Tiens, fais-toi plaisir, grogna-t-il avant de quitter l'abri puis de remonter au pas de course l'allée menant au bâtiment principal.

En ce début d'été, la plupart des résidents du campus passaient des vacances bien méritées à la résidence d'été de CHERUB. Ryan emprunta l'ascenseur jusqu'au septième étage, puis fit halte dans la petite cuisine commune afin de trouver de quoi se désaltérer.

— Oh la vache, ce que tu peux sentir mauvais ! gémit Grace en agitant la main devant son visage.

Elle avait le même âge que Ryan, mais il la dominait d'une tête. Chloé, sa meilleure amie, était assise sur le plan de travail, entre le micro-ondes et trois coupes de trifle[1] en préparation.

Ryan n'avait jamais eu de petite amie, mais quelque chose avait *failli* se produire entre Grace et lui. Ils avaient passé un week-end à se tenir la main et à collectionner les silences embarrassés, mais la romance s'était achevée le dimanche, à l'heure du dîner, lorsqu'elle lui avait lancé son gratin de macaronis au visage. Depuis, Ryan usait de multiples stratagèmes pour l'éviter.

— Je n'y peux rien, expliqua-t-il.

Il prit un grand verre dans le placard et le remplit de glaçons au distributeur intégré dans la porte du réfrigérateur.

— Je viens de me farcir des tours de punition, par cette chaleur, ajouta-t-il.

Sous l'œil perplexe des filles, il sortit du frigo une bouteille de Pepsi Diet, en versa dans son verre, puis but de longues gorgées. Grace se saisit d'une gaufrette rose qu'elle émietta dans l'une des coupes de trifle.

— Des tours de punition ? répéta-t-elle sur un ton amusé. Ça ne te ressemble pas, toi qui es toujours si sage et si raisonnable.

---

1. Dessert typiquement britannique, généralement à base de génoise, crème anglaise, gelée de fruits et nappé de chantilly (NdT).

— C'est la faute de Max Black, répondit Ryan avant de lâcher un rot à réveiller les morts.

— Espèce de porc, s'indigna Chloé.

— C'était pendant le cours de maths de Mr Bartlett. Il est sorti de la classe pour aller chercher je ne sais quoi. Max et Kaitlyn n'avaient pas arrêté de se disputer, pendant la pause du matin, et ils en ont profité pour remettre ça. Elle l'a traité de mongolien, alors il a glissé une main dans son sac. Vous le connaissez, il a le même depuis des années et je ne crois pas qu'il l'ait nettoyé *une seule* fois. On y trouve de tout, des mouchoirs usagés, des chaussettes sales, des stylos qui fuient. En gros, c'est une zone de stockage pour déchets biochimiques. Il en a sorti une vieille orange toute fripée, toute racornie, de la taille d'une balle de ping-pong, et il l'a lancée de toutes ses forces dans sa direction. Elle s'est baissée pour l'éviter, mais sa chaise a basculé en arrière et elle s'est cognée la tête sur la table de sa voisine. L'orange a continué sa course vers le bureau de Mr Bartlett et a renversé sa tasse. Il y avait du thé partout, je n'exagère rien, jusque dans le tiroir, qui était resté ouvert. Sur sa perforeuse, sur son agrafeuse, sur sa calculette, sur ses notes et ses cahiers d'exercices. Lorsqu'il est entré dans la classe, Kaitlyn braillait et remuait les bras comme une possédée. Bartlett s'est mis à engueuler Max.

Constatant que Grace et Chloé l'écoutaient avec attention, Ryan se sentit plus détendu. C'était la première fois qu'il leur adressait la parole depuis l'incident des macaronis, survenu six semaines plus tôt.

— Donc, Bartlett avait la bave aux lèvres, une vraie bête enragée, poursuivit-il. Il a infligé à Max cent tours de punition, autorisé Kaitlyn à se rendre à l'infirmerie, puis demandé à tout le monde de se calmer. Seulement, je ne pouvais pas m'arrêter de rire. Je vous jure qu'on a essayé, Alfie et moi, mais on était pliés. Alors on s'est fait foutre dehors et on a récolté cinq kilomètres de punition.

— Dur, dit Grace avant de coiffer les trifles d'une giclée de crème chantilly en bombe et d'une poignée de Maltesers. Bartlett est plutôt cool, d'habitude. Je ne me souviens même pas l'avoir entendu hausser le ton.

— Moi, je ne trouve pas ça marrant, fit observer Chloé, le visage grave. Kaitlyn a dû se faire poser trois points de suture.

— Sérieux ? s'étonna Ryan. Max est un abruti. Il n'a pas le sens des limites.

Chloé haussa un sourcil et éclata de rire.

— Je t'ai bien eu, Rybo.

Ryan secoua la tête, puis esquissa un sourire de soulagement.

— Ça m'étonnait un peu, je dois dire. Son crâne a tout juste effleuré la table. Grace, passe-moi quelques Maltesers, s'il te plaît. Pour qui est le troisième trifle ?

— Pas pour toi, ça c'est certain, répondit-elle en lâchant une poignée de billes chocolatées dans la paume ouverte de son camarade.

Ryan en goba six, s'empara de son verre puis franchit la porte donnant sur le couloir.

— Hey, où est-ce que tu vas, comme ça ? lança Grace.

Il fit volte-face et constata qu'elle pointait l'index en direction de la bouteille de Pepsi abandonnée sur le plan de travail.

— Tu nous prends pour tes bonnes ? gronda-t-elle. Range-la dans le frigo, tu seras gentil.

Ryan était épuisé, et ses camarades avaient déjà encombré toutes les surfaces planes de la cuisine.

— Vous avez vu le bordel que vous avez foutu ? grommela-t-il. Ça ne vous aurait pas tuées de la ranger vous-mêmes.

— C'est nous qui pourrions te tuer si tu n'obéis pas sans discuter, lança Chloé en descendant de son perchoir.

Ryan ouvrit la porte du réfrigérateur et se baissa pour y caser la bouteille. Sans crier gare, Grace tira sur l'élastique de son short, y glissa l'extrémité de la bombe de crème et lâcha une longue giclée.

Sa victime essaya de se dégager, mais elle pesa de tout son poids sur la porte afin de l'immobiliser jusqu'à ce que la bombe soit vide. Enfin, elle fit un pas en arrière, lâcha le récipient puis, avant que Ryan n'ait pu se redresser, lui adressa une formidable claque sur les fesses, provoquant une explosion de crème chantilly à l'intérieur de son short. Le flash d'un iPhone illumina la cuisine.

— Bande de cinglées ! rugit Ryan. Pourquoi vous faites ça ?

— Pour le plaisir, répondit Grace.

Le deuxième cliché immortalisa le garçon partagé entre le rire et la fureur, les cuisses dégoulinantes de crème. Sur le troisième, il bondissait en direction du smartphone. Au second plan, Grace, hilare, pointait les deux pouces à la verticale.

— Vous allez voir ce que vous allez prendre, menaça Ryan, dont la démarche évoquait celle d'un pingouin, en se traînant dans le couloir. Je vous conseille de surveiller vos arrières.

— Oh, on est terrorisées, Rybo, lâcha Grace entre deux éclats de rire.

Les filles savaient pertinemment que leur souffre-douleur détestait ce surnom idiot.

— Rybo, Rybo, Rybooooo ! scanda Chloé, à la manière des supporters de football.

Le garçon claqua la porte de sa chambre et tourna la clé dans la serrure.

Ses conditions de logement compensaient amplement l'entraînement intensif et les punitions. Comme tous les résidents, Ryan disposait d'un canapé en cuir, d'une télévision, d'un petit réfrigérateur, d'un four micro-ondes, d'un ordinateur portable et d'un bureau placé près de la fenêtre.

Redoutant de tacher la moquette, il atteignit la salle de bain en trois longues enjambées puis sauta le rebord de la baignoire sans prendre la peine de se déshabiller.

Lorsqu'il eut ôté ses baskets, il tourna le robinet de la douche et commença à retirer son T-shirt. À cet instant précis, le combiné mural placé près de la porte d'entrée sonna.

— Et merde, grogna-t-il.

Il hésitait à décrocher. Il soupçonnait une nouvelle farce de Grace et Chloé, mais il pouvait aussi s'agir d'un coup de fil important. Il tendit le bras à l'extérieur pour s'emparer du téléphone.

— Ryan, c'est Zara.

Il se raidit. La directrice n'entrait en contact direct avec les agents que pour régler les problèmes de discipline ou les avertir de leur participation imminente à une mission opérationnelle. Il coupa l'eau afin de pouvoir l'entendre distinctement.

— Qu'y a-t-il ? demanda-t-il d'une voix tendue.

— Je veux que tu descendes immédiatement, dit Zara. J'ai devant moi deux personnes qui tiennent absolument à te rencontrer.

2. Le clan

Ryan n'était pas un garçon particulièrement négligé, mais il avait le plus souvent bien mieux à faire que de ranger sa chambre. Il laissa sa tenue de sport tremper dans la baignoire, s'aspergea d'une giclée de déodorant, se donna un coup de peigne puis se brossa les dents à la hâte. En explorant l'océan de vêtements éparpillés autour de son lit, il finit par dénicher un caleçon et des chaussettes propres, un T-shirt CHERUB gris et un pantalon de treillis.

Avant de quitter sa chambre, il s'interrogea sur l'opportunité de retirer sa boucle d'oreille. Il se l'était fait poser le week-end précédent, dans l'espoir de se donner un petit air cool et rebelle, mais cet accessoire s'était révélé plus embarrassant que gratifiant. Il s'imaginait que tous les yeux étaient braqués dans sa direction et qu'on se moquait de lui derrière son dos.

Finalement, considérant qu'il était imprudent de faire attendre Zara et douloureux de manipuler le bijou, il préféra le laisser en place.

Lorsqu'il atteignit la porte du bureau, il prit conscience que ses mains tremblaient. Il inspira profondément. Il ignorait encore s'il allait écoper d'une punition ou se voir confier la mission à laquelle il aspirait depuis qu'il avait achevé le programme d'entraînement, huit mois plus tôt.

— Ah ! s'exclama Zara en se levant pour l'accueillir. Voilà le héros du jour !

Une moitié de la pièce était meublée d'un bureau anguleux et de placards où la directrice archivait ses dossiers. L'autre disposait de sofas en cuir placés devant une cheminée. En entrant, Ryan sentit l'air frais pulsé par le système de climatisation caresser son visage.

— Tu n'as jamais rencontré Amy Collins ? demanda Zara en désignant la jeune femme d'une vingtaine d'années assise sur l'un des canapés.

Ébloui par sa beauté, Ryan lui serra timidement la main. Ses cheveux d'un blond étincelant cascadaient sur ses épaules. Les traits de son visage étaient parfaits. Sa poitrine pointait de façon provocante. Son corps était divinement bronzé, et la ficelle d'un string apparaissait au-dessus de la ceinture de son short taillé dans un jean délavé.

— Salut, bredouilla Ryan.

— C'est mignon, cette boucle d'oreille, dit Amy. J'ai étudié ton dossier avec attention, et je suis contente de pouvoir enfin te rencontrer.

— Salut, répéta Ryan, plongé dans un profond état de confusion.

Il sursauta lorsque Zara posa une main sur son épaule.

— Tu m'as l'air bien nerveux, dit-elle. Nous n'allons pas te mordre, tu sais.

Ryan était mortifié de n'avoir pu dissimuler son état de fébrilité.

— Amy est un ancien agent de CHERUB, expliqua Zara. Elle a pris sa retraite en 2005, et travaille depuis peu à Dallas, pour une nouvelle unité opérationnelle internationale baptisée ULFT dirigée par le docteur Denise Huggan.

La femme en pèlerine se leva. Malgré ses hauts talons, le sommet de son crâne culminait tout juste au niveau des sourcils de Ryan.

— Enchanté, docteur Huggan, dit poliment le garçon en serrant sa main noueuse ornée de bagues en argent.

— Vous devrez m'appeler docteur D, répliqua-t-elle. C'est le seul nom auquel je réponde.

— Assieds-toi, Ryan, lança Zara. Amy et le docteur D sont dûment accréditées. Tu peux parler en toute liberté de l'entraînement que tu as reçu et des missions que tu as remplies depuis que tu as obtenu le statut d'agent opérationnel.

Le garçon s'assit aux côtés d'Amy puis jeta un œil aux dossiers éparpillés sur la table basse. Il remarqua l'une des chemises rouges où étaient rassemblés les documents accompagnant les ordres de mission.

— Alors ça y est, je pars en opération ? demanda-t-il.

— Oui, *enfin*, sourit Zara. Tu commençais à trouver le temps long, n'est-ce pas ?

Amy et le docteur D lâchèrent un éclat de rire.

— Je sais ce qu'il éprouve, dit la jeune femme. À la sortie du programme d'entraînement, on se sent comme une pile électrique. Et puis on se retrouve au campus, dans notre chambre, à attendre notre première mission.

— Exactement, confirma Ryan. Certains copains qui ont passé le programme en même temps que moi sont déjà intervenus sur des opérations importantes. Moi, ça fait *huit* mois que je me tourne les pouces en me demandant si les contrôleurs savent encore que j'existe.

— Huit mois ? sourit Amy. Exactement comme moi. Quelle drôle de coïncidence.

— Nous ne cherchons pas à réunir les meilleurs, expliqua Zara, mais à sélectionner les agents les plus aptes à mener telle ou telle mission. Par exemple, nous avons au campus un garçon qui parle ourdou et pachtoune, mais il est en *stand-by* depuis plus d'un an, parce que les théâtres d'opération où il pourrait intervenir sont jugés trop dangereux par le comité d'éthique.

— Je comprends parfaitement, dit Ryan. Je ne suis pas en train de me plaindre.

— Je sais bien, le rassura Zara.

Elle marqua une pause, avala une gorgée de café, puis changea de sujet.

— Comme je te disais, le docteur D est à la tête de l'ULFT, l'Unité de lutte contre les facilitateurs transnationaux. C'est un groupe relativement réduit, mais il est financé par le gouvernement des États-Unis et soutenu par les agences de renseignement de pays alliés, dont le Royaume-Uni.

Amy surprit une lueur interrogatrice dans le regard de Ryan.

— Tu ne sais pas ce qu'est un facilitateur transnational, n'est-ce pas ?

— Pas vraiment.

Le docteur D lâcha un rire grinçant.

— C'est tout naturel, dit-elle. Personne ne sait de quoi il s'agit, pas même mes supérieurs de Washington. Bon. Pour simplifier, nous avons affaire à des trafiquants et des meurtriers. Mais qu'il s'agisse de gens de la mafia italienne ou de yakuza japonais, au sommet, tu trouveras toujours des facilitateurs transnationaux. Des gens riches, parfaitement organisés, qui s'occupent du transfert de marchandises liées à tous les domaines des activités illégales.

— Une sorte de FedEx des criminels ? avança Ryan.

— C'est une façon de présenter les choses, répondit Amy. Facilitateur transnational est un terme un peu général. Il peut s'agir de deux personnes jouissant de nombreuses connexions, ou prendre la forme d'une organisation structurée disposant d'importants moyens de transport et bénéficiant du soutien d'une partie de la classe politique. Mais ces entités ont une chose en commun : une capacité à mener leurs activités aux quatre coins du monde. Ils peuvent mettre en contact un producteur de drogue sud-américain avec un gang des Philippines, ou fournir des médicaments contrefaits en Inde à une agence de santé véreuse chargée de lutter contre une épidémie en Afrique.

Le docteur D prit la parole.

— Le principal problème auquel se heurtent les forces de polices et les agences de renseignement, c'est que les facilitateurs transnationaux opèrent depuis des pays pauvres et corrompus qui n'ont ni moyens financiers ni système judiciaire en mesure de contrer ces agissements. Ces criminels génèrent des milliards mais restent virtuellement intouchables. L'ULFT a été fondée dans le but de s'attaquer à ces maîtres du crime organisé.

— Intéressant, dit Ryan avant de se tourner vers Amy. Alors vous aussi, vous travaillez pour l'ULFT ?

La jeune femme hocha la tête.

— J'ai longtemps vécu en Australie, et j'ai rejoint Dallas il y a six mois. Nous formons une petite équipe dotée de moyens limités, mais le docteur D a recruté d'excellents éléments venus du monde entier, et nous avons déjà connu quelques succès.

— Et aujourd'hui, nous sommes sur la trace du plus important facilitateur transnational de la planète.

— De qui s'agit-il ? demanda Ryan.

— Nous avons pris l'habitude d'appeler ce groupe Clan Aramov, expliqua le docteur D. Ils sont basés au Kirghizstan, en Asie centrale. Ils disposent d'une flotte de soixante-dix avions. Ils acheminent bon nombre de marchandises illégales, mais leurs revenus proviennent essentiellement du trafic : narcotiques, armes, contrefaçons et immigrants clandestins.

— Avec autant d'appareils, comment se fait-il que vous ne puissiez pas les arrêter ? demanda Ryan. Il vous suffirait d'envoyer quelques drones au Kig... Krigi... Bref, au Kigri je ne sais quoi, afin de démolir leurs avions.

— Si seulement, gloussa le docteur D. Le clan Aramov a de puissantes connexions dans le milieu politique. Tout le monde connaît la nature de ses activités, mais le Kirghizstan est situé dans une zone tampon extrêmement sensible, entre la Chine et la Russie. Irena Aramov arrose les responsables, les militaires et les fonctionnaires des deux pays depuis vingt ans. Si les États-Unis ou l'Europe menaient une action militaire, elle déboucherait inévitablement sur un grave incident diplomatique.

— Donc, le seul moyen de démanteler le réseau Aramov, c'est de l'infiltrer et de le saper de l'intérieur.

— C'est tout à fait ça, confirma le docteur D. Tu sais, Ryan, il émane de toi des vibrations tellement positives... J'ai l'impression que nous allons faire du bon travail, tous ensemble.

Ryan vit Amy et Zara échanger un regard interdit. À l'évidence, ce docteur D était un drôle de spécimen.

— Et quel sera mon rôle ? demanda Ryan.

— Il y a trois semaines, les stations d'écoute de la CIA en Afghanistan ont intercepté une conversation téléphonique cryptée entre le quartier général des Aramov au Kirghizstan et une femme nommée Gillian Kitsell, établie à Santa Cruz, en Californie. Or, les criminels n'ont pratiquement jamais recours à cette méthode pour communiquer au niveau international.

Ryan saisit l'occasion de prouver ses connaissances en matière de renseignement.

— Parce qu'une transmission codée est susceptible en soi d'éveiller la suspicion. C'était soit un coup de fil extrêmement urgent, soit une erreur de manipulation.

— Exactement, dit Amy.

— Et qu'est-ce que ça disait ?

— Ça, j'aimerais bien le savoir ! gloussa la jeune femme. Le clan Aramov utilise un algorithme de chiffrage extrêmement sophistiqué. Pour le briser, il nous faudrait disposer d'un superordinateur à cent millions de dollars. Et encore, l'opération pourrait prendre des mois. Mais le FBI a placé la maison et le lieu de travail de Gillian Kitsell sous surveillance. Nous connaissons désormais sa véritable identité : Galenka Aramov, fille d'Irena Aramov, mais les deux femmes sont brouillées depuis des années.

Ryan rumina longuement cette information.

— Si Galenka est brouillée avec sa mère, elle ne sait sans doute rien de ses affaires.

— Possible, estima Amy. Mais Gillian Kitsell est propriétaire d'une société de la Silicon Valley spécialisée dans les systèmes sophistiqués de protection et de chiffrage des données. Alors, même si elle ne sait rien des opérations de sa famille sur le terrain, elle possède sans nul doute les technologies qui nous permettraient de décoder les e-mails et les communications téléphoniques du clan Aramov.

— Mais nous devrons marcher sur des œufs, précisa le docteur D. S'ils soupçonnent quoi que ce soit, ils changeront de procédure et de méthode de chiffrage en quelques heures. Gillian a un fils de douze ans prénommé Ethan. C'est avec lui que tu devras te lier d'amitié.

— Et lui, sait-il qui est réellement sa mère ? demanda Ryan.

— Nous l'ignorons. Mais ils vivent sur la plage, dans une maison à huit millions de dollars, et ils n'emploient aucun domestique.

Le garçon hocha la tête.

— Les gens riches ne font jamais le ménage euxmêmes, dit-il, à moins d'avoir quelque chose à cacher.

— Parfaite déduction, sourit le docteur D. Tu travailleras avec Amy et un agent de l'ULFT nommé Ted Brasker. Ted sera ton père, Amy ta demi-sœur.

— Si tu acceptes la mission, cela va sans dire, ajouta cette dernière.

— Bien sûr que j'accepte ! s'exclama joyeusement Ryan. Quand est-ce qu'on part ?

3. Ning

SIX SEMAINES PLUS TARD, DANDONG, RÉPUBLIQUE POPULAIRE DE CHINE

Lorsque le réveil sonna, Fu Ning enfouit son visage sous l'oreiller et se pelotonna contre le mur. Elle aurait voulu rester au lit pour l'éternité, ne pas assister aux cours, ne pas subir de réprimandes.

Elle décida de s'accorder dix minutes de sursis en s'abstenant de la douche obligatoire de six heures du matin.

— Il faut se lever, le soleil brille ! lança joyeusement Daiyu en déboulant dans la pièce.

La jeune fille de onze ans à la silhouette gracile portait un pyjama Hello Kitty. Ses cheveux étaient humides. Xifeng, la troisième occupante de la chambre, déposa une trousse de toilette sur le lit de Ning.

— Tu tiens vraiment à ce que l'autre mégère vienne nous brailler dans les oreilles ? demanda-t-elle.

— Fiche-moi la paix, répliqua Ning en plongeant sous la couverture.

— Est-ce qu'il pourrait se passer une journée sans que tu t'attires des ennuis ? gronda Xifeng en s'emparant d'une brosse rangée dans l'armoire métallique placée près de son petit lit. Mlle Xu va encore te punir.

— Qu'elle aille se faire foutre, gémit Ning. J'ai sommeil.

Xifeng et Daiyu passèrent leur uniforme scolaire. À les voir ainsi vêtues, on aurait juré qu'elles étaient jumelles.

— Hier soir, j'ai appris le nom et le nombre d'habitants de toutes les capitales européennes, annonça Daiyu en remontant jusqu'aux genoux ses épaisses chaussettes blanches. Tu peux m'interroger ?

Xifeng ne se fit pas prier. Excellente élève, elle adorait prendre ses amies en défaut.

— France, dit-elle.

— Paris. Deux virgule deux millions d'habitants.

— Oslo ?

— Oslo, Oslo… répéta Daiyu en se frottant pensivement la joue. Attends, ne dis rien, je sais. Oslo, Norvège, six cent soixante-dix mille habitants.

— Faute ! s'exclama gaiement Xifeng. Cinq cent quatre-vingt mille. Moldavie ?

Comme toutes les écolières chinoises de leur âge, elles avaient dû retenir une foule d'informations dans le cadre de la préparation à l'examen intermédiaire : capitales européennes, provinces chinoises, dates de naissance des grands révolutionnaires de l'histoire, symboles chimiques… Une bonne note leur permettrait d'être admises dans un collège réservé à l'élite, seul moyen d'accéder aux meilleurs lycées et universités.

— Capitale Kichinev, sourit Daiyu. Six cent soixante-dix mille habitants. À toi, maintenant. Bosnie-Herzégovine ?

— Trop facile ! répondit Xifeng. Sarajevo, cinq cent mille habitants.

Sur ces mots, elle planta un doigt dans le dos de Ning.

— Dépêche-toi, Mlle Xu va t'étriper.

— Cette vieille bique pouilleuse, grogna Ning d'une voix étouffée par l'oreiller. Pourquoi est-ce qu'elle vous fout la trouille à ce point ?

Xifeng commençait à perdre patience.

— Si elle débarque, elle s'en prendra à nous toutes. Lève-toi immédiatement.

Ning roula sur le dos, écarta les draps puis plaça une main devant ses yeux pour se protéger des rayons du soleil.

— Encore deux minutes, gémit-elle.

— Je refuse d'être une nouvelle fois punie à cause de toi, lança Daiyu avant de marcher jusqu'à la porte.

Elle se pencha dans le couloir et cria :

— Mademoiselle Xu ! Fu Ning refuse encore de quitter son lit !

Stupéfaite, cette dernière se dressa d'un bond. Elle ne s'était jamais entendue avec Daiyu, mais cette fois, cette petite peste dépassait les bornes.

— Espèce de balance ! hurla Ning. Qu'est-ce que je t'ai fait pour que tu me traites de cette façon ?

Elle était grande pour ses onze ans. En comparaison, ses deux camarades de chambre étaient des poids plume. Craignant d'être malmenée physiquement, Daiyu se précipita dans le couloir. Xifeng, elle, resta campée au pied de son lit, les mains sur les hanches.

— On commence sérieusement à en avoir marre de toi, gronda-t-elle. Tu pousses le volume de ta radio à fond quand on essaye d'étudier. Tu ne ranges jamais tes affaires. Tu ramènes de la bouffe dans la chambre et tu laisses des miettes partout. Cet endroit est devenu un taudis, à cause de toi.

Ning fit un pas dans sa direction. Elle dominait sa rivale d'une tête. Ses traits étaient harmonieux, mais ses épaules étaient larges et ses bras musculeux. Elle souffrait de son apparence un peu masculine.

Xifeng redoutait de recevoir un coup de poing au visage, mais elle était déterminée à faire front.

— M. Fang dit que nous sommes collectivement responsables, et qu'une classe doit être jugée à ses éléments les plus faibles.

Ning émit un grognement agacé.

— Tu répètes les slogans de l'école comme un perroquet ! cria-t-elle. Tu te crois intelligente parce que tu arrives à mémoriser des faits et des chiffres ? Tu n'as jamais essayé de penser par toi-même ? Ton seul but dans la vie, c'est de te farcir le cerveau, de façon à entrer dans un collège où on te fera travailler encore plus dur. Être la fierté de la classe, la fierté de l'école, la fierté de la nation. Tout ça, ce ne sont que des foutaises.

Xifeng était sous le choc.

— Pour que la société fonctionne, il faut que les gens se conforment aux règles. Sinon, c'est l'anarchie.

Ning éclata de rire puis brandit un poing rageur devant le visage de son interlocutrice.

— Alors, vive l'anarchie !

Xifeng tremblait de tous ses membres.

— Je crois que tu souffres d'une maladie mentale, dit-elle. Tu couvres de honte notre classe et notre école.

— Je crache sur l'une et l'autre, répliqua Ning.

— Fu Ning ! lança une voix éraillée dans son dos. Encore en train de semer le désordre, ce n'est pas une surprise !

En dépit de son âge avancé, Mlle Xu était assez robuste pour maîtriser les résidentes de sa pension miteuse. Elle saisit Ning par le col de sa chemise de nuit et la traîna sans ménagement dans le couloir.

Son minuscule bureau lui servait aussi de chambre. Son odeur imprégnait les lieux. Une table était placée sous la mezzanine métallique où était perché son lit. Elle positionna Ning dos à la fenêtre et lui flanqua une gifle magistrale.

— Honte, honte ! rugit-elle. Pourquoi n'as-tu pas pris de douche, comme toutes les autres filles ?

Ning contempla ses pieds nus en silence.

— Tu as des possibilités, et on t'a toujours offert la chance de les exploiter. Tu as été adoptée par une excellente famille, mais tu te comportes comme la pire des canailles. Lorsque tu as été acceptée dans une école nationale en raison de tes capacités physiques, tu en as été exclue pour des motifs disciplinaires. Fu Ning, regarde-moi quand je te parle.

Mlle Xu saisit le menton de la jeune fille et la força à lever les yeux.

— Selon toi, pour quelle raison ton père se saigne-t-il aux quatre veines afin de te payer une chambre dans cette pension ?

— Il veut que je fasse des études, répondit Ning.

— As-tu l'intention de gâcher ta vie dès l'âge de onze ans ? As-tu la passion de l'échec, Fu Ning ?

— Je n'ai pas besoin d'étudier pour exercer mon futur métier, lança Ning avec un air de défi.

— Ah vraiment ? Et quel est donc ce métier qui ne requiert aucune qualification ?

— Rock star. Et si ça ne marche pas, je deviendrai terroriste.

Mlle Xu leva une main menaçante.

— Je devrais peut-être appeler ton père et lui faire part de tes projets d'avenir.

La plupart des jeunes Chinoises auraient fondu en larmes et supplié, plutôt que d'affronter la colère de leur père, mais Ning n'avait aucune intention de céder aux manœuvres d'intimidation de Mlle Xu.

— Oh non, ne faites pas ça ! ironisa-t-elle. Il risque de m'envoyer dans une pension minable où je n'aurai ni le droit de sortir, ni de faire du sport, ni de regarder la télé, un endroit horrible où on me forcera à étudier, le matin, le soir et le week-end. Oh, mais attendez, ça, je crois que c'est déjà fait, n'est-ce pas ?

Excédée, Mlle Xu tenta de lui porter une seconde claque, mais Ning, qui avait étudié la boxe pendant quatre ans à l'académie nationale des sports de Dandong, esquiva facilement le coup. La femme, qui ne s'attendait pas à une telle manœuvre, perdit l'équilibre. Ning enfonça deux doigts entre ses côtes, provoquant un spasme incontrôlable.

— Bim ! cria Ning tandis que Mlle Xu titubait en avant en se tenant les flancs.

Sous le choc, cette dernière resta sans réaction lorsque Ning se glissa sous la mezzanine et balaya la table d'un ample geste du bras, envoyant valser pot à crayons, papiers, téléphone et plante verte. Lorsqu'elle ouvrit la porte, les filles rassemblées dans le couloir pour espionner l'entrevue reculèrent de trois pas.

— Vieille vache ! lança Ning. Pas étonnant que tu ne te sois jamais mariée.

De retour dans sa chambre, elle trouva Daiyu recroquevillée sur son lit, les genoux ramassés contre sa poitrine.

— Tu es devenue folle, bredouilla-t-elle.

— Rien de tout ça ne serait arrivé si vous m'aviez laissée roupiller. Mais ne t'inquiète pas, je crois que tu n'auras plus à me supporter très longtemps.

Ning ôta sa chemise de nuit puis elle enfila un T-shirt orné du logo de son groupe de rock coréen favori, un jean noir déchiré, de vieilles bottes et un blouson en cuir. Xifeng, plantée dans l'encadrement de la porte, l'observait d'un œil consterné.

— Où est-ce que tu vas ?

Ning haussa les épaules.

— N'importe où, pourvu que ce soit loin d'ici.

— Ne fais pas de bêtise, dit Xifeng. Tu sais qu'il y a des gens qui peuvent t'aider à résoudre tes problèmes.

— Mon seul problème, c'est que je ne veux pas passer quatorze heures par jour à préparer cet examen à la con ! hurla Ning.

Tandis que sa camarade, redoutant sa colère, battait en retraite dans la pièce voisine, elle empocha son téléphone, son portefeuille et une paire de lunettes de soleil. Lorsqu'elle s'engagea dans le couloir, toutes les filles se mirent à couvert dans leur chambre.

Mlle Xu chancelait sur le seuil de son bureau. Désireuse d'éviter une seconde confrontation, Ning entra dans la salle de bain collective, la traversa d'un pas vif, poussa une porte coupe-feu, puis dévala les marches de béton menant à la cour où étaient rangées les bicyclettes.

La nouvelle de son coup d'éclat s'était rapidement propagée à l'étage inférieur, où logeaient les garçons. Des exclamations parvinrent à ses oreilles, lancées aux fenêtres garnies de barreaux.

— Rattrapez-la !

— Bravo Ning !

— Espèce de folle !

L'espace d'un instant, elle put se prendre pour une héroïne de film. Parvenue au centre de la cour, elle pivota sur les talons et adressa un ultime doigt d'honneur à la misérable pension de Mlle Xu.

— Allez tous vous faire foutre ! cria-t-elle.

Elle poussa un portail et progressa une cinquantaine de mètres le long de l'allée menant à la route principale. Il était six heures vingt, mais les quatre voies étaient déjà encombrées de camions et de bicyclettes. Elle envisagea de se rendre dans un café pour s'y offrir un petit déjeuner, mais elle craignait que Mlle Xu n'ait lancé ses employés à ses trousses.

Par habitude, Ning emprunta la rue menant à l'école primaire numéro dix-huit de Dandong. Le concierge et un jeune instituteur, juchés sur des escabeaux, hissaient une pancarte au fronton du bâtiment : *EP18, Bienvenue au jour radieux des parents d'élèves*.

Ses yeux s'attardèrent sur le mot *parents*. Elle sentit un frisson courir dans son dos. Lorsqu'il découvrirait la faute qu'elle avait commise, son beau-père la lui ferait payer au centuple.

4. Top secret

Tandis que la Chine s'éveillait, la nuit tombait de l'autre côté de la planète. Ryan marchait pieds nus sur la plage de sable blanc. Il vivait à Santa Cruz, Californie, depuis presque un mois, mais sa nouvelle maison lui donnait toujours l'impression d'évoluer dans un spot publicitaire.

Les huit demeures de béton ouvragé se dressaient au sommet des dunes. Chacune d'elles disposait d'une immense baie vitrée orientée vers l'océan. La terrasse aménagée sur le toit était percée d'une piscine à fond transparent qui permettait de se détendre dans le salon tout en observant les nageurs au plafond.

Les propriétaires partageaient une longue plage privée et un petit port de plaisance. Une clôture électrifiée en interdisait l'accès. Les gardes en faction près du portail possédaient un fusil à pompe afin de faire face à toute éventualité.

La brise marine porta aux oreilles de Ryan les cris joyeux d'un enfant. En se retournant, il aperçut l'un de ses voisins, une star du basket à la retraite, qui jouait dans les vagues avec son fils âgé d'environ quatre ans. Il se dirigea vers deux garçons assis en tailleur sur une terrasse en teck.

La cible de Ryan, Ethan Aramov, n'avait que la peau sur les os. En cette chaude soirée d'automne, il portait un jean et un large sweat-shirt à capuche. Ses cheveux tombaient sur ses épaules. Malgré ses verres de contact, sa vue était si mauvaise qu'il plissait continuellement les yeux.

Yannis, son meilleur ami, ne le quittait pas d'une semelle. Les élèves du collège se moquaient de lui en raison de son obésité morbide et de son teint olivâtre. Ryan le trouvait odieux, et il ne lui inspirait aucune pitié.

— Ah, vous êtes là ? lança-t-il, feignant la surprise. Alors, comment va votre robot ?

Ethan et Yannis étaient deux *geeks* de compétition. Au collège, ils ne fréquentaient que le club d'échecs. Ils passaient leurs week-ends à jouer en ligne et à fabriquer des robots. Pour être plus exact, Ethan, qui était supérieurement intelligent, fabriquait des robots pendant que Yannis se gavait de beignets au fromage.

— C'est top secret, dit ce dernier sur un ton supérieur.

Ryan jugea cette réplique pathétique, indigne d'un enfant de six ans.

Ethan avait équipé une voiture radiocommandée de capteurs optiques et d'un minuscule ordinateur embarqué qui lui permettaient de suivre un parcours matérialisé par des cônes répartis sur la plage. L'appareil disposait des mêmes capacités que les aspirateurs automatisés disponibles dans le commerce pour quatre cents dollars, mais c'était un travail éblouissant pour un garçon de douze ans.

Ryan contourna Yannis et s'approcha d'Ethan qui, un genou à terre, nettoyait la colonne de direction du robot à l'aide d'une brosse à dents.

— Le sable doit s'infiltrer partout, fit-il observer.

— Évidemment, c'est une *plage*, gros malin, grinça Yannis.

Ethan était timide. Il laissait souvent son ami s'exprimer à sa place, mais il semblait ravi de pouvoir parler de sa création.

— Je suis parti d'un jouet à cinquante dollars, dit-il. J'aurais dû choisir un kit Tamiya, avec une coque imperméable.

Ryan s'efforçait d'approcher Ethan depuis trois semaines, mais jamais il n'avait prononcé une phrase aussi longue en sa présence.

— Et il n'y a plus moyen de transférer le système dans une nouvelle voiture ? demanda-t-il.

Yannis se leva péniblement puis vint se planter entre Ryan et Ethan.

— Allez, on remballe, dit-il à l'adresse de son camarade. Il commence à faire sombre. Tu y verras mieux à l'intérieur.

Ryan fit un pas de côté.

— C'est sympa, ces histoires de robots. Y a-t-il un club où on peut s'inscrire ?

Yannis ne laissa pas Ethan répondre.

— On a tout appris dans des bouquins et sur des sites spécialisés. Ça nous a pris des années pour en arriver là. On n'a aucune envie de travailler avec un débutant.

Ryan était de bonne composition, mais il avait suivi un entraînement intensif aux techniques de combat à mains nues depuis qu'il avait rejoint CHERUB. À cet instant précis, il aurait volontiers exploité ces compétences pour réduire Yannis en bouillie.

— Bonne nuit, lui lança ce dernier avant de suivre Ethan dans la maison située au numéro cinq de l'allée.

Ryan se tourna vers l'océan et lâcha à voix basse une bordée de jurons. Sur le chemin de sa villa, il croisa le basketteur et son petit garçon, fièrement juché sur ses épaules.

— Comment ça va, gamin ? demanda l'homme.

— Pas mal, répondit Ryan.

Mais son sourire composé s'effaça à mesure qu'il approchait de la maison où il vivait en compagnie d'Amy Collins et de Ted Brasker, sa demi-sœur et son père d'emprunt.

Il se glissa dans une cabine de douche extérieure, se rinça les pieds puis entra dans l'immense salle de gym aménagée au sous-sol.

Les agents de CHERUB avaient l'ordre d'entretenir leur condition physique même lorsqu'ils se trouvaient en opération. Ryan envisagea un instant d'utiliser le tapis roulant, mais le sac de frappe suspendu au plafond semblait tout indiqué pour évacuer sa colère.

Après avoir effectué flexions et étirements, il pivota sur un talon et délivra un formidable coup de pied circulaire. Lorsque le sac oscilla dans sa direction, il l'esquiva, puis lâcha une volée de crochets tout en grognant comme une bête sauvage.

Il interrompit l'exercice cinq minutes plus tard, les phalanges à l'agonie, les cous-de-pied écarlates et le torse ruisselant de sueur. Le sac, lui, était bosselé sur toute sa longueur.

— Laisse-le tranquille, il ne t'a rien fait, sourit Amy en dévalant l'escalier.

Ryan recula puis tâcha de retrouver son souffle. Vêtue d'un maillot de bain émeraude, sa coéquipière était plus éblouissante que jamais.

— Désolé. J'essayais de repousser mes limites.

Mais Amy n'était pas née de la dernière pluie, et elle comprit qu'il tentait de dissimuler sa frustration.

— Je faisais la planche dans la piscine, là-haut, et je t'ai entendu brailler, dit-elle.

Elle étudia les bosses du sac puis y porta un coup de pied dévastateur.

— Pas mal, estima Ryan avant de reproduire l'attaque.

Vexée d'être ainsi sous-estimée, Amy frappa le sac avec une telle violence qu'il se souleva verticalement d'une trentaine de centimètres. Lorsqu'il retrouva sa position initiale, la chaîne qui le retenait au plafond produisit un claquement métallique, puis un bruit sourd se fit entendre lorsque tout l'étage supérieur se mit à vibrer.

Ryan leva les yeux, s'attendant à découvrir des fissures apparaître au-dessus de sa tête. Certes, il avait déjà vu un sac de frappe être soulevé dans les airs, mais c'était sous les coups d'un instructeur aux cuisses plus volumineuses que la taille d'Amy.

— Dieu vienne en aide à ceux qui te cherchent des crosses, ricana-t-il.

— Qu'est-ce qui t'a pris d'agresser ce sac ?

— L'entraînement. Tu sais ce que c'est.

— C'est ça, prends-moi pour une idiote. Je t'ai vu avec Ethan et Yannis, depuis la terrasse. Je me trompe, ou tu n'as pas obtenu les résultats que nous espérions ?

Ryan, baissa les yeux puis s'assit sur le banc de musculation.

— Je n'arrive à rien, admit-il. Un agent digne de ce nom doit arriver à se lier à ses cibles en deux ou trois jours, une semaine grand maximum. J'ai passé des heures à jouer mon rôle, et je suis censé connaître tous les trucs psychologiques… Mais ça fait un mois qu'on est sur cette mission, et je n'ai pas réussi à m'approcher d'Ethan, ni ici, ni à l'école.

— Tu penses toujours que Yannis est responsable de notre échec ? demanda Amy.

Ryan hocha la tête.

— Je déteste ce gros con, mais ils s'entendent à merveille, tous les deux. Si Ethan est brillant, il est aussi faible et craintif. C'est pour ça qu'il apprécie la présence de cet abruti, qui écarte tous ceux qui veulent lui parler.

Ça convient parfaitement à son caractère timide. C'est comme un champ de force impénétrable.

Amy s'accorda quelques secondes de réflexion.

— Et physiquement ? demanda-t-elle.

— Comment ça *physiquement* ?

— Yannis protège Ethan en lui évitant de répondre aux questions, mais serait-il capable de le tirer d'affaire en cas de confrontation physique ?

— Sans doute. Je veux dire, il est tellement énorme que personne n'ose s'en prendre à lui.

— Même les durs à cuire et les sportifs du collège ?

— Là, Yannis n'aurait pas une chance. Tu devrais le voir en cours de gym. On dirait un bloc de gelée atteint d'une maladie cardiaque. Je n'ai jamais vu personne suer à ce point.

— Eh bien voilà ! s'exclama Amy. Le problème est réglé.

— Quoi ? Tu me suggères de le tabasser avant de le remplacer aux côtés d'Ethan ?

— Non. Si tu maltraites son meilleur copain, Ethan t'en voudra à mort. Il faut que tu t'arranges pour le placer dans une situation dans laquelle Yannis ne pourra pas lui venir en aide. Je ne garantis pas que vous deviendrez les meilleurs amis du monde, mais au moins, il se sentira redevable envers toi.

— Ethan la chiffe molle sauvé par Ryan le héros ? C'est ça ton idée ?

— J'ai vu faire ça une fois, lors d'une mission, quand j'avais ton âge, expliqua Amy. Mon coéquipier était chargé de se lier au fils d'un terroriste saoudien, mais ça ne faisait pas des étincelles…

— Tu n'aurais pas pu me parler de cette opération un peu plus tôt ?

— À vrai dire, ça n'a pas très bien fonctionné.

— Comment ça, *pas très bien fonctionné* ?

— Eh bien, disons que la mission a capoté et que mon coéquipier a passé trois semaines à l'hôpital à cause d'une grave blessure à la tête. Le bon côté des choses, c'est que j'ai désormais une idée très précise de ce qui a cloché.

5. Rock star

Il était sept heures quarante-cinq. Ning se trouvait dans un centre commercial, à moins d'un kilomètre de l'école, attablée à la terrasse d'un fast-food. Malgré la débauche de néons colorés, les lieux n'avaient jamais attiré les foules. Sept des dix restaurants rassemblés autour du vaste espace central avaient dû mettre la clé sous la porte. La clientèle était essentiellement composée de lycéens, qui pouvaient parader en toute tranquillité dans cet espace désert.

Ils avaient les cheveux décolorés et portaient un blouson de cuir sur leur chemise d'uniforme. Ils exhibaient des sacs de marque contrefaits et des téléphones mobiles dernier cri. En écoutant leurs conversations, Ning découvrit que leurs centres d'intérêt ne différaient guère de ceux des résidentes de la pension : examens, professeurs, émissions de télévision. Accablée, elle écarta son beignet de crevette, enfouit son visage entre ses mains et s'efforça de faire le vide dans sa tête.

Elle ne pouvait pas se présenter en classe moins d'une heure après son coup d'éclat sans perdre la face devant ses camarades. En outre, elle n'avait pas emporté son sac, ne portait pas son uniforme et, comble de malchance, c'était le jour des parents, un événement qu'elle redoutait depuis plusieurs semaines.

Comme chaque année, pères et mères étaient invités à visiter l'établissement dans la matinée, à admirer le travail des élèves et à assister à des exposés. L'après-midi, ils se réuniraient dans le préau pour écouter les interminables discours de la directrice et du représentant local du Parti communiste chinois. Enfin, les enfants donneraient un spectacle.

Les parents de Ning n'avaient jamais participé à ces festivités. Chaoxiang, son père, dirigeant d'une importante société, était toujours trop occupé. Ingrid, sa mère de nationalité britannique, préférait demeurer chez elle à siroter de la vodka en regardant des séries policières américaines doublées en cantonais.

Mais l'absence de ses proches ne la dispensait pas de se présenter à l'établissement en collant et en chaussons de danse afin de participer à un ballet d'une douzaine de minutes en compagnie de filles qu'elle dominait de la tête et des épaules.

Elle n'échapperait pas à la colère de son père, mais aggraverait-elle son cas en faisant l'école buissonnière ?

Bientôt, les adolescents désertèrent le centre commercial afin de rejoindre le lycée voisin. Elle se mit à rêvasser, imaginant que l'un d'eux lui faisait la cour puis l'enlevait sur son scooter, lui proposait de passer la journée dans sa chambre, à écouter du rock à plein volume et à fumer de l'herbe.

Elle imaginait le scandale que provoquerait la nouvelle de son arrestation par la police en compagnie d'un garçon de seize ans complètement défoncé conduisant un véhicule volé.

Bon Dieu, quelle tête ils feraient, tous ces abrutis !

Mais elle savait qu'un tel événement n'avait aucune chance de se produire. Les beaux garçons préféraient les minettes squelettiques comme Xifeng. Ning se redressa. Elle se sentait laide et désœuvrée. Elle devait à tout prix éviter de traîner dans les rues de la ville, sous peine d'être interpellée par les forces de l'ordre. Cependant, il lui fallait dénicher un roman ou trouver refuge dans une salle de cinéma sous peine de mourir d'ennui. Ou appeler son père et en finir au plus vite. Si elle présentait sa version des faits avant Mlle Xu, elle pouvait encore espérer s'en tirer sans trop de dommages.

Ning sortit de la poche de son blouson un petit Samsung dont elle avait activé le mode vibreur de crainte d'être assaillie de coups de fil de l'école. Elle s'attendait à découvrir une collection d'avis d'appels en absence, mais elle ne trouva qu'un SMS adressé par un camarade de classe prénommé Qiang : *Mlle Xu a déposé tes affaires à la réception. Si ton père te dérouille, ça ne te rendra pas plus moche que tu ne l'es !*

Qiang était un fauteur de troubles. Son humour était ravageur, mais il se montrait cruel envers les garçons les plus faibles. Ning ne l'aimait pas beaucoup mais, au moins, ce n'était pas un mort-vivant, comme la plupart des élèves.

Ning s'accorda quelques secondes pour organiser ses arguments.

Elle avait décidé d'atténuer l'importance de l'incident. Elle avait pris part à une échauffourée, puis Mlle Xu, estimant qu'il valait mieux qu'elle quitte la pension, lui avait ordonné de faire ses bagages. Elle prierait son père de lui envoyer un chauffeur. Si Mlle Xu lui racontait une autre histoire, elle la traiterait de vieille folle ulcérée d'avoir perdu une locataire.

Ning prit une profonde inspiration puis composa le numéro de portable de son père.

« *Bienvenue chez China Mobile*, dit une voix féminine. *Laissez votre message après le signal sonore.* »

Ning mit fin à la communication. Lorsqu'elle glissa le téléphone dans la poche de son blouson, elle aperçut un professeur de musique de l'école accoudé au comptoir du restaurant voisin. M. Shen était un homme élancé qui n'avait pas encore fêté ses trente ans. Il portait un jean, une chemise blanche et une fine cravate dont le motif imitait les touches d'un piano.

Ning jeta un regard aux alentours, cherchant un endroit où se cacher, mais M. Shen contemplait le panneau lumineux où étaient exposés les menus. Elle demeura sur sa chaise, légèrement tournée vers le mur le plus proche.

Lorsque le professeur pivota sur les talons, un carton de nouilles à la main, l'employé du comptoir tendit le bras en direction de Ning.

— Ce n'est pas une de vos élèves, là-bas ?

— Non, les miennes sont plus jeunes, dit-il, trompé par la taille de Ning.

L'enseignant se dirigea vers l'escalator, se figea, l'air songeur, puis rebroussa chemin. Il marcha droit vers elle, le cou tendu et la tête penchée à la manière d'un oiseau piqué par la curiosité.

— Fu Ning ? lâcha-t-il. Pourquoi tu n'es pas à l'école ?

Ning envisagea de prendre la fuite. M. Shen n'avait manifestement rien d'un grand sportif. Avait-elle une chance de filer entre les tables et d'attendre l'escalier roulant sans se faire pincer ? Valait-il mieux se ruer sur lui par surprise et le renverser en exploitant son poids et sa force physique ?

Ning se ravisa. Elle ne pouvait pas pousser le bouchon aussi loin. Son expulsion de la pension lui vaudrait sans aucun doute une sévère punition, mais les conséquences d'une agression sur la personne d'un professeur étaient imprévisibles.

Elle regarde M. Shen droit dans les yeux.

— Je n'avais simplement pas envie d'y aller, aujourd'hui, dit-elle.

— Moi non plus, sourit son interlocuteur en s'invitant à sa table.

Elle observa la vapeur qui s'élevait du carton de nouilles. M. Shen saisit ses baguettes puis en engloutit une bouchée. La plupart des enseignants de l'école étaient extrêmement stricts. Discuter avec l'un d'eux à une table de restaurant était pour ainsi dire impensable.

— Vous n'êtes pas obligé de participer à la journée des parents ? s'étonna Ning.

L'enseignant éclata de rire.

— Il me semble que ce serait à moi de t'interroger, mais puisque tu me poses la question… Je n'ai pas de cours aujourd'hui. Je suis juste venu donner un coup de main pour la décoration du gymnase et préparer l'orchestre pour le spectacle de ce soir.

Ning avait à peine touché à son beignet. Le parfum des nouilles avait aiguisé son appétit.

— Et toi alors, pourquoi tu n'es pas à l'école ?

Elle haussa les épaules.

— Je déteste cet endroit, et ces listes qu'on nous force à apprendre par cœur. Quant à cette fête… Je suis censée me déguiser en chat et participer à un ballet ridicule. C'est horrible, je suis tellement plus grande que les autres filles.

M. Shen esquissa un sourire puis, se ravisant, s'exprima avec fermeté.

— Que deviendras-tu si tu ne réussis pas ton examen ?

— Rock star, répondit Ning.

— Je ne savais pas que tu jouais d'un instrument.

La jeune fille baissa les yeux.

— Non… je… ce que je voulais dire… c'est que je voudrais être chanteuse, ou quelque chose comme ça.

M. Shen qui, jusqu'alors, s'était montré plutôt détendu, se raidit et fusilla Ning du regard.

— Tu devrais rectifier ton comportement, dit-il. Je vois à la façon dont tu t'habilles que tu te laisses influencer par la culture occidentale. ses séries télé et sa musique décadente. Ils sont plutôt laxistes, là-bas, à l'Ouest, mais tu vis en Chine, ma petite. Si tu joues les rebelles, la direction de l'école te déclarera mentalement déficiente. Tu seras envoyée dans un établissement de rééducation, et tes parents n'auront pas leur mot à dire. J'ai travaillé dans une telle école au tout début de ma carrière, et crois-moi, ce n'est pas une partie de plaisir. J'ai vu beaucoup de garçons arriver en roulant des mécaniques. On leur a rasé la tête, on les a exposés au froid, on les a privés de nourriture. Ils en sont ressortis brisés.

Ning avait entendu une cinquantaine de versions de cette leçon de morale. Elle avait passé sa petite enfance dans un orphelinat et quatre ans dans une prestigieuse académie sportive. En matière de détresse morale et de souffrance physique, elle n'avait plus peur de rien.

— J'avoue que je ne sais pas très bien ce que je veux faire de ma vie, mais j'ai une idée très précise de ce à quoi je veux échapper.

Elle considéra le visage fermé de M. Shen. Elle espérait poursuivre cet échange, mais c'était comme si son discours avait suffi à laver sa conscience. Son esprit semblait désormais entièrement tourné vers son bol de nouilles et le concert de fin d'après-midi.

6. Une erreur de la nature

Ning, assise sur un tabouret, portait un justaucorps et un collant noirs. Une coiffe à oreilles pointues était posée entre ses pieds nus. Ses bottes et ses vêtements étaient entassés dans un angle de la pièce. Une foule de filles vêtues d'une tenue identique patientaient à ses côtés, visiblement mortes de trac.

Elle glissa une main dans l'une de ses bottes et s'empara du Samsung qu'elle y avait dissimulé. Il était formellement interdit de téléphoner pendant les heures de cours, mais elle était impatiente de contacter son père adoptif.

Elle n'était pas étonnée qu'il n'ait pas répondu lors de son précédent appel. Il effectuait d'innombrables trajets en avion dans le cadre de ses activités professionnelles, et inspectait fréquemment ses magasins discount disséminés dans des zones rurales où la couverture réseau était notoirement insuffisante. Mais elle avait laissé plusieurs messages à sa secrétaire qui, elle, s'empressait d'ordinaire de la rappeler dans les plus brefs délais.

La ville de Dandong était en pleine expansion, à tel point que les opérateurs mobile, complètement saturés, fonctionnaient par intermittence. Mais Ning s'était fait chasser de la pension, et elle n'avait nulle part où aller lorsque l'école fermerait ses portes.

Ses parents adoptifs vivaient à vingt kilomètres de la cité, dans une zone non desservie par la compagnie de bus. Elle doutait d'avoir assez d'argent pour s'offrir un taxi, et la plupart des chauffeurs refusaient de conduire les clients aussi loin de la ville. En outre, même si elle parvenait à gagner la maison, elle n'en possédait pas la clé. Son père serait sans doute en déplacement, le gardien aurait regagné son domicile et les chances de trouver sa mère éveillée étaient plutôt minces.

— Tu vas finir par te faire confisquer ton téléphone, avertit Daiyu, qui s'efforçait de réunir les vêtements éparpillés aux quatre coins de la pièce.

— Je t'ai causé, toi ? répliqua Ning.

Daiyu semblait tout excitée à l'idée d'incarner un chat. Son corps élancé convenait parfaitement à son justaucorps. Elle agitait gaiement la queue en peluche cousue en bas de son dos. Les traits de son visage avaient disparu sous le mascara, le gloss et les paillettes. Des moustaches en nylon ornaient sa lèvre supérieure.

— Tout le monde s'est maquillé, dit-elle sur un ton méprisant. Mme Feng n'attend plus que toi. Maintenant, fais ce que tu veux, je m'en contrefiche.

Ning se baissa pour replacer son portable dans sa botte. Lorsqu'elle se redressa, elle marcha sur sa queue et manqua de trébucher. On lui avait attribué un body trop petit qui lui pinçait le pli des aisselles, lui blessait l'entrejambe, et dont les manches s'arrêtaient à dix centimètres de ses poignets.

Elle franchit le rideau qui séparait la salle de classe en deux afin de ménager la pudeur des filles. Les garçons éclatèrent de rire.

— Eh, les mecs, visez le chat mutant ! cria un élève.

— Une erreur de la nature, ajouta l'un de ses camarades.

— Boum ! boum ! scanda Qiang en rythmant la démarche pesante de Ning.

Ning était ulcérée de devoir porter ce costume ridicule alors que les garçons, eux, avaient simplement revêtu leur tenue de sport afin de présenter une démonstration de basket-ball.

— Allez vous faire foutre, bande de larves, gronda-t-elle en ouvrant la porte de la classe d'un coup de pied. Je vous prends tous, quand vous voulez.

— Miaou ! couina un échalas qui enfilait un bas de survêtement.

Mme Feng, mère d'une élève inscrite dans une autre classe, était maquilleuse professionnelle. Elle avait installé une table pliante devant une rangée de casiers, dans le vaste couloir qui courait d'un bout à l'autre du bâtiment. Pour l'heure, Ning se trouvait seule en sa présence.

— Ne m'en mettez pas une tartine, dit-elle en prenant place sur le tabouret.

— Oh, je parie que tu es Ning, lâcha Mme Feng, comme si elle évoquait quelque maladie honteuse.

Elle actionna l'interrupteur d'une lampe puis appliqua une épaisse couche de fond de teint sur le visage de la jeune fille.

— Qu'est-ce que vous faites ? glapit Ning tandis que la femme approchait un pinceau et un petit cylindre métallique de son nez.

— Regarde vers le plafond, ordonna Mme Feng. C'est de la colle pour les moustaches de chat. Fais bien attention. Si tu tires dessus, elles se détacheront.

L'opération dura plus de trois minutes.

— Assez, supplia Ning lorsque la maquilleuse approcha une bombe de paillettes de son visage.

Sur ces mots, elle se leva et se dirigea vers la salle de classe.

Qiang et deux de ses amis, plantés sur le seuil, se tenaient les côtes en la dévisageant.

— Boum, boum, reprirent-ils avant de battre en retraite dans la pièce.

— Laisse-moi entrer, lança-t-elle à Qiang, qui la dévisageait derrière la porte entrebâillée. Ne me force pas à te faire du mal. Je te garantis que tu le regretterais.

Le garçon lui adressa un sourire narquois.

— Tu as vu ta tête, ma grosse ? Tu ne me fais pas peur, tu sais.

Impatiente de récupérer son téléphone, Ning poussa la porte, lui flanqua une claque puis effectua un passage en force. Surpris par la rapidité de la manœuvre, Qiang tituba en arrière. Constatant qu'il était désormais l'objet de la risée de ses camarades, il se remit d'aplomb avant de lui lancer un coup de pied à hauteur du torse.

Ning intercepta sa basket, enfonça l'ongle de son pouce dans sa cheville puis recula dans le couloir, contraignant son adversaire à la suivre en sautillant sur une jambe.

— Lâche-moi, grosse vache ! hurla-t-il.

Bien décidée à lui infliger une humiliation publique, elle lui tordit le pied afin de le forcer à se coucher, passa une main sous son bras, l'autre autour de sa taille, et le hissa sans effort sur son dos. Ainsi, les pieds de Qiang ballant à hauteur de ses yeux, elle passa devant une Mme Feng médusée puis se dirigea vers un container à ordures placé face à la porte du réfectoire.

— Ce que tu peux sentir mauvais… gémit-elle. Tu as déjà lavé ce pantalon de survêtement ?

Après s'être adossée à la poubelle, elle laissa tomber son prisonnier tête la première dans une mer de déchets composée de trognons de pomme, de cartons de jus de fruits, de baguettes jetables et de sachets de sauce soja.

Tandis que Qiang pataugeait dans les ordures jusqu'à la poitrine, une dizaine de garçons se précipitèrent en direction de Ning, suivis par un petit groupe de filles costumées en chat.

Elle redoutait qu'ils ne viennent au secours de leur camarade, mais ils s'immobilisèrent à quelques mètres et s'abandonnèrent à un irrépressible fou rire.

Malgré tous ses efforts pour se hisser hors de la poubelle, Qiang ne faisait que brasser les déchets et s'y enfoncer toujours plus profondément. Deux filles qui avaient souffert de ses tracasseries remercièrent Ning de les avoir vengées.

— Qu'est-ce que c'est que ce désordre ? gronda M. Ma en jaillissant du réfectoire.

Dès qu'ils entendirent les exclamations du directeur adjoint, une partie des élèves battirent en retraite dans la salle de classe.

— Où est votre professeur ? demanda M. Ma. Qui est responsable de ce chahut ?

— C'est Fu Ning, répondit Daiyu.

— Oh, qui l'eût cru ? soupira l'homme avant de saisir les poignets de Qiang et de l'extraire du container.

Des rires fusèrent. Les cheveux du garçon étaient parsemés de déchets alimentaires, ses vêtements constellés de taches. Un morceau d'emballage en plastique dépassait de la ceinture de son pantalon.

— Arrêtez de vous foutre de ma gueule, sinon… rugit-il en brandissant un poing rageur.

M. Ma se planta devant Ning, se pencha en avant et hurla à pleins poumons :

— Ça ne te suffisait pas d'arriver en retard ce matin ? Va m'attendre dans mon bureau ! Nous réglerons ton cas après le spectacle.

Mme Feng se porta au secours de la jeune fille.

— C'est injuste, lança-t-elle. Ces garçons ont passé l'après-midi à harceler les filles, et leur professeur n'a pas levé le petit doigt pour les en empêcher.

M. Ma n'avait pas l'habitude d'être contredit devant ses élèves. Tremblant de rage, il désigna un garçon au hasard.

— Toi, va chercher l'infirmière. Les autres, regagnez votre classe. Asseyez-vous à vos tables, en posture réglementaire, et n'en bougez plus. J'exige que vous observiez le silence jusqu'à votre entrée en scène.

Ning adressa à Mme Feng un sourire plein de gratitude, puis elle suivit ses camarades jusqu'à la salle de classe. Les filles qui, pour la plupart, essuyaient là leur première remontrance, se rassemblèrent derrière le rideau. Les garçons s'assirent, dos droit, menton levé, mains bien à plat sur leur table et pieds posés parfaitement parallèles sous leur chaise.

— Je ne veux pas entendre un bruit, ajouta M. Ma en fronçant les sourcils.

— Est-ce que Fu Ning est ici ? lança une femme en déboulant dans la classe, manquant de percuter le directeur adjoint. Je suis bien en salle vingt-six ?

Ning, masquée par le rideau, ne pouvait l'apercevoir, mais elle reconnut aussitôt le mandarin mâtiné d'accent de Liverpool de sa mère adoptive.

Ingrid Fu était originaire de Bootle, dans le Merseyside. Son visage était criblé de taches de rousseur. Ses cheveux roux et bouclés tombaient au milieu de son dos. La ville de Dandong comptait huit cent mille habitants, mais elle était située à l'écart des circuits touristiques, et on n'y croisait pratiquement jamais d'Occidentaux.

— Ning, ma chérie, tu es là ? répéta-t-elle en anglais.

La jeune fille était convaincue que l'apparition de sa mère ruinerait le peu de crédit que lui avait conféré sa confrontation avec Qiang.

— Salut maman, dit Ning d'une voix mal assurée. Je ne pensais pas que tu viendrais au jour des parents.

— Le jour des quoi ? demanda Ingrid.

Elle avança vers le rideau d'un pas hésitant et se cogna la cuisse contre un coin de table.

— Ah, te voilà ! Je ne savais pas qu'on séparait les filles et les garçons, dans cette école. On se croirait à un mariage juif.

Même les élèves les moins doués en anglais devinèrent à sa diction qu'Ingrid était ivre.

— Seulement quand on doit se changer, expliqua Ning, rouge de honte. Qu'est-ce que tu fais là ?

— Eh, mais vous êtes toutes déguisées en chat, remarqua la femme en faisant tinter ses bracelets. En quel honneur ? Pour un spectacle, c'est ça ? Oh, mon ange, ce body te rentre dans les fesses, c'est absolument affreux.

— QU'EST-CE QUE TU FAIS ICI ? hurla Ning, excédée, en détachant chaque syllabe.

Ingrid pencha la tête sur le côté. Son regard était vide, ses yeux incapables de faire le point.

— Il faut qu'on se tire, mon ange. Ramasse tes affaires en vitesse, tu veux bien ?

— C'est à cause des messages que j'ai laissés à papa ? J'ai demandé qu'on vienne me chercher, mais c'est trop tôt.

Ingrid lâcha un soupir et secoua mollement une main devant son visage.

— Je n'ai pas le temps de t'expliquer. Suis-moi. C'est urgent.

M. Ma s'exprima dans un anglais des plus académiques.

— Ning, madame Fu, pourriez-vous poursuivre cette discussion dans le couloir afin de ne pas déranger les autres élèves ?

Ning était soulagée de se soustraire au regard de ses camarades. Dès qu'elle eut quitté la salle, sa mère la saisit par les épaules.

— Ton père a des ennuis, expliqua cette dernière. Il faut qu'on se fasse la malle, toutes les deux.

Ning sentit un flot d'adrénaline déferler dans ses veines.

— Quel genre d'ennuis ?

— Trop compliqué à résumer. Écoute, je sais bien que je ne suis pas une mère parfaite, mais tu me fais confiance, non ?

Ning partageait cette vision des choses. Ingrid n'était pas du genre à la border à l'heure du coucher, ou à lui confectionner un gâteau le jour de son anniversaire, mais elles s'entendaient plutôt bien et avaient partagé d'inoubliables fous rires.

— Tu me fais confiance ? répéta la femme.

— Bien sûr, maman.

— Alors il faut que tu me suives. Ils doivent être à ma recherche, à l'heure qu'il est.

Ning était sous le choc.

— Qui ça ? Qui est à ta recherche ?

— Il faut y aller, dit Ingrid. Il n'y a plus une seconde à perdre.

Sur ces mots, elle franchit la porte donnant sur l'allée menant au portail de l'école, se figea puis fit volte-face.

— Mais je suis déguisée en chat, protesta Ning. Je peux au moins aller chercher mes affaires ?

— Il n'y a plus une seconde à perdre, insista Ingrid.

Ning envisagea de se ruer dans la classe pour attraper son téléphone et ses vêtements, mais sa mère s'était remise en route. Le portail se trouvait à moins de cinquante mètres, et elle redoutait que M. Ma ne la retienne afin d'obtenir des explications.

— Attends-moi ! cria Ning avant de se mettre à courir, sa queue factice battant ses mollets.

7. Guêpier

Ingrid trottinait vers la 760Li noire stationnée près de l'entrée du parking, bloquant l'accès à une dizaine de places.

C'était le véhicule le plus impressionnant de la gamme BMW, et ce modèle disposait de vitres teintées et de jantes en alliage noir mat.

En s'approchant, Ning remarqua que le rétroviseur de gauche se balançait au bout d'une grappe de câbles électriques. Une longue éraflure courait de l'aile avant au feu de position brisé.

— Où est passé ton chauffeur ? s'étonna-t-elle.

— Wei est occupé, répondit Ingrid. Monte.

Ning hésita avant de s'installer sur la banquette arrière.

— Tu es sûre d'être en état de conduire ? s'inquiéta-t-elle en bouclant sa ceinture.

— Je faisais des rodéos sur les parkings quand tu n'étais pas encore née, répliqua Ingrid.

Elle tourna la tête et enclencha la marche arrière. Lorsqu'elle relâcha l'embrayage, le véhicule bondit en avant et percuta une Honda, pulvérisant ses phares et la poussant contre la Volkswagen voisine. Ning envisagea d'ôter sa ceinture et de descendre de la voiture avant qu'il ne soit trop tard.

— Oups ! lâcha Ingrid tandis qu'un concert d'alarmes se faisait entendre.

— Tu ne peux pas conduire ! cria-t-elle.

— C'est mon deuxième accident de la journée, gloussa sa mère. Jamais deux sans trois.

Elle manipula le levier de vitesse et parvint enfin à quitter le parking. Constatant que la voie était libre, elle s'engagea sur la chaussée et enfonça la pédale d'accélérateur.

— Bon sang, cette caisse en a sous le capot, lança-t-elle.

La BMW atteignit quatre-vingts kilomètres-heure en moins de quatre secondes. Ingrid emprunta une route sur la droite puis s'engagea sur la rampe menant à l'autoroute de Shendan, qui filait droit vers l'ouest. Ning comprit qu'Ingrid avait pris la direction de leur domicile.

— Si papa a des ennuis, pourquoi ne pas prévenir la police ?

— Parce qu'il s'est fait choper par les flics.

— Mais papa n'est pas un criminel ! Ils ne tarderont pas à s'en rendre compte. On devrait aller au commissariat où il est retenu et demander à parler aux enquêteurs.

D'une main fébrile, Ingrid chassa les mèches de cheveux qui retombaient devant ses yeux.

— C'est compliqué, ma chérie. Ton père est un homme d'affaires, et parfois, dans son métier, il est nécessaire de s'arranger avec la loi.

— C'est une histoire de pots-de-vin ?

— Exactement.

Ning était parfaitement au fait de ces manœuvres de corruption. Elle était née en pleine campagne, un statut qui la condamnait à fréquenter une école rurale. Pour lui permettre d'intégrer un établissement digne de ce nom, son père avait dû remettre une grosse enveloppe à un fonctionnaire du ministère de l'Éducation.

— Je ne connais pas tous les détails de l'affaire, expliqua sa mère. Je crois que les autorités de Pékin ont lancé un coup de filet à grande échelle contre les fonctionnaires véreux et leurs complices du secteur privé.

Ning était épouvantée. Depuis quelques semaines, des affiches ornées de slogans anticorruption avaient fleuri aux quatre coins de Dandong, promettant trois ans de travaux forcés aux parasites suspectés de saper l'économie chinoise.

— Ton père est quelqu'un de bien, ajouta Ingrid. Des gens haut placés lui doivent des faveurs. Même s'il est jugé coupable, je suis certaine qu'il s'en sortira.

— D'accord, lâcha Ning, guère convaincue.

Les questions se bousculaient dans sa tête. Où était Wei, le chauffeur ? Pourquoi n'était-elle pas parvenue à joindre la secrétaire de son père ? Et si ce dernier avait toutes les chances de sortir blanchi de l'affaire, pour quelle raison sa mère roulait-elle à tombeau ouvert ?

— Pourquoi on s'est enfuies, alors ? Tu n'as rien à voir avec les affaires de papa, n'est-ce pas ?

— D'un point de vue strictement légal, si.

Ning était stupéfaite. Elle n'avait jamais vu Ingrid sobre passé onze heures du matin. Cette révélation n'avait tout simplement aucun sens.

— Mais tu ne vas pas au bureau. En fait, je ne t'ai jamais vue travailler.

— Oui, mais je suis anglaise. Les Chinois sont soumis à des règles extrêmement strictes. Lois sur l'investissement, taxes, taux de change. Alors ton père a créé plusieurs compagnies en mon nom de façon à contourner ces difficultés. Et tout s'était bien passé jusque-là.

Ces explications tenaient debout. Maintes fois, Ning avait vu Ingrid signer des papiers présentés par son père.

— Mais ne devrait-on pas rester là pour papa ? Pourquoi prendre la fuite ?

Sa mère ne répondit pas. La BMW aborda une succession de bretelles de sortie.

— C'est la prochaine ? demanda-t-elle.

— Non la suivante, sortie numéro dix-sept. C'est la plus proche de la maison, répondit Ning.

Mais Ingrid s'engagea sur la première rampe.

— Eh ! On va devoir traverser tous les villages, protesta Ning. Ça va prendre un temps fou.

— D'ici, je connais mieux la route.

C'était un mensonge. Au lieu d'emprunter la sortie dix-sept qui menait directement à son domicile, Ingrid s'était engagée sur un réseau de petites routes sinueuses et criblées de nids-de-poule où se traînaient des engins agricoles et des mobylettes au porte-bagages chargé de cageots.

La BMW vibra lorsque ses roues entrèrent en contact avec l'étroite chaussée. Quelles minutes plus tard, elle dépassa une usine dont la cheminée crachait une fumée noire au parfum de plastique brûlé, et se retrouva en pleine campagne. Tout autour, les épis de blé et les pieds de maïs se balançaient paresseusement sous le soleil de fin d'après-midi.

— Papa sait que tu as l'intention de prendre la fuite ? demanda Ning.

— C'est son idée. Il pense qu'il vaut mieux que nous quittions le pays en attendant que les choses se tassent.

— Quand lui as-tu parlé ?

— L'une de ses connaissances du commissariat l'a averti de son arrestation imminente, ce qui lui a permis de me passer un coup de fil. Il n'a pas eu le temps de s'attarder sur les détails, mais il m'a donné des consignes. Il était au téléphone quand les policiers ont fait irruption dans son bureau.

— Mais papa n'est pas un criminel ! gémit Ning. C'est tellement injuste !

— La vie est injuste, mon ange. Il vaut mieux que tu te fasses à cette idée. On va ramasser deux ou trois affaires à la maison, puis on trouvera refuge à Singapour ou en Thaïlande pendant quelques semaines.

Glacée d'effroi, Ning observa le silence. Parvenue à l'extrémité de la route, Ingrid engagea la voiture sur un chemin de terre, soulevant un nuage de poussière. Elle ne craignait pas de s'y enliser, car il n'avait pas plu depuis des mois et le sol avait littéralement cuit sous les rayons du soleil. Elle s'immobilisa sur le bas-côté, au beau milieu de champs en jachère, à un kilomètre de sa destination. Des spéculateurs immobiliers avaient démoli les installations agricoles à l'exception d'une petite grange. La clôture en fil de fer barbelé qui délimitait la propriété avait été découpée en morceaux et emportée par des paysans locaux.

Ning comprit alors pourquoi sa mère avait délibérément emprunté la mauvaise bretelle d'autoroute.

— Tu penses que des policiers nous attendent à la maison, c'est ça? demanda-t-elle en descendant de la BMW.

Elle considéra ses pieds nus. Elle doutait de pouvoir parcourir un kilomètre sur le chemin de terre.

— C'est probable, répondit Ingrid. Nous approcherons par-derrière. Si les flics se sont déplacés en masse, nous sommes fichues. Mais je ne suis pas non plus une tueuse en série, et il n'est pas certain qu'ils sachent que ton père a eu le temps de me prévenir avant son arrestation. Avec un peu de chance, ils n'ont envoyé qu'une poignée de policiers chargés de m'arrêter devant le portail.

— Mais si on ne peut pas récupérer nos passeports, comment pourrons-nous quitter le pays ? s'inquiéta Ning.

— Nos passeports ? Ils nous seraient parfaitement inutiles, ma chérie. Notre signalement va être communiqué à tous les aéroports et postes frontaliers.

Ning sentit une boule grossir dans son ventre.

— Alors comment va-t-on fuir le pays ?

Elle n'y comprenait strictement plus rien. Sa mère adoptive lui avait menti jusqu'au moment où elle avait emprunté la bretelle d'autoroute. Elle était notoirement instable. L'avait-elle embobinée pour lui cacher la gravité des événements ou à cause de la paranoïa liée à son alcoolisme chronique ?

— Je t'expliquerai le moment venu, dit Ingrid en progressant à travers champs en direction de la villa. Avant tout, nous avons besoin de fric. Ensuite, je contacterai des gens dont ton père m'a communiqué les coordonnées. Ils nous aideront à nous tirer de ce guêpier.

8. La boîte à secrets

Les pieds nus de Ning étaient noirs de poussière. Elle approchait d'une palissade de cèdre couronnée de fil de fer barbelé. À quelques pas de là, Ingrid observait la villa entre deux planches disjointes.

— Je ne vois personne, chuchota-t-elle. Juste une voiture beige.

À son tour, Ning contempla la bâtisse. Elle était immense, avec ses deux étages, son toit de tuiles rouges, ses colonnes à l'antique et son dôme de verre tape-à-l'œil. La pelouse située à l'arrière était parfaitement entretenue. En son centre était aménagé un jardin à la française composé de buissons ornementaux et de parterres fleuris.

Cette maison, où Ning avait vécu depuis son adoption cinq ans plus tôt, lui semblait désormais hostile. Le véhicule stationné près du garage était équipé de deux antennes. À y regarder plus attentivement, un gyrophare amovible était posé au-dessus du tableau de bord.

— C'est une bagnole de flics, dit calmement sa mère. Tu crois que tu pourras franchir la clôture si je t'aide ?

Ning se sentait profondément mal à l'aise. Son père avait-il vraiment conseillé à Ingrid de l'exfiltrer hors de Chine, ou avait-elle simplement besoin d'elle pour s'introduire dans la maison ?

D'un geste sec, elle arracha sa queue en peluche. Ingrid se mit à genoux puis posa les mains à terre. Elle se redressa lorsque Ning se fut assise sur ses épaules, lui permettant de regarder par-dessus les barbelés.

— Tu vois quelque chose ?

Frappées par la lumière rasante, les fenêtres n'étaient plus que des rectangles d'un blanc éblouissant. Ning était incapable d'apercevoir quoi que ce soit à l'intérieur de la maison.

— Je vais tenter le coup, dit-elle.

Elle n'avait pas pratiqué le moindre exercice physique depuis son renvoi de l'académie des sports de Dandong, mais elle avait conservé toute sa souplesse. Elle franchit la ligne de barbelés, puis demeura accroupie en équilibre en haut de la palissade avant de se laisser tomber à l'intérieur de la propriété.

Ingrid jeta un coup d'œil inquiet entre les planches. Les jambes fléchies, Ning progressa le long de la clôture jusqu'au local où étaient entreposées les poubelles. Elle y trouva quatre sacs en plastique noir éventrés par les policiers lors d'une rapide perquisition. Une odeur fétide lui sauta aux narines. D'un geste de la main, elle chassa une nuée de mouches puis tira le verrou d'une petite porte afin de permettre à Ingrid de la rejoindre.

— Bien joué, mon ange, gloussa cette dernière avant de déposer un baiser sur sa joue.

Son haleine empestait l'alcool.

— Tu as encore bu ? s'étonna Ning. Tu as une flasque sur toi ou quoi ?

Ingrid haussa les épaules.

— J'avais besoin de me donner un peu de courage. On y va ?

Elles quittèrent le local à poubelles, se dirigèrent furtivement vers la villa puis s'immobilisèrent entre la voiture de police banalisée et l'entrée de service, sous les trois hottes d'air conditionné.

Tandis que sa mère scrutait la vitre dépolie, Ning constata que son justaucorps s'était déchiré au niveau des fesses, exposant son collant noir orné de têtes de mort.

Ingrid tourna lentement la poignée, poussa la porte et s'introduisit dans la buanderie, entre un chariot roulant et une planche à repasser.

— Il faut qu'on monte à l'étage, chuchota-t-elle avant de traverser la pièce.

Ning saisit un torchon dans une corbeille à linge et essuya la plante de ses pieds incrustée de graviers.

Ingrid entrouvrit la porte menant à l'intérieur de la villa et la referma hâtivement.

— Il y a deux flics qui jouent aux cartes dans la cuisine, haleta-t-elle.

Elle glissa une main dans la poche arrière de son jean, en sortit un flacon, s'en offrit une généreuse rasade et le brandit sous le nez de sa fille.

Ning réprima un haut-le-cœur puis fit un pas en arrière.

— Où se trouve l'argent ? demanda-t-elle.

— Au premier, dans la chambre du bébé. Les policiers ont l'air complètement absorbés par leur partie de cartes. Si on choisit bien notre moment, je suis sûre qu'on peut passer sans qu'ils nous voient. Je vais aller chercher le fric. Toi, tu cours jusqu'à ta chambre et tu rassembles quelques affaires.

— Mais sont-ils seuls dans la maison ?

— Il n'y a qu'une voiture et, vu leur attitude, je suis prête à parier que ces deux connards ont reçu l'ordre de me cueillir, moi, l'Anglaise avec un petit pois à la place de la cervelle, à mon retour de ma journée de shopping.

— Ils ont sans doute appris que tu étais venue me chercher à l'école, fit observer Ning.

— Peut-être, comment le savoir ? s'agaça Ingrid en saisissant la poignée de la porte. Vite, suis-moi.

Elle ouvrit la voie et se précipita vers l'escalier en colimaçon. Ning, lui emboîtant le pas, aperçut les deux policiers installés sur des tabourets de bar, à une dizaine de mètres. L'un d'eux était un très jeune homme. Son collègue, un individu aux cheveux grisonnants, accusait un sévère embonpoint. Tous deux étaient équipés d'une arme de poing glissée dans un étui d'épaule, mais ils semblaient ne s'intéresser qu'à leurs cartes.

En temps normal, plusieurs femmes de ménage étaient chargées de briquer la villa, mais les policiers avaient procédé à une perquisition en règle, si bien que tout était sens dessus dessous. L'argenterie était dispersée sur le sol de la cuisine. Des plumes flottaient dans le salon. Des coussins éventrés jonchaient le parquet.

Le tapis de l'escalier avait été arraché, et les barres de laiton chargées de le maintenir en place éparpillées au gré des marches. Ning les enjamba avec précaution. Sa chambre et celle du bébé étaient situées au premier étage.

— Magne-toi, lui souffla Ingrid.

Ning s'attendait à trouver sa chambre mise à sac. Elle ne fut pas déçue. Son matelas, sa couette et ses oreillers avaient été taillés en pièces, son lit poussé contre le mur et le contenu de ses tiroirs éparpillé sur la moquette.

La plupart de ses affaires se trouvaient toujours à la pension. Elle dénicha dans son armoire un sac à dos orange, en fit glisser la fermeture Éclair puis y fourra quelques sous-vêtements, deux jeans, des T-shirts et une paire de Nike flambant neuves.

Lorsqu'elle eut rempli le sac aux deux tiers, elle se rua dans la salle de bain afin d'y rassembler quelques produits de toilette. Elle trouva le sol et la cuvette des toilettes trempées d'urine. Évitant soigneusement les flaques fétides, elle jeta dans son sac des mouchoirs en tissu, une brosse à dents, un coupe-ongles et une bombe de déodorant. Alors, se souvenant de sa boîte à secrets, elle regagna la chambre.

Elle la trouva entre le mur et la table de nuit. C'était un jouet d'enfant, un coffret de plastique jaune rehaussé de peinture dorée écaillée et orné de la photo d'un putois vêtu d'un gilet.

Le premier objet dont elle gardait un souvenir, celui qu'elle possédait depuis sa plus tendre enfance. Elle en vérifia le contenu. Tout y était : la photo prise à l'orphelinat, où elle posait en compagnie de sa meilleure amie, tuée quelque temps plus tard dans un accident de la route ; la médaille d'argent remportée au tournoi national de Pékin ; une copie de son certificat d'adoption agrafé à un cliché pris le jour de son départ, en compagnie de ses nouveaux parents ; l'autographe d'une star de la télévision dont elle était tombée follement amoureuse à l'âge de huit ans ; une quantité de babioles auxquelles elle seule accordait de l'importance.

À l'instant précis où elle s'engagea dans le couloir, elle entendit des bruits de pas dans l'escalier.

— Ingrid, gémit-elle.

La voix du plus âgé des policiers parvint à ses oreilles.

— Tu es certain que cette empreinte de pas n'était pas là tout à l'heure ?

Les pieds souillés de Ning avaient laissé des traces visibles sur le marbre, en bas des marches.

— Oui. Et il y en a d'autres, à cet endroit, là où nous avons arraché le tapis. Elles n'étaient pas là tout à l'heure, quand nous avons procédé à la perquisition. Tu penses qu'il pourrait s'agir de la femme de Fu, ou de sa fille adoptive ?

Ning perçut des mouvements au pied des marches.

— La gamine n'a que onze ans, dit le vieux policier. La mienne en a treize et sa pointure est nettement plus petite.

Ning envisagea de traverser le couloir pour atteindre la chambre du bébé, mais les officiers se trouvaient déjà au milieu de l'escalier, et elle redoutait d'être abattue sans sommation.

— Madame Fu ! Nous savons que vous êtes là ! Avancez lentement vers le palier, les mains en l'air.

Ning n'était pas disposée à se rendre. Si on la capturait, elle serait envoyée dans l'établissement de rééducation le plus impitoyable jusqu'à son dix-huitième anniversaire. Le sac serré contre sa poitrine, elle courut vers la fenêtre et en tourna la poignée. Trois mètres la séparaient de l'allée recouverte de gravier.

— Ne compliquez pas les choses, madame Fu, lança le vieux policier, parvenu en haut des marches.

Le cœur battant à tout rompre, Ning enjamba la fenêtre. À peine eut-elle passé une jambe dans le vide que le jeune officier apparut dans l'encadrement de la porte.

— Pas un geste ! lança-t-il, pistolet brandi.

Les traits de son visage étaient séduisants, et il semblait aussi fébrile que sa cible.

— Si tu sautes, dit-il, tu te briseras les jambes. Et même si tu t'en sors indemne, je t'abattrai d'une balle dans le dos. Alors mets les mains en l'air et écarte-toi de la fenêtre.

9. Disparaître

Vaincue, Ning s'exécuta. L'espace d'un instant, elle caressa l'idée de se précipiter vers le policier afin de le désarmer, puis réalisa que cette manœuvre était vouée à l'échec.

— Où est ta mère ? lui cria l'homme.

— Je ne sais pas.

— Nous sommes en pleine cambrousse, fit-il observer. Comment as-tu fait pour rentrer de l'école ?

— L'un de mes camarades vit dans le village voisin. Son père m'a déposée près du champ, à l'arrière de la maison.

Le vieux flic débroula dans la chambre. Son visage était rubicond. Il semblait à deux doigts de l'arrêt cardiaque.

— Elle affirme qu'elle est seule, mais je crois qu'on ferait mieux de vérifier, dit son coéquipier. Je vais appeler des renforts, juste au cas où.

Ning ignorait si Ingrid avait eu le cran nécessaire pour sauter par la fenêtre.

— Ne fais pas ça, répliqua son collègue. Le patron nous arrachera la tête s'il apprend qu'on les a laissées se glisser dans la villa en notre présence. Attache la gamine, et mettons-nous à la recherche de la femme. Elle est inoffensive. Si elle est ici, elle doit être en train de cuver dans un coin.

Le jeune policier détacha les menottes suspendues à sa ceinture puis les jeta aux pieds de Ning.

— Passe-les autour de tes poignets, ordonna-t-il.

Au moment où sa prisonnière se penchait en avant, une détonation retentit et l'officier s'écroula sur le ventre. Le visage moucheté de sang, Ning se mit à couvert entre le mur et le lit.

Deux autres coups de feu claquèrent. Le vieux policier s'effondra dans le couloir. Cinq secondes plus tard, Ingrid fit irruption dans la pièce, brandissant un énorme pistolet automatique, et acheva le jeune officier d'une balle en pleine tête.

— Où est-ce que tu as trouvé ça ? s'étrangla Ning, dont les oreilles sifflaient douloureusement.

— Dans la chambre du bébé, avec le fric et tout ce dont nous avons besoin, expliqua sa mère.

L'air empestait la poudre et le sang. Ning n'avait jamais observé de cadavre mais, bien plus que la vue des corps ensanglantés, c'était la froideur avec laquelle Ingrid avait liquidé les policiers qui l'épouvantait. L'un comme l'autre avaient reçu deux balles, l'une dans le thorax, la seconde au milieu du front.

— Ils sont morts, bredouilla-t-elle.

— C'est préférable pour nous, tu peux me croire.

— Où est-ce que tu as appris à tirer ?

— Je t'en ai déjà parlé. J'étais médecin dans l'armée britannique avant de rencontrer ton père.

Ning avait toujours considéré cette anecdote avec amusement, un peu comme si un oncle obèse lui avait appris qu'il avait couru le marathon ou que le policier de la famille avait avoué avoir volé des voitures dans sa jeunesse.

— J'étais mauvais soldat et médiocre médecin. Mais j'étais douée pour le tir.

Ning suivit sa mère jusqu'à la chambre du bébé. Elle avait toujours trouvé cet endroit affreusement déprimant, avec sa table à langer et ses jouets premier âge. Ingrid avait fait quatre fausses couches avant de se lancer dans le processus d'adoption, mais la pièce était restée inchangée, dans l'attente d'une hypothétique grossesse.

Ning comprit que ses parents avaient conservé le petit lit à barreaux dans un but précis. Le matelas en mousse avait été éventré lors de la perquisition, mais les policiers n'avaient pas découvert la cache aménagée sous le cadre de bois.

Outre le pistolet dont Ingrid avait fait usage, elle contenait une seconde arme de poing, six chargeurs, des liasses de yuans sous emballage plastique, des dollars US et des lingots d'or.

À la découverte de ce double fond, Ning changea radicalement d'avis sur sa famille. Jusqu'alors, elle avait toujours vu son père comme un homme d'affaires pressé, solitaire et un peu acariâtre, mais jamais elle n'aurait imaginé qu'il conservait de l'argent et des armes dans une chambre d'enfant.

— Je veux savoir ce qui se passe, dit-elle. J'en ai le droit.

— Mon ange, je te promets de tout t'expliquer, mais on ne peut pas rester une minute de plus dans cette maison.

Sur ces mots, elle sortit une valise à roulettes de la penderie et y fourra l'argent et les munitions.

— Il y a un sac de sport rouge dans ce placard, dit-elle. Prends-le, lave-toi le visage et change-toi en vitesse.

Ning obéit sans discuter. Lorsqu'elle se fut débarbouillée à l'aide d'une serviette humide, elle ôta son costume de chat puis enfila un jean, un sweat-shirt à capuche et une paire de baskets.

Elle retrouva Ingrid dans la buanderie.

— On retourne chercher la BMW ? demanda-t-elle.

— Ça nous ferait perdre un temps fou, de rebrousser chemin à travers champs. On va emprunter la bagnole des flics pour rejoindre la ville. Ça ne devrait pas nous prendre des heures. La circulation est fluide dans cette direction, à ce moment de la journée.

— Et puis après ? demanda Ning en courant vers le véhicule stationné devant la villa.

Ingrid s'installa au volant. Lorsqu'elle eut bouclé sa ceinture, elle lui remit son téléphone portable.

— Appelle Wei et dis-lui que j'ai le fric.

Le portail automatique s'ouvrit à l'approche de la voiture. Ning sentait son cœur cogner dans sa poitrine. À ses oreilles, les sifflements avaient laissé place à un bourdonnement persistant. Cependant, elle était soulagée d'apprendre que Wei, l'employé de son père, infiniment plus sobre et moins impulsif que sa mère, était impliqué dans le plan d'évasion.

— Ning ? Comment vas-tu, ma petite ?

— Franchement, c'est pas brillant.

Ingrid manipula le levier de vitesses et passa directement de la troisième à la cinquième. La voiture vibra puis ralentit brusquement.

— Putain d'embrayage à la con ! rugit-elle.

— Qu'est-ce qui se passe ? demanda Wei.

— Ingrid m'a chargée de te dire qu'elle avait l'argent.

— C'est bien. Je vous ai trouvé une chambre au motel *Pink Bird*. J'ai pris une réservation sous le nom de Gong, et j'ai réglé en espèces.

— *Pink Bird*, réservation au nom de Gong, répéta Ning.

— Ne passez pas par la réception. Chambre deux cent cinq, au deuxième étage. J'ai laissé la porte ouverte. Vous trouverez la clé dans la salle de bain, glissée dans les plis d'une serviette. Il vaut mieux vous faire discrètes, mais il faudra bien trouver de quoi manger. Il n'y a pas de room service, mais un supermarché et quelques cafés derrière le parking. Vous recevrez des instructions sous quarante-huit heures.

— Tu passeras nous voir ? demanda Ning.

— Impossible, répondit Wei sur un ton ferme. Ne le prends pas mal, mais vous devez éviter tout contact extérieur, y compris avec tes copains d'école. Les flics vont essayer de localiser votre téléphone mobile par triangulation. Tu t'en débarrasseras dès que nous aurons raccroché.

— OK. Si je comprends bien, on ne se reverra jamais.

— Je ne sais pas, mais ce qui est certain, c'est qu'on va devoir se dire adieu pour un long moment.

Ning mit fin à la communication et informa Ingrid des dispositions prises par Wei.

— Dès notre arrivée en ville, nous emprunterons un taxi, déclara la femme. Peut-être plusieurs. Nous devons brouiller les pistes au maximum. Où est ton téléphone ?

— Dans une de mes bottes, à l'école.

— Tant mieux, lança Ingrid en récupérant son mobile.

Elle ralentit à l'approche d'une bretelle de sortie, baissa sa vitre et le jeta dans les hautes herbes, derrière une glissière de sécurité.

— Le moment est venu de disparaître, dit-elle.

10. Dur à cuire

Amy avait eu toutes les peines du monde à persuader le docteur D de charger un agent de CHERUB d'infiltrer la maison de Gillian Kitsell. Sa carrière au sein de l'ULFT dépendait de la réussite de la mission. Ce matin-là, ne laissant rien paraître de son anxiété devant son jeune coéquipier, elle lui avait préparé un petit déjeuner composé d'œufs brouillés, de bacon grillé et de champignons.

Ryan payait le prix de son coup de folie de la veille, mais malgré ses phalanges gonflées et son pouce foulé, il préférait afficher sa bonne humeur. Il avait toute confiance en Amy et en sa nouvelle stratégie.

Il était inscrit en sixième au collège de Twin Lakes. Le système éducatif du comté de Santa Cruz jouissait d'une excellente réputation, si bien que même les gosses de riches comme Ethan Kitsell fréquentaient des établissements publics.

Selon le plan, Ryan devait se présenter en retard au cours de gym. Le bus scolaire ayant depuis longtemps terminé son service matinal, Amy l'y conduisit à bord de la Mercedes SL. Elle avait ôté la capote afin de profiter du soleil. Le lecteur CD diffusait un album de Muse. Bref, c'était un moment *parfaitement* californien.

Le collège de Twin Lakes s'était agrandi au fil des années afin de répondre à l'accroissement de la population. Amy se gara devant la vieille école de briques rouges qui, désormais, abritait les services administratifs et les classes réservées aux cours de rattrapage. Au-delà se trouvaient une construction à un étage bâtie dans les années 1960 et l'édifice plus récent qui abritait le gymnase.

— Tu as tout ce dont tu as besoin ? demanda Amy.

Ryan descendit de la voiture.

— J'ai vérifié deux fois.

— Super. Je ne veux pas te mettre la pression, mais j'ai passé la nuit à me procurer ces clés. Si tu échoues, je me trouverai dans l'obligation de te botter les fesses.

Ryan lui tira la langue, claqua la portière puis gravit les marches menant au bâtiment administratif.

La sonnerie annonçant le début de la troisième heure de cours retentit. Ryan remit son mot d'excuse à la secrétaire de permanence et expliqua qu'il avait été retardé en raison d'un cambriolage survenu à son domicile.

— J'espère qu'ils n'ont rien emporté d'important, dit l'employée.

— Mon père les a mis en fuite, expliqua Ryan, les coudes posés sur le guichet. Ils n'ont pas volé grand-chose, mais les policiers ont mis un temps fou à arriver, puis nous avons dû répondre à une foule de questions.

La secrétaire lui remit un billet d'admission.

— Tu es anglais, n'est-ce pas ?

— Oui. Mon père a trouvé du travail en Californie.

— Mon frère était cantonné là-bas, dans les années quatre-vingt. Une base de missiles de l'US Air Force.

— Oh, formidable, lança poliment Ryan. Je dois remettre ce billet à Mr Oldfield en arrivant au gymnase ?

La femme consulta sa montre.

— Oui. Si tu te dépêches, tu seras presque à l'heure.

Mais Ryan était déterminé à perdre du temps. Il s'enferma dans une cabine de toilettes pendant quelques minutes, traversa lentement la cour ensoleillée, puis entra dans le bâtiment le plus récent. Il emprunta un long couloir, fit halte devant l'entrée des vestiaires et se désaltéra à une fontaine collective.

Au loin, il entendait les baskets de ses camarades crisser sur le parquet du gymnase. Il tourna la poignée de la porte et constata que la pièce était fermée de l'intérieur. Il entra dans la salle de sport et contourna un groupe de filles qui disputaient un match de basket. Les élèves de cinquième effectuaient des tours d'échauffement autour du terrain. Seul Yannis était assis sur un banc en tenue de ville. Une fois de plus, il prétendait souffrir d'une crise d'asthme.

La moustache fournie de Mr Oldfield contrastait avec son crâne chauve. À l'évidence, il n'avait pas été informé que le fuseau qui moulait ses cuisses épaisses était passé de mode depuis la fin des années 1970.

Il s'empara du billet d'admission puis jeta un œil au cadran de sa montre.

— Ce document indique que tu t'es présenté au secrétariat à dix heures quarante-huit. Tu as donc traîné pendant onze minutes. Des explications ?

— J'ai dû aller aux toilettes, monsieur.

Oldfield lui lança un regard méprisant.

— Tu crois pouvoir jouer les tire-au-flanc avec moi ? Je te conseille de courir te changer si tu ne veux pas passer le lundi après-midi en retenue.

— Bien monsieur, dit Ryan en baissant les yeux.

En réalité, il jubilait. Le plan élaboré par Amy exigeait qu'il se retrouve seul dans le vestiaire. Depuis son arrivée au collège, il avait pris soin d'afficher une aversion pour l'éducation physique. C'était un moyen parmi d'autres de gagner la sympathie d'Ethan.

En pénétrant dans la pièce, Ryan fut saisi par une forte odeur de sueur. Le vestiaire pouvait accueillir cent cinquante élèves. Au centre, trois bancs étaient placés en fer à cheval devant le tableau où les entraîneurs exposaient leurs stratégies. De minuscules bureaux et des cabines de douche étaient alignés d'un côté de la salle. La zone opposée formait un labyrinthe tapissé de casiers métalliques dont moins d'une centaine étaient utilisés. Les garçons de cinquième choisissaient toujours le même endroit pour se changer. Ethan, qui avait honte de son aspect physique, avait opté pour un angle de la pièce, à l'écart, tout comme Yannis et ses camarades les plus complexés.

La tâche de Ryan était simple en théorie, mais délicate à exécuter. Il devait dresser un des durs à cuire de la classe contre Ethan, puis lui sauver la mise *in extremis*. Cette stratégie posait deux difficultés majeures. Premièrement, nul ne devait savoir qu'il avait provoqué l'incident. Deuxièmement, la classe ne comptait aucun dur à cuire aisément repérable.

Si quelques garçons roulaient des mécaniques, le collège de Twin Lakes n'était pas à première vue de ceux où des petites terreurs poignardaient leurs rivaux ou forçaient leurs souffre-douleur à boire l'eau des toilettes.

À force d'étudier son entourage, Ryan avait identifié une source de tension à caractère ethnique en cinquième G, qui comptait neuf Blancs, un Indien et quatre Latino-Américains. La plupart des élèves d'origine européenne vivaient dans de luxueuses villas au bord de l'océan et ne fréquentaient que leurs semblables. Les Latinos vivaient plus simplement. Leurs parents occupaient des emplois modestes : commis de cuisine, pompiste, jardinier ou femme de ménage au service de riches familles de Santa Cruz.

Si la classe d'Ethan ne comptait pas de véritable tyran en herbe, Guillermo était taillé comme une armoire à glace et dominait d'une tête le plus grand de ses camarades. En trois semaines, Ryan l'avait vu fracasser plusieurs casiers et démolir sa table au beau milieu d'un cours sous prétexte qu'il avait égaré son cahier de textes.

Ryan devait avant tout localiser les affaires de Guillermo, qui se changeait toujours en compagnie d'un groupe de Latinos, à l'écart des bureaux réservés aux entraîneurs. Après avoir jeté un œil aux toilettes et aux cabines de douche afin de s'assurer qu'il n'était pas observé, il posa son sac à dos sur un banc, en fit glisser la fermeture Éclair et en sortit une boîte en plastique disposant d'une trentaine de compartiments où étaient rangées des clés.

Au cours de leur formation aux techniques de renseignement, les agents de CHERUB apprenaient à crocheter tous types de serrure, mais Ryan ignorait où sa cible avait rangé ses affaires, et il devrait ouvrir de nombreux casiers avant de mettre la main sur ses effets.

Il observa les portes métalliques et constata qu'elles portaient la marque du fabricant Nova. Il examina les compartiments alphabétiques de sa boîte et trouva huit clés frappées du logo correspondant. Au premier coup d'œil, il en écarta quatre dont la taille ne convenait pas, et deux autres estampillées *luxe* et *golf*. Ne restaient que deux modèles frappés respectivement des lettres A et B.

À l'aide de la première, Ryan ouvrit les deux casiers les plus proches puis en inspecta sans succès le contenu. Dans le troisième, il trouva les portables et les portefeuilles de garçons qui avaient laissé leur sac et leur cartable sur le banc. Dans le quatrième, il découvrit ce qu'il cherchait : le sac vert et orange de Guillermo, son maillot de basket et son sweat-shirt à capuche.

Des pas résonnèrent à l'entrée du vestiaire puis Shawn, un garçon à la peau noire, fit son apparition. Il n'appartenait pas à la classe de Ryan, et ils n'avaient guère échangé que quelques mots lors d'une course de relais, au début de la semaine.

— Oldfield est de mauvaise humeur, gémit-il en ôtant son T-shirt. J'ai porté ce truc vingt fois, mais aujourd'hui, il exige que je mette le maillot officiel de Twin Lakes.

Ryan s'efforça d'adopter une attitude détendue, mais il se trouvait devant un casier ouvert, dans la zone traditionnellement réservée aux Latinos.

— Tu es nouveau, c'est ça ? lança Shawn. Tu ferais mieux de te changer dans ce coin-là, si tu ne veux pas te faire fouetter à coups de serviette par le gang des bouffeurs de tacos.

— Merci du tuyau, répondit Ryan.

Shawn changea de maillot, claqua la porte de son casier puis quitta le vestiaire en marmonnant des propos obscènes concernant la mère de Mr Oldfield. Ryan attendit deux secondes avant d'inspecter les affaires de Guillermo.

En explorant les poches d'un short maculé de sauce tomate, il trouva un vieux modèle de téléphone mobile à la coque décorée de smileys tracés au marqueur et au vernis à ongles, ainsi qu'un trousseau de clés qui lui échappa des mains et tomba sur le carrelage.

Ryan le laissa où il se trouvait, referma le casier, épaula son sac à dos, se dirigea vers l'angle de la pièce où Ethan avait pris l'habitude de se changer et glissa la clé B dans la serrure.

La voix de Mr Oldfield le fit sursauter.

— Ryan Brasker, tu as une minute pour sortir de là si tu veux éviter la retenue, gronda le professeur de sport depuis l'entrée du vestiaire.

Lorsqu'il fut certain qu'Oldfield avait rejoint le gymnase, Ryan neutralisa le vibreur du téléphone de Guillermo et poussa le volume de la sonnerie à fond avant d'inspecter le sac d'Ethan. Il y trouva des livres, des sandwiches et une liasse de documents téléchargés sur un site consacré aux échecs. Il plaça le mobile tout au fond, parmi des capuchons de stylo et de vieilles barres chocolatées, puis il claqua la porte du casier.

Sachant qu'il devrait agir dans l'urgence, il avait pris soin de passer sa tenue officielle de l'équipe de Twin Lakes sous ses vêtements, si bien qu'il ne mit que quelques secondes à se changer. Il traversa la pièce puis enferma sa chemise, son sac et son jean dans un casier voisin de celui de Guillermo. Il passa l'élastique qui retenait la clé autour de son poignet et quitta le vestiaire au pas de course.

Mr Oldfield l'attendait de pied ferme.

— Il y a quelque chose qui cloche chez toi, Brasker ! lança-t-il.

Ryan se demandait si Shawn, pris de soupçons, n'en avait pas fait part à son professeur.

— Je ne vois pas ce que vous voulez dire, monsieur.

— Tu es drôlement musclé pour ton âge. Tu as déjà pratiqué la lutte ?

— Non, monsieur.

— Tu ferais un excellent lutteur, ou un excellent joueur de base-ball. Mais je n'aime pas ton attitude.

— Si vous le dites, monsieur.

— Tu me feras vingt tours de gymnase en guise d'échauffement. Ensuite, tu rejoindras tes camarades.

Trop heureux de s'en tirer à si bon compte, Ryan réprima un sourire puis se mit à courir. Au regard de son niveau d'entraînement, ces vingt tours n'étaient rien. Malgré les embûches rencontrées, tout était en place pour la première phase du plan.

11. Discussion entre amis

Dix minutes avant l'heure du déjeuner, les trois classes de cinquième regagnèrent les vestiaires. Quelques élèves firent un détour par les douches, mais la plupart, dont Guillermo et ses camarades, se contentèrent d'une giclée de déodorant et d'un T-shirt propre.

À deux mètres de la petite bande, Ryan s'essuyait le torse à l'aide de son maillot de basket roulé en boule.

Comme prévu, Guillermo trouva ses clés au pied de son casier. En les replaçant dans la poche de son short, il constata que son mobile avait disparu.

Malgré le chahut ambiant, tous les élèves purent entendre son cri haut perché.

— Quel est l'enfoiré qui a piqué mon téléphone?

Constatant que personne ne lui prêtait attention, il vida ses affaires sur le carrelage afin de s'assurer que l'appareil n'avait pas glissé au fond du casier, fit volte-face puis regarda sous le banc.

— Tu as vérifié dans ton sac? demanda un garçon chétif qui se changeait à ses côtés.

Guillermo se redressa d'un bond.

— Je ne le mets *jamais* dans mon sac, lança-t-il sur un ton hostile. Toujours dans mon short, avec mes clés.

Son interlocuteur leva les mains devant son visage puis recula d'un pas.

— J'essaye juste de t'aider, mec.

— Celui qui a piqué mon téléphone ferait mieux de se dénoncer tout de suite ! hurla Guillermo.

Par acquit de conscience, il fouilla toutes les poches de son sac. Lorsqu'il en eut terminé, son visage prit une teinte écarlate, puis il se mit à trembler, comme s'il était sur le point d'exploser.

— Qui a pris mon téléphone ? rugit-il.

Ryan, qui avait fini de se changer, était extrêmement tendu. La sonnerie annonçant la pause déjeuner n'allait pas tarder à retentir. Déjà, la plupart des élèves se pressaient vers le couloir. Il espérait que l'un des camarades de Guillermo lui proposerait de l'appeler afin de localiser l'appareil, mais ces derniers semblaient un peu longs à la détente.

Enfin, un garçon prénommé Sal brandit son téléphone.

— Pas de panique, dit-il. C'est quoi, ton numéro ?

— Il est sur vibreur ! enragea Guillermo.

— Essayons quand même. Si ton mobile est près de nous, on a des chances de l'entendre. Alors, ce numéro ?

Dès que Sal l'eut composé, Guillermo reconnut la sonnerie caractéristique de son mobile, à peine audible dans le vacarme produit par les élèves. Les deux garçons se précipitèrent vers la source sonore, fendirent la foule et trouvèrent Ethan accroupi, son sac ouvert à ses pieds.

— Qu'est-ce que tu fous avec mon téléphone, espèce d'enfoiré ? Tu as décidé d'en finir avec la vie ?

Tous les élèves s'étaient figés pour observer la scène. Ryan se tenait prêt à intervenir. Ethan était manifestement terrifié. Yannis, retranché dans un angle de la pièce, tremblait comme une feuille, laissant son meilleur ami aux prises avec son tourmenteur.

— Je n'ai pas piqué ton mobile, gémit Ethan en fouillant désespérément dans ses affaires.

À cet instant précis, ses doigts se refermèrent sur le portable. Sidéré, il le sortit de son sac.

— Alors comment expliques-tu qu'il se trouve dans ta main, espèce de sale petite merde ? rugit Guillermo.

Hors de lui, il saisit sa victime par la capuche de son sweat-shirt, la força à se redresser puis la plaqua contre un casier.

Ryan s'apprêtait à venir au secours d'Ethan lorsque Sal attrapa le bras de Guillermo.

— Ce petit con dit vrai, dit-il. Il n'a pas volé ton portable.

Son camarade le fusilla du regard.

— Je ne suis pas aveugle. Je l'ai vu le sortir de son sac.

— Tu as dit que tu l'avais laissé sur le vibreur. Quelqu'un l'a glissé dans ses affaires.

Guillermo s'accorda quelques secondes de réflexion.

— Tu as peut-être raison, lâcha-t-il.

La tension s'apaisant, des rires nerveux fusèrent dans la foule des élèves, mais Ryan était désespéré de constater l'échec de sa stratégie.

Yannis retrouva son arrogance coutumière.

— Qui voudrait de ce téléphone pourri ? ricana-t-il. J'en avais un plus perfectionné quand j'avais huit ans.

En s'exprimant ainsi, il venait de commettre une terrible erreur de jugement. Guillermo avait récupéré son mobile, mais il était désormais furieux d'avoir été victime d'un coup monté.

— Qu'est-ce que tu as dit ? gronda-t-il. Je rêve ou tu te fous de ma gueule ?

Yannis blêmit. Contre toute attente, Sal, qui détestait les railleries concernant la supposée pauvreté des immigrés sud-américains, lui flanqua une gifle mémorable.

Les rires se mêlèrent aux exclamations indignées.

— Vas-y, corrige ce gros lard ! lança un garçon d'origine mexicaine.

— Tout le monde ne peut pas avoir autant de fric que toi, lança Sal à l'adresse de Yannis en plantant un doigt dans sa bedaine proéminente. Mais je préférerais crever que de te ressembler.

Ryan avait repris espoir. Sal et Guillermo étaient tous deux plus grands que lui, mais il pensait pouvoir les neutraliser sans difficulté en exploitant l'effet de surprise. Avant qu'il n'ait pu esquisser un geste, trois autres Latinos le bousculèrent puis marchèrent droit vers Yannis.

— Vous avez entendu ça, les mecs ? dit Sal en se tournant vers les nouveaux venus. Ce connard nous a traités de clochards.

— Enfoiré de raciste, siffla l'un d'eux.

— Mais je n'ai jamais dit ça, plaida Yannis. C'est juste que… c'est un vieux téléphone. Pourquoi Ethan l'aurait-il volé ?

Sal brandit un poing menaçant. Sa victime se réfugia en tremblant dans un angle du vestiaire.

Ethan aurait pu profiter de la situation pour quitter discrètement la salle. Pourtant, contre toute attente, il prit la défense de cet ami qui l'avait laissé tomber quelques minutes plus tôt.

— J'ai plein de tickets pour la cafétéria, dit-il. Prenez-en autant que vous voulez, mais laissez-nous tranquilles.

— Tu crois que je n'ai pas de quoi me payer à bouffer, petit con ? rugit Sal. Tu penses que je vais laisser ton pote m'insulter pour un ticket repas à deux dollars ?

Quatre de ses camarades s'étaient positionnés de façon à interdire toute fuite hors de la zone du vestiaire occupée par les casiers. Ryan ne pouvait affronter six adversaires simultanément. Impuissant, il vit Sal frapper Ethan à l'estomac.

— Bien joué ! s'exclama un membre de la bande. Démonte-le, Sal !

La sonnerie retentit. Aux yeux de la plupart des élèves, se faufiler parmi les premiers dans la file d'attente du self-service était plus important qu'une place de choix pour assister au pugilat. Jouant des coudes, ils se ruèrent comme un seul homme vers le couloir.

— Du calme ! lança Mr Orchard en jaillissant de son minuscule bureau, alerté par le tumulte produit par la meute. Arrêtez de pousser, Mr Lowell.

Lorsqu'il se tourna pour regagner son réduit, il aperçut les garçons qui bloquaient l'accès aux casiers.

— Que se passe-t-il, par ici ? demanda-t-il. C'est l'heure du déjeuner. Décampez de mon vestiaire immédiatement.

Les complices de Sal filèrent sans demander leur reste.

— Rendez-vous à la sortie des cours, chuchota ce dernier à l'adresse d'Ethan.

— Eh ! cria Orchard en saisissant Sal par le col. Je te rappelle que tu as déjà été exclu deux fois cette année. Pourrais-je savoir de quoi il retourne ?

Sal haussa les épaules.

— Juste une discussion entre amis.

— C'est ça, bien sûr. Sache que je t'ai à l'œil, mon petit. Allez, fous-moi le camp !

Il ne restait plus que cinq garçons dans le vestiaire. Ryan ne pouvait pas s'attarder sur les lieux de l'incident sans risquer de se faire remarquer. Il avait assisté à la scène à proximité de la sortie en faisant semblant de chercher un objet dans son sac. Selon le plan établi par Amy, il aurait dû régler la situation qu'il avait provoquée en quelques coups de poing savamment dosés, mais il n'avait pas saisi sa chance. Désormais, le conflit qui opposait Ethan et Guillermo risquait fort de dégénérer.

Mr Orchard se planta entre les belligérants. Il échangea des mots avec chacun d'eux, mais Ryan était trop éloigné pour en entendre la teneur. Yannis fut le premier à quitter le labyrinthe formé par les rangées de casiers. Quelques secondes plus tard, Ethan lui emboîta le pas, une main posée sur l'estomac. Ses yeux étaient rougis, comme s'il était sur le point de fondre en larmes.

Ryan les suivit dans le couloir désert, en prenant soin de ne pas se laisser distancer, de façon à pouvoir espionner leur conversation.

— Tu n'aurais pas pu la boucler ? enrageait Ethan. L'incident était clos. Ils étaient sur le point de se tirer.

— Ce n'est pas moi qui leur ai offert des tickets pour la cafétéria, fit observer Yannis. Ce n'était pas l'idée du siècle.

— Désolé, mais c'est tout ce qui m'est venu à l'esprit. Je voulais les empêcher de te casser la gueule.

— Je n'avais pas besoin de ton aide. Je maîtrisais la situation.

— Oh oui, bien sûr, j'ai même cru que tu allais leur botter le cul. J'avais presque peur pour eux.

— Tu crois qu'ils vont vraiment nous attendre à la sortie ?

Ethan haussa les épaules.

— Sal est un sale type, mais si ça se trouve, il a juste dit ça pour nous foutre la trouille. Je crois qu'on ferait mieux d'aller au club d'échecs immédiatement, et d'y rester tout au long de la pause déjeuner. À la fin des cours, on rejoindra l'arrêt de bus en vitesse et on s'installera près du chauffeur. Avec un peu de chance, lundi, ils auront oublié toute cette histoire.

— Mon père possède un flingue, lança Yannis. Je sais où il le planque. S'ils continuent à nous emmerder, je les liquide.

— Oh, arrête un peu tes conneries, soupira Ethan. Tu me fais pitié.

— Je les buterai, tu peux me croire, insista son ami.

— Oui, tu as raison. Amène un flingue au collège. Ça va sans doute régler tous nos problèmes. Rien de tel qu'un bon massacre à l'arme à feu.

— Très bien, ne me crois pas, ricana Yannis, plus ridicule que jamais, tandis que son camarade s'engageait dans l'escalier.

— As-tu seulement tiré un coup de feu de ta vie ? Je te rappelle que ton père n'a même pas la nationalité américaine. Il n'a pas le droit de détenir une arme.

— Où est-ce que tu vas ? demanda Yannis, ignorant délibérément la remarque.

— Premier étage, club d'échecs.

— Et quand est-ce qu'on bouffe ?

— J'ai des sandwiches. Sal et ses potes doivent se trouver à la cafétéria. Si tu veux tenter ta chance, libre à toi. Seulement, ne compte pas sur moi.

— Mais je crève la dalle. Le vendredi, ils servent des frites et des hamburgers.

— Il va falloir tenir jusqu'à trois heures et demie. Si tu ne t'en sens pas capable, je suis prêt à partager mes réserves.

N'étant pas inscrit au club d'échecs, Ryan dut abandonner ses cibles. Malgré tous ses efforts, la mission n'avait pas avancé d'un millimètre.

12. À la une

Le jour se levait sur Dandong. Étendue sur un lit double du motel *Pink Bird*, Ning n'avait pratiquement pas fermé l'œil de la nuit. En se dirigeant vers la salle de bain, elle constata que ses mains tremblaient de façon incontrôlable.

Elle flottait en plein cauchemar. Ingrid avait promis des éclaircissements, mais elle n'avait lâché que des informations vagues concernant les crimes commis par son père et sur les raisons qui leur imposaient de quitter le pays. Empêtrée dans ses explications, elle avait sifflé un litre de vodka et s'était endormie. Depuis, elle n'avait cessé de ronfler à réveiller les morts.

Ning ne parvenait pas à chasser de son esprit le souvenir des deux policiers abattus par sa mère. Lorsqu'elle fermait les yeux, elle imaginait son père soumis à la torture ou agenouillé devant un mur, à l'heure de son exécution. Déjà, la haine qu'elle éprouvait à l'égard des leçons et de ses camarades d'école commençait à s'estomper. Elle en venait à regretter cette existence monotone. Elle avait le sentiment d'avoir été précipitée dans un puits sans fond dont les parois n'offraient aucune prise.

Le *Pink Bird* se dressait aux abords d'une autoroute en construction. Les chambres étaient grandes mais dépourvues de cachet, avec leurs murs ornés de photos de voitures américaines des années 1960. C'était un établissement bon marché destiné aux voyageurs de commerce et aux couples illégitimes recherchant la discrétion. La coursive extérieure dominait un vaste parking. À l'autre extrémité de la dalle de béton étaient alignés des bâtiments de plain-pied abritant des commerces de proximité.

Se sentant incapable de supporter plus longtemps les ronflements et l'haleine pestilentielle d'Ingrid, Ning chaussa ses baskets et glissa la clé dans sa poche. Elle quitta la chambre, marcha jusqu'au bout de la coursive et dévala les marches menant au parking. Une trentaine de voitures étaient stationnées dans cet espace disposant de centaines de places. À l'évidence, le motel ne pouvait espérer faire des affaires avant l'ouverture de l'autoroute.

Ning leva les yeux vers le ciel orangé, huma l'air frais du matin puis se rendit au drugstore ouvert vingt-quatre heures sur vingt-quatre. L'édifice, surgi au beau milieu des champs quelques mois plus tôt, était comme neuf. Chose inhabituelle, elle ne remarqua ni taches collantes au pied des vitrines réfrigérées, ni mouches mortes dans les boîtiers en plastique transparent des plafonniers.

Ning trouva deux billets et quelques pièces dans la poche de son jean. Elle étudia le rayon des plats à emporter. Un souvenir lointain lui revint en mémoire : elle se rappelait, à l'âge de quatre ans, avoir fait halte dans une station-service, lors d'une sortie organisée par l'orphelinat. Elle s'était alors émerveillée devant les distributeurs de sodas et les rayonnages où étaient exposés des cartons de nourriture à réchauffer.

Elle savait désormais que rien de bon ne sortait jamais d'un micro-ondes, mais malgré tout, elle brûlait toujours de goûter au contenu de l'une de ces petites boîtes jaune clair ornées de clichés appétissants : poisson en sauce, raviolis vapeur, poulet croustillant...

Elle choisit un hamburger, le plaça dans le four en libre-service et s'offrit un grand verre de Sprite additionné de glace.

Une minute plus tard, elle sortit la boîte et constata que des taches de graisse s'étaient formées sur le carton. Elle huma le hamburger fumant puis, malgré le léger dégoût que lui inspirait son parfum, en avala une bouchée. Le steak était sec et le pain spongieux mais, le fabricant ayant eu la main lourde sur le ketchup, le tout était à peu près comestible.

Ning déposa ses achats sur le comptoir où deux employés du bâtiment vêtus de gilets fluorescents réglaient leurs paquets de cigarettes. Elle mordit à

nouveau dans le hamburger en considérant les bouteilles d'alcool alignées derrière la caisse.

— À demain ! lança la vendeuse aux ouvriers avant de
se tourner vers Ning. Un Sprite moyen, un hamburger.
Autre chose ?

— Non, ce sera tout, répondit la fillette en sortant
son argent de sa poche.

— Tu n'es pas censée consommer avant d'avoir réglé,
fit observer la femme, qui s'exprimait avec un fort
accent coréen.

— Veuillez m'excuser, dit Ning en posant ses deux
billets de vingt yuans sur le comptoir. Je ne suis pas
très bien réveillée.

Machinalement, elle se tourna vers le présentoir
à journaux. Aussitôt, son cœur cessa de battre : une
photo de son père apparaissait en une du *Quotidien
de Dandong*. Elle déchiffra le titre composé en lettres
énormes : *DÉMANTÈLEMENT D'UN TRAFIC D'ÊTRES HUMAINS — LES
AUTORITÉS DU PARTI FÉLICITENT LA POLICE.*

Ning eut un mouvement de recul, comme si elle avait
reçu un coup de couteau dans le ventre. Le *Quotidien
de Dandong* était l'organe officiel du Parti communiste chinois. Ses pages étaient remplies d'articles
assommants décrivant les réunions et les apparitions
publiques de ses membres. Une blague courait dans
toute la ville : si le *Quotidien de Dandong* parvenait à
écouler quelques exemplaires, c'était parce que son
prix était inférieur à celui du papier-toilette.

L'*Étoile du Nord-Est* coûtait dix fois plus cher, mais son aspect était plus engageant. Deux clichés du père adoptif de Ning figuraient à la une. Sur le premier, il apparaissait en smoking, une flûte de champagne à la main. Le second avait été réalisé après son arrestation. Manifestement terrifié, il tenait sous son visage un panneau portant l'inscription *Fu Chaoxiang J051654*. En légende figuraient les mots : *Le chef des esclavagistes*.

Ning s'empara d'un exemplaire de chaque journal. Dès que la vendeuse lui eut rendu la monnaie, elle se rua à l'extérieur du drugstore, s'assit à l'une des tables de pique-nique mises à la disposition des clients et se plongea dans la lecture de l'*Étoile du Nord-Est*.

L'HOMME D'AFFAIRES FU CHAOXIANG ARRÊTÉ LORS D'UN COUP DE FILET DE LA POLICE

L'opération a permis l'interpellation de vingt-huit suspects parmi lesquels figurent des entrepreneurs, des membres haut placés de l'administration des douanes et six représentants du parti communiste. Les organisations de défense des droits des femmes réclament la peine de mort.

Une enquête menée par l'*Étoile du Nord-Est* a conduit à l'arrestation de Fu Chaoxiang, célèbre figure des milieux d'affaires, propriétaire d'une importante chaîne de magasins discount et principal sponsor de l'équipe de football des Chevaliers de Dandong.

Mais sous le masque de l'honnête entrepreneur, Fu

ne devait son train de vie princier qu'à un trafic des plus odieux. À en croire les documents officiels et les preuves rassemblées par l'équipe d'investigation de l'*Étoile*, il se trouvait à la tête d'une organisation criminelle coupable d'avoir fait entrer sur le territoire chinois plus de quatre-vingts femmes en franchissant le Yalou, fleuve marquant la frontière avec la République populaire démocratique de Corée. Parmi les victimes figurent des fillettes âgées d'à peine sept ans.

Les autorités estiment que plus de cinquante mille femmes ont subi un tel sort au cours des dix-huit dernières années. Certaines sources avancent un chiffre s'élevant à plusieurs centaines de milliers de victimes. Un tel trafic n'a pu se dérouler qu'avec la complicité de fonctionnaires corrompus des deux côtés du fleuve.

La police indique que de nouvelles arrestations pourraient avoir lieu dans les jours à venir. Une liste des associés de Fu recherchés pour interrogatoire a été rendue publique.

Les victimes de Fu étaient prêtes à tout pour quitter la Corée du Nord confrontée à de graves difficultés économiques. Attirées par la promesse d'un emploi dans l'industrie, la plupart ont versé des centaines de yuans pour rejoindre la Chine, mais le réseau de Fu n'offrait ses services qu'à des femmes jeunes et physiquement désirables.

Nombre d'entre elles ont été livrées à des gangs et contraintes de se prostituer dans des maisons de passe clandestines dans toutes les provinces chinoises. Celles qui refusaient de se soumettre étaient battues, violées et droguées afin de briser leur résistance.

Mais la plupart des victimes du réseau ont été emportées loin de Chine et cédées à des Occidentaux, voire à des Africains. À Londres, à Paris et à Los Angeles, les complices de Fu ont vendu des femmes nord-coréennes à des proxénètes. Certaines transactions s'élèveraient à un million de yuans.

Comble de l'horreur, on soupçonne le réseau d'avoir fourni à de riches pédophiles nord-américains des enfants, filles et garçons, en échange d'un demi-million de dollars (3,5 millions de yuans). À la vue des informations dévoilées par l'*Étoile du Nord-Est*, les autorités des États-Unis ont lancé leurs propres investigations.

Lire suite pages 2-3.

Voir aussi :
Liste des suspects arrêtés et recherchés, page 3.
Éditorial — Fu Chaoxiang encourt la peine de mort, page 6.
L'une des victimes témoigne : « Quatre années de cauchemar à Amsterdam », pages 4-5.

Ning était sonnée. Les yeux baignés de larmes, elle se trouvait momentanément incapable de poursuivre sa lecture. Si l'article disait vrai, l'homme qui l'avait tenue contre sa poitrine en dévalant les toboggans de la piscine, qui l'avait couverte de cadeaux, qui avait volé jusqu'à Chongqing pour assister à son premier match de boxe et pleuré lorsqu'elle avait perdu aux points, cet homme-là n'était qu'un méprisable criminel.

Le numéro de la ligne d'urgence de la police de Dandong figurait en lettres rouges en haut de la page trois, au-dessus d'une galerie composée de photos d'identité. *Si vous apercevez l'une ces personnes, contactez immédiatement les enquêteurs.*

Les clichés accompagnés de brèves légendes étaient classés par ordre d'importance. En haut figuraient des membres du parti, tous déclarés en fuite. Ingrid se trouvait en troisième ligne : *épouse de Fu, recherchée pour interrogatoire.* Ning supposait que la découverte des deux policiers tués faisait désormais de sa mère adoptive le suspect numéro un. La photo de Wei se trouvait tout en bas de la page. Le texte qui l'accompagnait le décrivait comme un complice sans réelle implication dans le réseau.

Ning tourna la page afin de découvrir le portrait de la victime. Les traits usés et le regard sombre, la jeune femme tenait un bébé métis dans les bras.

Ning se sentait incapable de lire ce récit. Abandonnant son Sprite et son hamburger, elle glissa les journaux sous son bras et courut vers le motel, bien décidée à affronter Ingrid.

Cette dernière ronflait toujours. La chambre empestait l'alcool et la sueur. Ning s'empara du pistolet rangé dans la table de nuit, souleva les draps et pinça le nez de la mère.

— C'est vrai ? cria-t-elle en reculant d'un pas, le canon pointé en direction d'Ingrid.

La femme se frotta longuement les yeux.

— Ça va, mon ange ? Ne crie pas si fort, je t'en prie. J'ai la migraine.

Ning lui jeta les journaux au visage.

— Est-ce que c'est vrai ? répéta-t-elle. Dis-moi la vérité, ou je jure que je te tue.

Ingrid papillonna des paupières et parvint enfin à faire le point. Elle considéra l'arme braquée sur elle, déchiffra la une de l'*Étoile du Nord-Est*, puis se raidit si brutalement que son coude renversa la lampe de chevet.

— C'est plus compliqué que ça n'en a l'air, bredouilla-t-elle. Pose cette arme, s'il te plaît. Le coup pourrait partir accidentellement.

Ning secoua la tête.

— Si le coup part, ce ne sera pas un accident. Vous m'avez menti pendant des années, tous les deux.

— Je ne savais rien, assura Ingrid, épouvantée par le regard fiévreux de sa fille et la bouche noire du canon.

— Tu mens ! hurla Ning. Si tu ne savais pas, pourquoi as-tu décidé de prendre la fuite ? Et le fric et les armes cachés dans le lit du bébé ? Tu savais tout, avoue-le.

— Laisse-moi parler, ma chérie. Et arrête de pointer ce flingue dans ma direction, tu veux bien ? Tu pourras toujours me tirer dessus après, si ça te chante, mais pour le moment, il ne sert à rien de me menacer.

Ning baissa l'arme et s'assit au bord de son lit.

— Je sais ce que tu penses, dit Ingrid. Tu te demandes comment j'ai pu vivre avec un homme qui traitait les autres femmes de cette façon. Mais il faut que tu comprennes que la vérité m'est apparue progressivement, et ce n'est pas à la une d'un journal que j'ai appris qui il était. Lorsque j'ai rencontré Chaoxiang, j'étais danseuse dans un club de Dalian. J'ai grandi dans la misère. Mon seul capital, c'étaient mes seins et mes fesses. Et ton père a toujours adoré les Occidentales bien roulées. Il a fait de ma vie un vrai conte de fées. Du jour au lendemain, tout m'est tombé dessus : voitures de luxe, casinos à Hainan, shopping à Shanghai, et des bijoux dont la valeur dépassait de très loin ce que mon père avait gagné au cours de sa vie. Ce n'est que plus tard que j'ai découvert que ses affaires n'étaient pas toutes très claires, quand il a commencé à se servir de ma nationalité pour contourner la législation. Et puis j'ai su qu'il faisait venir des filles pour travailler dans les boîtes de la ville.

— Alors tu as fermé les yeux, cracha Ning. Tant que tu avais ta part du gâteau, tu te fichais pas mal de la façon dont ces Coréennes étaient traitées.

— La plupart n'étaient pas aussi innocentes qu'elles le prétendent aujourd'hui. Elles étaient très contentes de leur sort. Elles se cherchaient un pigeon, afin d'être à l'abri du besoin et d'envoyer de l'argent à leur famille.

Ning était écœurée par cette vaine tentative de justification.

— Même si une seule de ces filles avait été forcée de se prostituer, ce serait une de trop. Et les enfants ? Tu as pensé aux enfants vendus à ces pédophiles ? Combien de bijoux as-tu pu t'offrir, grâce à eux ?

— Je ne suis pas au courant de ces choses-là, répondit Ingrid en chassant les journaux d'une main tremblante. Je n'aurais jamais toléré un crime aussi abominable. Et tu oublies une chose, Ning, c'est que Chaoxiang nous aime, toutes les deux.

— Moi, je ne l'aime plus. C'est terminé.

— Oh. Alors tu n'aimes plus ton père et tu veux tuer ta mère. Qu'est-ce qui te reste, mon ange ?

Ravalant un sanglot, Ning posa le pistolet dans le tiroir de la table de nuit.

— Plus rien, s'étrangla-t-elle.

Des larmes roulèrent sur ses joues.

— Mais je suis là, moi, trésor, dit Ingrid d'une voix rassurante. C'est moi qui t'ai choisie, à l'orphelinat. Chaoxiang n'avait d'yeux que pour cette fillette endimanchée et maigre comme un clou. Mais c'est toi que je préférais. Je t'ai vue en train de galoper avec les garçons dans la cour. Ton pantalon de survêtement était si sale que je crois qu'il aurait pu tenir debout. Je me suis immédiatement reconnue en toi.

Ning esquissa un sourire. Elle avait entendu cette histoire une bonne centaine de fois. Selon un rituel immuable, son père niait s'être entiché d'une autre pensionnaire, éclatait de rire, puis la serrait dans ses bras en jurant qu'il n'était qu'un idiot et que sa femme avait fait le bon choix.

Ning réalisa alors qu'elle ne pouvait pas décider de ne plus l'aimer, comme ça, sous prétexte que ses crimes lui faisaient horreur. Oui, elle l'aimait, malgré ce qu'il avait commis, malgré les accusations figurant dans l'article. Elle ne le reverrait sans doute jamais. À cette pensée, elle éclata en sanglots. Ingrid s'assit à ses côtés et la berça tendrement.

— Je suis là, mon ange. Ne t'inquiète pas. Nous allons quitter le pays. Ensuite, j'encaisserai une partie du cash déposé en mon nom, et nous nous rendrons en Angleterre. Nous recommencerons une nouvelle vie, tu verras.

13. Une meute de fauves

Après avoir patienté plus d'un quart d'heure dans la file d'attente de la cafétéria, Ryan posa sur son plateau des galettes de pommes de terre, une part de pizza et quelques biscuits au beurre de cacahuète. D'ordinaire, il déjeunait en compagnie d'un groupe de camarades, mais il devait demeurer seul pour conserver une chance de se lier à Ethan.

Une fois passé à la caisse, il choisit une chaise à proximité de Sal et de Guillermo. Il régnait dans la salle un vacarme infernal et les deux garçons s'exprimaient indifféremment en anglais et en espagnol, mais Ryan comprit qu'ils ne parlaient que de l'incident du vestiaire.

Guillermo était sanguin et limité sur le plan intellectuel, mais Sal était un authentique mauvais garçon, qui n'avait même pas pris la peine d'ôter son maillot de basket gris taché de sueur. Il se leva brusquement et mima un geste d'étranglement. En considérant ses mollets épais et la largeur de ses biceps, Ryan supposa qu'il passait des heures dans la salle de musculation, pratiquait la lutte ou faisait partie d'une équipe de football américain.

— On va le massacrer à la sortie, ce petit merdeux ! brailla Sal.

— Ne joue pas au con, Sal, avertit l'un de ses camarades. Si tu te fais pincer encore une fois, tu risques l'exclusion définitive.

Guillermo, qui avait retrouvé son mobile et le contrôle de ses nerfs, hocha la tête en signe d'approbation.

Mais Ryan était convaincu que ses complices n'étaient pas prêts à le suivre dans cette expédition punitive. S'ils se réjouissaient de pouvoir assister à un tabassage en règle, ils ne prendraient pas le risque d'écoper d'une lourde sanction disciplinaire.

Lorsqu'il eut achevé son déjeuner, Ryan débarrassa son plateau puis quitta la salle. Le règlement de Twin Lakes interdisait aux élèves d'utiliser leur téléphone pendant la pause déjeuner, mais à cette heure, tous les surveillants étaient rassemblés dans le réfectoire. Il traversa le terrain de football, s'adossa à une clôture grillagée puis glissa l'écouteur d'un kit mains libres sans fil dans son oreille.

— Alors Rybo, dit Amy, comment avance notre opération ?

— Eh, tu ne vas pas t'y mettre, toi aussi, grogna Ryan. Je déteste ce surnom. Écoute, ça n'a pas fonctionné dans les vestiaires, mais je pense qu'une chance se présentera à la sortie des cours. Tu peux te connecter à la base de données de Twin Lakes ?

— Bien sûr. On a craqué tous les codes pendant la phase de préparation de la mission pour nous assurer que tu serais bien inscrit dans la classe d'Ethan.

Dans son oreillette, Ryan entendit le son caractéristique des vagues se brisant sur le rivage.

— Tu es à la plage ? s'étonna-t-il. Il y en a qui ont la belle vie…

— Attends, mon Mac est en mode veille. J'ai gardé l'adresse en mémoire. Voyons voir… Contact, inscriptions, sport, disciplines, nouvelles, calendrier… Ah, voilà. Accès sécurisé. Safari a enregistré tous les mots de passe la dernière fois que je me suis connectée. Qu'est-ce que tu veux savoir ?

— J'aimerais obtenir des renseignements sur un garçon prénommé Sal. Il doit être en cinquième B ou F.

— Je lance la recherche… OK. J'ai un Salvatore en cinquième F et un Salvador en cinquième B. Le premier a douze ans. Il a sauté une classe dans le cadre du programme destiné aux élèves précoces. L'année dernière, ses bulletins ne comportaient que des A.

— Ce n'est pas lui. Le Sal que je recherche est un fouteur de merde. Il a sans doute déjà été exclu du collège. Qu'est-ce que tu as sur ce Salvador ?

Amy fit une pause puis lâcha un éclat de rire.

— Ça va te plaire. Il a atterri à Twin Lakes le 5 décembre dernier après avoir été expulsé de Mission Hill, mais son dossier disciplinaire comporte déjà une bonne centaine de lignes. Son taux d'absentéisme s'élève à plus de quarante pour cent.

— Quelque chose sur ses activités sportives ? Il est plus grand que moi, alors je préférerais savoir s'il pratique le kick-boxing avant de lui sauter dessus.

— Il a été viré de l'équipe de lutte pour absences répétées et comportement antisportif, expliqua Amy.

— Parfait. Les lutteurs ne savent pas se servir de leurs poings, mais il faudra que je garde mes distances.

— Si j'étais toi, je ne me réjouirais pas si vite. Le dossier indique que Sal est passé en conseil de discipline il y a moins de trois semaines pour avoir introduit un couteau dans l'enceinte du collège. Il s'en est tiré avec un dernier avertissement et une exclusion temporaire.

— Et merde, soupira Ryan. Bon, ça risque d'être plus compliqué que je ne le pensais. La dernière heure de la journée est réservée aux cours optionnels. Il faut que je connaisse les activités d'Ethan, de Yannis, de Salvador et de Guillermo. Je dois être là lorsque la bagarre éclatera.

— Compris. J'accède à l'emploi du temps des cinquième... Ça y est, j'y suis. Ethan et Yannis seront ensemble, comme toujours, en classe L8 pour une leçon d'espagnol. Guillermo, salle G9, sciences de l'environnement. Sal, atelier d'écriture en G16.

Ryan éclata de rire.

— Ça alors, je pensais qu'il ne savait même pas tenir un stylo !

— Et toi, où seras-tu ?

— En salle de musique, pour la répétition de la chorale. On ne peut pas faire plus éloigné du bâtiment G.
Il faudra que je cavale dès que j'entendrai la sonnerie
et que je localise Sal et Guillermo avant qu'ils ne s'en
prennent à Ethan et Yannis.

...

Pendant le cours de biologie, des rumeurs commencèrent à circuler.

On parlait d'une expédition punitive sans précédent.
D'une bande de Latinos opposés à Ethan et Yannis.
De couteaux, peut-être. D'une contre-attaque menée
par des élèves blancs qui dégénérerait sans doute en
affrontement racial.

Ryan connaissait la propension de ses camarades
à monter en épingle le moindre on-dit. Ils ne faisaient que tromper l'ennui, mais leurs chuchotements
incessants lui tapaient sur les nerfs. Il participait à sa
première mission d'envergure, et en dépit de l'entraînement qu'il avait reçu, il n'était pas certain de faire
le poids face à Salvador.

Il se trouvait en compagnie de seize choristes qui,
partition en main, reprenaient jusqu'à l'écœurement
I Got Plenty O' Nuttin de Gershwin. La vieille dame qui
dirigeait la chorale les encourageait vainement à y
mettre plus de cœur et de passion.

Lorsque la sonnerie retentit, Ryan dut jouer des
coudes pour atteindre la sortie. En ce vendredi

après-midi, chacun pressait le pas. Les uns étaient impatients de quitter le collège, les autres d'assister à l'affrontement.

Accompagné d'une vingtaine de garçons de cinquième et de quatrième, Ryan franchit en courant la zone pavée qui longeait le vieil édifice administratif. D'ordinaire, à la fin des cours, les élèves se ruaient vers l'arrêt de bus ou le parking, et l'établissement se vidait en quelques minutes. Mais un attroupement s'était formé dans la cour centrale.

Ryan se mêla à la foule que deux professeurs tentaient vainement de disperser, et chercha Sal et Guillermo du regard.

Soudain, un garçon apparut à une fenêtre du premier étage.

— Je les ai vus ! cria-t-il. Ils sont passés derrière le bâtiment !

Ryan fut le premier à s'élancer. Il écarta deux élèves de quatrième, enjamba une barrière et progressa sur une pelouse dont un panneau interdisait formellement l'accès.

— Eh, qu'est-ce que tu fabriques ? s'exclama un professeur. Revenez ici, vous tous !

Une vingtaine de garçons prêts à risquer une sanction disciplinaire pour assister au pugilat lui avaient emboîté le pas. Comment avait-il pu manquer Sal et Guillermo ? Sans doute s'étaient-ils éclipsés avant la fin des cours afin de tendre une embuscade à leurs victimes.

Il déboucha sur un espace bétonné où se disputaient les matchs de basket en plein air. Étendu sur le sol, Yannis poussait des hurlements perçants. Trois filles de quatrième et un professeur étaient accroupis à son chevet. Sans interrompre sa course, Ryan jeta un coup d'œil au garçon et comprit qu'il n'avait guère reçu que des claques et des coups de pied.

L'entraînement reçu à CHERUB l'avait rendu rapide et endurant. Il avait largement distancé les élèves qui s'étaient élancés dans son sillage. Alerté par des exclamations, il leva les yeux vers la façade du bâtiment et découvrit des élèves penchés à toutes les fenêtres du premier étage, les yeux tournés vers le terrain de base-ball aménagé près de la clôture qui séparait le collège d'une sortie d'autoroute.

Il accéléra l'allure, s'engouffra dans un passage étroit entre deux tribunes et déboucha sur un rectangle de gazon parfaitement entretenu, face au panneau d'affichage électronique orné d'une publicité pour un concessionnaire automobile local.

De l'autre côté du terrain, à une centaine de mètres, il aperçut un groupe de neuf garçons lancés à vive allure. Il reconnut la frêle silhouette d'Ethan, qui devançait ses poursuivants d'une courte tête. Aux yeux de Ryan, cette image évoquait une meute de fauves aux trousses d'une gazelle.

Il se trouvait à soixante-dix mètres lorsque Sal parvint à déséquilibrer Ethan d'un coup de pied dans les mollets et l'envoya rouler dans l'herbe jambes par-dessus tête. Il posa un genou sur sa poitrine, mais sa victime brandit un objet métallique, le planta dans son épaule, se redressa d'un bond puis se remit à courir.

— Eh, il s'est fait saigner ! hurla l'un des poursuivants.

Ryan, qui se trouvait à vingt mètres, vit Sal brandir fébrilement le compas avec lequel Ethan venait de le blesser.

— Je vais te crever, sale fils de pute ! cria-t-il en reprenant sa course.

Ethan avait pris vingt mètres d'avance, et Sal avait été distancé par la meute. Ryan se trouvait cinq pas derrière lui. Après un demi-kilomètre de sprint, il n'était même pas essoufflé. Les autres garçons, eux, accusaient d'évidents signes de fatigue.

Tout bien considéré, le plan d'Amy semblait sur le point d'être couronné de succès.

Mais Ethan ignorait que l'un de ses poursuivants s'apprêtait à venir à son secours. Épouvanté, il titubait vers la clôture qui longeait la sortie d'autoroute, les yeux rivés sur le portail de service utilisé par les agents d'entretien du collège, sans savoir s'il était ouvert ou fermé.

Plusieurs poursuivants avaient définitivement lâché prise. La meute ne comptait plus que quatre agresseurs. D'une main tremblante, Ethan tourna la poignée, poussa le portail puis se planta au bord de la chaussée.

À son tour, Sal atteignit l'enceinte. Exténués, ses camarades se rassemblèrent à ses côtés. Derrière le grillage, Ryan reconnut la route à quatre voies qu'Amy avait empruntée avant de le déposer devant le collège, quelques heures plus tôt.

Lorsque Sal tenta de franchir la clôture, Ethan mobilisa ses dernières forces pour refermer le portail sur ses phalanges d'un violent coup de pied, lui arrachant un hurlement bestial.

Ryan était impressionné : Ethan n'était ni puissant ni rapide, mais il faisait preuve d'un courage hors du commun. Il le vit pivoter sur les talons avant de poursuivre sa course sur le trottoir, vers l'entrée principale du collège où il espérait trouver du secours auprès du personnel. Aveuglé par la sueur qui ruisselait sur son front, il posa accidentellement le pied dans le caniveau, trébucha vers la partie droite de la chaussée et dut s'agenouiller pour retrouver l'équilibre.

Ethan tourna la tête et vit un 4×4 Volkswagen qui filait dans sa direction, bien au-delà de la limite de vitesse, fixée à vingt kilomètres-heure. Il aperçut la conductrice, tournée vers l'un des enfants installés sur la banquette arrière. L'aile avant du véhicule atteignit Ethan à l'épaule. Ryan le vit pirouetter dans les airs puis disparaître sous le capot.

La conductrice enfonça la pédale de frein. Les pneus crissèrent et produisirent un nuage de gomme brûlée. La voiture se déporta sur la droite, monta sur le trottoir, poursuivit sa trajectoire le long du grillage dans une pluie d'étincelles et termina sa course contre un poteau de béton.

Horrifié par ce qui venait de se produire par sa faute, Ryan écarta Sal d'un coup de coude, franchit le portail et s'agenouilla auprès du corps étendu sur la route. Ethan était secoué de convulsions. Il suffoquait. L'un de ses bras était en miettes. Deux complices de Sal, livides, approchèrent du lieu de l'accident.

— Bloquez la circulation et appelez une ambulance ! hurla Ryan.

Il mit en pratique les leçons de secourisme reçues lors de sa formation d'agent. Il écarta les mâchoires d'Ethan et constata qu'il avait avalé sa langue. Il plongea deux doigts dans sa gorge, sans parvenir à dégager sa trachée. La manœuvre n'avait strictement rien à voir avec les exercices pratiqués sur le mannequin du campus.

Soudain, un flot de vomissures jaillit de la bouche d'Ethan, mouchetant le visage de Ryan, puis sa poitrine se souleva, signe qu'il avait retrouvé ses fonctions respiratoires.

— Oh mon Dieu ! s'exclama la conductrice éplorée en se précipitant sur les lieux, juchée sur des hauts talons extravagants et le visage zébré de traînées de maquillage. Il a surgi de nulle part. Par pitié, dites-moi qu'il est en vie…

14. Entre voisins

Ning regardait défiler les images de son père diffusées par la chaîne d'information en continu. Un ponte local du parti ânonna un discours convenu, se félicitant du démantèlement de l'organisation criminelle de Fu Chaoxiang. Il profita de ce moment de gloire à l'échelon national pour adresser ses félicitations aux enquêteurs, aux bureaucrates de Pékin et même aux gardes frontière nord-coréens.

Un policier souriant confirma la capture de nouveaux suspects au cours de la nuit et s'affirma convaincu que les interpellations se poursuivraient pendant plusieurs jours.

« *Ces chiens seront attrapés et punis !* » annonça-t-il triomphalement.

Mais il ne fut pas fait mention des deux policiers abattus par Ingrid. Ning était persuadée que les corps avaient été retrouvés, mais que l'information était tenue secrète afin de ne pas ternir une opération de communication destinée à impressionner le gouvernement central.

S'adressant à son collègue, la présentatrice se déclara soulagée de savoir que les esclavagistes se trouvaient désormais hors d'état de nuire. Elle fit une pause, sourit et se tourna vers la caméra.

« *Dans un registre plus heureux, une élève de cinquième d'un lycée de Dandong a collecté plus de cent mille yuans afin de régler les frais médicaux d'une camarade atteinte d'une forme rare de cancer...* »

Ning saisit la télécommande et fit défiler les chaînes. Il n'était pas encore midi, mais elle avait le sentiment qu'un siècle s'était écoulé depuis son réveil. Enfermée dans la cabine de douche, Ingrid pestait contre les incessantes variations de température de l'eau. Le téléphone placé sur la console entre les lits jumeaux sonna. Ning décrocha le combiné.

— Soyez prêtes à partir à treize heures trente, dit l'homme à l'autre bout du fil.

...

Ryan n'avait pas pleuré depuis la mort de sa mère, survenue deux ans plus tôt. Assis sur son lit, store baissé et lumière éteinte, il luttait pour ne pas éclater en sanglots. Au cours de son existence, il n'avait rien commis de plus grave que casser la voiture miniature préférée de son plus jeune frère et en jeter les débris à la poubelle.

Il se jugeait pleinement responsable de ce qui était arrivé et se sentait écrasé par la culpabilité.

Il était incapable de chasser de son esprit les images de l'accident. Le son creux entendu à l'instant de la collision. La façon dont l'arrière du véhicule avait vibré lorsque l'une des roues avait écrasé le bras d'Ethan. Le contact de la langue glissant entre ses doigts.

Ted Brasker frappa à la porte et entra dans la chambre. À presque soixante ans, ce Texan aux cheveux gris taillés en brosse avait conservé une silhouette athlétique. Avant d'intégrer l'ULFT, il avait servi dans les Marines, les Navy Seals, le FBI et les services de protection diplomatique.

— Je vais laver tes fringues, dit-il en considérant son jeune coéquipier assis sur le lit, les genoux contre la poitrine. Elles empestent jusque dans le couloir.

Ryan avait pris une douche à son retour du collège, mais ses vêtements, éparpillés sur le sol, étaient maculés de vomissures. Du bout des doigts, Ted les empaqueta dans une serviette éponge et les déposa près de la porte.

— Merci, murmura Ryan.

— Tu n'as rien mangé. Amy a préparé des boulettes de viande, mais on peut te faire livrer une pizza, si tu préfères.

— Je n'ai pas faim.

— Ça t'embête si on discute un moment ? demanda Ted avant de s'asseoir au bord du lit. Je sais ce que tu ressens.

Ryan, qui souhaitait demeurer seul, resta muet.

— J'étais chargé de l'instruction des membres des forces spéciales, dans les années quatre-vingt, poursuivit Ted. Au cours de l'entraînement, les recrues devaient demeurer à flot dans une piscine avec tout leur équipement pendant trente minutes. Nous, on restait au bord du bassin et on se comportait comme les pires des salauds. On les traitait de tous les noms, on balançait des horreurs sur leurs petites amies, des trucs dans le genre. Cette épreuve était un vrai cauchemar. Même les plus forts et les plus endurants en bavaient des ronds de chapeau. Évidemment, quand l'un d'eux était sur le point de se noyer ou se mettait à hyperventiler, on le repêchait.

Il fit une pause, le regard perdu dans le vide.

— Mais il y avait ce type qui n'arrêtait pas de se plaindre, un vrai tire-au-flanc. J'ai pensé que je pouvais le laisser faire trempette un peu plus longtemps que les autres. À l'issue de l'enquête, la commission a mis en cause les modalités de l'exercice, mais il n'empêche que ce pauvre garçon s'est noyé devant moi, sous mon autorité. Ça s'est passé il y a près de trente ans, mais quand je ferme les yeux, je revois son corps étendu au bord du bassin, comme si c'était hier.

Captivé par ce récit, Ryan se tourna vers Ted et remarqua sur son bras un tatouage fané représentant le visage de Jésus-Christ.

— Ce soldat connaissait les risques quand il s'est porté volontaire, dit-il. Ethan n'avait rien demandé à personne. Il est en soins intensifs, par ma faute.

— Tu n'as commis aucune erreur, le rassura Ted en posant une main immense sur son genou. Le plan a été établi par Amy et je l'ai approuvé, tout comme le docteur D.

— Je sais. Ce qui est fait est fait, et trouver un coupable n'y changera rien.

...

Ning et sa mère considérèrent avec perplexité la camionnette Isuzu disposant de pédales spéciales adaptées à la taille de son minuscule conducteur. Ingrid ouvrit la portière côté passager.

— Ne soyez pas stupide, gronda le petit homme. Tous les flics de la ville sont à votre recherche. À l'arrière, vite !

Dans le compartiment dépourvu de fenêtres étaient entassés des seaux, des serpillières, des aspirateurs et une énorme cireuse d'où s'échappaient des vapeurs de produits chimiques. Les deux fugitives s'assirent sur une pile de combinaisons de travail.

Lorsque le conducteur enfonça la pédale d'accélérateur, les lunettes de soleil d'Ingrid, placées en serretête au sommet de son crâne, glissèrent sur son front.

— Eh, faites attention ! cria-t-elle.

Ning s'agrippa à un appuie-tête.

— Vous m'avez bien roulé dans la farine, répliqua le conducteur. Vous m'avez offert quatre cents yuans pour vous conduire à Dalian, mais vous avez oublié de me dire que vous aviez liquidé deux policiers. La nouvelle vient d'être annoncée à la radio, et les forces de l'ordre sont en train de passer Dandong au peigne fin. S'ils vous trouvent dans ma camionnette, comment croyez-vous qu'ils traiteront un vieil éclopé dans mon genre ? Ils baisseront mon froc, me couperont les noisettes et me jetteront dans la rivière quand j'aurai fini de me vider de mon sang.

— Ce n'est pas moi qui vous ai contacté, expliqua Ingrid en sortant un rouleau de billets de la poche de sa veste. Tenez, voici cinq cents yuans. Arrêtez-vous au magasin d'alcool le plus proche et achetez-moi une bouteille de vodka. Je vous en remettrai cinq cents autres dès notre arrivée à Dalian si vous cessez de conduire comme un cinglé.

— Tu ne peux pas t'abstenir de boire, pour une fois ? soupira Ning.

— Par pitié, tu ne vas pas commencer à me faire la leçon. J'ai les nerfs en pelote. J'ai besoin d'un verre pour me calmer.

Ning la fusilla du regard puis rassembla les combinaisons sous ses fesses afin de se ménager un peu de confort. Elle se remémora avec amertume le geste de tendresse qu'Ingrid avait eu à son égard, dans la chambre du motel. Ce souvenir lui semblait déjà lointain. Au fond, son père avait toujours vu clair dans le jeu de son épouse : comme il le répétait lors de chaque dispute, elle n'avait jamais aimé que ses bouteilles.

Tenaillé par la faim, Ryan quitta sa chambre peu avant vingt-deux heures. Il se fit réchauffer une assiette de boulettes accompagnées de spaghettis, puis se dirigea vers le salon plongé dans la pénombre. Il y trouva Ted et Amy installés dans le sofa, devant l'immense télévision plasma. Au plafond, la lune semblait danser au-dessus des eaux de la piscine à fond de verre.

— Qu'est-ce que vous regardez ?

— *Docteur House*, répondit Ted. Une rediffusion.

— Tes boulettes sont délicieuses, Amy.

— Comme c'est l'ULFT qui paye la note, je me suis rendue chez un boucher bio hors de prix et je l'ai convaincu de me hacher un kilo de filet mignon, expliqua sa coéquipière.

Ted éclata de rire.

— Ces Anglais se gavent avec l'argent de mes impôts ! lança-t-il.

— Ça ne t'a pas coupé l'appétit, que je sache, fit observer Amy en chipant un spaghetti dans l'assiette de Ryan. Et toi, tu vas mieux ?

Le garçon haussa les épaules.

— Bof. Des nouvelles de l'hôpital ?

— Malheureusement, nous n'avons pas de contact parmi les membres du personnel.

À l'écran, un médecin pratiquait une ponction lombaire sur l'un de ses patients. Un spaghetti s'échappa de la bouche de Ryan et atterrit sur le canapé.

— Tu as mis de la sauce tomate partout! s'exclama Amy avant de courir vers la cuisine. Je vais chercher une éponge.

— Tu peux me ramener un Coca light, pendant que tu y es? demanda Ryan.

— Et une Bud, s'il te plaît, ajouta Ted.

Amy regagna le salon et posa les deux canettes sur la table basse.

— C'est bon pour cette fois, parce que tu as eu une journée difficile, dit-elle, mais ne t'avise pas de me prendre pour ta bonne.

Un coup de sonnette retentit au rez-de-chaussée. Dans un angle de l'écran plasma, l'image de la mère d'Ethan apparut, captée par la caméra de sécurité placée devant la porte de la villa. Gillian Kitsell, quarante-trois ans, était une jolie femme, en dépit d'un nez un peu fort. Les traits tirés, elle portait un pantalon de toile et un chemisier blanc à rayures roses dont un pan dépassait de sa ceinture. Électrisés par cette vision, Amy, Ted et Ryan se raidirent.

— Bonsoir, dit Gillian en se penchant vers l'interphone. Je suis votre voisine, la mère d'Ethan. Je souhaiterais parler à Ryan.

— Oui, il est ici, répondit Ted en enfonçant le bouton de la télécommande permettant l'ouverture de la porte. Entrez, nous descendons.

Les trois coéquipiers dévalèrent les marches menant au vestibule. Gillian Kitsell — moins connue sous le nom de Galenka Aramov — patientait sous un élégant lustre LED.

— Je suis navrée de vous déranger à une heure aussi tardive, dit-elle.

Elle s'exprimait avec affectation, signe que l'anglais n'était pas sa langue maternelle.

— Comment va Ethan ? demanda Ryan.

— Il souffre d'une grave fracture au bras et de contusions aux côtes. Comme il avait très mal, les médecins lui ont administré un sédatif. Je vais m'accorder quelques heures de sommeil, puis je retournerai lui tenir compagnie.

— Il s'en tire plutôt bien, si j'en crois la description que Ryan a faite de l'accident. Il était complètement sous le choc, lorsqu'il est rentré du collège.

— Ethan restera hospitalisé pendant plusieurs jours, expliqua Gillian. L'état de son bras nécessite une opération.

— Avez-vous dîné ? demanda Amy, impatiente d'établir une relation de confiance avec sa cible. J'ai préparé des spaghettis et des boulettes de viande. Il nous en reste de quoi nourrir un bataillon.

Gillian posa une main sur son ventre.

— C'est très gentil, mais je suis incapable d'avaler quoi que ce soit. Je suis juste venue remercier Ryan. Selon le médecin, s'il n'avait pas dégagé la trachée d'Ethan, son cerveau aurait été privé d'oxygène pendant plusieurs minutes, et les dégâts auraient été irréversibles.

Sur ces mots, elle serra brièvement Ryan dans ses bras.

— Je ne sais pas comment te remercier. Je te dois tout.

— J'ai suivi des cours de secourisme, quand je vivais en Angleterre. Je n'ai fait que reproduire ce qu'on m'a appris.

Ted posa une main sur l'épaule de Ryan.

— Je suis fier de toi, fiston.

— Madame Kitsell, pourrai-je rendre visite à Ethan lorsqu'il sortira de l'hôpital ? demanda le garçon.

— Bien entendu. Il sera heureux de t'adresser personnellement ses remerciements. Bon, je dois vous laisser, à présent. Je vous souhaite une excellente soirée.

— Si vous avez besoin de quoi que ce soit… dit Ted. C'est tout naturel, entre voisins.

15. Un animal sauvage

Le trajet jusqu'à Dalian dura près de neuf heures. Ning, qui avait inhalé les vapeurs toxiques s'échappant de la cireuse, souffrait d'une violente migraine. Soûle comme un cochon, Ingrid passa le plus clair de son temps à ronfler, guère perturbée par les manœuvres brutales du conducteur, ses incessants coups de klaxon et les bordées de jurons lancées au moindre ralentissement.

Ning n'était pas bonne élève, mais elle avait été soumise six années durant au bourrage de crâne propre au système scolaire chinois. Malgré elle, les informations relatives à Dalian s'étaient imprimées dans son esprit : *six millions deux cent mille habitants, vingt et unième ville la plus peuplée de Chine ; industrie lourde et chantiers navals, tourisme et manufacture de biens électroniques ; trente-trois athlètes originaires de la ville ont obtenu la médaille d'or aux jeux Olympiques de Pékin en 2008.*

Le chauffeur les abandonna en centre-ville, à proximité du parc Lao Dong, car elles ne pouvaient rejoindre l'hôtel Q, l'un des établissements les plus chics de la ville, à l'arrière d'une vieille camionnette portant le logo d'une entreprise de nettoyage de Dandong.

Wei avait chargé une personne de confiance de se présenter à l'accueil de l'hôtel, de régler les formalités légales, de prendre possession des chambres, puis d'en laisser les portes ouvertes. Ainsi, les fugitives purent s'y installer sans croiser un seul membre du personnel. Ning était ravie de disposer de sa propre chambre et d'échapper à l'haleine alcoolisée d'Ingrid. Elle entra dans la salle de bain tapissée de marbre où trônait une immense baignoire à remous et, comme la veille, récupéra la clé dissimulée dans les plis d'une serviette.

Un grand sac en nylon équipé de roulettes avait été déposé près du lit. Il contenait deux combinaisons de ski, des bottes et une paire de gants épais. Sous ses doigts, ces effets semblaient étrangement rigides.

À l'intérieur des gants, elle trouva six liasses de billets empaquetées dans une enveloppe de cellophane dont l'étiquette portait l'inscription *Réserve fédérale des États-Unis — $25 000*. Des bottes, elle sortit deux passeports bleu ciel. En examinant leur couverture, elle reconnut le drapeau du Kirghizstan, preuve supplémentaire qu'elle avait involontairement enregistré une foule d'informations lors des séances de révision forcée.

Les documents étaient rédigés en alphabet cyrillique et en anglais. Ning détailla les hologrammes, les filigranes et les puces électroniques, et estima qu'ils étaient authentiques. Ils étaient frappés d'un visa d'entrée en Chine vieux d'à peine trois semaines. Elle était censée avoir accompagné sa mère en voyage d'affaires.

Au fond du sac, elle découvrit un fer à défriser, un flacon de teinture brune et un morceau de papier plié en quatre sur lequel figuraient les mots *Fu Ning*. C'était l'impression d'un e-mail dont les adresses de l'expéditeur et du destinataire avaient été effacées.

Chère Ning, chère Ingrid,

Dans quelques jours, vous recevrez des instructions téléphoniques concernant le vol que vous devrez emprunter pour quitter le pays. Comme je figure sur la liste des personnes recherchées, j'aurai fui Dandong quand vous lirez ces lignes. Malheureusement, je ne serai plus en mesure de vous venir en aide.

Je vous recommande de prendre vos repas dans vos chambres et de n'en sortir qu'en cas d'absolue nécessité. Ingrid, vous devez vous teindre en brune, si ce n'est pas déjà fait, car votre couleur de cheveux est aisément identifiable. N'utilisez ni Internet ni le téléphone. Ne vous connectez à aucun site sur lequel vous possédez un compte.

Vous devrez verser cent mille dollars dès votre arrivée à l'aérodrome. Vous conserverez les cinquante mille restants afin de pourvoir à toute éventualité.

Vous voyagerez dans un avion-cargo non chauffé, mais les vêtements de ski devraient pallier cet inconvénient.

Avec toute mon affection,

Wei

...

Deux jours s'écoulèrent. Chaque matin, Ning faisait quelques pas dans le couloir pour se dégourdir les jambes pendant que la femme de ménage s'occupait de la chambre, mais elle ne s'aventurait jamais plus loin que la boutique du rez-de-chaussée et le café *Starbucks* situé sur le trottoir d'en face. Ingrid, cheveux noirs parfaitement lisses et lunettes de soleil sur le nez, se rendit à plusieurs reprises à la boutique d'alcool située à une centaine de mètres de l'hôtel.

Conscientes que les autorités recherchaient une femme occidentale accompagnée d'une jeune Chinoise, elles ne sortaient jamais ensemble. Elles n'échangeaient que quelques mots, *bonjour*, *bonne nuit*, et des considérations sur la qualité des plats livrés par le service d'étage.

Dès le lundi, Ning constata que les bulletins d'information n'évoquaient plus l'affaire du réseau d'esclavage. En début d'après-midi, Ingrid reçut l'appel téléphonique qu'elle attendait. À dix-neuf heures, chargées de leurs bagages, elles empruntèrent l'ascenseur jusqu'à la réception.

Lorsqu'elle aperçut les deux policiers accoudés au guichet d'accueil, Ning sentit son cœur s'emballer. Ingrid serra la crosse du pistolet automatique dissimulé dans son sac à main. Elles parvinrent à franchir la porte de l'hôtel et à prendre place à bord de la Lexus avec chauffeur stationnée le long du trottoir.

Un orage grondait dans le ciel de Dalian. Le front contre la vitre ruisselante du véhicule, Ning observait la lumière des lampadaires qui se reflétait sur la chaussée. La voiture filait sur l'autoroute à plus de cent cinquante kilomètres-heure. Elle redoutait que cette allure n'attire l'attention de la police.

Après avoir dépassé un convoi de véhicules militaires, le chauffeur quitta l'autoroute et emprunta une étroite route gravillonnée. Quelques kilomètres plus loin, un avion passa à basse altitude à la verticale de la Lexus, dans l'axe d'une piste d'atterrissage. Ning et Ingrid baissèrent instinctivement la tête lorsque les feux de position de l'appareil illuminèrent la campagne environnante.

Bientôt, la voiture s'immobilisa devant une barrière surveillée par deux sentinelles portant l'uniforme de l'armée de l'air, baptisée officiellement Force aérienne de l'armée populaire de libération. Sur un simple signe du chauffeur, l'une d'elles actionna le bouton commandant l'ouverture du portail, puis la Lexus s'engagea sur le tarmac zébré de lignes jaunes.

L'avion-cargo qui venait de se poser s'était immobilisé en bout de piste. Il n'avait pas coupé ses moteurs.

Une dizaine d'hommes étaient en train d'en vider la soute. Ce groupe comprenait des civils et des soldats de l'armée de l'air, mais tous portaient des cagoules afin de dissimuler leur visage.

Chargés de sacs frappés de l'inscription *riz*, ils effectuaient des allers-retours entre la porte de la soute et un énorme camion. Le chauffeur échangea quelques mots avec l'officier qui dirigeait la manœuvre, puis invita Ingrid et Ning à descendre du véhicule.

La silhouette de l'avion évoquait un animal sauvage. Le vacarme produit par les hélices était assourdissant. Le fuselage gris était orné des marques distinctives de l'Armée de l'air chinoise, mais les inscriptions relatives à la sécurité autour des valves de carburant et des portes de la soute étaient rédigées en russe. L'appareil se trouvait dans un état de délabrement inquiétant. Des impacts de balles avaient été sommairement rebouchés et les pneumatiques trahissaient d'importants signes d'usure.

Ingrid tendit à l'officier quatre liasses de vingt-cinq mille dollars.

— Donnez-moi la moitié, dit-il. Le reste est pour le pilote.

Ning gravit l'escalier escamotable de l'appareil et pénétra dans le fuselage. À l'entrée de la cabine de pilotage, elle aperçut six strapontins en matière plastique. Le sol métallique était équipé de rails facilitant le déplacement des marchandises les plus lourdes.

Lorsque les derniers sacs eurent été déchargés, un second camion contenant des caisses préalablement placées sur des palettes approcha en marche arrière de la queue de l'avion. Les hommes cagoulés hissèrent la première sur la rampe destinée au chargement.

Ingrid et Ning jetèrent un coup d'œil dans le cockpit. L'espace confiné empestait le kérosène et le tabac. Le tableau de bord avait un aspect ancien. Le verre de certains cadrans était étoilé, d'autres maintenus en place par du ruban adhésif. La garniture des sièges réservés aux pilotes partait en morceaux, à tel point qu'ils avaient dû y attacher des coussins à l'aide de câbles élastiques. Le sol était jonché de composants électriques hors d'usage, de papiers gras, de mégots et de bouteilles de vodka.

La femme qui occupait la place du commandant de bord tourna la tête et s'exprima en anglais.

— Je me prénomme Dimitra, dit-elle en tendant la main en direction de Ning. Vous me comprenez ? Ou peut-être préférez-vous communiquer en russe ?

— Nous parlons l'anglais, mais pas le russe.

Dimitra avait un peu plus de quarante ans. Elle portait une combinaison souillée de graisse. La faible lumière produite par la lampe qui éclairait le cockpit n'était pas flatteuse, mais Ning estima qu'elle avait dû être séduisante, dans sa jeunesse. Maks, le copilote, était un petit homme replet et rougeaud. La chemise en nylon visible sous son blazer à boutons dorés était constellée de taches de nourriture et de brûlures de cigarette.

— Je vous remercie, dit Dimitra lorsque Ingrid lui remit les cinquante mille dollars. Nous allons devoir fermer la porte du cockpit. Le reste de l'avion n'est pas chauffé, mais vous trouverez des couvertures à l'arrière.

— Quelle est notre destination ? demanda Ning.

— Bichkek, au Kirghizstan. Le vol durera environ sept heures.

— Et nous repartirons aussitôt pour l'Europe, n'est-ce pas ?

Dimitra haussa les épaules.

— J'ai pour seule instruction de vous conduire au Kirghizstan. Je n'ai pas d'autre information.

Un choc sourd ébranla l'appareil. Alarmée, Ning se tourna vers la queue de l'avion et vit une palette glisser dans sa direction. Le chargement, maintenu en place par une épaisse enveloppe plastique, était composé de boîtes colorées ornées du logo d'une importante compagnie pharmaceutique.

Ingrid et Ning ôtèrent leurs chaussures puis se changèrent à proximité des strapontins. Huit autres palettes furent hissées dans le fuselage. La première était chargée d'armes et de munitions, la seconde de maillots de football contrefaits, les suivantes étaient trop éloignées pour que les deux fugitives puissent en identifier le contenu. Cependant, il ne faisait aucun doute que la valeur de ces marchandises s'élevait à plusieurs dizaines de millions de yuans.

Après avoir échangé quelques mots avec l'officier de la base, Maks releva l'escalier escamotable, verrouilla la porte, puis s'enferma avec sa collègue dans le poste de pilotage. Enfin, la rampe de chargement se releva. À l'exception de la veilleuse placée à l'avant de l'appareil, le fuselage n'était pas éclairé.

Les deux passagères avaient revêtu leurs combinaisons de ski afin de lutter contre le froid, mais la température au sol restait élevée. Ning ruisselait de sueur. Ingrid passa une main gantée dans son dos.

— Tout ira bien, ma chérie, dit-elle. Dans quelques secondes, nous serons tirées d'affaire.

Les moteurs rugirent et l'avion s'élança sur la piste. Les rails émirent des grincements inquiétants tandis qu'il prenait de la vitesse, puis l'une des palettes arrimées à l'arrière se détacha, provoquant un fracas épouvantable.

Ning posa une main sur la boucle de sa ceinture de sécurité pour s'assurer qu'elle était bien en place, mais aussi pour pouvoir la détacher rapidement en cas de crash. Elle sentit son estomac se retourner lorsque la gravité la plaqua sur son siège. L'appareil quitta la piste et prit rapidement de l'altitude. Enfin, les trains d'atterrissage se rétractèrent dans les trappes placées sous la carlingue.

16. Huit millions d'euros

Après sept heures inconfortables passées dans le ventre du vieil avion russe, Ning posa avec soulagement le pied sur le sol kirghiz. Le soleil se couchait sur la piste située dans une vallée encaissée. À la vue des montagnes environnantes, elle se félicita de n'avoir pu assister à l'atterrissage en raison de l'absence de hublots.

Dandong était une cité en perpétuelle mutation, si bien qu'aucun bâtiment ne demeurait debout assez longtemps pour laisser apparaître le moindre signe de décrépitude. L'aérodrome de fret de Bichkek offrait un tout autre spectacle. Soumise aux hivers les plus rigoureux, la piste était zébrée de fissures. Une citerne de carburant calcinée gisait près de carcasses d'avions dépouillées de leurs ailes et de leurs moteurs. Les bâtiments alentour, constitués de parpaings nus, étaient coiffés de toits ondulés composés d'amiante et de ciment.

Quatre employés aux cheveux grisonnants se tenaient à proximité de l'avion-cargo, les mains dans les poches.

— Nous ne savons pas où aller, expliqua timidement Ning en anglais.

Les individus lui lancèrent un regard vide. Dimitra dévala les marches de l'appareil.

— Il va falloir marcher jusqu'au Kremlin. Ils s'occuperont de vous, là-bas.

Bagages à l'épaule, Ingrid et Ning la suivirent jusqu'à un immeuble de six étages.

— On l'appelle ainsi parce que la plupart des pilotes qui y séjournent sont russes, expliqua Dimitra en poussant la porte du bâtiment.

Elles entrèrent dans une pièce meublée de fauteuils en skaï et de vieilles machines à sous. L'air empestait le tabac froid, la bière et l'urine.

— Personne ne nous attend ? demanda Ingrid.

Maks, le copilote, leur emboîta le pas. Dimitra haussa les épaules.

— Tout ce que je sais, c'est que nous volons depuis des jours et que nous sommes complètement crevés, soupira-t-elle. Nous allons filer dans nos chambres, si ça ne vous dérange pas.

Lorsque les deux pilotes eurent gravi l'escalier menant au premier étage, Ingrid et Ning remarquèrent qu'un homme gisait sans connaissance au pied d'une machine à sous. Dans un angle de la salle, des Russes et des Kirghiz, reconnaissables à leurs cheveux noirs et à leurs yeux bridés, disputaient une partie de poker.

— Quel trou à rats, lâcha Ingrid à voix basse. Cet endroit me rappelle le premier club de ton père, là où j'ai commencé ma carrière de danseuse.

Ning n'avait qu'une très vague idée de l'endroit que venait d'évoquer sa mère adoptive, mais elle ne souhaitait pas en savoir davantage. Elle était restée éveillée pendant près de vingt heures, et elle souffrait d'une violente migraine, conséquence du vacarme produit par les moteurs de l'avion.

Elles prirent place dans un vieux canapé, à l'écart des joueurs et des machines à sous. Ning fit glisser la fermeture Éclair de sa combinaison de ski puis s'étendit sur le flanc, la tête sur l'épaule d'Ingrid. En dépit de l'inquiétude que lui inspiraient le bâtiment et ses occupants, elle s'endormit comme une masse.

∴

Lorsqu'elle s'éveilla en sursaut, Ning découvrit avec stupéfaction qu'elle était couchée sur la banquette d'un véhicule. Un sapin désodorisant suspendu au rétroviseur intérieur dansait au gré des secousses imprimées par la chaussée mal entretenue. Elle remarqua le pistolet automatique glissé dans la ceinture du conducteur. C'était l'individu qu'elle avait vu étendu dans le vestibule du « Kremlin ». Alors, elle réalisa que ses poignets étaient entravés par des menottes.

Épouvantée, elle leva la tête et constata qu'on lui avait ôté ses chaussures et sa combinaison. Une corde de nylon orange enserrait ses jambes.

Le jeune homme assis sur le siège passager lança quelques mots en russe puis se tourna vers Ning. Âgé d'environ seize ans, il affichait un air malfaisant. Sa nuque était ornée d'un tatouage en alphabet cyrillique.

Ingrid ne se trouvait pas dans le véhicule. Ning tenta d'articuler une question, mais des mots inintelligibles jaillirent de sa bouche. Ses lèvres étaient paralysées, comme si elle sortait du cabinet d'un dentiste. Elle ignorait si on l'avait frappée au visage ou si elle avait été droguée.

Le conducteur s'exprima dans un anglais teinté d'un fort accent kirghiz.

— Tu es réveillée, ma mignonne ? ronronna-t-il. Sacrée surprise, pas vrai ? Dorénavant, tu réfléchiras à deux fois avant de t'en prendre à Kuban.

L'homme n'avait quitté la route des yeux que quelques secondes, mais Ning avait eu le temps d'apercevoir sa lèvre supérieure souillée de sang séché.

— Kuban ? C'est vous ? Vous dites que je vous ai frappé ?

Elle eut beau se creuser la cervelle, elle ne se souvenait que d'être entrée dans le bâtiment et s'être blottie contre sa mère.

— Un peu, que tu l'as frappé, ricana l'adolescent assis à l'avant. Direct dans le pif.

— La ferme, gronda le conducteur.

Ning reprenait peu à peu ses esprits. Le véhicule roulait lentement dans une zone bâtie de constructions semblables à celles qu'elle avait aperçues aux abords de la piste d'atterrissage. La plupart étaient abandonnées.

Lorsque la voiture se fut immobilisée, l'adolescent ouvrit la portière arrière. Ning découvrit une cour intérieure dont le sol boueux était jonché de mégots et de gobelets en plastique usagés. Les poubelles entassées contre un mur aveugle débordaient de déchets.

Une Lada se rangea à quelques mètres du premier véhicule. Un colosse tira Ingrid de la banquette. Elle était menottée, mais elle pouvait marcher librement.

Kuban aperçut une femme d'une cinquantaine d'années accroupie parmi les poubelles. Hurlant comme un possédé, il se précipita vers l'inconnue, la traîna dans la mare de boue qui s'était formée au centre de la cour puis lui cogna le crâne contre le pare-chocs de la voiture.

Insensible aux hurlements de sa victime, il lui bourra le ventre de coups de pied, puis s'adressa à trois hommes qui venaient de surgir du bâtiment le plus proche.

— Virez-moi cette merde d'ici, je ne veux plus la voir, gronda-t-il.

Il se pencha à l'intérieur du véhicule pour parler directement à Ning. Ses dents étaient noires et son haleine révoltante.

— Elle fouille dans les poubelles, crève les sacs et laisse des ordures partout, expliqua-t-il.

Sur ces mots, il saisit Ning par les cheveux et la força à descendre de la voiture. Déséquilibrée par les liens qui entravaient ses chevilles, elle bascula en avant. Son menton heurta violemment le sol. S'attendant à recevoir des coups de pied, elle demeura immobile, les yeux fermés. Kuban lança quelques mots à son jeune complice.

Ce dernier portait un maillot du FC Barcelone, un jean crasseux et une paire d'Adidas usées jusqu'à la corde. Doté d'une force étonnante, il hissa la fillette sur ses épaules, franchit la porte arrière d'un bâtiment et gravit une volée de marches de béton jusqu'à un vaste espace au parquet ciré. En découvrant la barre de bois qui courait le long d'un mur tapissé de miroirs, Ning comprit qu'elle se trouvait dans une salle de danse.

Ingrid était assise devant un petit bureau sur lequel était posé un MacBook Pro. Kuban s'installa face à elle.

— Pose tes fesses ici, ordonna l'adolescent avant de forcer Ning à s'asseoir sur le sol, dos au miroir.

Kuban souleva l'écran de l'ordinateur portable et gratifia Ingrid d'un sourire sinistre.

— Vous savez ce que je veux, dit-il. Inutile de vous faire un dessin.

Au même moment, le garçon se dirigea vers la porte de la salle.

— Non ! tu restes ici ! aboya Kuban. Il est temps que tu commences à apprendre le métier.

— De quoi parlez-vous ? demanda Ingrid en forçant son accent de Liverpool.

L'homme lâcha un soupir.

— Nous savons tous les deux que Chaoxiang ne vous a pas épousée pour votre beauté ou votre intelligence. L'un de ses associés m'a informé qu'il avait placé huit millions d'euros sur dix-sept comptes bancaires ouverts à votre nom. Et vous allez transférer ces sommes sur celui de mon patron. Téléphone, Internet, choisissez le moyen qui vous plaira.

— Votre patron ? répéta Ingrid.

Kuban frappa du poing sur le bureau et haussa le ton.

— Vous n'êtes pas autorisée à poser des questions ! Quand le virement aura été effectué, votre fille et vous serez conduites à l'aéroport de Bichkek où vous embarquerez à bord d'un avion à destination du Royaume-Uni. Vous retournerez dans le ghetto où vous avez grandi, vous vous trouverez un logement social et vous passerez le reste de votre existence à picoler et à vous empiffrer de *fish and chips*.

Ingrid, silencieuse, le fusilla du regard.

— Mes conditions ne sont pas négociables, poursuivit Kuban. De votre plein gré ou sous la contrainte, vous ferez ce que je vous ordonne.

Son interlocutrice secoua la tête puis lâcha un long soupir.

— Vous me prenez pour une imbécile ? demanda-t-elle en se frappant la tempe. Vous me liquiderez dès que vous aurez obtenu ce que vous voulez. Allez vous faire foutre. Je ne vous dirai rien.

— Eh bien, c'est ce que nous allons voir, sourit Kuban.

17. Fausse route

De la fenêtre de sa chambre, Ryan vit la Ferrari 458 de Gillian Kitsell franchir le portail de la résidence et s'engager sur la voie menant à l'autoroute. C'était le moment qu'il attendait pour rendre visite à Ethan. Durant tout le week-end, il avait peaufiné sa stratégie de façon à ne pas éveiller ses soupçons. Amy lui avait fait répéter son rôle en insistant sur les manœuvres destinées à orienter la conversation vers les sujets liés à la mission.

La villa portant le numéro cinq était bâtie au bord de la plage, à une centaine de mètres de celle où vivaient les membres de l'équipe. Ryan jeta un coup d'œil discret par une fenêtre du rez-de-chaussée et constata que la disposition des pièces était strictement identique. Elles étaient aménagées avec goût, mais les vêtements et les assiettes abandonnées dans le salon ruinaient ces efforts de décoration.

Il entendit une voix au-dessus de sa tête.

— Tu me cherches ? demanda Ethan, penché à la balustrade de la terrasse, un plâtre au bras gauche.

— J'ai appris que tu étais sorti de l'hôpital…

— Attends, je descends. Ma mère a insisté pour que je te remercie.

Déconcerté par cette étrange entrée en matière, Ryan marcha jusqu'à la porte. En dépit du fait qu'il lui avait sauvé la vie, Ethan ne semblait ni reconnaissant ni désireux de devenir son ami.

En découvrant ses jambes couvertes de coupures et d'ecchymoses, Ryan sentit renaître en lui le sentiment de culpabilité qui l'avait torturé, la nuit qui avait suivi l'accident. Chose incroyable, sur l'une des cuisses d'Ethan, on apercevait distinctement les marques laissées par un pneu du 4×4.

— Voiture un, Ethan zéro, sourit le garçon. Je suis content que tu sois venu. Le docteur dit que j'aurais pu finir dans un état végétatif si tu n'étais pas intervenu pour me permettre de respirer.

— Je voulais me baigner, expliqua Ryan en feignant un frisson, mais la mer est hyper froide. Alors j'en ai profité pour venir prendre de tes nouvelles.

— C'est à cause du vent. C'est toujours la même chose, à cette époque de l'année. Tu veux entrer ?

Dissimulant la joie que lui inspirait cette invitation, Ryan se contenta d'un sourire et d'un discret hochement de tête.

— Vous devriez virer la femme de ménage, dit-il en pénétrant dans la cuisine dont la table était jonchée de tasses sales et de magazines.

Ethan se déplaçait à petits pas, comme un vieillard.

— Nous n'avons pas de personnel, expliqua-t-il. Ma mère se méfie. Déformation professionnelle, sans doute.

— Ah bon ? Qu'est-ce qu'elle fait dans la vie ?

— Sécurité informatique. Tu veux boire quelque chose de chaud ?

— Tu as du thé ?

Ethan ouvrit la porte d'un placard.

— Tous les mêmes, ces Anglais ! Zut, je crois que nous n'avons que du café.

— Ça ira très bien, répondit Ryan en frottant ses mains l'une contre l'autre.

Comme toutes les pièces de la maison, la cuisine était démesurée. Ethan resta en arrêt devant la machine à expresso placée à l'extrémité du plan de travail.

— Je ne sais pas trop comment ça marche, dit-il. Je déteste le café.

— T'inquiète, je vais m'en occuper. J'ai la même à la maison.

— Au fait, pourquoi tu n'es pas au collège ?

— Crise d'asthme, expliqua Ryan. Ma sœur a dû appeler le médecin au milieu de la nuit. Ça ne m'était pas arrivé depuis des années. Il paraît que c'est à cause du stress. Le déménagement, le nouveau collège, tout ça… et puis ce qui t'est arrivé.

— L'asthme, je connais. C'est terrifiant de ne plus pouvoir respirer. Mais comme toi, je n'ai pas eu de crise depuis l'âge de huit ou neuf ans.

— Cette fois, ce n'était pas très grave, mais le médecin a recommandé une journée de repos. De toute façon, je déteste Twin Lakes. Je ne connais presque personne.

— C'est ta sœur que je vois surfer tous les après-midi ? Je croyais que c'était ta belle-mère.

— Ma demi-sœur, rectifia Ryan. Elle a douze ans de plus que moi.

Ethan se servit un verre de jus d'orange.

— Ne le prends pas mal, mais je la trouve hyper mignonne.

— Ce serait plutôt un compliment. Tu devrais lui proposer de sortir avec toi. Elle adore les maigrichons de douze ans passionnés d'échecs.

Ethan éclata de rire.

— Ah ! si seulement… Viens, allons nous asseoir.

Les garçons s'installèrent confortablement dans le sofa placé devant la baie vitrée et contemplèrent l'océan. En observant l'attitude d'Ethan, Ryan comprit qu'il était en confiance.

— Remarque, je crois que mon père trouve ta mère très à son goût, dit-il. Elle est passée nous voir vendredi soir, et il avait l'air totalement hypnotisé.

— Il fait fausse route, autant te prévenir, sourit Ethan. Elle a eu quelques partenaires, ces dernières années. Theresa. Hélène. Maritza la Brésilienne.

— Oh, alors je suppose que c'est râpé, s'esclaffa Ryan en buvant une gorgée de café. Tu es seul dans cette grande maison ?

— Oui. Ma mère voulait rester pour veiller sur moi, mais elle avait une réunion importante. Alors je lui ai dit de ne pas s'en faire, que je survivrais, pourvu qu'il y ait du Pepsi, de la pizza et de l'aspirine.

— Pas de grands-parents pour te tenir compagnie ? Ethan secoua la tête.

— La famille de ma mère vit dans un trou perdu, loin des États-Unis. Tu connais le film *Borat* ? Elle dit que ça lui a rappelé son pays d'origine. Des cabanes en tôle, des charrettes tirées par des chevaux, ce genre de trucs.

— Ah oui ? De quel pays vient-elle ?

Il savait qu'Ethan parlait du Kirghizstan, mais il ignorait si son camarade connaissait précisément le passé de sa mère.

— Une ancienne république de l'Union soviétique. Elle n'aime pas trop en parler, à vrai dire.

— Tu n'y es jamais allé ?

— Non. J'ai vu ma grand-mère deux fois, à Dubaï, mais mes oncles et mon grand-père ont rompu avec ma mère à cause de son homosexualité.

— Attends, elle a forcément couché au moins une fois avec un mec, fit observer Ryan en se demandant s'il ne poussait pas un peu loin le bouchon. Sinon, on ne serait pas en train de discuter, tous les deux.

— Elle a eu recours à un donneur, expliqua Ethan. Mais ne le dis à personne, au collège. C'est déjà assez dur comme ça d'être considéré comme le geek qui traîne avec un gros lard, construit des robots et joue

155

aux échecs. Je préfère ne pas ajouter bébé éprouvette et mère lesbienne à ce catalogue.

— Au moins, toi, tu as un ami.

— T'inquiète, tu finiras bien par t'en faire. Tu es sympa, et le fait que tu sois britannique te rend intéressant aux yeux des filles. J'en connais au moins une qui craque pour toi.

À la pensée qu'une fille pouvait s'intéresser à lui, Ryan perdit le fil de la conversation.

— Celle avec l'appareil dentaire, en cours de maths ?

Ethan hocha la tête.

— Oui, celle-là, avec la minijupe. Britanny. C'est une voisine de Yannis.

— Cool, merci pour le tuyau. Elle est super bien foutue.

Tout joyeux, Ryan finit sa tasse de café. Il avait toujours soupçonné Ethan de se montrer plus bavard lorsque Yannis n'était pas à ses côtés, mais le résultat dépassait ses espérances.

— Je vais te raconter un truc marrant, annonça Ethan, mais il faut que tu me promettes de n'en parler à personne.

— Comment pourrais-je dire non ? sourit Ryan. Tu m'as mis l'eau à la bouche.

— OK. Une nuit, j'ai dormi chez Yannis pendant les grandes vacances. Dans sa chambre, j'ai trouvé une culotte féminine. Au début, il a essayé de me faire croire que sa cousine de quatorze ans s'était glissée dans son lit et qu'ils avaient fait des trucs, tu me suis ? Mais je savais qu'il mentait. Je le connais depuis l'âge de sept ans et il ne m'avait jamais parlé de cette cousine. Alors je lui ai tiré les vers du nez et il a fini par avouer que la culotte appartenait à Britanny.

— Pardon ? s'étrangla Ryan.

— Je te jure. Ce gros dégueulasse s'est introduit en douce dans son jardin et l'a volée sur le fil à linge.

Ryan était plié de rire.

— Quel malade ! lança-t-il. Je parie que je pourrais lui vendre l'une des culottes d'Amy pour cinquante dollars.

Ethan s'esclaffa à son tour.

— Tu crois qu'il l'a portée ?

Une image révoltante se forma dans l'esprit de Ryan. C'était plus qu'il n'en pouvait supporter. Secoué de spasmes, il avait toutes les peines du monde à reprendre son souffle.

— Nom de Dieu, je crois que je vais mourir ! haleta-t-il.

— Ça me fait mal au bras, glapit Ethan, désormais en proie à un irrépressible fou rire. Si on pouvait le prendre en photo dans cette tenue ! Ça doit être à vomir !

Deux minutes s'écoulèrent avant qu'ils ne retrouvent leurs esprits et ne parviennent à nouveau à tenir des propos cohérents.

— Ça te dirait qu'on aille chez moi pour jouer à la PS3 ? gloussa Ryan.

— Impossible. Je ne peux pas encore bouger les doigts correctement. Mais on a un home cinéma, en bas. On pourrait se mater un film en Blu-ray, qu'est-ce que tu en dis ?

18. Dure à cuire

Kuban avait giflé Ingrid, lui avait porté des coups de poing au visage, frappé la tête contre le bureau et tordu les doigts. Ning, qui ne pouvait soutenir ce spectacle, gardait les yeux tournés vers le parquet. Les menottes entaillaient ses poignets, elle avait la nausée et n'osait demander à ses ravisseurs de la conduire aux toilettes.

— J'ai fait partie de l'armée britannique, lança Ingrid, le regard plein de défi.

Kuban se tourna vers ses deux hommes de main.

— Mettez-la debout, ordonna-t-il.

Ingrid se débattit et s'agrippa tant qu'elle put à la table, mais dut bientôt se soumettre. Lorsqu'elle fut immobilisée, Kuban la cogna de toutes ses forces à l'estomac. Ses jambes se dérobèrent, mais ses tortionnaires la maintinrent fermement.

— Quelque chose à déclarer ? demanda Kuban.

— Oui. Allez vous faire foutre.

L'homme lui lança un regard noir puis sortit un canif de la poche de son pantalon.

— Tenez-la par les cheveux et gardez sa tête immobile.

Ning leva les yeux. Le cœur au bord des lèvres, elle vit Kuban pratiquer deux incisions sur les joues de sa mère puis vider le contenu d'un flacon en plastique jaune sur son visage.

— Jus de citron, ricana-t-il en léchant le bout de ses doigts.

Ingrid hurla à s'en déchirer les cordes vocales.

— Vous n'avez qu'un mot à prononcer pour que tout ça s'arrête, dit Kuban.

— Jamais !

— Vous n'impressionnez personne, vous savez ? Vous deux, remettez-la sur la chaise.

À l'étonnement des gorilles, Ingrid leva les genoux. Surpris par cette manœuvre, l'homme qui tenait son bras droit trébucha. Elle en profita pour dégager le gauche et l'étendit d'un formidable coup de poing en pleine face.

Ning n'avait jamais réellement pris au sérieux les affirmations de sa mère adoptive concernant son passé militaire, mais cette attaque démontrait qu'elle avait suivi un entraînement au combat. Tandis que l'homme se roulait sur le sol, le nez en sang, Ingrid se rua vers Kuban, s'empara du MacBook et le lança de toutes ses forces dans sa direction.

L'ordinateur percuta le mur tapissé de miroirs. Redoutant qu'il ne termine sa course sur son crâne, Ning plongea en avant. Ingrid eut le temps de renverser le bureau avant que le second gorille ne parvienne à la maîtriser. Kuban contourna le meuble puis la battit avec une telle brutalité qu'elle ne tarda pas à perdre connaissance. Les deux hommes la traînèrent jusqu'à la chaise.

L'adolescent s'accroupit pour examiner le MacBook.

— Il est cassé. Le boss ne va pas aimer ça.

— Il faudra s'en procurer un autre, dit Kuban.

Ingrid, qui peinait à recouvrer ses esprits, gloussait comme une demeurée en balançant mollement la tête.

— Il y a peut-être moyen de le faire réparer, suggéra l'un des complices.

Kuban secoua furieusement l'appareil.

— Tu vois bien qu'il est complètement foutu, bordel !

La porte s'ouvrit à la volée. Il fit volte-face, prêt à couvrir d'insultes le nouveau venu. Lorsqu'il découvrit l'individu aux longs cheveux bruns qui se tenait à l'entrée de la salle, il ravala ses injures et recula d'un pas.

— Mr Aramov, bredouilla-t-il. Nous ne nous attendions pas à votre visite.

Âgé d'un peu moins de quarante ans, Leonid Aramov était un adepte de la musculation. Il ignora souverainement Kuban et se dirigea droit vers Ingrid.

— J'aurais dû me douter que tu étais derrière tout ça, siffla-t-elle.

Un sourire mauvais flottait sur les lèvres de Leonid.

— Tu étais drôlement plus jolie la première fois qu'on s'est rencontrés, lorsque tu te tortillais toute nue sur ce podium.

Il se tourna vers Kuban.

— Elle a craché le morceau ?

— Ça prendra du temps. Elle est coriace, mais elle finira bien par se mettre à table, comme tous les autres.

Leonid pointa vers son subordonné un doigt menaçant.

— On m'a dit que tu t'étais endormi, dans le foyer du Kremlin.

— Leur vol avait du retard. Et puis, j'ai toujours cette saloperie de grippe qui me…

Avant que Kuban n'ait achevé sa phrase, Leonid lui porta un coup de poing à l'estomac.

— Je t'avais donné l'ordre de les cueillir à la descente de l'avion ! hurla-t-il. Et vous les avez laissées dévaster le bar avant de parvenir à les capturer. Tu as quelque chose à dire pour ta défense ? Je te garantis que si ma mère apprend ça…

— Mais patron, ce n'est pas ma faute si…

Leonid n'était décidément pas du genre à laisser ses hommes plaider leur cause. Il saisit le portable endommagé et le fracassa sur le crâne de Kuban.

— Ça sera retenu sur ta paye. Et qu'est-ce qui t'a pris de verser du jus de citron dans ses yeux ? Tu n'as pas pensé qu'elle devait être capable de lire pour passer les ordres de virement ?

D'un crochet à l'abdomen, il força son souffre-douleur à se plier en deux puis lui brisa le nez d'un coup de genou.

— Tire-toi, espèce de poivrot ! rugit-il.

Il redressa le bureau et se tourna vers les deux gorilles.

— Toi, va chercher la caisse de câbles électriques dans le bureau du directeur. Toi, prépare-moi du café.

Enfin, il s'adressa à l'adolescent.

— Quant à toi, je veux que tu brises les pieds de cette morveuse.

Les hommes de main quittèrent précipitamment la salle de danse. Le garçon resta immobile.

— Eh bien, qu'est-ce que tu attends ? gronda Leonid. Fais ce que je te dis. Immédiatement.

Lorsque l'adolescent s'agenouilla devant elle, Ning, paniquée, glissa sur les fesses et parvint à se réfugier dans un angle de la pièce.

— Finissons-en, ordonna Leonid. N'essaye pas de gagner du temps.

Le garçon posa une semelle boueuse sur le pied de sa victime puis, pesant de tout son poids, le foula pendant près d'une minute.

Ning, qui avait vu sa mère endurer sans ciller les pires tourments, était déterminée à suivre son exemple. Malgré elle, la douleur lui arracha un cri perçant.

— Ça te plaît de voir ta fille souffrir ? demanda Leonid. Ou préfères-tu que nous ayons enfin une petite conversation entre adultes ?

Les yeux d'Ingrid roulaient follement dans leurs orbites.

— Va chercher de l'eau glacée, lança-t-il à l'adresse de l'adolescent. Elle est dans les vapes.

Lorsque le garçon eut quitté la salle, l'un des gorilles apparut dans l'encadrement de la porte.

— Désolé, patron, mais je ne trouve pas la caisse.

— Bon sang, elle est énorme. Comment as-tu pu la manquer ?

— Quelqu'un a dû la déplacer, hasarda l'homme.

— Bon, allons voir. Verrouille la porte. Ces salopes seraient foutues de se faire la malle.

Dès que la clé eut tourné dans la serrure, Ingrid cessa de balancer la tête et regarda Ning droit dans les yeux.

— Approche, chuchota-t-elle.

En dépit de la douleur que lui causait son pied blessé, la fillette se redressa péniblement puis sautilla vers sa mère.

— Je crois que j'ai un orteil cassé, gémit-elle.

— J'ai attrapé ça quand j'ai renversé le bureau, dit Ingrid en exhibant le couteau que Kuban avait utilisé pour lui entailler les joues. Il faut que tu comprennes une chose : si je vire l'argent, Leonid n'aura plus aucune raison de nous laisser en vie. Si j'ai laissé cette petite ordure te faire du mal, c'était pour te protéger, tu piges ?

Ning hocha la tête.

— Il faut que tu trouves un moyen de t'évader, mon ange. Utilise ce couteau, tes poings et tout ce qui te tombera sous la main, mais tu dois tenter ta chance à la première occasion.

— M'évader ? Mais pour aller où ? Je ne sais même pas où nous nous trouvons.

— Bichkek est la capitale du pays. Tu trouveras bien une solution. Essaye de rejoindre une ambassade, ou un lieu touristique. Surtout, ne t'adresse pas aux policiers. Ils sont probablement à la solde des Aramov.

Ingrid glissa le couteau dans la poche du jean de Ning.

— Je t'aime, ma chérie.

— Moi aussi, je t'aime.

— J'entends des pas. Retourne à ta place, vite.

L'adolescent entra dans la salle, marcha vers le bureau puis y déposa une cuvette et des torchons de cuisine. Il s'agenouilla près de Ning et desserra légèrement ses menottes à l'aide d'une petite clé.

— Ça devait commencer à faire mal, depuis le temps, dit-il.

Ning lui adressa un hochement de tête reconnaissant, mais elle redoutait qu'il ne s'agisse d'une ruse. L'un des gorilles fit son apparition, une caisse sous le bras, bientôt suivi de Leonid, qui tenait un gobelet de café fumant.

— Maman est une dure à cuire, lança ce dernier sur un ton amusé, mais combien de temps pourra-t-elle supporter de voir souffrir sa fifille adorée ?

19. La première occasion

Une petite salle de cinéma était aménagée au sous-sol de la villa des Kitsell. L'écran du rétroprojecteur était encadré de hautes enceintes. Les sièges, répartis sur trois rangées, disposaient de dossiers inclinables par commande électrique. Une machine à pop-corn trônait sur le bar aménagé au fond de la pièce. D'un commun accord, les deux garçons avaient choisi *Iron Man 2* en édition Blu-ray.

— Tu peux mettre sur *pause* ? demanda Ryan. Il faut que j'aille pisser.

Ethan effleura l'écran de l'iPad qui contrôlait le lecteur.

— Tu sais où sont les toilettes ?

— Au même endroit que chez moi, je suppose.

— Ramène-moi des M & Ms, pendant que tu y es. Il y en a tout un stock derrière le bar.

Ryan s'engagea dans le couloir tapissé d'affiches de cinéma. Il avait passé plus de cinq heures dans la villa, et il avait découvert un si grand nombre d'indices qu'il redoutait de ne pouvoir les mémoriser.

Souhaitant gagner du temps, il n'effectua qu'un bref passage aux toilettes et ne se lava même pas les mains. Il était intrigué par la pièce qui jouxtait la salle de cinéma. Ses murs extérieurs présentaient un renflement inhabituel, signe qu'ils avaient été renforcés après la construction du bâtiment. En apparence, la porte était semblable à toutes les autres, mais elle était froide au toucher.

Plus étonnant encore, elle disposait de deux serrures et d'un dispositif de reconnaissance des empreintes digitales dont Ryan réalisa plusieurs clichés à l'aide de son téléphone portable. À peine eut-il replacé l'appareil dans la poche de son short qu'Ethan franchit la porte de la salle de cinéma.

— On a de la visite, expliqua ce dernier avant de se tourner vers la cage d'escalier. Je suis en bas !

Le souffle court, Yannis descendit les marches menant au sous-sol.

— Comment ça va, Ethan ? Dommage que tu ne puisses pas venir au collège. Sal a été exclu définitivement. Guillermo a écopé d'une semaine de suspension. Tout le monde m'a demandé de tes nouvelles. J'ai dit que tu allais bien, mais je n'ai pas précisé que tu étais sorti de l'hôpital, pour éviter que les profs ne te filent des devoirs.

Alors, il aperçut Ryan, qui se tenait en retrait derrière l'escalier.

— Ah, tu es là, grogna-t-il.

— Oui, je suis là, je te le confirme.

Ryan détestait Yannis, mais il ne pouvait laisser éclater son inimitié sous peine de réduire à néant les efforts accomplis pour se lier à Ethan.

— On était en train de regarder *Iron Man 2*, dit ce dernier. On en est à l'énorme baston, à la fin.

Yannis secoua la tête.

— Je pensais qu'on travaillerait sur tes robots.

Ethan souleva son plâtre.

— Avec ce truc, je ne peux même pas faire une soudure.

— Pourquoi tu n'es pas au collège, toi ? demanda Yannis en se tournant vers Ryan.

— Crise d'asthme. Le médecin m'a autorisé à rester à la maison.

— Tu n'as pourtant pas l'air d'aller trop mal.

— Je suis en pleine forme, mais c'est l'occasion de sécher les cours pendant deux jours, et je ne compte pas m'en priver.

— Bon, ben si vous regardez un film, je ferais mieux de rentrer faire mes devoirs. Je voulais juste m'assurer que tout allait bien.

— Non, reste, insista Ethan. Je peux te préparer des hot-dogs, si tu veux.

Mais Yannis avait déjà tourné les talons.

— Moi, j'ai l'habitude de regarder les films depuis le début. Sinon, ça n'a aucun intérêt.

Ethan suivit son camarade dans la cage d'escalier.

— Pourquoi tu me fais toujours des scènes quand j'ai un autre copain à la maison ?

— Je ne te fais pas de scène, répliqua Yannis d'une voix suraiguë. Je croyais qu'on était amis, c'est tout. En général, on fait les trucs tous les deux.

— Je t'ai proposé de te joindre à nous, de regarder le film et de te faire des hot-dogs ! protesta Ethan, hors de lui. Tu ne peux pas dire que je t'ai rejeté !

Yannis ne répondit pas. On entendit claquer la porte du rez-de-chaussée.

Ethan et Ryan échangèrent un regard interdit.

— Qu'est-ce que je lui ai fait pour qu'il se comporte de cette façon ? s'étonna ce dernier.

— Il est jaloux de mes autres copains. C'est la même chose au club d'échecs. Mais c'est son problème, après tout. Qu'il aille se faire voir. Allons regarder la fin du film.

...

L'homme de main au nez sanglant saisit Ning par la taille et la jeta sur le bureau.

— Comment peux-tu laisser faire une chose pareille ? cria Leonid. Quelle mère laisserait souffrir sa fille pour garder son fric ?

— Tôt ou tard, Chaoxiang apprendra ce que tu as fait, répliqua Ingrid. Il sait que tu as une fille. Tout ce que tu infligeras à la mienne, il le fera subir à la tienne.

Leonid éclata de rire.

168

— Chaoxiang s'est fait des ennemis en haut lieu. Il croupit dans une prison chinoise, à l'heure qu'il est. Il n'est plus rien.

Ingrid se pencha en avant et lui cracha au visage. Leonid recula d'un pas, s'essuya la joue d'un revers de manche, souleva le T-shirt de Ning puis lui vida sa tasse de café brûlant sur le ventre. La fillette lança une plainte à glacer le sang.

— Non ! hurla Ingrid.

Elle essaya de se lever, mais l'un des hommes de main la repoussa brutalement contre le dossier de la chaise.

— Comment peux-tu faire ça ? Ce n'est qu'une enfant !

Encouragé par cette supplique, Leonid regarda Ning droit dans les yeux.

— Va me chercher une autre tasse de café, lança-t-il à l'adresse de l'un des gorilles.

— OK, soupira Ingrid en passant une main sanglante dans ses cheveux. Tu as gagné. Je vais te dire ce que tu veux savoir.

— Bien. Mais si tu te payes ma poire, c'est ta fille qui en subira les conséquences.

— Je t'en prie, gémit-elle en désignant la cuvette d'eau fraîche. Verses-en sur ses brûlures.

Sans que son patron lui en ait donné l'ordre, l'adolescent saisit le récipient et inonda le ventre de Ning. Leonid lui lança un regard noir, mais ne fit aucune remarque. Seuls lui importaient les codes bancaires détenus par Ingrid.

— Je ne me souviens pas des numéros par cœur, dit-elle. Dans ma valise, tu trouveras un agenda. Certains comptes sont accessibles par Internet, d'autres uniquement par téléphone.

L'un des hommes de main s'adressa à Leonid en russe.

— Kuban a déjà épluché ce carnet. Il ne contient aucune donnée bancaire.

— Tu crois vraiment que je laisserais ces infos à la portée du premier connard venu ? Elles sont rédigées dans un code mis au point par Chaoxiang. Pour le déchiffrer, je n'ai besoin que d'un stylo et d'une calculatrice.

Leonid ordonna à l'adolescent d'aller chercher les affaires d'Ingrid et l'ordinateur portable dissimulé sous l'un des sièges de sa voiture.

— Vu que je suis décidée à coopérer, ne pourrais-tu pas au moins apporter des soins à Ning et lui retirer ses menottes ?

— Tu n'es pas en situation de poser des exigences.

— Je vais avoir besoin de me concentrer pour décoder les numéros. Et je ne peux pas appeler les banques si ma voix tremble, sous peine d'éveiller les soupçons. J'en serai incapable tant que je la verrai souffrir.

Leonid hocha la tête.

— C'est d'accord, dit-il. Nous lui donnerons de quoi manger, se laver et se changer.

— Merci, soupira Ingrid.

170

— Emmène la fille, ordonna Leonid à l'un de ses hommes. Installe-la dans la pièce voisine. Je veux qu'elle reste à ma disposition.

Lorsqu'on lui eut retiré ses menottes et les liens qui entravaient ses chevilles, Ning s'étira. Pour la première fois depuis presque six heures, elle put se mouvoir librement, mais elle avait mal partout. Son ventre était couvert de cloques, l'un de ses orteils fracturé et ses poignets entaillés.

D'un geste, le gangster chargé de sa surveillance l'invita à se diriger vers la porte de la salle de danse. Il la conduisit jusqu'à une petite pièce disposant de quelques chaises, d'un lavabo, d'un vieux réfrigérateur et de tables branlantes. Percevant des pulsations régulières sous ses pieds, Ning devina qu'une boîte de nuit était aménagée au rez-de-chaussée. Elle marcha droit vers les toilettes situées dans un angle.

Le gorille, qui avait reçu l'ordre de ne pas la quitter des yeux, lui interdit de fermer la porte. Lorsqu'elle déboutonna la braguette de son pantalon, par décence, il détourna le regard.

Après s'être vidé la vessie, elle se planta devant le miroir placé au-dessus du lavabo et constata que son menton était maculé de sang coagulé, conséquence de sa chute lorsqu'on l'avait tirée hors de la voiture. Elle s'empara d'une savonnette et fit de son mieux pour faire disparaître ces traces.

Le gangster ouvrit la porte du réfrigérateur. Là où elle s'attendait à trouver des tranches de pain moisi, elle découvrit des plats cuisinés alignés sur des plateaux métalliques. L'homme lui remit une barquette d'aluminium.

Ning n'avait rien avalé depuis près de vingt-quatre heures, mais la douleur avait fait disparaître toute sensation de faim. Elle ôta l'opercule puis se força à avaler quelques bouchées d'une salade de pommes de terre.

— Je pourrais récupérer mes baskets ? demanda-t-elle.

Réalisant que le garde ne parlait pas anglais, elle tâcha de se faire comprendre par une série de gestes. Il lui adressa un clin d'œil, puis l'invita à la suivre dans un long couloir. Elle y trouva son sac à dos posé contre un mur. Il avait été fouillé, comme le prouvaient les effets éparpillés sur le sol.

Contrairement à la salle de danse et la pièce qu'elle venait de quitter, le couloir disposait de fenêtres. Ning, qui avait perdu toute notion du temps, remarqua qu'il faisait nuit.

Elle glissa son pied blessé dans l'une des baskets. La douleur causée par son orteil était plus vive que jamais, mais il n'était pas envisageable de s'évader en chaussettes.

Une fois chaussée, elle jeta un bref coup d'œil dans la salle de danse : Ingrid considérait d'un air sombre l'ordinateur portable posé sur le bureau. Enfin, Ning rejoignit la petite pièce.

Elle trouva le garde penché devant le réfrigérateur ouvert. À cette vue, Ning se remémora les paroles d'Ingrid. *Tu dois tenter ta chance à la première occasion.*

Elle tourna les talons et se dirigea vers le couloir. Elle sentait le canif dans sa poche arrière. Sa présence était plus inquiétante que rassurante, car elle n'avait pas la moindre idée de l'usage qu'elle pourrait en faire.

— J'ai oublié quelque chose, dit-elle sur un ton détaché.

Elle fit deux pas hors de la pièce avant que le gorille ne la saisisse par le col.

— *Niet*, gronda-t-il.

Ning savait qu'elle n'aurait pas de seconde chance. Elle rassembla toutes ses forces, toute sa rage et tout ce qu'elle avait appris en quatre ans d'études à l'académie des sports de Dandong en un unique et prodigieux coup de poing.

Le nez en bouillie, le garde bascula en arrière. Elle le cogna sèchement à la tempe avant qu'il ne s'effondre lourdement sur le sol, inconscient et privé de deux incisives.

Ning jeta un coup d'œil par-dessus son épaule. L'empoignade n'avait duré que quelques secondes, mais la chute de l'homme avait produit un bruit sourd, et elle redoutait de voir Leonid débouler dans le couloir. Elle resta figée quelques secondes, puis comprit qu'elle était momentanément tirée d'affaire.

En fouillant sa victime à la recherche d'une arme, elle ne trouva qu'un portefeuille qu'elle glissa dans son pantalon. Elle épaula son sac à dos sans prendre le temps d'en vérifier le contenu puis boita jusqu'à la porte coupe-feu située à l'une des extrémités du couloir. Elle l'entrouvrit et découvrit un escalier de secours extérieur menant à l'espace clos où étaient stationnées les Lada.

Le portail grillagé était fermé, mais il ne semblait pas infranchissable. Après tout, si la pilleuse de poubelles que Kuban avait malmenée avait pu s'introduire dans la cour, il devait forcément exister un moyen d'en sortir.

20. Énergie positive

Pesant de tout son poids sur la rampe afin de soulager son orteil blessé, Ning éprouva toutes les peines du monde à descendre l'escalier. La cour était plongée dans la pénombre, mais on entendait distinctement le morceau diffusé par la sono du night-club. Un groupe de fêtards chahutait dans l'étroit passage menant à l'entrée de l'établissement.

Ning boita jusqu'à la clôture et constata qu'elle s'élevait à près de trois mètres. Elle la secoua pour en éprouver la solidité puis rechercha sans succès une brèche par laquelle se glisser. Elle rebroussa chemin pour examiner les poubelles, des cylindres d'aluminium de deux mètres de hauteur équipés de roulettes et de poignées. Sourde à la douleur que lui causaient son pied brisé et son ventre ébouillanté, elle poussa l'une d'elles jusqu'au portail.

Elle se hissa à la force des bras de façon à poser un pied sur la poignée, puis elle glissa un genou au sommet du container et se tint en équilibre précaire au-dessus des ordures. Elle en inspecta le contenu et estima qu'il était plein aux deux tiers. Lorsqu'elle posa un pied à l'intérieur pour s'assurer que les déchets étaient stables, elle dérangea un rat qui furetait parmi les sacs en plastique. Elle y posa l'autre jambe et se maintint en équilibre, le bord de la poubelle au niveau des genoux.

Il ne lui restait plus qu'à s'agripper au sommet de la clôture, à exercer une traction sur ses bras puis à se laisser tomber de l'autre côté de l'obstacle. Soudain, des pas précipités résonnèrent dans l'escalier de secours.

Ning tourna la tête. L'adolescent dévalait les marches. Dans une tentative désespérée d'échapper à son poursuivant, elle plongea vers le grillage, mais un objet pointu frôla son ventre brûlé, provoquant un spasme si douloureux qu'elle tomba en arrière parmi les déchets. Alors, Leonid Aramov apparut à son tour au sommet de l'escalier.

Jugeant sa situation désespérée, elle ne renouvela pas sa tentative. Même si elle parvenait à passer derrière la clôture, elle n'était pas en état de courir.

Le garçon se mit à gesticuler et à jacasser en russe en en kirghiz. Leonid lança des ordres puis les grilles s'ouvrirent. De cet échange, Ning ne retint qu'un mot : *dollars*.

D'innombrables bruits de pas se firent entendre, signe qu'une meute de gangsters venait de franchir le portail. Ning comprit alors que Leonid avait promis une forte prime à celui qui parviendrait à la capturer.

Mais l'adolescent, qui avait rejoint la cour le premier, l'avait forcément vue tomber dans la poubelle.

Elle demeura dans sa cachette pendant quelques minutes, puis le container se mit en mouvement. Lorsqu'il s'immobilisa contre un mur, Ning vit des doigts épais se refermer au bord du cylindre, au-dessus de sa tête. Enfin, le visage rond du garçon apparut. Persuadée qu'elle allait être tirée sans ménagement hors de la poubelle, elle plaça ses mains devant son visage dans un geste défensif, mais l'adolescent posa un doigt sur ses lèvres :

— Chut ! Je leur ai dit que je t'ai vue sauter par-dessus la clôture et courir vers le sommet de la colline.

— Merci, chuchota-t-elle.

— Je reviendrai te chercher, mais il faudra être patiente, d'accord ?

...

De retour à la villa de l'équipe, Amy soumit Ryan à un débriefing complet. Il dut détailler les informations lâchées par Ethan et ce qu'il avait appris au sujet de Gillian Kitsell. Il insista sur son homosexualité, principale cause du conflit qui l'opposait aux autres membres de sa famille, sur la manière dont son fils avait été conçu et sur la présence d'une salle forte au sous-sol de son domicile. Amy rédigea une note détaillée qu'elle adressa par e-mail sécurisé au quartier général de l'ULFT, à Dallas. Elle y joignit les clichés de la porte.

Un analyste travaillerait toute la nuit sur ces informations. À son réveil, Ryan trouverait dans sa boîte de réception Internet un rapport estimant la pertinence des indices et indiquant des pistes à creuser lors de ses prochaines rencontres avec Ethan.

— Il paraît que tu n'as pas chômé, hier, lança Ted lorsque le garçon entra dans la cuisine.

— C'est vrai, confirma Ryan en se frottant les yeux. Mais c'était absolument épuisant. Pas physiquement, mais sur le plan intellectuel. Toute la journée, j'ai dû faire semblant d'être détendu tout en me concentrant sur les questions que je pouvais poser et celles qu'il me fallait écarter pour ne pas éveiller les soupçons.

— Mais on dirait qu'Ethan est moins timide qu'on ne le supposait.

La taille ceinte d'un tablier, Ted se trémoussait au son d'une chanson de Phil Collins diffusée par les enceintes incrustées dans le plafond. Il saisit le manche de la poêle où rissolaient des lamelles de bœuf et de poivron, puis il la secoua vigoureusement.

— Ethan est un peu lent au démarrage, mais après, on ne peut plus l'arrêter. Dis donc, ça sent drôlement bon, ton truc mexicain. En revanche, je ne suis pas sûr de partager tes goûts musicaux.

— Ne dis pas de mal de ce bon vieux Phil, grogna Ted. Il faut le voir sur scène ! La seule chose qui me ferait manquer l'un de ses concerts, c'est un match de *play-off* des Texas A & M.

— Base-ball ? hasarda Ryan.

Ted lui lança un gant de cuisine ignifugé au visage.

— Football, mon garçon ! Tu t'intéresses au sport ?

— En Angleterre, on a le rugby, répondit Ryan. C'est assez proche du football américain, mais nous, on n'a besoin ni de casque ni de protections, parce qu'on est des hommes, des vrais !

— Eh, un ton en dessous, jeune homme, si tu ne veux pas que je te colle mon pied où je pense, ricana Ted. Bon, j'ai presque terminé. Il y a du guacamole et de la crème aigre au frigo. Pourrais-tu mettre la table, s'il te plaît ? Nous serons quatre.

— Quatre ?

— Amy ne t'a rien dit ? Nous recevons la patronne. Elle devrait déjà être ici, mais elle est sûrement coincée dans les embouteillages.

Ryan lâcha un profond soupir puis il ouvrit le tiroir contenant les couverts.

— On dirait que tu n'aimes pas beaucoup le docteur D, fit observer Ted.

— Je ne l'ai rencontrée que deux fois, mais elle m'énerve, avec sa voix aiguë et ses grands gestes des bras. *Bonjour, je me prénomme Denise, mais vous devrez m'appeler docteur D.*

Ted lâcha un éclat de rire.

— Tu imites son accent à la perfection. Je sais qu'elle est un peu bizarre, mais elle connaît son boulot, tu peux me croire. Et puis elle est à la tête de l'ULFT, ne l'oublie pas. Amy et moi sommes ses subordonnés. Alors essaye d'être gentil avec elle, si ça ne te fait rien.

— Ne t'inquiète pas, je sais me tenir, dit Ryan en plongeant le petit doigt dans le pot de guacamole. Elle va rester longtemps ?

— Quelques jours. Si quelqu'un te pose des questions, c'est ta grand-mère maternelle.

— OK, c'est enregistré.

Un coup de sonnette retentit. Ted enfonça le bouton commandant l'ouverture de la porte principale. Quelques instants plus tard, le docteur D entra dans la cuisine, déposa sur la table une grande boîte dorée et embrassa Ryan sur les deux joues.

— J'ai lu le rapport qu'Amy a adressé à l'analyste du quartier général, déclara-t-elle. Mon garçon, voilà ce que j'appelle faire avancer une mission. Ça méritait bien un petit cadeau.

Ryan souleva le couvercle de la boîte. Il découvrit un bonsaï et un galet parfaitement poli.

— C'est pour décorer ta chambre, ajouta le docteur D.

Ce n'était pas exactement le genre de cadeau auquel on pouvait s'attendre de la part d'un haut responsable des services secrets américains. Ryan le trouvait absolument ridicule, mais les recommandations de Ted résonnaient encore à ses oreilles.

— C'est… euh… très mignon. J'ai toujours adoré les arbres miniatures.

— C'est un kit feng shui, expliqua le docteur D. Quand j'ai vu ta chambre, la dernière fois, avec les toilettes et la cabine de douche orientées vers le lit, j'ai tout de suite su qu'elle dégageait des ondes négatives. Tu installeras le bonsaï sur le rebord de ta fenêtre et la pierre sur l'étagère de la salle de bain. Le chi de la pièce sera rééquilibré et, dès demain, tu te réveilleras chargé d'énergie positive.

— Ryan en a bien besoin, gloussa Amy en entrant dans la cuisine. Il est d'une humeur massacrante, au réveil.

Ryan s'empara d'une pile d'assiettes dans le placard.

— Estime-toi heureux, chuchota Ted à son oreille. Un jour, elle m'a offert un T-shirt violet énergisant.

Le docteur D s'assit sur une chaise pendant que Ryan disposait les couverts sur la table.

— L'idéal serait de trouver une nouvelle compagne à Gillian Kitsell, dit-elle. Ryan, il nous faudra connaître ses goûts en la matière. La prochaine fois que tu te trouveras chez elle, tâche de jeter un œil aux photos de ses ex.

— Je ne comprends pas comment l'ULFT a pu passer à côté d'un détail aussi important, fit observer Ryan. Les collègues de Gillian doivent être au courant. Et comme elle voyage beaucoup, il aurait suffi d'éplucher les registres des compagnies aériennes pour constater qu'elle était toujours accompagnée de femmes.

Le docteur D se raidit.

— Jeune homme, nous avons effectué des recherches approfondies. Mais notre cible dirige une société spécialisée dans la sécurité informatique. Elle est extrêmement prudente, et ses employés sont soumis à de strictes règles de confidentialité. Pour le moment, elle ignore qu'elle fait l'objet d'une investigation, et elle reste convaincue que personne ne connaît ses liens avec la famille Aramov. Mais si elle apprend qu'un utilisateur anonyme a cherché son nom sur la base de données de United Airlines, ou si l'une de ses ex l'informe qu'on lui a posé des questions à son sujet, elle pourrait s'exiler au Kirghizstan, où nous perdrons sa trace à jamais.

21. Daniyar

Ning demeura dans sa cachette pendant des heures. Les mouches bourdonnaient à ses oreilles. Plusieurs sacs-poubelles atterrirent sur sa tête. La puanteur était à peine soutenable. Les hommes de main chargés de sa capture regagnèrent la cour, ulcérés de n'avoir pu empocher la prime promise. Leonid avait depuis longtemps rejoint la salle de danse afin de s'occuper d'Ingrid.

La situation de Ning était pour le moins inconfortable. Étendue parmi les déchets souillés d'urine de rat et infestés de vers, elle redoutait que sa blessure au ventre ne s'infecte. Elle se demandait si sa mère avait été informée de son évasion et elle s'inquiétait de la réaction de Leonid.

Elle pensa à son sauveur, cet adolescent qui lui avait broyé le pied sur ordre de son patron mais avait gentiment desserré ses menottes. Il serait probablement liquidé si les tueurs apprenaient qu'il les avait lancés sur une fausse piste. Lui était-il venu en aide par humanité ou avait-il une idée derrière la tête ?

Au fil des heures, les clients de la boîte de nuit, ivres pour la plupart, envahirent la cour intérieure. Une bagarre éclata. Des bouteilles vides et des mégots de cigarette dégringolèrent dans le container.

Ne disposant pas de montre, Ning supposait qu'il devait être environ trois heures du matin lorsque les videurs de l'établissement ordonnèrent aux fêtards de se disperser. Assoiffée, elle envisagea de quitter sa cachette et de tenter à nouveau sa chance, mais sa démarche particulière, conséquence de sa blessure au pied, la trahirait tôt ou tard.

— Tu es toujours là ? demanda le garçon, lorsque son visage apparut enfin au-dessus la tête de Ning. Tu peux sortir, tout le monde est parti.

Il la hissa hors de la poubelle et la conduisit jusqu'à une Lada aux éléments de carrosserie dépareillés.

— Nous n'allons pas très loin, annonça-t-il en l'aidant à s'installer dans le coffre.

Elle dut serrer les genoux contre sa poitrine pour trouver place entre les chaînes à neige et une collection de bottes incrustées de boue.

— Tout ira bien, tu verras, dit l'adolescent en refermant le hayon.

Il prit le volant, franchit le portail et s'engagea dans la première rue à droite. Dix minutes plus tard, il se gara devant un immeuble de trois étages. Après s'être assuré que les lieux étaient déserts, il prit Ning sur ses épaules et la porta jusqu'au premier étage. D'une main fébrile, il déverrouilla une porte et l'invita à entrer.

— Comment t'appelles-tu ? demanda-t-elle en s'adossant au mur du vestibule.

— Daniyar, répondit l'adolescent. Mais tout le monde m'appelle Dan.

Il fit coulisser une porte accordéon, dévoilant une petite salle de bain disposant d'une douche, d'un lavabo et de toilettes privées d'abattant.

— Tu ne sens pas très bon, dit-il. Tu veux te laver ?

Ning hocha la tête puis pénétra dans l'espace confiné. Elle observa la présence de déjections de souris le long des plinthes. Des vêtements crasseux jonchaient le carrelage.

Elle ferma la porte, ôta sa chemise et son pantalon, puis se tourna vers le miroir. Elle examinait avec effroi son ventre brûlé, les ecchymoses à ses poignets et le sang séché sur son menton, lorsque Dan glissa un bras à l'intérieur de la pièce. Elle sursauta, puis découvrit la savonnette et le peignoir en éponge rose que lui tendait son sauveur.

— C'est à ma sœur, dit-il. Elle vivait ici, avant son mariage.

Ning contempla la savonnette ornée d'un cygne et éprouva une sensation de réconfort. Elle avait longtemps vécu dans le luxe. Cet objet doux et parfumé lui rappelait ce monde perdu.

Lorsqu'elle ôta la chaussette de son pied blessé, elle constata que son petit orteil pointait vers l'extérieur, selon un angle insolite. Elle tourna le robinet de la douche puis se glissa dans la cabine.

Une fois lavée et séchée, elle put enfin visiter le studio de Dan, une pièce de cinq mètres sur cinq meublée d'un lit, d'un téléviseur LCD et d'un banc de musculation. Des haltères de toutes tailles étaient alignés sur la moquette. Les murs étaient décorés de posters représentant des femmes à la poitrine généreuse gainées dans des combinaisons de cuir.

Cet univers masculin inspirait à Ning un profond sentiment de malaise. Nue sous son peignoir en compagnie d'un parfait inconnu, elle se sentait totalement vulnérable. Mais Dan ne semblait guère menaçant.

— Assieds-toi sur le lit, dit-il.

Il lui remit une assiette garnie de dés de fromage, de quartiers de pomme, de morceaux de corned-beef et d'une galette de pain sans levain.

— Lipioshka, annonça fièrement le garçon. Tu aimes ?

Ning esquissa un sourire timide.

— Oui, ce pain est délicieux. Je n'ai jamais rien mangé de tel de toute ma vie.

Dan se prépara une assiette identique et s'assit à ses côtés.

— Désolé pour ton pied, dit-il en mastiquant une bouchée de viande. Je ne suis pas très fier de moi.

— Tu n'avais pas le choix. Merci de m'avoir sauvé la vie. Tu es vraiment courageux.

— Mais je travaille pour le clan Aramov. Le Kirghizstan est un pays très pauvre, tu sais. Tu as vu cette femme fouiller dans les poubelles ?

— Celle que Kuban a battue ?

— Oui. Beaucoup de gens survivent de cette façon. Les vieux n'ont pas d'argent. Les jeunes n'ont pas de travail. La plupart des pays d'Afrique sont plus riches que le Kirghizstan.

— Et toi, qu'est-ce que tu fais de ta vie ?

— J'aimerais bien être mécanicien, ou travailler dans un magasin. Ou même faire des études. Mais je bosse pour Aramov, parce que je suis très fort.

Sur ces mots, il souleva la manche de son maillot du FC Barcelone et exhiba un biceps hypertrophié.

— Je déteste ce qu'on m'oblige à faire, mais je n'ai plus de parents. Après son mariage, ma sœur a déménagé loin d'ici. Sans ce boulot, je n'aurais ni argent, ni logement, ni électricité, ni nourriture. Je serais comme cette vieille, réduit à fouiller les poubelles.

Ning posa une main sur son cœur.

— Tu es gentil, dit-elle. Quel âge as-tu ?

— Seize ans. Et toi ?

— Onze, bientôt douze.

— Kuban me force à faire du mal aux gens qui n'obéissent pas au clan Aramov. S'ils découvrent que je t'ai aidée à t'évader, ils me feront souffrir avant de me tuer, pour l'exemple.

— Tu peux m'emmener loin d'ici ?

Dan s'accorda quelques secondes de réflexion.

— J'y réfléchis. Ce n'est pas facile. Ça prendra du temps.

Le sac à dos de Ning contenait toujours les vingt-cinq mille dollars que lui avait remis sa mère, roulés à l'intérieur d'un vieux short. Même si Dan semblait désintéressé et digne de confiance, elle jugea plus prudent de ne pas en évoquer l'existence.

— Ne t'inquiète pas, dit le garçon. Demain, j'irai trouver une amie de ma sœur. Elle est infirmière. Elle s'occupera de ton pied.

— On peut lui faire confiance ?

— Bien sûr. Ça la rend folle de rage que je travaille pour Leonid. Ils ont tué son oncle.

— Es-tu certain qu'ils ne viendront pas me chercher ici ? demanda Ning en avalant une dernière bouchée de pain.

— Leonid n'a plus besoin de toi. Ingrid lui a dit tout ce qu'il voulait savoir.

Ning ferma les yeux, prit une profonde inspiration puis formula la question qui lui brûlait les lèvres :

— Où se trouve-t-elle, maintenant ?

Dan baissa les yeux. Elle comprit aussitôt que sa mère avait vu juste : elle avait été exécutée sitôt les coordonnées bancaires révélées et les virements effectués.

— Oh ! mon Dieu, sanglota-t-elle.

— Ne crie pas, supplia le garçon. Les cloisons sont très fines. Les voisins du dessous pourraient t'entendre.

— Comment ça s'est passé ?

— Il vaut peut-être mieux attendre que tu...

— Comment ? répéta Ning en ravalant ses sanglots.

— Il l'a étranglée. Ça n'a pas duré longtemps.

Dan glissa une main dans la poche de son jean et en tira un anneau d'or incrusté de trois minuscules diamants.

— C'est Leonid qui m'a donné cette bague. Tiens, prends-la, elle est à toi, maintenant.

Ning s'empara de l'anneau. Chaoxiang avait toujours couvert Ingrid de bijoux raffinés, mais, à l'exception de son alliance, cette bague bon marché était la seule dont elle ne se séparait jamais. En l'approchant de son nez, la fillette reconnut le parfum particulier de sa mère adoptive.

— Je te laisse mon lit, dit Dan en posant une main sur son épaule. Tu dois être épuisée. Dès demain, nous réfléchirons à un moyen de te faire quitter la ville.

22. Un stock de marchandises

Ning ne pouvait pas s'aventurer hors du studio de Dan. La première nuit, elle ne parvint pas à trouver le sommeil. La douleur était trop vive, et elle nourrissait toujours des soupçons à l'égard de son hôte.

Au fil des jours, elle dut se rendre à l'évidence : il avait bel et bien risqué sa peau pour la tirer des griffes d'Aramov, sans rien exiger en retour.

L'amie de sa sœur banda son pied, désinfecta ses brûlures et ôta les gravillons incrustés dans sa plaie au menton. Ning confia quelques dollars à son camarade afin qu'il se procure des pansements, de la lotion antiseptique et de la crème de soins pour son ventre.

En règle générale, Dan quittait l'appartement au petit matin et ne le regagnait qu'à la nuit tombée, mais il restait très discret sur la nature de ses activités au service de Leonid Aramov. Ils partageaient leur dîner et dormaient tête-bêche sur le lit double. Ning passait le plus clair de son temps à jouer à la Xbox et à visionner des DVD pirates. La collection du garçon était essentiellement composée de films d'horreur et de compilations d'*Ultimate Fighting*.

Au troisième jour, ayant regagné toute sa mobilité, elle nettoya le sol du studio, briqua le carrelage de la salle de bain, dépoussiéra les placards de la cuisine et débarrassa les denrées périmées entassées dans le réfrigérateur. Elle lava à la main une montagne de linge sale, ainsi que les draps, dont elle doutait qu'ils aient jamais été changés. Seuls les rideaux échappèrent à cette grande lessive, car son hôte lui avait recommandé de les laisser fermés. Ce travail mécanique et éreintant lui permit de chasser ses idées noires.

Le soir même, dès son retour, Dan se changea à la hâte et lui annonça qu'il avait un rendez-vous amoureux. À son grand étonnement, Ning ressentit un violent sentiment de jalousie et se surprit à espérer qu'il regagnerait l'appartement avant vingt et une heures, tout penaud, la joue rougie par une claque retentissante. Mais il ne revint qu'à deux heures du matin, tout guilleret, le col de la chemise maculé de rouge à lèvres.

— Tu as couché avec cette fille ? demanda Ning lorsqu'il se glissa sous ses couvertures.

Dan lâcha un rire embarrassé.

— Non, mais j'aurais bien aimé. Le problème, c'est qu'elle vit chez sa mère et que tu habites chez moi…

Pour la première fois, Ning eut le sentiment d'être un poids pour son camarade. Compte tenu de son fort accent, elle ne parvenait pas à cerner ses véritables sentiments.

Le lendemain, ils commencèrent à évoquer les possibilités de quitter la ville. Bichkek était situé à proximité d'une autoroute empruntée par les camions de marchandises reliant l'ouest de la Chine à la Russie. Dan, qui connaissait désormais l'existence du pactole de Ning, suggéra de soudoyer un chauffeur, mais cette stratégie impliquait deux jours de trajet au cœur du Kazakhstan. En outre, ne parlant pas un mot de russe, elle courait le risque d'être expulsée vers son pays d'origine au premier contrôle policier.

La seconde proposition de Dan semblait plus réaliste : Ning gagnerait l'Europe à bord d'un avion de la flotte des Aramov puis tâcherait de rejoindre l'Angleterre. En tant que fille adoptive d'Ingrid, elle obtiendrait automatiquement la nationalité britannique.

Elle serait probablement confiée à un orphelinat ou recueillie par un membre de la famille de sa mère. Ning était prête à tout pour ne pas retourner en Chine où, compte tenu de sa réputation d'élève indisciplinée et de son implication dans le meurtre des deux policiers, elle serait sans nul doute placée dans un établissement disciplinaire jusqu'à sa majorité.

Le dimanche venu, au cinquième jour de leur cohabitation, Dan ne se rendit pas au travail. Il alla boire un verre au Kremlin afin de glaner des informations auprès des pilotes et du personnel au sol. Il apprit qu'un appareil appartenant au clan Aramov effectuait trois rotations par semaine entre la base de Bichkek et l'aéroport de Plzeň, en République tchèque.

— Il faut un visa pour se rendre dans la plupart des pays d'Europe, expliqua-t-il à son retour, mais dans le cas de la Tchéquie, un passeport en règle suffit. Tu as toujours tes papiers ?

— Oui, j'ai deux passeports, un chinois et un kirghiz, répondit Ning. Ils sont dans mon sac.

— J'ai discuté avec Maks, le pilote. Il m'a dit qu'il pouvait te prendre à son bord. Lorsque vous aurez atterri, il te mettra en contact avec une personne de confiance. De là, tu n'auras pas de mal à te rendre en France, en Espagne ou en Italie. Pour le Royaume-Uni, c'est un peu plus compliqué, mais il est possible d'entrer clandestinement, par camion, en déboursant environ un millier de dollars. Sinon, il y a moyen de se procurer un faux passeport européen, mais ça prendra davantage de temps, et il faudra compter deux ou trois mille dollars. Bonnes nouvelles, tu ne trouves pas ?

— Oui. J'ai encore pas mal d'argent. Je connais Maks. C'est le copilote de l'avion qui nous a emmenés ici.

— Il part pour Plzeň, demain. Fais tes bagages. Je réglerai le réveil sur quatre heures du matin, et je te conduirai en voiture à l'aérodrome.

À l'idée de quitter Dan, Ning sentit sa gorge se serrer. Il était évident qu'elle ne pouvait pas demeurer éternellement dans ce minuscule studio, mais c'était désormais le seul endroit au monde où elle se sentait en sécurité.

∴

Dan gara la vieille Lada sur le bas-côté de la route étroite. Il faisait nuit, mais les balises lumineuses de la piste étaient parfaitement visibles, au fond de la vallée.

— Marche tout droit, expliqua le garçon en désignant le sentier qui courait à flanc de colline. La pente est raide, alors regarde où tu mets les pieds. En bas, tu trouveras trois épaves d'avion. Restes-y cachée jusqu'à l'arrivée de Maks. Il allumera une cigarette pour te faire signe que la voie est libre. Tu as les trois mille dollars ?

Ning hocha la tête. Des larmes brillaient dans ses yeux. Elle se pencha vers son ami puis le serra très fort dans ses bras.

— Je te dois la vie, dit-elle. Tu es bon et courageux.

Ému, Dan lui adressa un sourire.

— Tu es bien plus courageuse que moi. Personne avant toi n'avait osé toucher à mon linge sale.

Ning lâcha un éclat de rire puis déposa un baiser sur sa joue.

— Je te recontacterai dès que je serai en sécurité. Et je t'ai gardé deux mille dollars.

Dan secoua la tête.

— Je ne veux pas de cet argent, dit-il.

— Tu n'as pas le choix, sourit Ning. Je les ai laissés chez toi, sous le matelas. Tu auras enfin de quoi changer tes rideaux.

Ils échangèrent une dernière embrassade, puis la fillette, sac au dos, s'engagea sur le sentier. La lueur produite par l'éclairage de l'aérodrome lui permettait de savoir où elle mettait les pieds, mais le terrain était extrêmement escarpé, et son orteil blessé glissait à chaque pas vers la pointe de sa basket.

Elle trouva Maks, cigarette aux lèvres, assis sur le train avant d'un Antonov dont l'empennage avait été démonté. Elle lui remit une liasse de billets qu'il compta un à un sans prononcer un mot. Ning vit approcher un convoi constitué d'une Mercedes classe E et de deux minibus déglingués. Les trois véhicules portaient des plaques d'immatriculation chinoises.

— Le compte est bon, annonça Maks en glissant les dollars dans la poche intérieure de son blazer. Dès que nous aurons atteint l'avion, tu t'installeras sur le siège isolé placé à l'arrière. Ne parle à personne et, quoi qu'il arrive, ne dévoile pas ton nom.

— Très bien, j'en profiterai pour lire. Dan m'a acheté quelques romans pour le voyage. Combien de temps durera le vol ?

— Huit heures, en comptant le ravitaillement à Volgograd. Dès que nous aurons atterri à Plzeň, je te mettrai dans un taxi qui te conduira à une certaine Chun Hei.

— Mais Dan m'a dit que vous m'accompagneriez…

— *Niet, niet*, répondit Maks en secouant la tête. Je suis pilote. L'escale ne doit pas excéder deux heures. Ne t'inquiète pas, tout ira très bien.

L'appareil, un Antonov AN-24 disposant de cinquante places, était sorti de sa chaîne de montage trente-cinq années plus tôt. Chargé d'effectuer des rotations entre le Kirghizstan, la Russie et la République tchèque, il était contraint de se conformer à la législation européenne. Il était en bien meilleur état que le cercueil volant à bord duquel Ning avait quitté la Chine. Le fuselage était orné de bandes rouge et or — les couleurs du drapeau kirghiz — et de l'inscription *Clanair*.

Elle suivit le pilote jusqu'à la quarantaine de passagers qui entassaient leurs bagages dans la soute. À l'exception du couple élégant qui avait été conduit sur le tarmac à bord de la Mercedes, cette foule était entièrement composée de jeunes Chinoises et Nord-Coréennes dont la plus âgée ne semblait pas avoir fêté ses vingt-cinq ans.

L'accent des Chinoises, typique des provinces pauvres du Sichuan et du Qinghai, trahissait leurs origines modestes. Elles portaient des tenues aux couleurs vives, tiraient des valises à roulettes et bavardaient avec excitation, comme des collégiennes lors d'une sortie scolaire. Modestement vêtues, les Coréennes se montraient plus discrètes. Leurs maigres possessions étaient entassées dans de vieilles valises et de simples sacs en plastique.

Petites ou grandes, sveltes ou plus dodues, elles étaient toutes d'une beauté éblouissante. Leurs visages et leurs corps ne présentaient aucun défaut : pas une ombre au-dessus de la lèvre supérieure, pas de nez trop fort, pas une dent gâtée, pas une poitrine un peu tombante ni de ventre trop rebondi.

En étudiant les journaux, Ning en avait appris long sur les opérations de traite menées pas Chaoxiang. Elle frissonna à l'idée qu'elle se trouvait en présence de ses victimes : un stock de marchandises de qualité supérieure destiné à de riches clients européens.

Jusqu'alors, la conviction que le réseau avait été démantelé l'avait aidée à se consoler de l'arrestation de son père. À l'évidence, l'opération de police n'avait pas mis fin au trafic.

Un douanier kirghiz se tenait en haut des marches permettant d'accéder à l'appareil. Chaque passagère dut lui remettre une petite somme en monnaie locale avant qu'il n'appose un coup de tampon sur son passeport. Ning, qui ne possédait que des dollars, lança à Maks un regard anxieux. Ce dernier s'adressa au fonctionnaire dans une langue qu'elle ne put identifier et porta une main à sa bouche, comme s'il tenait un verre. Le douanier lâcha un rire tonitruant puis laissa entrer Ning sans même jeter un œil à ses papiers.

Elle remarqua le couple fortuné installé à l'avant, disposant d'un large espace pour étendre leurs jambes. Comme l'avait recommandé Maks, elle marcha jusqu'à la place privée de hublot située à la queue de l'appareil, à côté de l'espace cuisine dépouillé de tout équipement.

Elle rangea son sac à dos dans le compartiment à bagages et boucla sa ceinture. Les jeunes Nord-Coréennes furent les dernières à embarquer. Elles restèrent plantées dans la travée, les yeux ronds, comme si elles venaient de découvrir un vaisseau extraterrestre. S'exprimant dans leur langue natale, une hôtesse revêche leur ordonna de gagner les sièges qui leur avaient été attribués.

Le cœur gros, Ning posa la tête contre le fuselage. Dan occupait toutes ses pensées. Elle avait vécu quelques jours heureux en sa compagnie mais, de nouveau, tout autour d'elle n'était plus que mensonge et cupidité.

23. Plzeň

Le lundi, Ethan fit son retour au collège. Yannis avait fini par accepter la présence de Ryan. D'une part, Guillermo ayant purgé son exclusion, il était rassuré d'avoir à ses côtés un garçon d'apparence athlétique. D'autre part, son meilleur ami lui avait clairement fait comprendre qu'il n'entendait pas subir plus longtemps son caractère jaloux.

— On va au club d'échecs, annonça Ethan à la sortie du dernier cours de la journée. Ça te dirait de nous accompagner, Ryan ?

— Normalement, il faut s'inscrire à la rentrée, fit observer Yannis, qui voyait là une occasion de se débarrasser de son rival.

— Tu parles. Mr Spike n'en a rien à faire. Le club ne compte que douze membres, et la plupart n'y mettent jamais les pieds.

Ryan avait reçu pour consigne de passer le plus de temps possible en compagnie de sa cible afin de lui soutirer des renseignements. En toute logique, il aurait dû accepter l'invitation, mais il s'était réveillé avec un sévère mal de gorge. Au fil de la journée, les symptômes s'étaient multipliés : ses narines étaient bouchées et il souffrait d'une insupportable migraine.

— Non, je crois que je vais rentrer à la maison, dit-il. J'ai la crève, et je ne connais pas grand-chose aux échecs. J'oublie toujours comment on déplace les poneys.

— Tu veux parler des cavaliers, j'imagine, gloussa Yannis, triomphant, sans réaliser qu'il s'agissait d'une plaisanterie.

Ethan sourit.

— Comme tu voudras. D'ailleurs, je ne tiens pas à attraper tes microbes. On se retrouve demain matin, à l'arrêt de bus, si tu n'es pas cloué au lit.

— Ça devrait aller, le rassura Ryan. Ce n'est sans doute qu'un vilain rhume.

Le collège était situé à quinze minutes de route de la villa, mais le bus scolaire empruntait un parcours tortueux afin de desservir tous les lotissements voisins, si bien qu'il ne regagna la villa que quarante-cinq minutes plus tard.

— Salut Amy, lança-t-il en entrant dans la cuisine.

Assise sur un tabouret, sa coéquipière étudiait un dossier portant le sigle de l'ULFT.

— Oh, ta voix est rauque, dit-elle en se penchant pour poser une main sur son front. Bon sang, tu es brûlant. Tu veux que j'aille te chercher des médicaments à la pharmacie ?

— Non, t'inquiète. J'ai de l'aspirine dans ma chambre, je suis sûr que ça ira beaucoup mieux quand j'aurai pris un bain chaud.

— Tu devrais boire un verre de jus d'orange. C'est plein de vitamine C.

— Ted et le docteur D sont rentrés ?

Amy consulta sa montre.

— L'avion de Dallas doit avoir atterri, à l'heure qu'il est. Ils seront là pour dîner. Avant que tu ne me poses la question, j'ai prévu du poulet rôti.

Ryan rejoignit sa chambre située au deuxième étage. En comparaison, celle de CHERUB était un taudis. Il disposait d'un balcon orienté face à la mer, d'une penderie d'une dizaine de mètres de long, d'un lit immense et d'une vaste baignoire circulaire percée à même le sol. Une télécommande permettait d'en régler la température au degré près. Grâce au débit phénoménal du robinet, elle se remplissait en moins de deux minutes.

Plongé dans l'eau chaude, il regardait d'un œil vague une course-poursuite sur son téléviseur LCD Bang & Olufsen. Amy plaça sur le rebord un plateau garni d'une carafe de jus d'orange, d'un mug de thé à la menthe et d'une tranche de pain beurré.

— C'est tellement bon d'être malade, sourit Ryan.

Lorsque sa peau commença à se rider, il s'extirpa de la baignoire, tituba jusqu'au lit et se roula dans la couette sans même prendre la peine de se sécher.

Il se réveilla une heure plus tard et découvrit le docteur D assise à son chevet, l'air profondément contrarié.

— C'est déjà l'heure du dîner ? s'étonna-t-il.

Sa migraine s'était estompée, mais il ne parvenait toujours pas à respirer par les narines.

— Tu n'as pas fait ton rapport à Amy en rentrant du collège, dit le docteur D.

Ryan considéra ses larges lunettes de soleil et sa robe hideuse aux épaulettes saillantes.

— Il ne s'est rien passé d'important, assura-t-il. J'ai suivi les cours. Pendant les interclasses, Yannis ne nous a pas lâchés d'une semelle. Difficile d'avancer, dans ces conditions.

— Il me semble que tu es dans une impasse, dit la femme. Nous allons charger l'une de nos coéquipières de séduire Gillian Kitsell, mais il nous faut d'abord répondre à plusieurs questions essentielles : quel est son type de femme ? À quoi ressemblent ses ex ? Comment se sont-elles rencontrées ? Fréquente-t-elle les bars communautaires ?

Ryan se moucha dans un Kleenex.

— Je sais, mais il n'y a aucune photo dans la maison, son bureau est équipé d'une serrure électronique et sa chambre se trouve au dernier étage, où je n'ai aucune raison de m'aventurer. Et puis, vous comprenez que je ne peux pas passer mon temps à questionner Ethan sur la vie sentimentale de sa mère.

Le docteur D croisa les bras puis parla d'une voix blanche.

— Je constate que vous avez passé beaucoup de temps en tête à tête, pour de bien maigres résultats.

— Ça ne fait qu'une semaine, répliqua Ryan. Ethan et sa mère sont très proches. Je suis certain qu'il en sait davantage sur ses affaires et sur sa famille qu'il ne veut bien l'admettre. Laissez-moi un peu de temps, et je vous garantis que je trouverai un moyen de le faire parler. Je l'inviterai ici quand il n'y aura personne et je lui livrerai quelques-uns de mes secrets les plus intimes pour l'encourager à se confier.

— Pourrait-on organiser cette rencontre dès ce weekend ?

— Non, c'est trop tôt. En plus, telle que je la connais, sa mère ne le laissera pas passer la nuit dehors tant qu'il ne sera pas complètement rétabli.

— Selon Amy, cet après-midi, Gillian a regagné la villa en compagnie d'Ethan et de Yannis. Ce qui signifie que tu les as laissés reprendre leurs petites habitudes et te tenir à l'écart. C'est comme si toutes tes manœuvres d'approche n'avaient servi à rien.

Ryan bondit du lit, la couette serrée contre son ventre pour protéger son intimité.

— Je suis un agent opérationnel et je sais ce que je fais ! hurla-t-il. J'obtiendrai toutes les informations que vous désirez concernant Gillian Kitsell. Je bricolerai le système d'alarme de la porte de service pour que vous puissiez envoyer un agent perquisitionner le sous-sol. Mais tout cela prendra du temps, et si vous continuez à me pousser à agir précipitamment, je risque de commettre une erreur lourde de conséquences.

Alertée par ces cris, Amy gravit les marches quatre à quatre.

— Tout va bien ? demanda-t-elle en déboulant dans la chambre.

Ryan pointa un doigt accusateur en direction du docteur D.

— Soit elle retourne au quartier général de Dallas, soit je rentre au campus.

Amy considéra ses coéquipiers. Elle se trouvait dans une situation délicate. Les autorités de CHERUB lui avaient confié la responsabilité d'un de leurs agents, mais elle était membre de l'ULFT et placée sous le commandement du docteur D.

— Inutile de brailler, Ryan, gronda-t-elle.

— C'est ça, prends sa défense.

— Je ne prends pas sa défense. Je dis juste qu'il est impossible de régler un différend en haussant le ton. Je suggère que tout le monde se calme et que nous dînions tranquillement. Ensuite, nous discuterons de tout ça à tête reposée.

— Je crois qu'elle n'a pas la moindre idée de la façon dont fonctionne CHERUB, lâcha Ryan, un ton plus bas.

Le docteur D se raidit.

— Jeune homme, je dirigeais des opérations d'infiltration avant que tu ne sois né. Je ne mets pas en cause ton travail, mais tu dois apprendre à accélérer la cadence lorsque c'est nécessaire.

À cet instant précis, Amy, qui se tenait devant la fenêtre, remarqua deux hommes en tenue de plongée qui détalaient sur la plage, sac étanche à l'épaule.

— Il se passe quelque chose de louche, dit-elle en s'approchant de la vitre.

Alors, elle aperçut un canot pneumatique motorisé amarré à la jetée.

— Ils sont vêtus comme des membres des forces spéciales, et je crois qu'ils se dirigent vers la villa de Gillian, ajouta-t-elle, complètement affolée.

...

Pourvu d'une unique piste, l'aéroport de Plzeň disposait d'un terminal flambant neuf bâti dans l'espoir d'attirer les compagnies *low cost* dans la quatrième ville du pays. À sa descente de l'avion, Maks se présenta au poste de douane réservé au personnel navigant. Ning suivit le marquage au sol et se joignit à la file d'attente formée par les passagers.

— Motif du séjour ? demanda en anglais une fonctionnaire à la bouche barbouillée de rouge à lèvres.

— Je viens passer deux semaines de vacances, répondit Ning en désignant les Chinoises qui avaient franchi le poste de douane. Je fais partie du groupe.

La femme glissa son passeport kirghiz sous un scanner puis le lui rendit.

— Bon séjour, dit-elle.

Ning, qui redoutait de voir débouler une meute de policiers, put rejoindre sans encombre la zone des arrivées.

Les hommes chargés de réceptionner les passagères brandissaient des pancartes portant l'inscription *Clanair Voyages*, mais avec leurs lunettes noires et leurs blousons de cuir, ils ressemblaient davantage à des videurs de boîte de nuit qu'à des guides touristiques. L'un d'eux considéra Ning d'un œil suspicieux. Elle hâta le pas et retrouva Maks devant le guichet d'accueil de l'aéroport.

— Voilà quelques couronnes tchèques, dit-il en lui remettant une liasse de billets colorés. Ça devrait suffire à payer le taxi et à t'offrir de quoi manger. Voilà où tu dois te rendre.

Il lui tendit une carte postale au dos de laquelle figuraient une adresse et un numéro de téléphone.

— Montre-la au chauffeur. Chun Hei te recevra à midi et demi.

— Quelle heure est-il ?

— Huit heures et quelques. Tu n'as pas de montre ?

— Non. Kuban me l'a confisquée.

— Je dirai à Dan que tu es bien arrivée, dit Maks en détachant sa montre bon marché. Prends ça. Elle est toujours à l'heure kirghize. Ici, il est cinq heures de moins.

— Oh, vous êtes sûr ?

Elle ignorait si cette soudaine manifestation de générosité était sincère ou motivée par le seul désir de tenir la promesse faite à Dan.

— Ce n'est rien. Je l'ai achetée cinquante soms au marché de Bichkek.

— Merci, dit Ning en constatant que le bracelet, réglé au dernier cran, tenait à peine à son poignet.

— Il faut que j'aille préparer le vol de retour. Je te souhaite bonne chance, ma petite.

Sur ces mots, Maks tourna les talons et se dirigea vers une porte surmontée de l'inscription *Salon des pilotes*. Ning empocha les billets et jeta un coup d'œil circulaire au hall des arrivées. C'était un lieu désolé, comportant quelques boutiques closes et un café dont les employés de l'aéroport étaient les seuls clients.

Elle avait trois heures à tuer. Elle envisagea de s'offrir un petit déjeuner, mais elle redoutait qu'un policier ou un douanier désœuvré, remarquant qu'elle n'était pas accompagnée, ne s'intéresse de trop près à son cas.

Elle franchit la porte automatique du terminal flanquée d'un panneau rédigé en plusieurs langues annonçant *Bienvenue en Tchéquie*, puis se dirigea vers la station de taxis.

24. Cibles éliminées

Étendue dans une chaise longue sur le toit de la villa, Gillian Kitsell feuilletait un exemplaire du magazine *Wire* en sirotant un verre de whisky. Alertée par un claquement métallique, elle jeta un coup d'œil par-dessus ses Ray-Ban. Ne remarquant rien d'anormal, elle supposa que ce son inhabituel avait été produit par le filtre de la piscine.

— Mrs Kitsell, dit poliment Yannis, Ethan a faim. On voudrait commander quelque chose chez le traiteur chinois, mais il nous faudrait votre carte bancaire.

Gillian hocha la tête puis glissa une main dans la poche arrière de son short.

— Bonne idée, Yannis. Oh, attends une seconde. Mon portefeuille doit se trouver dans ma veste. Je vais descendre avec toi, et j'en profiterai pour jeter un œil au menu.

Elle ignorait qu'un homme encagoulé vêtu d'une combinaison de plongée l'observait, tapi derrière une plante ornementale. Dix secondes plus tôt, il avait gravi la façade de la villa à l'aide d'une corde munie d'un grappin.

— La femme et le garçon sont sur la terrasse, chuchota-t-il dans le micro miniaturisé placé devant sa bouche.

Gillian termina son verre et suivit Yannis, qui se dirigeait vers la baie vitrée. L'inconnu fit glisser la fermeture Éclair de son sac puis en sortit un pistolet automatique équipé d'un silencieux et d'un dispositif de visée laser.

Il promena le point rouge entre les omoplates de Gillian Kitsell et enfonça la détente. La balle produisit un son discret en atteignant son épine dorsale, pulvérisant deux vertèbres. Des fragments osseux criblèrent son cœur et ses poumons avant de jaillir de sa poitrine dans un geyser de sang.

Yannis fit volte-face et vit la mère de son meilleur ami basculer tête la première dans la piscine. Sidéré, il leva les yeux et découvrit l'inconnu vêtu d'une combinaison noire qui avançait dans sa direction. Puis il remarqua le point rouge sur son T-shirt.

— Non, gémit-il.

La première balle le toucha au flanc au moment précis où il se mit à courir. Un spasme secoua tout son corps, mais il parvint à franchir la baie vitrée avant de s'écrouler dans un profond fauteuil de cuir. Le tueur l'acheva froidement d'un ultime tir à la tempe.

— Cibles éliminées, annonça ce dernier. On se retrouve à la porte d'entrée.

Mais Ethan se trouvait dans la cuisine. Plongé dans le menu, il hésitait longuement entre le chow mein aux gambas et le porc grillé aux noix de cajou. Il entra dans le salon, leva machinalement les yeux vers la piscine à fond de verre et découvrit sa mère qui flottait sur le ventre, les yeux grands ouverts. Des pièces de monnaie tombées de ses poches tourbillonnaient dans les eaux teintées de sang.

Par réflexe, il faillit se ruer vers les marches menant à la terrasse, mais il aperçut une silhouette sombre qui se déplaçait à vive allure au bord du bassin. Des pas précipités résonnèrent dans l'escalier. Il ne pouvait pas s'agir de Yannis.

Ethan comprit alors que son seul espoir résidait dans la fuite. Lorsqu'il se tourna vers le vestibule, il constata que l'homme en noir l'y avait précédé. Accroupi derrière le bar, il le vit ouvrir la porte principale afin de laisser entrer un second tueur chargé d'un sac plus volumineux.

— Bien joué, dit le nouveau venu, tandis qu'Ethan battait en retraite dans le salon. Je dois aller au sous-sol. Pendant ce temps, profites-en pour jeter un œil à l'étage. Vois si tu peux trouver du fric, des bijoux, ce genre de trucs.

— Ça te prendra combien de temps ?

— Quatre à six minutes.

Ethan attrapa le téléphone et appuya trois fois sur la touche zéro. Ce code était censé alerter les gardes postés à l'entrée de la propriété, mais la ligne avait été coupée. Son portable se trouvait dans sa chambre, dans son sac de classe, et la position du commando lui interdisait tout accès à la cage d'escalier.

Il essayait de garder la tête froide. Il n'avait qu'un moyen de quitter la villa sans passer par le vestibule : se glisser par la fenêtre étroite et haut perchée située au-dessus du séchoir, dans la buanderie. Mais avait-il une chance de l'atteindre, avec le plâtre qui entravait ses mouvements ?

...

Dès qu'elle avait vu l'inconnu se hisser sur la façade, Amy s'était ruée hors de la chambre de Ryan puis avait dévalé l'escalier jusqu'au sous-sol. Elle y trouva Ted qui, assis sur le banc de musculation, manipulait la télécommande de l'air conditionné.

— Où sont les flingues ? demanda-t-elle. Deux types essayent de s'introduire dans la villa des Kitsell.

Ryan, qui venait d'enfiler en toute hâte un short et un T-shirt, apparut à son tour en haut des marches.

— Je vais voir ce qui se passe, dit-il. Je prends mon téléphone.

— Tu penses qu'il pourrait s'agir de simples cambrioleurs ? demanda Ted.

Amy secoua la tête.

— Sûrement pas. Ils sont bien équipés. Je crois qu'ils sont en mission.

— Les armes sont dans ma chambre, au premier. Va les chercher.

— Ryan, ne t'éloigne pas trop de la maison, ajouta Amy en s'engageant dans l'escalier.

Ryan sentit un flot d'adrénaline déferler dans ses veines. Il s'empara d'une planche de surf, la glissa sous son bras puis quitta la villa.

Ébloui par l'éclat du soleil, il plaça une main en visière au-dessus de ses yeux et marcha vers la jetée à laquelle le canot était amarré. Une femme se trouvait à son bord. Elle était agenouillée à l'arrière, comme si elle vérifiait le fonctionnement des deux moteurs, mais elle gardait les yeux braqués sur la maison des Kitsell. Ryan supposa qu'elle était en communication radio avec ses complices. Amy avait vu juste : le raid avait été soigneusement planifié et son exécution confiée à des professionnels. Dans ces conditions, il était exclu d'intervenir par la plage.

Il rebroussa chemin et retrouva Amy dans le vestibule.

— On va passer par la route, dit-elle. Ted se postera dans les dunes pour surveiller la jetée à distance. Le docteur D est au téléphone avec la police, mais tout sera sans doute terminé avant son arrivée.

— Et les gardes à l'entrée de la propriété ?

— Ce ne sont que de simples agents de sécurité, répondit Amy avec dédain en confiant à Ryan un petit pistolet automatique. Ils ne sont pas à la hauteur. Il vaut mieux ne pas les mêler à tout ça.

— Walther P99. Le même que James Bond.

— Il est chargé, mais souviens-toi que si tu ouvres le feu, notre couverture volera en éclats. N'en fais usage qu'en toute dernière extrémité.

Ryan glissa l'arme dans l'élastique de son short. Ils franchirent la porte donnant sur la route qui décrivait une boucle desservant les villas et le poste de sécurité. Tandis qu'ils progressaient vers la demeure de Gillian, son téléphone émit un discret signal sonore. Elle déchiffra le message apparu à l'écran et pâlit.

— Ted s'est positionné dans les dunes, expliqua-t-elle. Il dit qu'il voit un corps flotter dans la piscine.

— Regarde, la corde qu'ils ont utilisée est encore en place, dit Ryan en tendant le bras vers la maison.

Amy se mit à couvert à l'angle du garage de la villa voisine.

— N'allons pas plus loin, dit-elle. Ce sont des pros. Ils sont sans doute équipés d'armes automatiques et de gilets pare-balles. Nous n'avons aucune chance en cas de confrontation directe.

Soudain, une minuscule fenêtre située au ras du sol s'ouvrit puis des gémissements se firent entendre.

— C'est Ethan, dit Ryan. Couvre-moi.

Il se précipita vers la façade, passa la tête dans l'ouverture et découvrit son camarade qui, le visage écarlate, tentait vainement de se hisser hors de la buanderie avec un seul bras valide.

— C'est bon, je te tiens, dit-il en saisissant son poignet.

Le plâtre d'Ethan se brisa lorsque Ryan le tira sans ménagement à l'extérieur.

— Ils sont deux, annonça-t-il. Ils sont armés. J'ai vraiment cru que j'allais y passer.

Ryan aida Ethan à se redresser, puis ils sprintèrent jusqu'au garage où Amy était embusquée.

— Yannis et ma mère sont morts, annonça le garçon, le visage tordu par la douleur, une main serrée sur son plâtre brisé.

— Combien sont-ils ? demanda Amy.

— Deux, je crois.

— Très bien. Ryan, accompagne-le jusqu'à la maison.

— Qu'est-ce que vous allez faire ? demanda Ethan.

Amy demeura muette. Il lui était impossible d'évoquer la situation sans compromettre sa couverture.

Dès que les garçons eurent tourné les talons, elle composa le numéro de mobile de Ted.

— Il y a deux hommes à l'intérieur, dit-elle. Nous avons trouvé Ethan. Yannis et Gillian sont morts.

— Compris. J'ai une vue imprenable sur le canot.

— Tu es bon tireur ?

— Plutôt, oui. Mais le docteur D a été très claire : nous ne devons pas ouvrir le feu, à moins que des vies ne soient mises en danger. Elle essaye d'obtenir un hélico pour suivre le canot. Notre priorité, c'est de sécuriser la scène de crime, puis de découvrir ce qui se trouve au sous-sol, derrière la porte blindée.

25. Une affaire de famille

Dès qu'il eut tiré Ethan à l'intérieur de la villa, Ryan claqua la porte d'entrée.

— Tu es en sécurité, maintenant, dit-il. Pardonne-moi, mais je dois te laisser seul quelques minutes.

Il se précipita dans la cuisine où il retrouva le docteur D qui, portable à l'oreille, s'entretenait avec les forces de police. Il l'informa à voix basse qu'Ethan se trouvait dans la maison puis il déposa son pistolet dans un placard, derrière une boîte de céréales. Lorsqu'il regagna le salon, il trouva son camarade effondré sur une chaise, le visage baigné de larmes.

— Ma grand-mère est au téléphone avec les flics. Tu veux monter t'allonger dans ma chambre ?

Ethan hocha la tête. Il tremblait comme une feuille. Son visage était plus pâle que jamais, son front perlé de sueur. Ryan comprit qu'il était en état de choc.

— Ils nous ont peut-être vus nous enfuir, bégaya-t-il. Et s'ils nous suivent jusqu'ici ?

— Mon père a un flingue. S'ils approchent de cette maison, il leur tirera dessus. Bon sang, qu'est-ce que tu trembles... Il faut absolument que tu te détendes.

Ethan se leva avec difficulté, fit quelques pas en direction de l'escalier puis vomit sur le carrelage du vestibule.

— Je suis désolé, sanglota-t-il. Je nettoierai.

— Ne dis pas de bêtises. Allez, monte, je me tiens juste derrière toi.

— Tu m'as sauvé la vie deux fois. Tu es mon ange gardien.

— Peut-être, lâcha Ryan en esquissant un sourire forcé.

Tandis que son camarade gravissait péniblement les premières marches, il fit un détour par la cuisine pour s'emparer d'un rouleau d'essuie-tout. Le docteur D posa son mobile sur la table.

— Les tueurs ont quitté la maison, dit-elle. J'ai tout essayé, le FBI et la police, mais ils ne sont pas foutus de dénicher un hélicoptère. Les autorités locales vont essayer de réquisitionner un appareil des garde-côtes, mais je ne suis pas très optimiste. Nous allons devoir faire avec les moyens du bord : j'ai demandé à Ted de neutraliser l'un des hommes avant qu'il n'embarque dans le canot. Amy est en route vers sa position afin de le couvrir en cas de pépin.

— Et notre couverture ?

— Nous sommes en Californie. Rien d'étonnant à ce qu'un honnête père de famille sorte son fusil pour liquider des cambrioleurs. Il existe une loi qui l'autorise.

— Avez-vous une idée de ce qui s'est passé ? demanda Ryan en détachant deux carrés d'essuie-tout afin de nettoyer son pied souillé de vomissures.

Le docteur D secoua la tête.

— Pas la moindre. Va retrouver Ethan et cuisine-le en douceur.

— Il vient de dégueuler dans le vestibule. Je suis venu chercher une serpillière pour nettoyer les dégâts.

— Laisse, je m'en occuperai. Pour le moment, il est vulnérable, et les vingt prochaines minutes seront cruciales. Efforce-toi de stimuler son esprit. Il vient de perdre sa mère et son meilleur ami. S'il se renferme, il pourrait sombrer dans la catatonie, et nous n'obtiendrons plus rien de lui.

— C'est compris, dit Ryan. Je m'en occupe.

En s'engageant dans l'escalier, il fut pris de vertiges. L'effet de l'adrénaline s'étant estompé, il réalisa qu'il brûlait de fièvre, mais ce symptôme n'était rien en comparaison de ce qu'il avait enduré au cours de son entraînement d'agent opérationnel.

— Ça va, mon vieux ? demanda-t-il en entrant dans la chambre.

Ethan était planté devant la fenêtre qui dominait la plage.

— Ton père en a flingué un, dit-il d'une voix blanche.

Ryan découvrit le corps d'un des tueurs étendu sur la plage, à la limite des flots. Sa tête n'était plus qu'une tache rouge et informe. Lancé à pleine vitesse, le canot pneumatique se trouvait déjà à plusieurs centaines de mètres du rivage. Ted et Amy dévalaient une haute dune. Ils semblaient calmes, professionnels, et cette attitude était en complète contradiction avec leur couverture.

— Tu ne devrais pas regarder ça. Allonge-toi sur le lit, tu es tout pâle.

— Ton père a fait du bon boulot, cracha Ethan. Cette merde a tué ma mère.

— Allez, viens, insista Ryan en glissant un bras dans le dos de son camarade afin de l'écarter doucement de la fenêtre.

Alors, il remarqua le téléphone mobile dans la main d'Ethan.

— C'est le mien ? s'étonna-t-il.

— Oui, je ne pensais pas que ça te dérangerait.

Ryan récupéra l'appareil puis se tourna brièvement vers ses coéquipiers, qui couraient en direction de la villa des Kitsell. Le basketteur à la retraite qui vivait au numéro six se trouvait à leurs côtés, complètement affolé.

— Qui as-tu appelé ? La police ?

Ethan se laissa tomber dans le canapé de cuir placé devant la penderie. Ryan s'assit à ses côtés.

— Non. J'ai contacté un avocat nommé Lombardi. Ma mère m'a recommandé de le joindre s'il arrivait quelque chose. Elle m'a fait apprendre le numéro par cœur.

Ryan avait conscience qu'il venait de découvrir une information capitale, mais sa fièvre était si élevée qu'il éprouvait des difficultés à se concentrer.

— Il faut croire qu'elle craignait que *quelque chose* arrive.

— C'est compliqué, lâcha Ethan en essuyant ses larmes.

— Tu penses que ça a un rapport avec ses affaires ?

— Non. Une histoire de famille. Ma mère m'a fait jurer de garder le secret, mais maintenant qu'elle est morte, je suppose que ça n'a plus aucune importance.

— Je ne dirai rien à personne, je te le promets. Et ça te fera sans doute du bien de lâcher ce que tu as sur le cœur.

— En réalité, ma mère ne se nomme pas Kitsell, mais Aramov. Ma grand-mère Irena est propriétaire d'une compagnie aérienne. Après la chute de l'Union soviétique, elle a racheté une flotte de vieux avions-cargos pour une bouchée de pain et s'est spécialisée dans le transport de marchandises illégales.

— Quelles marchandises ?

— Tout et n'importe quoi. Armes, cocaïne, faux sacs Hermès... Ma mère a créé sa société grâce à l'argent de ma grand-mère, mais elle n'a jamais voulu tremper dans les activités de sa famille. Et puis, l'année dernière, la vieille a découvert qu'elle souffrait d'une forme incurable de cancer.

— Elle est morte ?

— Non, mais selon les médecins, elle n'en a plus pour très longtemps. Ma mère a deux frères. Josef, l'aîné, est un peu simple d'esprit. Mon autre oncle, Leonid, est un vrai psychopathe. Vu que son frère est un attardé et que sa sœur vit en Amérique, il se considère comme l'héritier du clan Aramov. Seulement, ma grand-mère l'a toujours trouvé trop impulsif et trop violent pour gérer ses affaires. Lorsqu'elle a appris qu'elle était malade, elle a désigné sa fille pour la remplacer. Ça ne lui plaisait pas beaucoup, à ma mère. Je veux dire, qui voudrait quitter la Californie pour vivre dans un pays où les gens bouffent des yeux de mouton au petit déjeuner ? Mais c'était la dernière volonté de ma grand-mère, alors...

— Wow, lâcha Ryan. Et moi qui pensais que ma famille était une bande de cinglés... Tu crois que c'est Leonid qui a envoyé ces tueurs ?

— Certainement. Il est possible que ma mère se soit fait d'autres ennemis, mais seul Leonid peut avoir commandité ma mort, sans doute parce que ma grand-mère m'a réservé une part de l'héritage.

— Mais du coup, ils te croient mort, fit observer Ryan.

— Pour le moment. Mais ils n'auront qu'à lire les journaux pour découvrir qu'ils se sont trompés de cible.

Ethan avait retrouvé des couleurs. Il semblait désormais plus effrayé que choqué.

— Et cet avocat est censé te protéger ?

— Je ne sais pas trop. Je pense que ça doit faire partie d'un plan mis en place par ma grand-mère. Tout ce que je sais, c'est que Leonid enverra d'autres tueurs si je reste dans le coin.

— Et qu'est-ce qu'il t'a dit, ce type, au téléphone ?

— De me faire discret jusqu'à ce qu'il me recontacte.

Ryan ouvrit la bouche pour suggérer qu'il serait plus sage de s'adresser au FBI qu'à un avocat lié à un gang criminel lorsqu'une explosion assourdissante retentit. L'espace d'un instant, la villa pencha sur la droite, puis on entendit un fracas de verre brisé suivi d'un concert d'alarmes de voiture. Une longue fissure apparut au plafond de la chambre.

— Nom de Dieu ! s'exclama Ryan en se précipitant vers la fenêtre. Qu'est-ce que c'était ? Un tremblement de terre ?

Ethan secoua la tête.

— Non. Je pense que c'était ma maison. Le type qui est descendu au sous-sol a dû placer des explosifs.

— Mais qu'est-ce qu'il y avait, en bas ?

— Une chose sur laquelle travaillait ma mère, pour le compte d'Irena.

À cet instant, Ryan se souvint avoir vu Ted et Amy marcher vers la villa des Kitsell, quelques minutes avant la déflagration.

— Reste ici, dit-il en se ruant dans l'escalier.

Dans le vestibule, le docteur D tirait vainement sur la poignée de la porte principale, dont le cadre avait joué sous l'effet de l'explosion. Ryan l'écarta sans ménagement puis usa de toute sa force pour en permettre l'ouverture.

— Tu n'as pas de chaussures, dit-elle. Le sable est sans doute jonché d'éclats de verre.

Sourd à cet avertissement, Ryan se précipita à l'extérieur.

— Amy ? hurla-t-il. Amy, où es-tu ?

26. Au désespoir

La maison avait été bâtie selon les normes antisis-
miques en vigueur en Californie, mais aucun ingénieur
n'avait jugé utile de se pencher sur les effets éventuels
d'une déflagration au sous-sol sur les tonnes d'eau de
la piscine placée sur le toit. Le corps de Gillian Kitsell
avait été propulsé à une trentaine de mètres de hauteur
avant de terminer sa course sur la plage. Le basketteur
gisait aux abords de la villa, un morceau de verre d'une
quinzaine de centimètres d'épaisseur planté dans la
tempe.

— Eh oh! appela Ryan sans s'attarder sur cette vision
de cauchemar. Il y a quelqu'un?

De la villa d'Ethan, il ne restait que des fragments de
béton armé accrochés à un squelette d'acier tordu. La
chaleur produite par l'explosion avait instantanément
vitrifié le sable sur un rayon de quatre mètres. Le nuage
de vapeur produit par l'eau de la piscine au contact du
sol brûlant était impénétrable.

— Ryan! cria Amy. Reviens ici immédiatement! Il pourrait y avoir d'autres bombes!

Elle se trouvait à bonne distance des lieux de l'explosion, à l'angle de la première villa de la résidence qui, à l'exception d'une pluie de débris tombée sur la terrasse, n'avait subi aucun dommage. Plusieurs voitures de police et un camion de pompiers étaient stationnés sur la pelouse centrale.

— J'ai cru que tu avais été tuée, dit Ryan d'une voix étranglée.

Ted, indemne, se trouvait à ses côtés.

— Heureusement, je suis descendu directement au sous-sol, expliqua-t-il. Lorsque j'ai vu les dizaines de charges de démolition au pied de l'escalier, j'ai pu avertir Amy.

— Trente secondes de plus, et on était pulvérisés, ajouta cette dernière.

— Le basketteur est mort, annonça Ryan. Il était plutôt connu, non?

Ted hocha la tête.

— Tu peux être certain que les chaînes et les journaux californiens ne parleront que de sa disparition pendant plusieurs jours. Bon, je dois aller voir ces policiers pour les avertir qu'il s'agit d'une affaire fédérale avant qu'ils ne polluent la scène de crime. Vous deux, rentrez à la maison. Verrouillez les portes, fermez les volets et ne parlez à personne.

Ryan fila directement dans sa chambre et la trouva déserte.

— Ethan, où es-tu ? cria-t-il, redoutant que son camarade n'ait pris la fuite.

Alors, il entendit des gémissements provenant de la salle de bain. Il frappa doucement à la porte.

— Ça va, vieux ? Je peux entrer ?

Il trouva Ethan assis sur l'abattant des toilettes.

— Ma mère était tout ce que j'avais, sanglota-t-il. Je l'aimais tellement.

Ryan posa une main sur son épaule.

— Je ne sais pas trop quoi dire...

— Ma grand-mère va exiger que j'aille vivre avec elle. Je ne connais personne, là-bas. Je parle très mal le russe et ma mère disait toujours qu'elle ne retournerait jamais dans cet horrible pays.

— Tu seras peut-être autorisé à rester en Amérique. Je n'y connais pas grand-chose en droit, mais je ne pense pas qu'une vieille dame que tu n'as vue que deux fois dans ta vie puisse te forcer à la rejoindre.

— Je n'aurais peut-être pas dû appeler l'avocat, mais c'était la volonté de ma mère.

— On va devoir partir, annonça Ryan. Les pompiers exigent que les huit villas soient évacuées jusqu'à l'enquête de l'expert. Celles qui sont restées debout souffrent peut-être de dommages structurels ou de fuites de gaz. Je te prêterai des vêtements. Les témoins vont être réunis dans un motel, près d'ici.

— Tout a été détruit, chez moi ?

— Oui, il ne reste plus rien.

— Et merde ! hurla Ethan.

Il se leva d'un bond, bouscula Ryan et donna un coup de poing dans le miroir suspendu au-dessus du lavabo, sans parvenir à le briser.

— Mon Dieu, gémit-il. Je n'ai plus rien. C'est comme si j'étais mort.

D'un coup de pied, il arracha le porte-serviettes.

— Eh, il faut que tu te calmes, Ethan.

Il ceintura son camarade, le tira jusqu'à la chambre et l'étendit de force sur le lit.

— Tu vas finir par te faire mal. Respire lentement, ça va passer.

— Ma mère est morte, répétait Ethan, grimaçant de désespoir, en tentant vainement de se libérer.

— J'ai besoin d'aide ! lança Ryan en se tournant vers le couloir. Est-ce que quelqu'un m'entend, en bas ?

Amy et le docteur D gravirent l'escalier quatre à quatre.

— Dans la penderie, dit-il. Deuxième porte, rayonnage du haut.

Sa coéquipière y trouva la trousse médicale qui équipait tous les agents de CHERUB. Elle en sortit une seringue de sédatif.

— Bande d'ordures ! rugit Ethan. Lâchez-moi !

Ryan baissa le short de son camarade afin d'exposer ses fesses. Amy ôta le capuchon de la seringue avec les dents.

— Calme-toi, bon sang, marmonna-t-elle.

Ryan pesa de tout son poids sur Ethan afin de l'immobiliser. Amy enfonça l'aiguille. En quelques secondes, la respiration du garçon se ralentit, puis ses muscles se détendirent.

— Le pauvre, soupira Ryan.

— Et nous n'avons toujours aucune idée de ce qui s'est passé, dit Amy.

Ryan tira un Kleenex de la boîte en carton posée sur la table de nuit et se moucha.

— En fait, il vient de me révéler des informations capitales. Tu ferais mieux d'aller chercher ton ordinateur portable afin de noter tous les détails avant que ça ne me sorte de l'esprit.

27. Un marché aux esclaves

Un taxi Mercedes conduisit Ning jusqu'à une zone commerciale située en périphérie de Plzeň où elle passa trois heures à faire du lèche-vitrines. En ce jour d'école, elle s'efforça d'adopter un profil discret, de crainte d'être questionnée par un policier ou harcelée par quelque âme charitable s'inquiétant de la voir déambuler non accompagnée. Elle balançait entre l'optimisme et le désespoir. La pensée de ne plus jamais revoir Dan lui était insupportable.

Chun Hei se présenta devant le magasin *Lidl* avec vingt minutes de retard. Âgée d'une trentaine d'années, cheveux coupés au carré, elle portait une veste en cuir et un jean noir.

Elle s'exprima dans un chinois teinté d'accent coréen :

— Désolée de t'avoir fait attendre, mais je suis absolument débordée, depuis ce matin. Il était bon, ce gâteau au chocolat ?

Une heure plus tôt, Ning s'était offert une pâtisserie à la boulangerie située à l'autre extrémité de la zone commerciale.

— Vous m'avez suivie ?

Chun Hei fouilla dans son sac à main et en sortit une lingette humide.

— Tu en as plein la bouche et le menton, sourit-elle. Tiens, passe-toi ça sur le visage.

Ning était rassurée par l'attitude maternelle de Chun Hei.

— Vous avez des enfants ? demanda-t-elle.

— Deux filles, en effet. J'ai passé quelques coups de fil pour toi. L'un de mes contacts peut te faire passer en Grande-Bretagne, mais ça te coûtera cher. Deux mille cinq cents euros à régler avant le voyage, ou trois mille si ta famille paye à l'arrivée.

— Je n'ai que des dollars. Est-ce que ça ira ?

— Bien sûr, répondit Chun Hei. Tu as beaucoup d'argent sur toi ?

— J'ai de quoi payer, dit Ning sans entrer dans les détails. Comment avez-vous connu ce passeur ?

— C'est une relation d'affaires. J'achète et je vends ce qui se présente, sans me soucier de la provenance des marchandises.

— Ah, vous êtes receleuse.

Chun Hei hocha la tête.

— C'est comme ça que j'ai connu Maks et les autres pilotes qui font la navette depuis le Kirghizstan. Lorsqu'ils font entrer des marchandises illégales dissimulées dans des rouleaux de papier toilette, j'achète du papier toilette. Lorsqu'ils les cachent dans des jouets, j'achète des jouets. Sais-tu ce qu'est une maison close ?

— Un endroit où des hommes payent pour coucher avec des femmes, répondit Ning.

— La frontière allemande se trouve à l'ouest, au bout de l'autoroute numéro cinq. Il y a des centaines de maisons closes. De nombreux Allemands s'y rendent, en raison des prix pratiqués en République tchèque et des lois plus permissives. Je me rends souvent là-bas, parce que les propriétaires de bordels sont toujours demandeurs de camelote à bas prix : draps, lingerie, nouilles instantanées, tout et n'importe quoi. En plus, ils payent toujours en cash. Mais c'est aussi l'endroit où les filles sont vendues avant d'être conduites à l'étranger.

— Une sorte de marché aux esclaves, dit Ning.

— C'est tout à fait ça, confirma Chun Hei avec gravité. C'est pourquoi tu devras redoubler de prudence. Aux yeux des proxénètes, compte tenu de ton âge, tu vaux au moins une centaine de milliers d'euros.

— Je sais me défendre. J'ai pratiqué la boxe au plus haut niveau.

— Toi ? s'étonna Chun Hei. Une boxeuse ?

— J'ai passé quatre ans à l'académie des sports, en Chine. Comme j'ai grandi trop vite pour continuer la gymnastique, ils m'ont orientée vers cette discipline. Et comme la boxe féminine sera bientôt proclamée sport olympique…

— Les Chinois sont dingues de médailles d'or, gloussa Chun Hei. L'homme que je vais te présenter se prénomme Derek. Il a l'air correct, mais peut-on vraiment faire confiance à un type du milieu ?

— Non, évidemment.

— Il vaut mieux que tu ne le payes pas avant le voyage, expliqua Chun Hei. Répartis ton argent un peu partout, dans tes chaussures, dans tes poches, dans tes sous-vêtements. Je dirai à Derek que tu n'as pas un sou et que ta famille le réglera à ton arrivée en Angleterre. Ça le dissuadera de faire monter les prix.

— C'est d'accord.

— Il y a aussi ma commission. Deux cent cinquante euros pour te conduire jusqu'à la frontière et te mettre en contact avec le passeur. Tu es d'accord ?

— Je ne connais que vous dans ce pays, répondit Ning. Je n'ai pas vraiment le choix.

...

Amy notait fiévreusement les renseignements soutirés à Ethan sous la dictée de Ryan, lorsqu'un sapeur-pompier fit irruption dans le salon pour les informer qu'ils devaient évacuer les lieux au plus vite. Quand elle eut adressé son rapport par e-mail au quartier général de l'ULFT de Dallas, ils firent leurs bagages et embarquèrent à bord de la Mercedes. Remarquant la camionnette d'une équipe de télévision garée devant le portail, elle préféra laisser le toit escamotable fermé.

— Il faudra que je gagne à la Loterie nationale pour retourner dans un tel endroit, dit Ryan.

— Je ne voudrais pas te décevoir, mais ces baraques valent une dizaine de millions de dollars. En vérité, il faudrait que tu touches *deux* fois le gros lot.

Le motel était situé à quelques minutes de route à l'intérieur des terres. Tous les accès étaient bouclés par les forces de police. Un panneau mobile portant l'inscription *Zone d'intervention du FBI* avait été déployé au milieu de la chaussée. Une armada de 4x4 et de Ford Sedan noires était stationnée tout autour du bâtiment.

— Identification, demanda un policier en uniforme, en braquant une torche électrique dans les yeux d'Amy.

Elle exhiba une carte des services secrets et fut aussitôt autorisée à franchir le barrage.

Les riches résidents du lotissement, rassemblés devant le motel vieillot, ne semblaient pas à leur place. Amy et Ryan attrapèrent leurs bagages et se dirigèrent vers la réception. Les retraités propriétaires de la villa numéro trois se disputaient avec un agent du FBI qui insistait pour que nul ne quitte les lieux avant que tous les témoins aient été interrogés.

— Notre fille vit à deux pâtés de maisons, protesta la femme. Et mon mari souffre de diabète.

Ted et le docteur D avaient rejoint les lieux une heure plus tôt et investi deux suites contiguës. Ryan jeta un œil à la petite chambre où dormait Ethan, étendu sur la couchette inférieure de lits superposés.

Il marcha jusqu'à la fenêtre de la pièce principale, écarta le rideau grisâtre et observa l'autoroute qui filait derrière le motel. Il était à peine vingt heures, mais il tombait de sommeil.

Installée à un petit bureau, le docteur D contemplait l'écran de son ordinateur portable.

— Je viens de lire le rapport d'Amy. Laisse-moi te dire que tu as fait un travail formidable.

— Merci, répondit Ryan. Mais si cette bombe n'avait pas explosé, je crois que j'aurais pu en savoir davantage.

— Ce n'est pas terminé, dit Amy. Ethan a perdu sa mère et son meilleur ami. Il n'a plus que toi, maintenant.

Ryan se laissa tomber sur un canapé tendu de tissu à fleurs imprimées et poussa un profond soupir.

— C'est horrible, gronda-t-il. Il n'a plus que moi, un espion qui le manipule et a failli causer sa mort.

— Mais il te considère comme son ange gardien, fit observer Amy.

— Une seconde, interrompit le docteur D en déchiffrant le message qui venait d'apparaître à l'écran. Dallas vient de m'informer que le numéro qu'Ethan a composé correspond à un mobile anonyme équipé d'une carte prépayée.

— Ce n'est pas vraiment une surprise, lâcha Ted.

— Le signal a transité par une antenne relais située à Palo Alto, ajouta le docteur D.

— C'est là que se trouve la société de Gillian, dit Amy, à une cinquantaine de kilomètres.

— Vous pensez que ce Lombardi va sortir du bois ? demanda Ryan.

— C'est certain, répondit Ted. Gillian a dû mettre en place des mesures de sécurité pour éviter qu'Ethan ne soit confié aux services de protection infantile si elle venait à disparaître. Lombardi va tout faire pour le récupérer et le conduire en lieu sûr.

— Nous devons définir une stratégie, annonça le docteur D. Ce Lombardi en sait sans doute bien davantage qu'Ethan au sujet de Gillian Kitsell et du clan Aramov. Mais il faudra être prudents. S'il se doute de quoi que ce soit, il disparaîtra dans la nature et nous n'en entendrons plus jamais parler.

Ted hocha la tête en signe d'assentiment.

— Surtout si nous avons affaire à un avocat.

— Vous ne trouvez pas que *Gillian Kitsell et le clan Aramov* sonne comme un nom de groupe des années soixante-dix ? lança Ryan.

Amy éclata de rire, mais Ted et le docteur D restèrent de marbre.

— Désolé, bredouilla Ryan. C'est à cause de la fièvre. Je n'ai pas les idées très claires.

— Tu devrais aller te reposer, dit Amy. Ethan n'est pas près de se réveiller.

Ted sortit une clé de sa poche.

— Dans le couloir, deuxième porte à droite, dit-il.

— Tu es sûr que tu ne veux pas manger quelque chose ? demanda Amy. Il y a un restau de l'autre côté de la route.

— Non, je n'ai pas faim, répondit Ryan en s'emparant de la clé.

— Dors bien, mon garçon, dit Ted.

— Je serai dans la chambre voisine, précisa Amy. N'hésite pas à venir me voir si tu as besoin de quoi que ce soit.

Toute cette sollicitude à son égard amusait beaucoup Ryan.

— Ça va, c'est juste un rhume, gloussa-t-il. Je pense que je serai encore en vie demain matin.

28. Billet de retour

L'appartement de Chun Hei était encombré de produits de contrebande : bouteilles d'adoucissant textile, serviettes de bain, bricks de lait maternisé, conserves d'ananas au sirop... Ning dut déplacer une pile de boîtes de nourriture pour chat afin d'entrer dans la cabine de douche de la salle de bain. Une fois propre et rhabillée, elle prit place à une table circulaire pour déguster des saucisses de Francfort et des spaghettis tandis que les filles de son hôte, âgées de cinq et sept ans, babillaient dans un dialecte composé de mots tchèques et coréens.

En observant cette scène d'une parfaite banalité, Ning réalisa que le monde continuait à tourner, indifférent à ses malheurs. Que des élèves continuaient à fréquenter l'école dix-huit de Dandong. Que les gens se rendaient à leur travail, faisaient leurs courses au supermarché, débouchaient leur évier et disputaient leurs enfants. Elle se sentait insignifiante, mais penser à ces existences paisibles était réconfortant. C'était un moyen comme un autre d'échapper, l'espace d'un instant, aux risques auxquels l'exposait sa cavale.

Lorsque Ning eut englouti un morceau de quatre-quarts, regardé deux épisodes des *Simpsons* doublés en tchèque et participé à une partie de thé imaginaire en compagnie de poupées et d'ours en peluche, Chun Hei confia ses filles à une voisine puis conduisit sa protégée jusqu'au parking où était garée la camionnette.

Le trajet vers l'ouest dura un peu plus d'une heure. À l'approche de la frontière, les champs cédèrent la place à des fast-foods, des stations-service et des bâtiments sinistres au pied desquels déambulaient des femmes vêtues de façon provocante.

— Les Russes et les Tchèques occupent la rue, expliqua Chun Hei. Certaines se prostituent, mais la plupart se contentent de distribuer des invitations pour les maisons de passe. À l'intérieur, c'est autre chose. On n'y trouve que des Chinoises, des Vietnamiennes et des Pakistanaises.

— Combien de filles travaillent ici ? demanda Ning, frappée par la vision d'une femme presque nue penchée à la fenêtre d'une berline Audi.

— Des milliers, je suppose. Il y a pas mal de mouvement, en fait. Les établissements ouvrent et ferment au gré des raids de la police.

— Les hommes sont des ordures, dit la fillette, secouée d'un frisson.

Chun Hei emprunta une bretelle de sortie et se gara sur un parking presque désert, devant un immeuble de deux étages à l'enduit grisâtre et écaillé. Des rideaux sales étaient tirés derrière les fenêtres équipées de barreaux. Les portes battantes s'ouvrirent sur un salon meublé de canapés tendus de velours.

Chun Hei s'adressa à l'homme assis à la caisse, derrière une grille métallique.

— Je cherche Derek, dit-elle.

— En bas, répondit l'employé.

Elle considéra l'escalier aux marches de bois brut. Une forte odeur de moisissure flottait dans l'air.

— C'est bizarre, chuchota-t-elle à l'adresse de Ning. Normalement, il y a plein de filles ici, et Derek se tient toujours près de la porte.

Elles empruntèrent l'escalier et débouchèrent dans une cave aux murs lépreux. Un homme chauve portant un tablier était attaché à une chaise. Son visage était ensanglanté. Deux colosses se tenaient devant lui. D'autres individus étaient rassemblés au fond de la salle.

— Cours, Ning ! cria Chun Hei.

Aussitôt, l'une des brutes lâcha quelques mots en tchèque, la saisit par le col et la gifla de toutes ses forces.

Réalisant qu'elle ne pouvait pas lui porter secours, Ning tourna les talons. Le caissier l'attendait en haut de l'escalier. Elle prit son élan et fonça tête baissée, mais l'homme, s'il n'était pas aussi robuste que ses complices, n'eut guère de mal à la maîtriser et à la plaquer contre le mur.

En se contorsionnant dans l'espoir de se libérer, Ning aperçut une arme de poing glissée dans un holster, sous la veste de son adversaire. Elle lui assena un uppercut aux côtes, un coup qui le contraignit à lâcher prise et à tituber en arrière. Elle se trouvait enfin à bonne distance, prête à délivrer ses attaques les plus dévastatrices. Constatant que le caissier était trop grand pour qu'elle puisse le frapper efficacement au visage, elle enchaîna cinq directs à l'abdomen en moins de deux secondes et l'accula contre le comptoir.

Elle ne s'était pas entraînée depuis un an, mais elle n'avait rien perdu de son instinct de combattante. Lorsque l'homme fléchit les jambes, elle visa la tempe, la zone la plus fine et la plus vulnérable du crâne, et l'étendit sur la moquette, inconscient.

Les poings de Ning étaient si douloureux qu'elle pouvait à peine bouger les phalanges. Elle jeta un regard circulaire à la pièce. Les cris de Chun Hei résonnaient dans la cave. Considérant l'arme de sa victime, elle envisagea de lui porter secours, mais elle n'avait jamais tiré de sa vie. Elle ignorait le nombre exact de ses adversaires et de quel arsenal ils disposaient. Elle n'avait pas d'autre option que la fuite.

Elle se rua hors du bâtiment. Sur sa gauche se trouvaient le parking et la bretelle menant à l'autoroute. Sur sa droite, elle découvrit une grange qui se dressait dans un champ à l'abandon. Pressée de se mettre à couvert, elle se précipita vers la végétation. Soudain, un jeune homme jaillit des hautes herbes.

— Ning ? demanda-t-il.

Stupéfaite de l'entendre prononcer son nom, elle s'immobilisa et adopta une posture de combat, poings serrés à hauteur du visage. L'inconnu était un Eurasien d'une vingtaine d'années dont les cheveux noirs étaient parsemés de mèches vertes.

— Comment savez-vous qui je suis ? demanda-t-elle.

— Je m'appelle Kenny, expliqua-t-il. J'attendais ton arrivée. Par chance, j'étais en train de pisser quand les tueurs se sont pointés. J'ai pu m'échapper par la fenêtre des toilettes.

Le jeune homme s'exprimait dans un anglais irréprochable. À l'évidence, il s'agissait de sa langue maternelle. Ning s'accorda un bref instant de réflexion puis s'enfonça dans la végétation.

— Baisse-toi, dit Kenny avant de plonger à plat ventre et de se mettre à ramper.

Elle le suivit jusqu'à un fossé de drainage en béton maculé de graffitis et jonché de détritus. En dépit de son jeune âge, Kenny, qui avait parcouru trente mètres dans une position inconfortable, était hors d'haleine. Saisi d'une quinte de toux trahissant son tabagisme, il dut faire halte après s'être glissé dans la tranchée.

— Qu'est-ce qui s'est passé, là-bas ? demanda Ning. C'était Derek, le type ligoté sur la chaise ?

— Oui, répondit Kenny. Ces types font partie de la mafia russe. Ils ont demandé à Derek de conduire des filles en Angleterre, puis ils ont refusé de payer ce qu'il leur demandait. Ce que tu as vu, c'est leur façon à eux d'exiger une réduction.

Sur ces mots, il se remit en route.

— Qu'est-ce qu'on va devenir, Chun Hei et moi ?

— Fais gaffe où tu mets les pieds, il y a des seringues un peu partout. Un faux pas, et elles transpercent la semelle de ta chaussure. Je ne m'inquiète pas pour Chun Hei. C'est une embrouilleuse de première. Elle est même foutue de refourguer aux Russes un ou deux rouleaux de moquette.

— Et moi ? insista Ning.

— Derek gère nos affaires, et moi je règle les détails sur le terrain.

— Alors il y a des départs réguliers pour la Grande-Bretagne ?

— Réguliers ? Pas vraiment. Mais il y a toujours des camions qui vont et viennent. En ce qui te concerne, tu partiras dès ce soir, et les Russes ne pourront rien faire pour t'en empêcher. Il te suffira de me remettre les deux mille cinq cents euros promis.

— Mon oncle vous en versera trois mille à mon arrivée. C'était convenu entre Derek et Chun Hei.

Kenny se raidit.

— Je n'ai pas entendu parler de cet arrangement. Tu as du fric sur toi ou pas ?

— Trois mille euros à l'arrivée, répéta Ning.

— Tu me fous dans la merde, gronda Kenny en secouant la tête. Derek est en train de se faire massacrer, tu comprends ? Quand les clients payent à la livraison, c'est lui qui reçoit les virements. Le souci, c'est que je ne sais pas s'il sera encore mon patron, demain, à la même heure. Avec un peu de chance, je serai recruté par ces cinglés de Russes qui me paieront au lance-pierres et me traiteront comme un larbin. Au pire, ils me feront la peau.

Ning disposait de la somme exigée, mais elle n'avait pas confiance en Kenny. Elle redoutait de le voir partir en courant une fois l'argent empoché.

— J'ai besoin de fric, expliqua le passeur. Je dois retourner en Angleterre. Je me ferai tout petit pendant quelques mois. Je travaillerai dans le café de ma mère et j'éviterai de fréquenter des Russes. Alors, je sais bien que tu es une gamine, mais tu dois forcément avoir un peu de blé sur toi pour acheter de quoi bouffer. Moi, je n'ai même pas de quoi me payer un billet de retour par Easy Jet.

Kenny semblait sincère, mais Ning souhaitait conserver autant d'argent que possible.

— Je n'ai que quelques centaines de dollars, dit-elle.

— Je peux les changer sans problème. Combien il te reste ?

— Environ quatre cents. Je veux bien t'en donner trois cents. Mais je dois garder un petit quelque chose au cas où.

— Montre-moi les billets.

Comme Chun Hei le lui avait recommandé, Ning les avait répartis dans ses vêtements et dans son sac à dos. Elle s'adossa à la paroi de la tranchée, ôta l'une de ses baskets puis souleva la semelle pour en tirer les trois cent cinquante dollars qui y étaient dissimulés.

— Ça ne doit pas sentir très bon, dit-elle en remettant les billets à Kenny.

Enfin, elle fit semblant d'explorer les poches de son jean à la recherche des cinquante dollars restants.

— L'argent n'a pas d'odeur, dit le passeur, et c'est assez pour payer mon billet de retour. Malheureusement, ma bagnole est garée devant la piaule de Derek, mais nous ne sommes qu'à environ deux kilomètres de l'endroit où tu dois embarquer à bord du camion.

29. L'esprit et la matière

La station-service fréquentée par les chauffeurs routiers était située de l'autre côté de l'autoroute. En l'absence de passerelle, Kenny et Ning durent enjamber les barrières de sécurité et traverser les six voies au péril de leur vie. Le complexe avait ouvert deux ans plus tôt. Il regroupait un hôtel bon marché, quelques boutiques et deux établissements de restauration rapide.

Ils se frayèrent péniblement un passage au travers d'une haie ornementale, puis débouchèrent sur un vaste parking. Au premier coup d'œil, Ning remarqua la voiture de police garée à une vingtaine de mètres de leur position.

— Ne t'inquiète pas pour eux, dit Kenny en marchant d'un pas vif vers l'un des fast-foods. Je les connais.

Au fond de la salle, un individu au regard sournois, seul dans un box, dévorait un cheeseburger accompagné de frites.

— Salut Steve, lança Kenny avant de désigner Ning. Fais attention à ce que tu dis devant la petite. Elle parle parfaitement anglais.

— On dirait que les choses ont mal tourné pour Derek, dit l'homme, l'air accablé. Je lui avais pourtant recommandé de ne jamais faire affaire avec ces cinglés de Russes, mais il n'a rien voulu entendre. Tu crois qu'on sera payés ?

— Je pense que les choses finiront par se tasser, répondit Kenny. Quoi qu'il arrive, il faudra bien des mecs comme nous pour organiser les convois.

— Tu as toujours dit que tu préférerais rentrer chez toi que de travailler pour les Russkofs, s'étonna Steve.

— J'ai changé d'avis. Je reste avec toi, mec. Ne te fais pas de souci.

Ning savait que Kenny mentait, mais elle ignorait s'il essayait de tromper Steve ou s'il l'avait manipulée, elle, afin de lui soutirer quelques centaines de dollars. Il désigna deux femmes assises à une table, de l'autre côté de la salle.

— Va rejoindre les autres, dit-il. J'irai te chercher des frites dans une minute.

Ning prit place aux côtés des deux inconnues. L'une, une Chinoise prénommée Mei âgée d'une quarantaine d'années, portait sur le visage les stigmates d'une vie de souffrance. L'autre, une Bangladaise à la silhouette élancée s'exprimait dans un anglais distingué.

Elles saluèrent Ning poliment, mais sa présence semblait les déranger. Frappées par son jeune âge, sans doute la croyaient-elles destinée à un réseau de prostitution infantile. Mal à l'aise, elle joua nerveusement avec des pailles en écoutant converser les deux femmes. Ni l'une ni l'autre ne se doutaient une seule seconde qu'elle comprenait l'anglais.

Mei comptait se rendre au Royaume-Uni pour trouver un emploi. Elle avait travaillé pendant sept années dans une fabrique de biscuits de la région de Birmingham avant d'être expulsée par les services d'immigration. La Bangladaise ne révéla pas son nom, mais affirma regagner l'Angleterre après s'être occupée quelques mois d'un parent malade. Titulaire d'un brevet de monitrice de conduite, elle prétendait gagner vingt livres par heure en donnant des cours dans une auto-école de Southall, dans la banlieue de Londres. Mei était estomaquée.

Kenny posa une portion de frites huileuses et une canette de Coca-Cola devant Ning puis lui adressa un clin d'œil.

— Merci de l'avoir bouclée, chuchota-t-il. Je préfère que personne ne sache que je mets les voiles, tu comprends ?

Mei accepta la frite que lui proposait Ning, mais la Bangladaise refusa tout net.

— Ils doivent utiliser de la graisse animale, expliqua-t-elle.

Au fil de la conversation, Ning constata que les deux femmes adultes considéraient avec fatalisme leur situation de clandestines.

— Steve a reçu un appel de votre chauffeur, annonça Kenny. Le camion se trouve à six kilomètres. Si vous avez besoin de vous rendre aux toilettes, je vous conseille de vous dépêcher.

— Quel trajet suivrons-nous ? demanda la Bangladaise.

— Allemagne, France, ferry de Dieppe à Newhaven. Le conducteur est fiable. J'ai fait appel à lui un paquet de fois.

Mais les deux femmes semblaient contrariées.

— Qu'est-ce qui ne va pas ? demanda Ning en anglais.

— Six heures de mer, expliqua Mei. Le trajet par Douvres ou par Eurotunnel est bien plus rapide.

— Mais on m'a dit que le train comportait davantage de risques, fit observer la Bangladaise. Il paraît que les contrôles sont extrêmement fréquents.

— J'espère simplement que le chauffeur aérera le camion quand il prendra sa pause, soupira la Chinoise.

— Combien de temps durera le voyage ? demanda Ning.

— Seize heures, dans le meilleur des cas. Mais ça peut s'éterniser si le conducteur s'arrête pour la nuit, ou s'il doit attendre le ferry.

Ning accompagna les deux femmes aux toilettes. À leur retour, Steve leur annonça que le camion était arrivé plus tôt que prévu. Elles suivirent les deux passeurs jusqu'au parking. Kenny ouvrit les portes du compartiment arrière, plaça un foulard sur son visage puis s'empara d'un tonneau en matière plastique rempli d'excréments. Il en ôta le couvercle et le vida au pied d'un buisson.

La puanteur saisit Ning à la gorge. Steve fouilla dans le coffre d'une voiture garée à proximité et retourna vers le camion chargé de sacs contenant des bouteilles d'eau minérale, des sandwiches, des barres chocolatées et des muffins sous cellophane. Dans le compartiment obscur, une voix se fit entendre.

— J'ai chaud…

— Je ne peux pas laisser les portes ouvertes, gronda Steve. Ça grouille de flics, dans le coin. Tassez-vous vers le fond pour laisser monter les nouvelles.

La mine sombre, Mei se hissa à l'intérieur du camion. Ning la suivit. La puanteur et la chaleur rendaient l'atmosphère irrespirable. Une quinzaine de clandestins étaient entassés dans la travée d'une soixantaine de centimètres de large qui séparaient deux murs constitués de boîtes de papier pour photocopieuse empilées sur des palettes de bois.

Outre deux jeunes hommes et un couple accompagné de trois petits garçons, il n'y avait là que des filles âgées de quinze à vingt ans.

Mei se tourna vers Ning.

— Tâche de trouver un endroit confortable avant qu'ils ne ferment les portes, dit-elle en chinois.

Une jeune femme au front ruisselant de sueur saisit Ning par la main.

— Va-t-on bientôt embarquer sur le ferry ? demanda-t-elle.

— Non, nous sommes en République tchèque, tout près de la frontière allemande.

Alors, les portes se refermèrent, et le compartiment se trouva plongé dans l'obscurité. À l'aide d'une lampe de poche, une passagère aida Ning et les deux femmes à s'installer.

— Ce n'est pas si mal, dit Mei en s'asseyant près de la cabine du chauffeur. Serrées comme nous sommes, nous ne serons pas trop dérangées par les mouvements du camion.

La chaleur était telle que Ning éprouvait des difficultés à respirer. Elle entendit le son caractéristique d'emballages de muffins que l'on déchire. Compte tenu de la puanteur ambiante, elle se demandait comment ses compagnons d'infortune pouvaient avaler quoi que ce soit. Une fille supplia qu'on laisse les portes ouvertes jusqu'au démarrage du camion.

— Fermez vos gueules, là-dedans, ou je vous débarque, grogna Steve.

Ning posa la tête sur l'épaule de Mei.

— Surveille bien ton sac, recommanda cette dernière. L'autre fois, on m'a fauché quatre-vingts livres.

— Il fait une telle chaleur, gémit Ning. Je suis en nage.

— L'esprit domine la matière. Respire lentement et bois beaucoup d'eau. Seuls ceux qui s'affolent perdent connaissance.

Soudain, le moteur se mit à gronder. Le système hydraulique produisit un chuintement suivi d'un claquement métallique, puis le camion s'ébranla.

30. Touche pas à mon Texas

À son réveil, Ryan réalisa qu'il avait dormi tout habillé. Ses paupières étaient collées, ses narines bouchées et ses draps pleins de sable. Il s'assit au bord du matelas et se moucha, les membres douloureux et le moral en berne.

La veille, il s'était couché dans le noir. Le lit voisin était défait. Il remarqua une valise à roulettes ornée d'un autocollant *Touche pas à mon Texas* et en déduisit que Ted avait passé la nuit à ses côtés.

Il récupéra sa trousse de toilette dans son sac de voyage, se lava les dents puis prit une douche. Son coéquipier ayant utilisé la seule serviette de la salle de bain, Ryan dut se contenter d'un minuscule essuie-mains.

Il se vêtit, attacha sa montre à son poignet et constata qu'il était presque dix heures. Il quitta la chambre et remonta la coursive ensoleillée jusqu'à la suite où l'équipe avait établi son quartier général. Deux agents du FBI en costume sombre montaient la garde devant la porte. Une foule de journalistes était contenue par un cordon de police dans un angle du parking, à proximité d'une flotte de camionnettes équipées d'antennes paraboliques.

— Alors comment te sens-tu? lança joyeusement Amy, qui venait d'accomplir son footing quotidien.

Elle portait un short en Lycra et un soutien-gorge de sport. Son front était perlé de sueur.

— Pas terrible, répondit Ryan.

Le docteur D était assise devant son ordinateur portable, comme si elle n'avait pas quitté son poste depuis le moment où il avait rejoint sa chambre.

— Tu as faim? demanda Amy. Si tu veux, on ira prendre le petit déjeuner au restaurant d'en face, dans quelques minutes. L'un des agents du FBI nous l'a recommandé.

— Où est Ethan? s'étonna Ryan. Vous voulez que je continue à le cuisiner?

— Nous surveillons ses déplacements, dit le docteur D en pointant un doigt vers l'écran de son ordinateur.

— Pardon?

— Hier soir, après ton départ, le QG de Dallas nous a communiqué une information capitale. L'un des analystes a utilisé le réseau Echelon pour filtrer les communications mobiles aux environs de Palo Alto, en se concentrant sur les mots clés Kitsell et Aramov. Il n'est pas parvenu à identifier Lombardi, mais il a intercepté plusieurs conversations entre ses associés. Il a découvert qu'ils savaient où se trouvait Ethan et qu'ils s'apprêtaient à nous envoyer des complices se faisant passer pour des employés des services de protection infantile.

— Ils ont été arrêtés ? demanda Ryan.

— Pas exactement, répondit Amy.

— Nous avons implanté une cellule de localisation sous-cutanée dans l'une des cuisses d'Ethan, expliqua le docteur D. Un homme et une femme portant de fausses accréditations se sont présentés peu avant minuit. Nous les avons laissés l'emporter alors qu'il se trouvait encore sous l'effet du sédatif.

Ryan n'en croyait pas ses oreilles.

— Dites-moi que vous plaisantez ! s'étrangla-t-il.

— C'est une avancée fantastique, dit le docteur D, le visage éclairé d'un large sourire. Ce mouchard peut nous permettre d'identifier l'ensemble des ramifications du clan Aramov, aux États-Unis et dans le reste du monde.

— Toutes mes félicitations, ironisa Ryan. Mais vous avez pensé à Ethan ? Quelques jours après son accident, sa mère et son meilleur ami ont été assassinés. Et voilà qu'il va se réveiller dans un endroit inconnu en compagnie de parfaits étrangers. Il va vivre une nouvelle expérience terrifiante.

— Je sais, mais nous avons dû prendre une décision rationnelle. L'ULFT est chargée de démanteler des réseaux criminels au fonctionnement extrêmement complexe. Nous suivrons les mouvements d'Ethan et placerons sous surveillance tous ceux avec qui il entrera en contact. Il nous mènera à Lombardi et aux principaux responsables du clan.

— J'étais sur la bonne voie, hier soir, gronda Ryan. J'avais réussi à établir un lien fort. Je suis persuadé qu'il avait encore beaucoup à nous apprendre sur sa mère. Nous aurions pu l'aider à se reconstruire tout en continuant à rassembler des informations.

— Je te demande de baisser d'un ton, dit fermement Amy.

Ryan ignora cet avertissement.

— Je n'aurais jamais accepté de participer à cette mission si j'avais su que vous vous serviriez d'Ethan comme d'un pion, sans penser une seule seconde au drame qu'il est en train de traverser.

Amy posa une main sur l'épaule de son coéquipier.

— Nous avons mûrement pesé le pour et le contre, dit-elle. Nous comprenons tes inquiétudes, mais tu dois considérer l'autre plateau de la balance. As-tu pensé aux innombrables victimes des armes de contrebande et des médicaments contrefaits fournis aux criminels par le clan Aramov ?

Le docteur D se leva et fit un pas en direction de Ryan.

— Tu bombardes cette pièce d'énergie négative, mon garçon, dit-elle. Respire profondément. Les ondes positives t'aideront à te calmer et favoriseront ta réponse immunitaire au rhume dont tu souffres.

— Des ondes positives ! répéta Ryan, indigné, en se plantant à deux centimètres du docteur D. Vous êtes en plein délire *new age*, mais vous vous foutez royalement des êtres humains. Vous avez vu dans quel état se trouvait Ethan, hier soir ? Et s'il essayait de se suicider, vous avez pensé à ça ?

— Assez ! lança le docteur D. Tu as le droit de ne pas partager ma philosophie, mais fais attention à ne pas dépasser les bornes, Ryan. Je dirige une unité des services secrets américains. Toi, tu n'es qu'un gamin de douze ans placé sous mes ordres. Je ne t'interdis pas d'exprimer tes opinions, mais c'est moi qui prends les décisions. Je t'ordonne de respecter la hiérarchie, comme je l'exige de tous mes subordonnés, quel que soit leur âge.

— Si je comprends bien, je ne suis bon qu'à fournir les informations que vous êtes incapables d'obtenir. En dehors de ça, je ne suis qu'un morveux.

— Ce n'est pas ce qu'elle est en train de dire, Ryan, dit Amy en posant une main sur son bras.

— Ah, ne me touche pas, toi ! cria-t-il. Tu passes ton temps à ramper devant ta nouvelle patronne. À CHERUB, ils ne traiteraient jamais un agent de cette façon.

— CHERUB n'est pas différent des autres unités de renseignement. Ils font tout pour l'éviter, mais il leur arrive de sacrifier des victimes innocentes afin de prévenir des crimes d'ampleur plus importante.

Voir Amy prendre le parti du docteur D avait mis Ryan hors de lui.

— Ce que j'essaye de vous faire comprendre, c'est que je n'en avais pas fini avec Ethan.

Le docteur D jeta un coup d'œil impatient à sa montre.

— Bon, j'ai des milliers de choses importantes à régler. Amy, emmène-le prendre son petit déjeuner. Sa participation à cette opération s'achève ici. Je vais appeler Dallas afin qu'on lui réserve une place sur le prochain avion à destination de l'Angleterre.

— Vous me jetez comme un Kleenex, gronda Ryan.

Il se tourna vers Amy et lança :

— Et toi, tu n'es pas celle que je croyais.

Cette dernière le prit par le bras.

— Allez, allez, du calme. Allons plutôt manger quelque chose.

Il croisa le regard satisfait du docteur D et eut l'impression que son crâne explosait. Incapable de se maîtriser, il se précipita sur elle, plaça les deux mains sur ses épaules et la poussa de toutes ses forces.

— Non ! hurla Amy.

Le docteur D essaya vainement de se retenir au bureau, puis bascula en arrière, s'étala de tout son long sur la moquette et se cogna la tête contre le pied d'une chaise.

Amy ceintura son coéquipier et le jeta sur le lit. Ryan, qui l'avait vue à plusieurs reprises pratiquer les arts martiaux dans la salle de sport de la villa, se garda sagement de riposter.

— As-tu la moindre idée des difficultés que j'ai dû surmonter pour persuader l'ULFT de t'employer ? tempêta-t-elle. Tu as ruiné ma crédibilité, avec ton attitude puérile !

Le docteur D, assise en tailleur sur le sol, frottait son crâne douloureux. Amy lui tendit la main.

— Je n'ai pas besoin d'aide. Contente-toi de le faire disparaître de ma vue.

Convaincu qu'il venait de saboter définitivement sa carrière au sein de CHERUB, Ryan franchit la porte de la suite et s'engagea sur la coursive.

31. Deux yeux et deux bras

Sur une aire de repos située aux environs de Dieppe, les clandestins purent bénéficier de cinq minutes d'air frais, le temps d'embarquer quatre nouveaux passagers. Ning n'avait aucune expérience des voyages en mer, à l'exception d'une traversée en aéroglisseur en compagnie de son père entre Hong Kong et Macao. Victime du mal des transports, elle vomit à quatre reprises. À chaque fois, Mei lui tint les cheveux en arrière, lui nettoya le visage et insista pour qu'elle s'hydrate.

À Newhaven, la tension atteignit son comble lors des manœuvres de débarquement. Les opérations de contrebande s'appuyaient sur l'incapacité des douaniers à inspecter tous les véhicules. Par chance, le camion échappa aux contrôles. Après vingt heures de voyage dans l'obscurité, en fin d'après-midi, Ning put enfin poser le pied sur le sol britannique. Il lui fallut plusieurs minutes pour s'habituer à la clarté. Elle considéra le hangar délabré derrière lequel le véhicule s'était immobilisé. Le sol était humide, et un groupe d'hommes aux mines patibulaires pressa les passagers de pénétrer dans le bâtiment.

— À l'intérieur, dépêchez-vous.

Les immigrants clandestins formèrent une file d'attente devant une petite femme d'origine asiatique qui tenait un registre entre ses mains. Les cinq membres de la famille, la Bangladaise et quatre hommes noirs qui avaient embarqué en France reçurent l'autorisation de quitter le hangar. Les autres passagers furent répartis en deux groupes. D'un côté, sept Chinoises de moins de vingt ans et deux Russes un peu plus âgées, toutes promises à la prostitution. De l'autre, six femmes mûres dont Mei, venues de Chine pour occuper les emplois non déclarés et sous-payés délaissés par les Anglais.

Au cours du voyage, Mei s'était confiée à Ning. Née dans une famille de paysans pauvres de l'ouest du pays, elle avait emprunté le montant du passage aux membres d'un gang. En échange, elle devrait travailler à leur service jusqu'à ce que sa dette soit remboursée. Si elle tentait de fuir, ou si son travail n'était pas jugé satisfaisant, ils s'en prendraient à sa famille demeurée en Chine.

Compte tenu de son cas particulier, Ning ne savait pas à quel groupe se joindre. Au vu du nombre d'hommes de main qui surveillaient les opérations, il lui était impossible de prendre la fuite. Elle choisit de se tenir aux côtés de Mei et de croiser les doigts.

La femme au registre commença par les jeunes filles. Après avoir décliné leur identité, les Chinoises reçurent l'ordre de se ranger auprès de deux gangsters. L'une des Russes, qui n'avait pas cessé de pleurnicher depuis que Ning avait embarqué à bord du camion, se mit à protester. Dans un mauvais anglais, elle affirma qu'elle avait été trompée, qu'on lui avait servi une nourriture infecte et que les conditions de transport l'avaient rendue malade.

Elle se plaignit ainsi pendant près d'une minute, puis elle commit l'imprudence de bousculer son interlocutrice. L'un des gorilles se rua sur elle, déploya une matraque télescopique, jaillie comme par magie de la manche de sa veste, et la frappa brutalement derrière les genoux.

La jeune fille s'effondra sur le sol de béton. L'homme la saisit par les cheveux et la traîna sur trois mètres avant de poser un talon sur son cou.

— Je représente le bureau des plaintes, gronda-t-il. Tu souhaites déposer une réclamation?

Incapable de respirer, la Russe n'était pas en mesure de répondre. Le gangster se tourna vers les Chinoises horrifiées.

— D'autres candidates? Bien. Je vous recommande de la fermer jusqu'à nouvel ordre si vous ne voulez pas de problèmes.

Sa victime se redressa en sanglotant et boitilla jusqu'au groupe de jeunes filles. Lorsque la femme eut rayé le nom de la seconde Russe sur son cahier, les quatre brutes poussèrent les huit clandestines hors du hangar puis les firent monter à bord d'une camionnette.

Choquée et nauséeuse, Ning poussa un soupir de soulagement en voyant les gangsters quitter le bâtiment. Le chauffeur chinois, qui patientait assis sur une pile de vieux journaux en feuilletant un magazine consacré à la pêche, ne semblait pas menaçant.

— Et toi ? lui demanda la femme. Tu ne figures pas sur mon registre. Où as-tu embarqué ?

— Elle est montée dans le camion avec moi, à la frontière tchèque, répondit Mei.

— Mais comment se fait-il que tu ne sois pas sur la liste, ma petite ?

— J'ai payé un homme nommé Kenny. Il travaille pour un certain Derek.

— Tu mens, trancha son interlocutrice. Derek m'aurait envoyé un e-mail. Et tu es tellement jeune… Quel âge as-tu ?

— Treize ans.

— As-tu des papiers ?

Ning sortit son faux passeport kirghiz de la poche arrière de son jean.

— Selon ce document, tu n'as que onze ans. Bon sang, qu'est-ce que je vais bien pouvoir faire de toi ?

— Vous ne pourriez pas me laisser partir ?

La femme ne semblait pas hostile à cette idée, mais le chauffeur quitta son magazine des yeux.

— Et si les flics la ramassent ? fit-il observer. Elle pourrait les conduire ici, ou leur livrer une description précise du camion.

— Je mentirai, dit Ning. Je dirai que je me suis glissée à bord près de Dieppe.

— Si elle appartient à quelqu'un, lança l'homme à l'adresse de la complice, ce sera à nous de rembourser.

— Et qu'est-ce que tu suggères, monsieur Je-sais-tout ?

— Qu'elle accompagne les autres. Ce sera au chef de décider.

Convaincue de pouvoir dominer l'homme et la femme en cas d'affrontement, Ning envisagea de s'évader. Mais le jour commençait à décliner, elle ignorait où elle se trouvait et n'avait nulle part où aller. Elle décida de demeurer aux côtés de Mei et de se laisser le temps d'élaborer une stratégie digne de ce nom.

∴

Ryan avait franchi le poste de douane de l'aéroport de San Francisco, mais il lui restait une heure à tuer avant d'embarquer à bord de l'avion à destination de Londres. Toujours fiévreux, il fit le tour des boutiques proposant des lunettes de soleil et des accessoires de golf. Il fit halte dans un relais presse et feuilleta quelques magazines sans parvenir à fixer sa concentration. Il ne cessait de revivre le moment où il avait malmené le docteur D. Pour la première fois de sa vie, il s'était montré stupide et impulsif.

Plus il repensait à l'incident, plus il mesurait qu'il s'était laissé aveugler par l'amitié qu'il éprouvait à l'égard d'Ethan. Le docteur D avait pris la bonne décision, et tout autre responsable des services de renseignement aurait fait de même. Elle s'efforçait de démanteler l'une des plus puissantes organisations criminelles de la planète, et ce processus impliquait inévitablement des choix difficiles.

Avant de quitter le magasin, Ryan acheta une boîte de chocolats ornée de l'image du Golden Gate pour son frère Theo, âgé de sept ans. Au moment où il récupérait sa monnaie, il sentit vibrer son mobile dans la poche arrière de son jean. Il consulta l'écran et y lut le nom de la directrice de CHERUB, Zara Asker.

— Ryan, qu'est-ce qui s'est passé ? demanda-t-elle. Le docteur D m'a appelée. Elle est absolument furieuse.

— Je ne sais pas trop... Je suis désolé. Je me suis emporté. J'ai eu comme un voile noir. Je ne contrôlais plus rien. Je vais être expulsé de CHERUB ?

Zara lâcha un éclat de rire.

— Je t'appelle parce que Amy m'a informée que tu te trouvais seul à l'aéroport. Je voulais avant tout savoir si tu allais bien. Mais pour répondre à ta question, il est évident que je ne peux pas te laisser agresser un haut responsable du renseignement américain sans réagir. Attends-toi à une punition sévère, mais tu es toujours chez toi au campus. Nous ne nous débarrassons pas de nos agents pour un simple accès de bêtise. Si c'était le cas, nous pourrions compter nos effectifs sur les doigts d'une main.

Au bord des larmes, Ryan s'adossa à un pilier.

— OK, lâcha-t-il d'une voix étranglée.

— Une voiture t'attendra à ton arrivée. Je t'enverrai un mail pour te donner tous les détails. Quand tu seras reposé, nous aurons une petite discussion dans mon bureau en compagnie de ton responsable pédagogique. Compris ?

— C'est d'accord, répondit Ryan. Merci pour l'appel. J'avais l'intention de me planter une fourchette en plastique dans le cœur dès qu'on me servirait le plateau-repas. Je vais peut-être réviser mes projets.

— Ça va, tu peux te détendre. Je suis obligée de te punir, mais je n'oublie pas que tu es un excellent élément. Allez, ce n'est pas la fin du monde.

...

Ning, Mei et les cinq autres femmes se rafraîchirent dans une salle de bain miteuse, à l'arrière du hangar, puis se préparèrent pour l'ultime étape de leur périple.

Ning était impatiente de découvrir l'Angleterre, mais on les fit monter dans le compartiment aveugle d'une camionnette blanche. Trois heures plus tard, elles débarquèrent devant un vieux bâtiment en brique coiffé de hautes cheminées.

Ning avait longuement étudié la carte de l'Angleterre pour tuer le temps dans le studio de Bichkek. Depuis la côte sud, si le véhicule avait roulé vers l'intérieur des terres, elles se trouvaient au beau milieu de la campagne.

Elle découvrit avec stupéfaction que l'intérieur de la vieille usine était immaculé. En dépit de l'heure tardive, des centaines d'ouvrières chinoises et bangladaises étaient entassées dans un atelier parfaitement ordonné.

Elles portaient un uniforme constitué d'un filet à cheveux, d'un masque hygiénique et d'une blouse blanche. Réparties par groupes de trois autour de tables en acier inoxydable, elles répétaient mécaniquement les mêmes gestes. La première étalait de la mayonnaise sur deux tranches de pain de mie ; la deuxième y plaçait la garniture, de la salade et une rondelle de tomate ; la troisième coupait le sandwich en deux puis le glissait dans une boîte en carton de forme triangulaire.

Un contremaître à la barbe rousse se précipita à la rencontre des nouvelles venues, puis se tourna vers la femme au registre.

— Sept ? grogna-t-il. On m'avait dit que je pouvais compter sur douze à quinze ouvrières.

— Demain, peut-être.

— Bon sang, je suis tellement à court de personnel que je suis obligé de mettre la main à la pâte. Je n'arrive pas à croire que j'en sois arrivé là.

Puis il ajouta dans un chinois hésitant :

— Mesdames, si vous voulez bien me suivre…

— Pas toi, lança la femme à l'adresse de Ning, tandis que Mei et les autres travailleuses clandestines franchissaient la porte d'un vestiaire pour recevoir leur uniforme. Nous allons voir le patron.

Elles gravirent un escalier menant à l'étage supérieur, un espace vaste et désert où étaient alignées des dizaines de machines à coudre. La femme conduisit Ning jusqu'à une pièce meublée d'un large bureau de direction et d'armoires de classement en acajou. Elle remarqua un globe terrestre sur une étagère.

Un Chinois d'une trentaine d'années trônait dans un fauteuil en cuir, vêtu d'un polo blanc et d'un pantalon à carreaux. Une Rolex en or et un bracelet serti de diamants étincelaient à ses poignets. Aux yeux de Ning, il ressemblait beaucoup à son père.

— Qui c'est, celle-là ? tonna-t-il, visiblement furieux d'être dérangé.

Sur un mur, Ning remarqua un cliché encadré où apparaissaient deux garçons en tenue de football qui devaient avoir à peu près son âge.

— Son prénom est Ning, monsieur, expliqua la femme. Elle prétend avoir treize ans, mais son passeport lui en donne deux de moins. Elle a embarqué sans payer dans le camion en République tchèque. Je ne l'ai pas laissée partir, de peur qu'elle ne conduise la police à l'entrepôt de Newhaven.

Le patron secoua la tête.

— Et tu as décidé de l'amener ici, histoire qu'elle découvre *aussi* la fabrique. Quelle brillante idée.

Il lâcha un soupir accablé puis ajouta :

— Je suis debout depuis six heures du matin. Il me manque dix-huit employées et je suis incapable de répondre aux commandes. Alors tout ce qui a deux yeux et deux bras fera l'affaire. Emmène-la en bas.

— Vu son âge, les ouvrières risquent de jaser.

— Tu préfères que nous perdions le contrat du super-marché ? Tu te sens prête à leur annoncer qu'elles sont virées ? Demain matin, tu passeras quelques coups de fil et tu tâcheras de savoir à qui elle appartient, mais d'ici là, elle travaillera avec les autres.

32. De simples marchandises

Le visage dissimulé par un masque et les cheveux main-tenus par un filet, Ning, qui était grande pour son âge, n'était guère différente des autres ouvrières. Elle avait travaillé six jours d'affilée sans que personne lui pose de questions embarrassantes. La fabrique était à court de personnel, et les contremaîtres ne se préoccupaient que du respect des cadences.

Elle prenait son service à trois heures de l'après-midi. Elle était censée demeurer à son poste durant douze heures entrecoupées de deux pauses de quinze minutes, mais en réalité, personne n'était autorisé à quitter la chaîne de production avant que les quotas n'aient été atteints. De fait, les journées duraient rarement moins de quatorze heures. Une moitié des employées était chargée de la préparation des ingrédients, la seconde du dressage des sandwiches.

La salle était constamment réfrigérée afin de favoriser la préservation des produits, mais le rythme de travail était si intense que les ouvrières suaient sang et eau sous leur blouse. La fabrique était équipée d'un matériel moderne permettant de respecter les normes sanitaires imposées aux grandes chaînes de distribution.

Les contremaîtres encourageaient les employées dont la cadence fléchissait et adressaient des avertissements à celles qui disposaient trop d'ingrédients sur les tranches de pain. Seuls les manquements aux règles d'hygiène faisaient l'objet de sévères réprimandes. Le moindre échec à un test bactérien, le moindre cheveu oublié sur une tranche de jambon pouvait remettre en question le contrat qui liait la société à son client et coûter leur emploi à toutes les ouvrières.

Le travail était monotone et épuisant. Au petit jour, les femmes étaient raccompagnées à leur domicile, situé à proximité de la fabrique, à bord de camionnettes au compartiment arrière privé de fenêtres. Elles dînaient à l'heure où la majeure partie de la population s'éveillait, et dormaient jusqu'en début d'après-midi. Il ne leur restait dès lors que quelques heures pour se laver et se restaurer avant d'être reconduites à l'usine.

Ning ayant besoin de davantage de sommeil que ses collègues adultes, Mei éprouvait les pires difficultés à la tirer du lit. Elles occupaient une chambre au sous-sol disposant de six couchettes. Le vasistas avait été obstrué par des planches afin de ménager une obscurité totale vingt-quatre heures sur vingt-quatre.

— Une vraie marmotte, sourit Mei. Si tu ne te secoues pas un peu, nous n'aurons pas le temps de prendre notre petit déjeuner.

Aux yeux de Ning, la situation avait quelque chose d'ironique : après avoir fui le dortoir de la pension de Dandong au péril de sa vie, elle avait atterri dans un taudis à l'autre bout du monde, et se trouvait condamnée à accomplir des tâches mécaniques et abrutissantes. Tout bien pesé, elle n'avait pas vraiment gagné au change.

— J'ai passé la nuit à rêver que je coupais du pain et que j'étalais de la mayonnaise, dit-elle en se frottant les yeux.

— Comment va ta main ?

La veille, Ning s'était légèrement entaillé le pouce avec une trancheuse à jambon. Elle considéra le pansement vert fluo, une couleur qui permettrait de le repérer facilement s'il tombait accidentellement dans les ingrédients.

— C'est moins douloureux que ça n'en a l'air, dit Ning en pliant le doigt. Bon, je vais voir s'il y a moyen de prendre une douche.

— Avec un peu de chance… soupira Mei.

Leo, le chef d'équipe, s'était aménagé un espace privé dans la pièce qui avait jadis fait office de salle à manger. Les vingt-deux travailleuses clandestines occupaient les chambres et le salon. Même si ces effectifs n'atteignaient pas la capacité d'accueil maximale de la maison, elles devaient se partager des toilettes au sous-sol et une étroite salle de bain au premier étage.

Vêtue de sa chemise de nuit, Ning gravit l'escalier et poussa la porte. La pièce ne disposait pas de verrou, afin que les toilettes, la douche et le lavabo puissent être utilisés simultanément. Elle y trouva les quatre résidentes qui vivaient dans la chambre la plus vaste, à l'étage supérieur, des femmes hautaines et malveillantes qui méprisaient les nouvelles arrivantes, qu'une règle tacite cantonnait au sous-sol.

— Dehors ! lança l'une d'elles avant de tirer sur sa cigarette, plantée devant le miroir du lavabo.

L'une de ses complices se trouvait dans la cabine de douche. La deuxième se séchait à l'aide d'une serviette éponge. La troisième était assise sur la lunette des toilettes, jean à hauteur des chevilles.

— Vous en avez pour longtemps ? demanda Ning.

Son interlocutrice laissa tomber sa cendre à ses pieds.

— Aussi longtemps qu'il nous plaira, répliqua-t-elle. Dégage, ou je t'écrase ce clope sur le bras.

— On t'a dit de te tirer, gronda la femme à la serviette en repoussant Ning du pied. Tu es bouchée ou quoi ?

Humiliée, Ning recula dans le couloir sous les rires et les insultes des Chinoises.

— Quel âge a cette fille ? ricana l'une d'elles. Elle n'a même pas de poitrine.

— Tu peux parler, toi, la planche à pain, répliqua la fumeuse.

La vessie tendue à craquer, Ning envisagea de se rendre dans leur chambre et de se soulager sur la moquette, mais elle estima qu'il valait mieux, dans la situation précaire où elle se trouvait, ne pas se faire d'ennemies. Elle retourna au sous-sol et se joignit à la file d'attente qui s'était formée devant les toilettes.

Après avoir joué des coudes dans la cuisine pour se procurer de quoi manger, Ning regagna son dortoir afin de se changer.

— Quand sera-t-on payées ? demanda-t-elle.

— Dans un mois, au plus tôt, sourit Mei. Ils sont toujours en retard. C'est une façon de nous garder ici, même lorsque nous avons réglé notre dette. La première fois que je suis venue en Angleterre, j'ai passé trois semaines à récolter des fruits. Nous étions une soixantaine, et personne n'a reçu un penny. Quand j'ai été expulsée, j'ai perdu plus d'un mois de salaire.

— Tu n'as pas protesté ?

— Et à qui me serais-je plainte ? À la police ? Non, il n'y a qu'à la fermer. Pour le patron de la fabrique de sandwiches, nous sommes de simples marchandises qu'il achète aux gangsters.

— Aux gangsters ?

— Oui, ceux qui nous conduisent à l'usine, aménagent des maisons comme celles-là et emploient Leo pour qu'il nous surveille.

— Je pensais qu'ils travaillaient pour le patron, s'étonna Ning.

Mei secoua la tête.

— Lui, c'est juste un homme d'affaires qui se fournit en main-d'œuvre bon marché auprès de trafiquants. Bien entendu, comme il n'a pas envie de se faire casser les jambes, il respecte scrupuleusement les délais de paiement. Les gangsters, eux, reversent soixante-dix pour cent de ma paye à leurs collègues chinois qui ont avancé l'argent de mon voyage. Ils payent rubis sur l'ongle, de peur que l'approvisionnement en travailleuses ne soit interrompu. Maintenant, devine qui sont les dernières servies...

— Nous.

Mei hocha la tête.

— Nous dépendons du bon vouloir des gangsters, et celles qui insistent un peu trop se font tabasser.

— J'ai beaucoup réfléchi, cette nuit, chuchota Ning. Je n'ai rien à faire ici, mais je pensais jusque-là que je pourrais attendre le jour de la paye avant de foutre le camp. Je vais avoir besoin de livres sterling pour poursuivre mon voyage.

— Où comptes-tu aller ?

— À Bootle, pour essayer de retrouver la sœur de ma mère. Je lui raconterai ce qui s'est passé, en espérant qu'elle voudra bien m'aider. Si elle refuse, je me débrouillerai. Vu que j'ai été légalement adoptée, j'ai droit à la citoyenneté britannique.

— Tu en es certaine ?

— Oui. On en a souvent parlé. Mes parents voulaient se retirer en Angleterre, pour vivre dans une grande maison, à la campagne.

Mei jeta un œil à sa montre.

— C'est l'heure d'y aller, dit-elle.

La vingtaine de femmes était rassemblée dans le couloir d'entrée. À l'extérieur, une camionnette blanche remontait l'allée en marche arrière. Leo, le chef d'équipe, ôta la chaîne et tira le verrou de la porte.

Les ouvrières s'entassèrent dans le compartiment du véhicule. Ning remarqua une place à l'avant, sur l'une des deux planches placées dans le sens de la longueur qui faisaient office de banquettes. Elle laissa Mei s'y installer puis s'assit en tailleur sur le plancher métallique. Six minutes plus tard, le chauffeur pila. Déséquilibrées par cette manœuvre brutale, les passagères basculèrent jambes par-dessus tête dans l'obscurité la plus totale. Ning se cogna le crâne à la paroi de la cabine.

— Désolé, mesdames, lança le chauffeur, mais un cycliste vient d'essayer de se jeter sous mes roues.

Le véhicule se remit en route avant que les femmes n'aient eu le temps de reprendre leur place. Ning sentit un talon fouler sa main, rouvrant la plaie à la base de son pouce. Lorsque les portes de la camionnette s'ouvrirent, elle constata que son pansement était taché de sang. Aussitôt, les pensées s'enchaînèrent dans son esprit : elle ne devait rien aux gangsters, et il était hors de question de travailler pendant des semaines sans recevoir de salaire. Cependant, elle était désormais convaincue qu'ils n'étaient pas disposés à lui rendre sa liberté.

Il lui fallait trouver un moyen de s'échapper de l'usine ou de la maison, mais l'une comme l'autre étaient constamment surpeuplées, et il était impossible de prendre la clé des champs sans éveiller l'attention d'innombrables témoins.

Mais Ning avait remarqué que les mesures d'hygiène extrêmement strictes appliquées sur la chaîne de production amenaient les contremaîtres à renvoyer dans sa chambre toute employée malade. C'était le seul moyen de se trouver seule ou presque dans la demeure.

Tandis que les ouvrières jouaient des coudes à l'entrée des vestiaires, elle se dirigea droit vers les toilettes situées au fond de la salle. Elle s'enferma dans une cabine, poussa le verrou et ôta son pansement. Elle prit une profonde inspiration et planta l'ongle du pouce dans la blessure. Étouffant un cri de douleur, elle accentua la pression afin que deux filets de sang coulent jusqu'à son coude.

Ning serra une boule de papier toilette dans sa paume sanglante et quitta sa cachette. Elle s'assura de laisser tomber quelques gouttes écarlates sur le carrelage immaculé du couloir menant aux chaînes de préparation des sandwiches.

— Eh! cria un contremaître en la saisissant par le bras. Qu'est-ce que tu fabriques, jeune fille?

S'inspirant des simagrées de sa mère, Ning papillonna des paupières et fit mine d'être sur le point de perdre connaissance.

— Je cherche Mei, gémit-elle en s'adossant au mur le plus proche. J'ai saigné toute la nuit. Je me sens tellement faible… Je crois que je vais vomir.

Une employée souillant le sol de la salle de production constituait le pire cauchemar des agents chargés de l'encadrement. L'homme accompagna Ning jusqu'à la minuscule infirmerie située sous la cage d'escalier.

— Tu ne peux pas travailler dans cet état, dit-il en l'aidant à s'asseoir sur une chaise en plastique. Reste ici. Je reviendrai nettoyer la plaie dès que les équipes seront en place. Ensuite, l'un des chauffeurs te reconduira à ton domicile.

33. Sacs-poubelles

Âgé d'une quarantaine d'années, Leo portait d'épaisses lunettes de vue rectangulaires et une barbe négligée. Comme tous les jours, il avait revêtu un pantalon de survêtement et un maillot de l'équipe de football de Chelsea. Il lança un signe de la main au chauffeur avant qu'il ne se remette en route, puis il s'adressa à Ning, qui se tenait devant la porte de la maison.

— Qu'est-ce qui s'est passé ? demanda-t-il, dominant la fillette du haut de son mètre quatre-vingt-dix.

Ning leva sa main bandée.

— Ah, je vois. Descends en vitesse et évite de traîner dans mes pattes. J'attends de la visite.

Ning pénétra dans la maison. En l'absence des employées, Leo avait laissé la porte de sa chambre ouverte. Elle ralentit le pas pour y jeter un œil. C'était un véritable dépotoir où toute surface plane était jonchée de cendriers débordant de mégots et de canettes de bière vides. Une large télévision LCD trônait au milieu de ce capharnaüm. Des personnages de jeux vidéo étaient figés sur l'écran barré du mot *pause*.

— Dans ta chambre, gronda Leo. Si j'entends un seul bruit, tu auras affaire à moi.

En dévalant les marches de l'escalier, Ning s'efforça d'échafauder une stratégie. Toutes les ouvertures du rez-de-chaussée étant condamnées, restaient la porte donnant sur le jardin, à l'arrière de la maison, et la fenêtre de la cuisine, dont elle devrait briser une vitre pour recouvrer la liberté.

Mais ses collègues ne seraient pas de retour avant une douzaine d'heures, et il lui semblait préférable de préparer son évasion dans les moindres détails. Elle possédait toujours une petite fortune en dollars, mais il lui fallait impérativement se procurer des livres britanniques pour acheter de la nourriture et assurer ses déplacements. En outre, elle tenait absolument à savoir précisément où elle se trouvait avant de se mettre en route.

Les employées qui, comme Mei, n'avaient pas réglé leur dette envers les trafiquants devaient rester cloîtrées dans le bâtiment. Seules deux femmes, libres de tout engagement financier, pouvaient profiter à loisir de leurs jours de congé, pourvu que Leo leur en donne l'autorisation. Elles appartenaient à la bande qui l'avait chassée de la salle de bain, le matin même. Ning décida de fouiller leur chambre afin de se procurer tout ce qui pourrait lui être utile, argent, horaires de bus ou courrier personnel indiquant l'adresse de la maison.

Avec un peu de chance, elle ferait main basse sur un téléphone portable qui lui permettrait de prendre des nouvelles de Dan.

Ning choisit des vêtements propres, s'empara d'une serviette et d'une savonnette, puis gravit l'escalier menant au premier étage. En se glissant prudemment sur le palier du rez-de-chaussée, elle constata avec soulagement que la porte de la chambre de Leo était close et que la télévision était poussée à plein volume.

Parvenue à l'étage supérieur, elle foula le carrelage trempé de la salle de bain. L'air empestait le tabac froid. Les parois du bac de douche étaient recouvertes d'une épaisse couche de crasse, le trou d'évacuation bouché par un agglomérat de cheveux et de poils. Souhaitant garder son bandage sec, elle ôta l'emballage plastique d'un rouleau de papier toilette et le plaça autour de sa main blessée.

En dépit de l'aspect sinistre des lieux, Ning prit un vif plaisir à sentir l'eau chaude inonder son corps. Elle se rinçait les cheveux lorsque Leo déboula dans la pièce.

— Tu es sourde, ma petite ? hurla-t-il. Qu'est-ce que je t'ai dit ?

Nue comme un ver, Ning se retrancha derrière le rideau de douche.

— Je ne me souviens plus, dit-elle. Ça ne peut pas attendre une minute ?

— Je t'ai demandé de rester dans ta chambre ! C'est à croire que tu cherches les ennuis.

— Je pensais qu'il suffisait que je ne fasse pas de bruit…

Un coup de sonnette retentit au rez-de-chaussée.

— Bordel de merde ! rugit Leo avant de se précipiter hors de la salle de bain.

Tandis qu'il dévalait les marches, Ning décida qu'il valait mieux ne pas traîner dans la douche. Elle se sécha rapidement, enfila une culotte, un jean et un sweat-shirt propres puis s'engagea dans le couloir. Aussitôt, une odeur fétide provenant de la cage d'escalier lui sauta aux narines, puis elle entendit les deux hommes s'exprimer en chinois.

— Et qu'est-ce que je suis censé faire d'elles ? demanda Leo d'une voix étranglée.

— Les préparer puis attendre que quelqu'un vienne les chercher.

En jetant un œil par-dessus la rambarde du palier, Ning aperçut un individu râblé, et deux filles aux cheveux bruns effondrées contre le mur de l'entrée. Elle progressa en silence jusqu'à la chambre des quatre pestes.

— Bon sang, Ben, qu'est-ce qui leur est arrivé ? demanda Leo.

— L'un de nos camions a disparu, il y a une semaine, expliqua son interlocuteur. La nuit dernière, j'ai reçu un appel anonyme m'indiquant où il se trouvait.

— Qu'est-ce que ça veut dire ? Qui a bien pu t'appeler ?

— Les Russes. Ces salauds tentent de prendre le contrôle de nos opérations. Nous ignorons s'ils ont liquidé le chauffeur polonais ou s'ils se sont contentés de lui flanquer la trouille. Ce qui est certain, c'est que le camion s'est volatilisé pendant six jours. Les filles n'avaient plus rien à boire.

— Et pourquoi ça tombe sur moi ? demanda Leo.

— Parce que tu n'étais pas loin et que cette baraque est inoccupée jusqu'à demain matin. Tout sera terminé quand les ouvrières rentreront du boulot.

— Il y a une fille dans la maison.

— Bordel, tu m'as pourtant assuré que tu étais seul ! gronda Ben.

— Elle s'est pointée après ton appel. Elle s'est esquinté la main.

— Et c'est maintenant que tu penses à m'avertir ? Où est-elle ?

— Au premier. Elle prend une douche.

— Va la chercher.

Dès qu'elle entendit les pas résonner dans l'escalier, Ning entra dans la chambre des quatre femmes. Elle sauta sur l'un des lits, attrapa un magazine de mots fléchés et fit mine de le feuilleter.

— Qu'est-ce que tu fous là ? gronda Leo.

Ning réalisa qu'elle avait abandonné sa serviette et ses vêtements sales près de la porte, laissant soupçonner qu'elle s'était tenue là pour écouter ses échanges avec son supérieur.

— Je t'ai répété cent fois de rester au sous-sol. C'est pour ton bien, tu comprends ?

— Qu'est-ce qui se passe, là-haut ? cria Ben depuis l'entrée. Descends-la immédiatement.

— Tu as entendu, ma mignonne ? gronda Leo. Lève-toi en vitesse.

La tête basse, Ning quitta la chambre puis s'engagea dans l'escalier.

— Mais voyez-vous ça ? gloussa Ben lorsqu'il l'aperçut. Quel joli brin de fille.

Leo la poussa en avant pour la forcer à descendre. La puanteur, plus forte que jamais, évoquait celle qu'elle avait dû affronter, dissimulée dans la poubelle de Bichkek. Son regard se posa sur la montre en or et les avant-bras tatoués de Ben. Puis elle se tourna vers les filles aux cheveux bruns qu'elle avait cru apercevoir depuis le palier du premier étage et découvrit deux corps sans vie emballés dans des sacs-poubelles.

34. Cinq cents heures

Ryan avait regagné le campus depuis une semaine. Il était étendu sur son lit lorsque Max Black et Alfie Duboisson firent irruption dans sa chambre. Les trois garçons avaient appris à se connaître et à s'apprécier durant le programme d'entraînement initial. Depuis, ils ne se quittaient plus.

Max, douze ans, était aussi grand que Ryan, mais de constitution moins robuste. Son visage criblé de taches de rousseur et ses cheveux blonds lui donnaient un air innocent, mais en réalité, il avait l'art de s'attirer les problèmes. Ses bêtises, innombrables mais sans réelle gravité, dissuadaient bon nombre de résidents de CHERUB de le fréquenter. Son seuil de tolérance à l'ennui ne dépassait pas celui d'un enfant de deux ans. Il souffrait d'une allergie à la station assise, aux ordres et à la hiérarchie.

Alfie, malgré ses onze ans, dominait ses camarades d'une tête. Après son arrivée au campus, il avait dû perdre beaucoup de poids pour satisfaire aux exigences de l'organisation. Malgré ses yeux noirs surmontés de sourcils broussailleux, c'était un garçon calme qui s'exprimait avec un léger accent français. Il jouait de la flûte traversière et de la guitare. Son intelligence était prodigieuse, même au regard des critères de CHERUB.

— Alors, Mr Ryanator, lança joyeusement Max, comment s'est passée la réunion dans le bureau de la directrice ?

À son retour de mission, l'état de santé de Ryan s'était aggravé. Victime d'une infection pulmonaire, il avait reçu un traitement antibiotique et était resté alité trois jours durant. Lorsqu'il avait enfin été capable d'aligner deux phrases sans cracher ses poumons, il avait dû attendre le retour de Zara, qui avait quitté le campus pour célébrer son anniversaire de mariage à New York en compagnie de son mari Ewart.

— Plutôt horrible, dit-il.

— Alors, quelle peine récolte-t-on lorsqu'on tabasse une grand-mère ? demanda Alfie. Max a parié sur la pelle, moi sur le tête-à-tête.

Ces deux punitions sanctionnaient fréquemment les agents coupables de graves manquements aux règles de l'organisation. La *pelle* était un terme générique désignant une variété de travaux éreintants comprenant le débroussaillage et le nettoyage des fossés de drainage situés dans la zone boisée du campus. Le *tête-à-tête* était un programme constitué d'épreuves physiques éprouvantes sous les ordres d'un instructeur.

— Ni l'un ni l'autre, répondit Ryan. Je suis suspendu de missions opérationnelles pendant trois mois et privé d'argent de poche pendant deux mois. Je ne pourrai pas sortir pendant quatre semaines, et je devrai travailler au centre de recyclage.

Max était sous le choc.

— C'est tout ? Bon sang, j'ai pris dix heures de tête-à-tête pour avoir bousillé une voiturette électrique. Tu t'en sors bien, Rybo. Tu devrais faire la fête, pas la gueule.

— Ouais, avec des filles bien en chair et des marshmallows cuits au feu de bois ! ajouta Alfie.

— Épargne-nous tes fantasmes, par pitié, soupira Max.

— Je préférerais en baver en tête-à-tête pendant dix heures que de me taper cinq cents heures à trier des poubelles, grogna Ryan.

Max éclata de rire.

— Cinq cents heures ! s'exclama-t-il. La vache, Zara ne t'a pas raté. Je n'ai jamais entendu parler d'une punition aussi longue. Ça va te prendre des mois pour en venir à bout.

— Selon elle, si je travaille deux heures le soir en semaine et trois heures par jour le week-end, j'en ai pour au moins six mois.

— C'est une prévision plutôt optimiste, dit Alfie. Les exercices d'entraînement ainsi que les missions de sécurité et de recrutement te feront perdre du temps. Je tablerais sur huit à neuf mois.

— Cinq cents heures, répéta Max, sidéré. Au moins, ça te passera l'envie de maltraiter les personnes âgées.

Blessé par cette remarque, Ryan se dressa d'un bond.

— Je l'ai juste poussée. Ce n'est pas ma faute. Je ne me rendais pas compte que j'avais affaire à une naine de trente kilos. Un coup de vent aurait pu la renverser.

— Du calme, grand fauve, ricana Max. Je ne voudrais pas que tu perdes une nouvelle fois le contrôle de tes nerfs.

Lorsque Alfie gloussa à son tour, Ryan sentit son sang bouillir dans ses veines.

— Vous êtes venus dans le seul but de vous foutre de ma gueule ? gronda-t-il.

— En tout cas, ça, c'est fait, répondit Max avant de se tourner vers Alfie. On avait prévu autre chose ?

Redoutant que Ryan ne se fâche pour de bon, Alfie adressa à Max un regard signifiant qu'il valait mieux ne pas pousser le bouchon trop loin.

— Il faudrait que tu te trouves une copine, Ryan, dit-il. Tu vas rester enfermé au campus pendant les mois à venir.

— Grace, suggéra Max. Bien roulée, pas trop de poitrine mais ça devrait rapidement s'améliorer, et elle est complètement folle de toi.

— La dernière fois que je l'ai croisée, elle a vidé une bombe de crème chantilly dans mon short, fit observer Ryan.

— C'est sa façon à elle de flirter. Tu es tellement naïf.

— Je suis convaincu qu'elle me déteste, et le pire, c'est que je m'en fous. Je commencerai à m'occuper de ces choses-là quand j'aurai quatorze ans.

— Moi, j'aimerais lécher du miel sur le ventre de Grace.

Max et Ryan éclatèrent de rire.

— Bon sang, Alfie, il faut vraiment que tu te fasses soigner, dit Max. À onze ans, tu es déjà un maniaque sexuel. Tu as pensé à prendre une douche froide ou à faire trois fois le tour du campus en courant ?

— Je suis à moitié français. Nous sommes les meilleurs amants du monde.

— Mais Grace est toute petite. Tu risquerais de l'écraser comme un moucheron.

Ryan était soulagé que Max ait pris Alfie pour cible de ses sarcasmes.

— Ouais, dit-il. Il te faut une fille plus solide.

Max hocha la tête.

— Irène, par exemple. Tu sais, la bonne femme de la cantine, avec ses seins gigantesques et ce grain de beauté tout poilu sur le visage.

— Je parie qu'elle en a partout sur le corps, renchérit Ryan. Une vraie champignonnière.

— Eh, c'est pas ton téléphone, ça ? demanda Alfie en désignant le mobile qui bourdonnait sur la station de recharge placée sur le bureau.

Ryan s'empara de l'appareil.

— Allô ? lança-t-il sans obtenir de réponse.

Il examina l'écran : *1 appel en absence — Amy Collins.*

— Il faut que je passe un coup de fil, dit-il. Ça concerne une mission.

Par mesure de confidentialité, les agents n'avaient pas l'autorisation de partager des informations concernant les opérations. Max et Alfie quittèrent docilement la chambre.

— On se retrouve en bas pour déjeuner, dit ce dernier.

— OK, je fais au plus vite.

Ryan ignorait les raisons qui avaient poussé son ancienne coéquipière à le recontacter. Il avait longuement réfléchi aux événements survenus en Californie. Il comprenait pourquoi elle avait pris le parti du docteur D, mais il avait noué un fort lien affectif avec elle durant leur séjour dans la villa, et il continuait malgré lui à se sentir trahi.

— Salut, petit gars ! lança-t-elle lorsqu'il eut enfoncé la touche *rappel*. Tu es en meilleure forme ? Je suis désolée pour la façon dont les choses ont tourné, la semaine dernière.

— Il faut que j'envoie une lettre d'excuse au docteur D, dit Ryan. Comment va-t-elle ?

— Très bien, ne t'inquiète pas. Ted travaille pour elle depuis des années, et il m'a confié qu'il s'était souvent retenu de lui botter les fesses.

Ryan lâcha un éclat de rire.

— Je suis content que ça lui ait fait plaisir. Je tâcherai de m'en souvenir, quand je purgerai mes cinq cents heures de travaux d'intérêt général au centre de recyclage.

— Cinq cents heures ? s'étrangla Amy. Wahou ! Zara l'a vraiment mauvaise, on dirait.

— Je confirme.

— Bon. Pour être tout à fait honnête, je ne t'appelais pas seulement pour prendre de tes nouvelles. Nous avons perdu le signal du mouchard d'Ethan.

— Sérieux ? Qu'est-ce qui s'est passé ? Est-il tombé en panne ou a-t-il été extrait de sa cuisse ?

— Nous n'en avons aucune idée. Nous pensions l'avoir définitivement perdu, mais le QG de Dallas a continué à surveiller l'activité de la ligne téléphonique et du compte Internet enregistré au nom de Ryan Brasker. Ils ont découvert que tu avais reçu un appel en absence, et nous pensons qu'Ethan a essayé de te joindre.

— C'est certain. C'est le seul à qui j'ai communiqué ce numéro.

— Je voudrais que tu te rendes immédiatement au centre de contrôle des missions. Les techniciens te permettront de le contacter grâce à une ligne spéciale qui lui donnera l'illusion que tu appelles d'un portable depuis la Californie. Dès que j'aurai raccroché, je te transférerai l'e-mail que m'a transmis l'analyste de l'ULFT. Il contient toutes les informations concernant la nouvelle couverture de Ryan Brasker, son lieu de résidence et sa vie depuis sa dernière rencontre avec Ethan. Il est important que tu mémorises chaque détail.

Ryan n'appréciait pas le ton directif d'Amy, ni sa certitude qu'il obéirait sans broncher à ces nouvelles consignes.

— Je suis suspendu de missions opérationnelles, dit-il.

Elle lâcha un soupir.

— Il ne s'agit pas à proprement parler d'une mission. Tu n'auras même pas à quitter le campus. Tout ce que je te demande, c'est de renouer le contact avec Ethan. Tu tâcheras de savoir où il se trouve et quelles sont ses activités.

— Je ne sais pas trop. J'ai le droit de refuser les missions qu'on me propose. Je préférerais en finir avec toute cette histoire, purger ma punition, puis me tourner vers l'avenir.

Ryan n'en pensait pas un mot, mais il était bien décidé à mettre son ex-partenaire dans une situation inconfortable.

— Eh, tu as pensé à Ethan ? Il pourrait être en danger.

Ryan éclata de rire.

— Alors comme ça, le docteur D se fait du souci pour lui ?

— Écoute, je sais ce que tu ressens. Je vais appeler Zara afin qu'elle annule ta suspension. Je lui dirai que le docteur D t'a pardonné et je la supplierai d'alléger ta punition.

Ryan se fendit d'un large sourire, mais il s'efforça de n'en rien laisser paraître.

— Oui, je suppose que j'aurais davantage de temps pour t'aider si ma sanction était réduite.

— Je peux sans doute la persuader de faire sauter une centaine d'heures. Alors, qu'est-ce que tu en dis ?

— Ta proposition me semble acceptable. Tu crois que tu pourrais la convaincre de ne pas me priver d'argent de poche ?

— N'abuse pas de ma gentillesse, Ryan, dit sèchement Amy. Surveille ta boîte mail, étudie le dossier, et je verrai ce que je peux faire pour toi.

35. Un joli brin de fille

Ning fit un pas en direction de l'escalier menant au
sous-sol, mais Ben lui ordonna de patienter dans la
cuisine et de laisser la porte ouverte afin de pouvoir
garder un œil sur elle. Leo s'absenta pendant une vingtaine de minutes, puis regagna la maison équipé de
bâches en plastique, de rouleaux d'adhésif, de masques
antipoussière et de bouteilles d'eau de Javel.

— Prépare-nous du thé, mon ange, dit Ben.

Ning dénombra les armes par destination qui se trouvaient à sa portée : la bouilloire, les couteaux alignés
dans le tiroir, les poêles suspendues à des crochets...
Mais elle avait observé un renflement sous la veste de
Ben, et elle était convaincue qu'il portait un revolver.

Dans le couloir, Ben et Leo roulèrent les cadavres
dans les bâches puis les ficelèrent à l'aide de bande
adhésive. Une camionnette remonta l'allée en marche
arrière. Ils jetèrent les corps dans le compartiment
puis le véhicule se remit en route.

Ning se remémora les paroles de Ben. *Quel joli brin de fille.* À bien y réfléchir, lorsqu'il avait prononcé ces mots, ce n'était pas la concupiscence qu'elle avait lue dans ses yeux, mais la cupidité. Selon Mei, une fille de son âge avait une valeur considérable sur le marché de la prostitution.

Elle ne pouvait demeurer une minute de plus dans cette maison. Elle jeta un œil à l'extérieur de la cuisine. Ben, les mains sur les hanches, regardait Leo frotter une tache sur le mur.

— Tu aurais mieux fait de brûler le camion, grogna ce dernier. On aurait évité tout ce bordel.

— Un camion qui n'a même pas deux ans et m'a coûté dix mille livres ?

— Mais il était assuré, non ?

— Ah, tu crois vraiment que je ferais immatriculer un véhicule destiné au trafic, ducon ? Allez, va chercher le désinfectant et le tuyau d'arrosage, mets un masque et nettoie le compartiment arrière.

— Qu'est-ce qui t'a pris de l'amener ici ? Je ne suis qu'une sorte de concierge. Je ne suis pas assez payé pour tremper dans un truc pareil.

— Mais cette baraque était l'endroit idéal, derrière les haies, à l'abri des regards extérieurs. Et puis je suis en droit d'attendre un peu de dévouement de la part de mes employés, tu ne crois pas ? Ou alors, c'est que nous avons un gros problème, toi et moi.

Leo fit un pas en arrière et leva les mains en signe de soumission.

— Non, Ben, tout va bien, bredouilla-t-il.

— C'est préférable, pour toi comme pour ta mère, en Chine. Je dois rentrer chez moi pour me changer puis me rendre à un dîner d'affaires. Dès que tu auras nettoyé le camion, rappelle Nikki pour qu'il vienne le chercher. Ensuite, tu te rendras à la maison de campagne avec Ning. Compris ?

— D'accord, patron.

— Tu connais l'adresse ?

— Oui, j'y suis déjà allé.

— À partir de maintenant, je ne veux plus jamais t'entendre discuter mes instructions. C'est bien clair ?

Ning ne savait rien de l'endroit où Leo avait reçu l'ordre de l'emmener, mais tout cela ne lui disait rien de bon. Elle recula vers le plan de travail et ouvrit le tiroir où étaient rangés les couteaux.

∴

Amy recontacta Ryan quinze minutes plus tard.

— Zara n'est pas opposée à ce que tu nous aides à localiser Ethan, et elle a accepté d'alléger ta punition de soixante-quinze heures. Et si tu remplis ta mission, l'ULFT te réglera deux mois d'argent de poche. Ça te convient ?

— C'est un marché honnête, répondit Ryan en boxant triomphalement les airs.

— Tu as lu mon e-mail ?

— Oui, tout est très clair.

— Formidable, dit Amy. Maintenant, rends-toi au centre de contrôle. Tu es attendu.

Après avoir raccroché, Ryan imprima le message d'Amy, quitta le bâtiment principal, puis rejoignit la construction moderne en forme de banane où les contrôleurs préparaient et supervisaient les opérations. Bâti six ans plus tôt, il préoccupait la direction en raison des défaillances à répétition du système de sécurité, de la plomberie et de l'air conditionné. Pour l'heure, il était intégralement masqué par un échafaudage. Une armée d'ouvriers remplaçait de larges portions du toit.

Après avoir posé la main sur le dispositif de reconnaissance des empreintes digitales, Ryan franchit le portail sécurisé et retrouva Lauren Adams dans le hall d'accueil. Avec ses cheveux blonds tombant jusqu'aux épaules, elle lui faisait un peu penser à Amy, en plus jeune et en moins attirante. Il ne la connaissait pas très bien, mais elle lui avait dispensé quelques leçons particulières de karaté avant qu'il n'entame le programme d'entraînement initial.

— Ça fait longtemps qu'on ne s'est pas croisés, lança-t-elle sur un ton joyeux avant de le guider vers un couloir incurvé. Je suis contente de te voir porter le T-shirt gris.

— Je ne savais pas que tu travaillais ici, dit Ryan.

Lauren haussa les épaules.

— Seulement pour quelques semaines. Je remplace une employée en congé maternité. C'est très instructif de travailler au centre de contrôle. Et puis, avec cette expérience, j'aurai davantage de chances de décrocher un poste pour l'été, quand je serai à l'université. Voilà, on y est.

Ils pénétrèrent dans une petite pièce insonorisée. Un PC et un Mac étaient posés sur une longue table.

— Je vais te laisser travailler, dit Lauren. N'hésite pas à m'appeler si tu as besoin de quoi que ce soit.

Ryan s'assit sur une chaise et examina le document où figuraient les identifiants et les mots de passe enregistrés au nom de Ryan Brasker sur les différents réseaux sociaux Internet.

Il était seize heures en Angleterre, mais huit heures du matin en Californie. Ryan effleura la souris de façon à interrompre le mode veille du PC, puis il lança un logiciel chargé d'enregistrer toutes les données transitant par l'ordinateur. Enfin, il plaça sur ses oreilles un casque sans fil équipé d'un micro et se connecta au réseau du quartier général de Dallas. Ainsi, il donnerait l'illusion que son appel était passé depuis les États-Unis.

Les informations figurant à l'écran indiquaient qu'il avait reçu trois appels en absence provenant du même correspondant. Ryan enfonça le bouton *appel* de l'application puis patienta vingt secondes. Alors qu'il s'apprêtait à interrompre la procédure, il reconnut la voix d'Ethan.

— Ryan, c'est toi ? chuchota ce dernier.

— Je suis tellement content de t'entendre, dit Ryan. Où es-tu ? Qu'est-ce qui s'est passé ?

— Je n'ai pas le droit de communiquer avec l'extérieur, expliqua Ethan. Je suis avec les hommes de Lombardi. Tu sais, le type que j'ai appelé, le jour où ma mère…

— Oui, je me souviens.

— J'ai essayé de te joindre plusieurs fois pour te signaler que tout allait bien.

— Où te trouves-tu ?

— Près de Denver, dans le Colorado. Dès que mon bras sera guéri, ils me transféreront auprès de ma grand-mère. Pour l'instant, je reste à l'hôpital, car le système de santé kirghiz est catastrophique. Ils sont en train de me confectionner des faux papiers. Mon portable a disparu dans l'explosion de la maison, mais le type de la boutique qui passe dans les chambres avec son chariot m'a fourni un téléphone à carte pour trois fois rien.

— Tu as besoin d'aide ? Pourquoi tu n'as pas appelé les flics ?

— Je ne serai pas en sécurité si je retourne en Californie. Leonid a juré d'avoir ma peau.

— Mais tu seras encore plus exposé si tu pars vivre au Kirghizstan.

— Apparemment, ma grand-mère est en mesure d'assurer ma protection. Je suppose qu'elle entretient une armée de gardes du corps. Pour être honnête, je ne suis pas très emballé. Ma mère m'a toujours dit que ce pays était affreux, mais je n'ai pas vraiment le choix, maintenant qu'elle a disparu.

— Je suis désolé pour toi, soupira Ryan. J'aimerais pouvoir te venir en aide.

— C'est chouette de te parler. Je crève d'ennui, dans cet hôpital, et je suis inquiet de ce qui pourrait m'arriver. Le problème, c'est que je n'ai presque plus d'unités, et que je suis à sec.

— Envoie-moi le numéro de ta carte par SMS, et je ferai en sorte qu'elle soit approvisionnée. Comme ça, tu pourras m'appeler chaque fois que tu en auras envie.

— Oh, tu crois que tu pourrais faire ça ?

— Mon père a largement les moyens, assura Ryan. Après tout ce que tu as traversé, c'est la moindre des choses.

— Tu ne peux pas savoir à quel point ça me touche, lâcha Ethan d'une voix étranglée par l'émotion. Tu m'as sauvé la vie deux fois, et tu es la seule personne au monde à qui je puisse parler.

∴

Armé d'un tuyau d'arrosage, Leo, planté dans l'allée, nettoyait le compartiment arrière du camion où les deux jeunes femmes avaient agonisé pendant une semaine. Ning songea à profiter de la situation pour prendre la fuite, mais la porte donnant sur l'arrière de la maison était fermée à clé, et le jardin était bordé d'une haute clôture de planches. Libre d'aller et venir dans la maison, elle descendit au sous-sol afin de récupérer son sac, qui contenait dix-huit mille dollars et la boîte à secrets jaune où elle conservait tout ce qui la rattachait à son passé : ses papiers d'adoption, ses médailles sportives et quelques photos de famille. Elle monta au premier et entra dans la chambre des quatre femmes où elle trouva un billet de cinq livres et quelques pièces de monnaie sur une table de nuit.

La lumière du jour commençait à décliner lorsque Leo acheva son travail de nettoyage. De nouveau, Ning envisagea de s'échapper pendant qu'il se lavait les mains, penché sur l'évier de la cuisine, mais il avait bouclé la porte principale à clé et les fenêtres étaient garnies de barreaux.

Quelques minutes plus tard, le dénommé Nikki enfonça le bouton de la sonnette. Leo lui remit les clés du camion puis lança :

— Ning, ramasse tes affaires, on y va.

Il désigna la Peugeot garée devant la maison.

— On est à deux heures de route. Monte à l'arrière, allonge-toi sur la banquette et tiens-toi tranquille. Si tu désobéis, je devrai te ligoter.

— Je serai sage, promit-elle.

Constatant que la lunette et les vitres du véhicule étaient teintées, Ning comprit qu'elle n'était pas la première à y voyager contre son gré. Elle resta immobile et silencieuse pendant dix minutes, surveillant la main droite de Leo posée sur le levier de vitesse. Une odeur fade et écœurante flottait dans l'air : malgré la tâche macabre qu'il venait d'accomplir, son ravisseur n'avait même pas pris la peine de changer de vêtements.

Leo s'engagea sur une voie rapide, puis il tourna le bouton de la radio. À l'antenne, une femme se plaignait de voir ses poubelles quotidiennement renversées par les enfants de son quartier.

Ning sortit de la poche de son jean une bobine de ficelle trouvée dans le tiroir de la cuisine, en tira quatre-vingts centimètres, roula les extrémités trois fois autour de ses poings et laissa tomber le dévidoir sur la moquette, au pied de la banquette. Enfin, elle leva la tête.

— À quoi tu joues ? demanda Leo en tournant briè-vement les yeux dans sa direction. Je t'ai demandé de rester allongée.

— J'ai mal au cou.

— Si tu me forces à m'arrêter, ça ira mal pour toi.

Ning s'efforça de dissimuler la cordelette au regard de son ravisseur et se tint parfaitement immobile. Elle ne pouvait pas mettre son plan en œuvre tant que le véhicule filait à vive allure sur la voie rapide. À la radio, les auditeurs évoquaient tour à tour les campements gitans, le tapage nocturne et le comportement dangereux des adeptes du skateboard. Tous s'accordaient sur un point : l'Angleterre sombrait dans la décadence depuis que le service militaire avait été aboli.

La Peugeot ralentit à l'approche d'un rond-point, puis s'immobilisa devant un feu tricolore. Leo tira le frein à main. Ning se redressa vivement.

— Eh, combien de fois vais-je devoir te répéter que…

Avant qu'il n'ait pu achever sa phrase, elle passa les bras par-dessus l'appuie-tête, serra la cordelette autour du cou de Leo et planta un genou dans le dossier du siège afin d'accentuer la pression.

Saisi d'un spasme, Leo tendit les jambes et enfonça involontairement la pédale d'accélérateur. La Peugeot progressa de deux mètres avant d'emboutir le pare-chocs de la voiture qui la précédait. La cordelette blessait les mains de Ning, mais elle ne lâcha prise que lorsque la tête de sa victime bascula sur le côté.

Le feu passa au vert, mais le chauffeur du véhicule accidenté descendit pour constater les dégâts. Ning se débarrassa de la corde puis ramassa son sac à dos. Un concert de klaxons retentit derrière la Peugeot tandis que la file voisine s'ébranlait. Elle ouvrit la portière, se planta devant un taxi pour le forcer à s'immobiliser, sauta sur le trottoir et prit ses jambes à son cou.

DEUXIÈME PARTIE

Cinq semaines plus tard

36. Séquelles

En cette fin d'après-midi, Ryan purgeait sa quatre-vingt-unième heure de punition au centre de recyclage du campus. Vêtu d'un bleu de travail et de gants épais, il poussait un énorme container cylindrique, placé sur le flanc, vers son petit frère Leon et son meilleur ami Banky. Les deux T-shirts rouges avaient écopé de trente heures de travail d'intérêt général pour avoir quitté leur chambre au beau milieu de la nuit, des pétards et des feux d'artifice plein les poches.

— Faites gaffe à vos pieds, avertit Ryan avant de retourner le container.

Un monceau de vêtements malodorants se déversa sur le sol.

— Beurk, gémit Banky.

Leon enfouit son nez dans l'encolure de sa combinaison.

— Il y a des masques dans les vestiaires, dit Ryan en ramassant une chaussette sale. Les gens sont censés ne déposer que des fringues propres dans les boîtes de collecte, mais comme vous le sentez, ce n'est pas toujours le cas. Vous devrez faire quatre tas. Tas numéro un : vêtements propres et en bon état, qui seront envoyés en Afrique. Tas numéro deux : ceux dont l'étiquette comporte la mention pure laine ou 100 % coton. Tas numéro trois : vêtements synthétiques, mixtes ou trop sales pour être recyclés, destinés à la décharge. Tas numéro quatre : vêtements comportant le logo CHERUB.

— Qu'est-ce qu'ils comptent en faire, de ceux-là ? demanda Leon.

— Tout ce qui comporte le logo CHERUB ne doit pas sortir du campus. Ils finiront à l'incinérateur.

— On pourra les regarder cramer, dis ? supplia le petit garçon.

— Non. C'est un processus entièrement automatisé. Tout ce qu'on peut voir, c'est de la fumée sortant de la cheminée sur le toit du bâtiment. D'autres questions avant de se mettre au travail ?

— Ouais, dit Banky. C'est vrai que tu t'es pris cinq cents heures pour avoir massacré une grand-mère ?

— Non, en fait, j'ai tabassé un T-shirt rouge trop curieux, sourit Ryan avant de tourner les talons.

Banky et Leon échangèrent un regard amusé.

— Où est-ce que tu vas ? demanda ce dernier. Tu ne vas quand même pas te rouler les pouces pendant qu'on bosse ?

— Je dois aller chercher les bouteilles vides aux cuisines.

Ryan sentit le téléphone portable configuré pour communiquer avec Ethan vibrer brièvement dans sa poche. L'appareil transmettait en temps réel conversations et SMS au quartier général de l'ULFT. Il déchiffra le message affiché à l'écran. *Je ne serai pas joignable pendant un moment. Toujours à l'hôpital. Opération dans une heure. J'ai un peu la trouille, parce que j'en ai bavé la dernière fois.*

Ethan souffrait d'une fracture complexe, et les médecins du Colorado n'étaient pas satisfaits de son évolution. Ryan pianota sur le clavier de son mobile : *Je viens de lire un bouquin sur les échecs. Bientôt, je te collerai une raclée !*

Au moment où il replaçait le mobile dans sa poche, Amy Collins franchit la porte du centre de recyclage.

— Surprise ! lança-t-elle.

— Qu'est-ce que tu fais là ? demanda Ryan, tout sourire. Je croyais que tu étais à Dallas.

— Mon avion s'est posé à midi, expliqua-t-elle en brandissant une chemise cartonnée. L'ULFT a mené une enquête approfondie sur le Kirghizstan et le clan Aramov auprès des agences de renseignement américaines et européennes, et je crois que nous avons trouvé quelque chose dans un CRA écossais.

— Un CRA ?

— Un centre de rétention administrative, expliqua Amy. C'est là qu'ils rassemblent les immigrants clandestins avant leur expulsion.

— OK, et en quoi suis-je concerné ?

Amy marqua une pause. La scène qui se déroulait derrière Ryan troublait sa concentration.

— Tes petits collèges n'ont pas l'air très motivés, dit-elle.

Ryan fit volte-face. Leon et Banky avaient passé d'énormes soutiens-gorge sur leurs combinaisons. Hilares, ils cherchaient parmi les vieux vêtements de quoi en remplir les bonnets.

— Quelle bande de feignants, grogna Ryan. Je suis censé être chef d'équipe, mais Leon désobéit systématiquement à mes ordres, et Banky suit le mouvement.

— Leon, c'est l'un des jumeaux, n'est-ce pas ? demanda Amy.

— Oui. Le pire des deux.

Amy marcha jusqu'aux piles de vêtements et posa les mains sur les hanches.

— Qu'est-ce que vous foutez, tous les deux ? gronda-t-elle.

Leon et Banky étaient trop jeunes pour se souvenir d'Amy, mais ils estimèrent qu'il s'agissait d'une personne dont il valait mieux exécuter les ordres.

Elle pointa un doigt vers le plafond.

— Vous savez que cet endroit est truffé de caméras de surveillance ? Ça fait un moment que j'observe votre manège, et je pourrais très bien en informer Zara. Je parie qu'elle doublera votre punition si vous ne vous décidez pas à bosser.

Les deux garçons se débarrassèrent fébrilement de leurs soutiens-gorge et se remirent au travail.

— Quelles caméras ? demanda Ryan, le visage éclairé d'un large sourire, lorsque Amy l'eut rejoint.

— Ils s'y sont mis, c'est l'essentiel, gloussa-t-elle. Et je suis certaine qu'ils ne rejoueront pas les tire-au-flanc de sitôt. Où en étais-je, déjà ?

— Tu me parlais de ce centre de rétention...

— Ah oui. Mais d'abord, rassure-moi, tu n'es pas fâché pour ce qui s'est passé à Santa Cruz ?

— Est-ce que j'ai l'air de t'en vouloir ? demanda Ryan sans quitter des yeux Leon et Banky qui, désormais, s'affairaient anxieusement autour du monceau de vêtements.

— Enfin, tu vois ce que je veux dire. Tu étais plutôt glacial, quand je t'ai conduit à l'aéroport, puis quand on s'est parlé au téléphone. J'aurais dû te soutenir davantage.

Ryan haussa les épaules.

— Je me suis comporté comme un crétin, quand j'ai bousculé le docteur D. Je n'ai pas pensé une seule seconde que je m'en prenais à ta supérieure.

— Cool ! s'exclama Amy. Parce que j'ai du travail pour toi, et que Zara est heureuse que tu participes au processus de recrutement.

— Attends, je suis paumé, là... Tu me parles du clan Aramov, puis d'une opération de recrutement. Quel est le rapport ?

— Tout est dans ce dossier. Si les informations que nous avons réunies sont exactes, nous avons touché le gros lot. Mais tout cela doit rester confidentiel. Tu n'en parleras à personne, compris ?

Ryan saisit la chemise et y trouva des comptes rendus d'interrogatoire, des articles de la presse chinoise traduits en anglais, des copies d'e-mails et des photographies. La feuille agrafée sur la couverture était une fiche de recrutement standard où figurait la photo d'une jeune Asiatique.

— *Fu Ning*, lut-il. *Douze ans depuis mercredi dernier. Parle couramment l'anglais et le mandarin. QI élevé, excellent niveau de boxe.* Elle ferait une excellente recrue, en effet. Quel est le lien avec les Aramov ?

— Elle a été appréhendée à la gare centrale de Liverpool il y a un mois. Vers minuit, un vigile s'est étonné de la voir seule et a prévenu la police. Elle traînait dans la région depuis quelques jours à la recherche d'une tante originaire de Bootle. Elle était couverte de crasse. Ses poignets et ses mains étaient blessés, elle souffrait d'une fracture ancienne à l'orteil et son ventre portait des traces de brûlures. Accessoirement, les flics ont trouvé dix-huit mille dollars dans son sac à dos.

— C'est triste, dit Ryan, qui avait du mal à croire que la fille au visage innocent sur la photo ait pu endurer tant de souffrances.

— Ning affirme qu'elle a rejoint la République tchèque depuis la Chine, en passant par le Kirghizstan, où elle aurait croisé la route de Leonid Aramov. Elle se trouve en ce moment en Écosse, dans un centre de rétention. Je dois la rencontrer dès ce soir pour essayer de débrouiller le vrai du faux.

— Et ensuite, elle sera conduite au campus pour passer les tests de recrutement, et tu veux que je veille sur elle, c'est ça ?

Amy hocha la tête.

— Sur le papier, Ning est la recrue idéale, mais elle a vécu des événements terribles, ces deux derniers mois, et je crains qu'elle ne souffre d'importantes séquelles psychologiques. Tant que je ne l'aurai pas rencontrée, je ne pourrai pas me prononcer.

37. Régime carcéral

Quoi que Ning fasse, quels que soient ses choix, le destin semblait s'acharner à la faire échouer dans un dortoir. Cette fois, elle partageait une cellule du centre de rétention administrative de Kirkcaldy avec Veronica, une Jamaïcaine de seize ans qui attendait son expulsion après avoir purgé une peine de prison pour trafic de cocaïne, et Rupa, qui ne pouvait être reconduite au Bangladesh en raison de son état de grossesse avancé.

Le régime carcéral était plutôt clément. Les détenues portaient leurs propres vêtements. Elles étaient libres de prendre leurs repas et de dormir à leur convenance, mais les fenêtres étaient garnies de barreaux et les sanitaires d'une saleté repoussante. Le peu d'argent qu'elles possédaient était englouti dans l'achat de nourriture.

Ning était retenue dans le bâtiment réservé aux filles âgées de moins de vingt-deux ans. Plusieurs de ses codétenues étaient accompagnées de leurs enfants. L'un d'eux, un petit garçon adorable âgé d'à peine trois ans, s'était pris d'affection pour elle. Il multipliait les câlins et passait le plus clair de son temps sur sa couchette, à jouer avec ses voitures miniatures. Mais les bébés qui braillaient jour et nuit, et les marmots qui se pourchassaient dans les couloirs créaient un chahut infernal.

La surveillante Lucy Pogue était de mauvais poil, non sans raison : depuis qu'elle avait été incarcérée, trois semaines plus tôt, Ning l'avait vue recevoir des coups de poing et de pied, être arrosée d'urine après une fouille ayant conduit à la confiscation d'une petite quantité de drogue, et venir en aide à une détenue qui s'était tailladé les poignets.

— Comment ça va ? demanda Lucy, l'air distrait, en entrant dans la chambre de Ning.

Rupa était en visite chez le médecin et Veronica, les écouteurs de son iPod vissés sur les oreilles, balançait la tête en cadence.

— On s'ennuie, répondit Ning.

— Tu es allée à l'école, cette semaine ?

Les filles âgées de moins de seize ans avaient la possibilité de suivre des cours, mais cette disposition n'était pas obligatoire.

— Ça ne sert à rien. Les élèves ont de cinq à quinze ans, et elles parlent vingt langues différentes.

— Je dois t'accompagner à une audience. Prends tes papiers et suis-moi.

Ning était étonnée. Elle avait rencontré des fonctionnaires des services d'immigration à plusieurs reprises, mais chacun de ces rendez-vous avait été fixé quelques jours à l'avance. Elle enfila ses baskets, récupéra le dossier rangé dans son casier et suivit Lucy jusqu'au rez-de-chaussée.

Elles traversèrent une cour intérieure balayée par le vent, au centre de laquelle était aménagée une aire de jeux pour enfants, puis pénétrèrent dans le bâtiment qui abritait les services administratifs.

La salle d'interrogatoire était minuscule et surchauffée. Le fonctionnaire chargé du cas de Ning se prénommait Steve. Il avait les cheveux roux et son visage souffrait d'une inflammation causée par le feu du rasoir.

— Bonjour, Ning, dit-il. Asseyez-vous, je vous en prie.

Elle prit place sur une chaise en plastique orange. Lucy demeura en retrait, à proximité de la porte.

À plusieurs reprises, Steve enfonça le bouton de son stylo à bille.

— Si les informations dont je dispose sont exactes, vous n'avez pas besoin de traducteur, dit-il.

— En effet, répondit Ning.

— Je dois vous prévenir que votre avocat ne pourra pas vous assister, mais il recevra un compte rendu de cette réunion. Vous pourrez vous entretenir avec lui au téléphone, si vous estimez que c'est nécessaire.

Ning hocha la tête. Steve rassembla les documents éparpillés sur le bureau.

— Hélas, je n'ai pas de très bonnes nouvelles. Comme la loi l'exige, je vais vous lire la décision : *Après examen de la demande, la commission estime que la requérante n'a pas fourni les preuves nécessaires à l'obtention de la*

nationalité britannique, ni fait valoir de droit à se main-
tenir sur le territoire. Les motifs précis de la décision
vous seront communiqués ultérieurement. Vous avez
le droit de faire appel, en vertu des dispositions de la
loi de 2002 sur l'immigration et la nationalité. Nous
avons notifié aux autorités chinoises notre intention
de vous reconduire dans votre pays d'origine.

Ning était abasourdie.

— Je ne comprends pas, dit-elle d'une voix tremblante. Ma mère adoptive était anglaise.

Steve recula sa chaise de quelques centimètres puis
joignit les mains.

— Malheureusement, nous n'avons trouvé aucune
information concernant cette Ingrid Hepburn.

— Elle était strip-teaseuse. Si ça se trouve, c'était
son nom de scène. Vous avez vérifié dans les archives
de l'armée ?

— Oui, sans plus de succès. L'un de mes collègues
s'est rendu à Bootle, à l'adresse que vous avez indiquée.
Les résidents actuels n'occupent la maison que depuis
deux ans, et nous ne sommes pas parvenus à remonter
la trace des précédents propriétaires.

— Et mon anglais, alors ? lança Ning, désespérée.
Tout le monde ici se moque de mon accent de Liverpool.
Je le tiens forcément de ma mère.

— Posséder un accent ne donne pas droit à la naturalisation, répondit Steve. Je suis navré, mais après
avoir étudié toutes vos affirmations, je n'ai trouvé aucun
élément vous permettant de demeurer au Royaume-Uni.

— Il y a d'autres moyens, fit observer Lucy. Pourquoi ne pas retenir le motif humanitaire, ou lui permettre de demander le statut de réfugié ?

Steve semblait profondément mal à l'aise.

— Le système de protection infantile chinois la prendra en charge dès son arrivée à Pékin.

— La protection infantile ? gronda Ning. Ils me colleront dans une école disciplinaire plantée au milieu de nulle part.

— Je ne suis pas indifférent à votre cas, dit Steve. Mais je dois respecter les règles et la procédure. La commission se prononce à l'examen de faits objectifs, pas sur des considérations personnelles.

Lucy posa une main sur l'épaule de Ning.

— Il n'y a qu'un vol par jour reliant Édimbourg à Pékin, poursuivit le fonctionnaire. Vous partirez dès demain, s'il reste des places disponibles.

Ning et la surveillante quittèrent le bureau et rejoignirent la cour intérieure. La fillette tremblait comme une feuille. Elle était au bord des larmes.

— La Chine, ce n'est pas si mal, dit Lucy, parvenue devant la porte de la cellule.

Ces paroles n'étaient pas de nature à rassurer Ning, qui avait passé quatre années dans un orphelinat de Dandong.

— Tu n'as pas l'air dans ton assiette, dit Veronica en ôtant l'une de ses oreillettes. Tu vas être expulsée ?

— Demain, sans doute, lâcha Ning en se laissant tomber sur sa couchette.

— C'est dégueulasse, gronda sa codétenue. Nous sommes en fin de mois, ce qui signifie qu'ils font tout pour remplir leurs quotas. Moi aussi, je me tire demain. Je ne suis pas mécontente, en fait, parce que ça fait un bail que je n'ai pas vu ma mère et mes cousins. On va faire la fête, et les gangsters de mon village me doivent six mois de salaire.

— Je ne pense pas que ce soit leur faute. Steve a mené son enquête sérieusement. Je suis certaine qu'il a vraiment essayé de m'aider.

— Ne crois pas un mot de ce qu'ils racontent. Ces salauds se moquent pas mal de notre sort. Aucune nation civilisée ne renverrait des enfants dans un pays aussi horrible que la Chine.

— Ah, vraiment ?

— C'est le moment de célébrer notre départ, lança joyeusement Veronica avant de sortir une petite bouteille de whisky de son casier. C'est la tradition, chaque fois que je dégage d'un endroit comme celui-là.

Ning éprouvait un profond dégoût pour l'alcool, qui lui rappelait les innombrables cuites d'Ingrid.

— Je déteste cette odeur, dit-elle en secouant énergiquement la tête.

Veronica éclata de rire.

— Qui t'a dit que c'était pour boire ? Ramasse tes affaires, je vais foutre le feu à cette taule.

Sur ces mots, elle vida la bouteille sur son matelas. Réalisant que Veronica ne plaisantait pas, Ning se précipita vers son casier et récupéra son sac à dos.

Son argent avait été confisqué à son arrivée, mais il contenait toujours ses vêtements et sa boîte à secrets.

— Et toi, tu ne récupères rien ? s'étonna-t-elle en épaulant son sac.

— Non. Tout ce que je possède pue la prison.

— Mais tu as pensé à Rupa ? Elle est pauvre. Elle a reçu des vêtements pour le bébé. Tout ça va partir en fumée.

Veronica répartit des pages de magazine roulées en boule sur sa couchette, enfila un sweat-shirt et glissa son iPod dans sa poche.

— Celle-là, elle se croit mieux que tout le monde. Elle ne m'a pratiquement pas adressé la parole depuis qu'elle s'est installée dans la cellule.

— Elle est timide, plaida Ning, et elle ne connaît que trois mots d'anglais.

— C'est ça, prends sa défense ! hurla Veronica avant de disposer une bombe de déodorant et un flacon de parfum sur le matelas.

Ning était déterminée à préserver les vêtements du bébé et les papiers que Rupa devrait présenter lors de son audience en appel.

— Arrête, dit-elle.

— Eh, pour qui tu te prends, ma grande ? Essaye seulement de m'en empêcher, pour voir.

Ning envisagea de se ruer dans le couloir afin d'alerter Lucy, mais Veronica pouvait à tout instant mettre le feu à la couchette. Elle posa son sac, se précipita sur elle et la plaqua contre le mur.

Cette dernière se retourna vivement et lança un coup de poing. Ning esquiva l'attaque puis lui porta un direct à l'estomac. Elle s'apprêtait à placer un second assaut lorsque son pied d'appui glissa sur l'une des feuilles éparpillées sur le carrelage. Veronica en profita pour gratter une allumette et la jeter sur le matelas. Tandis qu'un rideau de flammes bleutées s'élevait, elle lâcha un éclat de rire sarcastique et quitta la cellule.

Ning ramassa son sac et suivit son adversaire dans le couloir. Alors, elle entendit Veronica brailler :

— Mon Dieu, Ning a mis le feu à mon lit ! Toutes mes affaires sont en train de brûler !

Veronica se retourna brièvement pour la défier du regard. D'un coup violent entre les omoplates, Ning l'étendit à plat ventre sur le sol. Alors, l'alarme du détecteur de fumée se mit à hurler.

Aussitôt, les détenues se ruèrent dans le couloir. Hors d'elle, Ning sauta sur Veronica et lui assena une série de gauche-droite à la tête. Une Nigériane de haute stature la saisit par la taille et la força à lâcher prise.

— Tout le monde dans la cour ! cria Lucy depuis le seuil de son bureau. Assurez-vous que les enfants soient évacués en priorité.

Dans la cellule, les flammes léchaient le plafond, provoquant un dégagement de fumée qui, déjà, avait atteint le couloir.

Tandis que Ning et une dizaine de prisonnières dévalaient les escaliers, les extincteurs automatiques entrèrent en action, douchant d'eau froide les fuyardes.

Six enfants et une dizaine de femmes trempés jusqu'à l'os atteignirent la cour intérieure. Aussitôt, Ning se retrouva encerclée par ses codétenues.

— Pourquoi as-tu fait ça ? demanda une Russe au comportement menaçant. Toutes mes affaires sont là-haut. Comment comptes-tu me rembourser ?

— Je n'ai rien fait. C'est Veronica qui a mis le feu à son matelas.

— Je t'ai vue rentrer du bâtiment administratif, tout à l'heure, gronda une Africaine. Tu as reçu ton avis d'expulsion, n'est-ce pas ?

— Oui, mais Veronica…

Ning n'eut pas le temps d'achever son plaidoyer. La Nigériane qui l'avait maîtrisée quelques minutes plus tôt saisit brutalement son sac à dos.

— Les fringues de Veronica sont en train de partir en fumée, dit-elle, mais devinez un peu qui a eu le temps de récupérer toutes ses affaires…

Cette remarque emporta l'adhésion des dernières détenues qui doutaient encore de la culpabilité de Ning. La Nigériane la tenait fermement par le sac, la privant de toute liberté de mouvement. Une prisonnière lui flanqua une claque retentissante.

La meute exprima sa joie par un concert de cris sauvages. La Russe cracha au visage de Ning. Trois autres détenues l'imitèrent.

— Tu as de la chance d'être expulsée, parce que si tu restais, tu ne tarderais pas à prendre un coup de couteau dans le dos ! lança l'une d'elles.

— On se calme, les filles, ordonna un gardien en se précipitant sur le lieu de l'incident, un collègue sur les talons. Séparez-vous. Marchez calmement vers le centre de la cour.

Tandis que les femmes se dispersaient, la Nigériane poussa violemment Ning, qui s'écroula à plat ventre aux pieds du surveillant.

— Oups, lâcha ce dernier, sans se préoccuper davantage de son cas.

Ning, un coude écorché, roula sur le dos. Penchée au-dessus d'elle, Lucy la fusillait du regard.

— Qu'est-ce que tu as foutu ? Ça va prendre des semaines avant que mon bloc soit de nouveau habitable.

Ning n'essaya même pas de plaider sa cause. Au fond, tout au long de sa vie, personne n'avait jamais cru ses dénégations. Elle se sentait si minable, si insignifiante, qu'elle ne prit pas la peine d'essuyer son visage criblé de crachats.

Lucy se tourna vers ses collègues.

— Placez-la en cellule d'isolement au bloc C.

— On la met en examen ?

— Non, répondit la surveillante sur un ton glacial. C'est probablement ce qu'elle recherche, de façon à demeurer sur le territoire. Je vais passer quelques coups de fil afin qu'elle soit expulsée en priorité. Je ne peux pas garder une fille de cet âge en cellule disciplinaire plus d'une journée, et il n'est pas question de la remettre avec les autres. Tout ce que j'espère, c'est qu'elle pourra embarquer sur le prochain vol.

38. Décalage horaire

Il était plus de vingt et une heures lorsque Ryan s'assit devant son bureau afin d'étudier le dossier transmis par Amy. Il avait lancé Google Maps et zoomé sur l'endroit précis où la police avait retrouvé Leo inconscient au volant de la Peugeot.

Ning ignorait à quel endroit elle avait été détenue mais, lors de son interrogatoire, elle avait affirmé que le trajet depuis la maison abritant les ouvrières avait duré une quarantaine de minutes. Leo avait repris conscience dans l'ambulance et avait signé une décharge afin de quitter l'hôpital contre l'avis des médecins, avant que les enquêteurs ne puissent le questionner.

Tout laissait penser qu'il se trouvait en situation irrégulière sur le territoire britannique. Il n'avait accompli aucune formalité pour récupérer son véhicule à la fourrière. La voiture n'était pas assurée, n'était pas enregistrée au service des mines et était équipée d'une fausse plaque dont le numéro correspondait à une Peugeot de même modèle. Comme les services de police et les analystes de l'ULFT, Ryan ne voyait aucun moyen de remonter jusqu'à la maison où Ning prétendait avoir été retenue prisonnière, ni à la fabrique illégale de sandwiches.

— Tu n'as pas eu beaucoup de chance dans la vie, on dirait, soupira-t-il en étudiant la photo figurant sur la couverture du dossier.

À cet instant précis, Max, vêtu d'un caleçon en stretch orange, déboula dans la chambre en brandissant un fusil d'assaut.

— Planquez vos copines, Max Blaaaack est dans la place !

— Chouette boxer, sourit Ryan. Il n'y a pas une fille sur cette terre qui pourrait te résister.

— Exactement, dit Max en posant son arme sur les documents que son ami était en train de consulter.

— C'est un flingue de paint-ball.

— C'est un peu court, jeune homme, comme si tu qualifiais une Lamborghini de *voiture*. Tu as devant toi un RAP4 T68. Trois cents tirs minute en mode libre. Rien à voir avec les minables pétoires du campus.

— Super, ricana Ryan. Avec ce bijou, tu élimineras facilement tous tes adversaires. Ce qui signifie que plus personne n'acceptera de jouer avec toi.

— C'est là que tu te goures, mon petit vieux. J'en ai huit dans ma chambre, avec tout un tas de munitions, de chargeurs et de cartouches d'air comprimé. J'ai même des masques de protection flambant neufs, sans la moindre petite trace de boue sur les visières.

Ryan considéra son camarade d'un œil suspicieux.

— Et où as-tu trouvé l'argent pour t'offrir cet arsenal ?

Max lui adressa un sourire complice.

— Disons qu'une certaine somme d'argent a atterri entre mes mains au cours de ma dernière mission.

Ryan se raidit.

— Le règlement interdit formellement de conserver l'argent trouvé ou gagné au cours d'une opération.

— Ah bon ? gloussa Max. Zut, j'ai dû oublier.

— Je suis déjà dans le collimateur de Zara. Alors ne le prends pas mal, mais tu devras te trouver un autre partenaire.

— Allez, quoi… Toi, moi, Alfie et cinq autres agents. Demain soir, à la tombée de la nuit. Du sport, de la boue, de la rigolade. Où est passé ton sens de l'aventure ?

Ryan désigna les manuels de classe empilés au bord de son bureau.

— À cette heure-là, je serai soit au centre de recyclage, soit en train de faire mes devoirs en retard.

— Eh, c'est quoi ce truc ? s'étonna Max en s'emparant d'une photographie dont un angle dépassait du dossier d'Amy. Aow, c'est immonde. Qu'est-ce qui lui est arrivé ?

C'était un cliché du ventre brûlé de Ning réalisé par un médecin légiste le lendemain de son arrestation par la police britannique.

— Ça n'a rien d'amusant, gronda Ryan en l'arrachant des mains de son camarade. C'est une recrue potentielle, mais elle a vécu des choses terribles.

— Et où est-ce que tu interviens, toi ?

— Ça ne te regarde pas. Et si jamais Zara choisit de la faire venir ici, tu n'as pas intérêt à parler de ce que tu viens de voir.

— Eh, tu es drôlement tendu ! Pas la peine de s'énerver.

— Je suis désolé, mais la lecture de ce dossier ne m'a pas mis de bonne humeur. J'essaierai de vous rejoindre demain soir, mais je ne peux rien te promettre. Je n'ai pas beaucoup de temps libre, ces jours-ci…

•••

Amy devait prendre un train à destination d'Édimbourg à vingt heures trente, puis emprunter une voiture de location pour se rendre au CRA de Kirkcaldy afin de rencontrer Ning à vingt et une heures quarante-cinq. Suite à un incident survenu sur les rails, le convoi resta immobilisé pendant une heure à proximité de la frontière écossaise, dans une zone dépourvue de couverture GSM. Lorsqu'il se remit enfin en route, il fut contraint de rouler à vitesse réduite derrière un transport de fret.

Amy débarqua à Édimbourg à onze heures moins le quart pour découvrir que l'agence de location automobile avait fermé quinze minutes plus tôt. Elle composa le numéro du CRA et tomba sur un répondeur.

« *Le secrétariat est ouvert du lundi au samedi, de midi à dix-huit heures. Vous pouvez laisser un message après le*

signal sonore. Il sera transmis au membre du personnel ou
au détenu concerné dans les vingt-quatre heures. »

— Bonjour, mon nom est Amy Collins. Hier matin, je me suis entretenue avec Lucy Pogue, responsable de la section D. J'étais censée rencontrer la détenue Fu Ning, mais mon train a pris beaucoup de retard et l'agence de location de voitures est fermée. Accessoirement, je suis en plein décalage horaire, alors je vais louer une chambre d'hôtel et tâcher de dormir un peu. Je me présenterai au centre demain matin. Merci, à plus tard.

...

La cellule d'isolement était conçue afin que ses occupants n'aient strictement rien à détruire. Le lit métallique, garni d'un matelas en plastique et dépourvu de draps, était vissé au carrelage. Les toilettes, le bac de douche et l'évier étaient moulés d'un bloc dans l'aluminium. En l'absence de robinet, de solides pédales encastrées dans le sol permettaient de contrôler le débit de l'eau. Afin de minimiser les risques de suicide, le néon du plafond restait allumé vingt-quatre heures sur vingt-quatre, et les détenus ne portaient rien d'autre que leurs sous-vêtements. Privée de toute distraction, TV, livres ou radio, Ning n'entendait que les pas des surveillants dans le couloir et les hurlements du prisonnier qui, dans la cellule voisine, répétait qu'il avait été mordu par des rats.

Elle ne trouva le sommeil qu'à trois heures du matin, mais une femme la réveilla une heure plus tard.

— Je m'appelle Joan Higgins, dit cette dernière. C'est moi qui suis chargée de te raccompagner à Pékin, alors j'espère que nous saurons nous entendre.

— Ils ont pris toutes mes affaires avant de m'enfermer ici. Vous avez mon sac à dos ?

— Oui, il est dehors, ne t'inquiète pas pour ça. Je t'ai aussi trouvé des vêtements propres, du shampooing, une serviette et un gant de toilette. Dépêche-toi de prendre une douche. Nous avons un long voyage à accomplir.

Lorsque Ning eut achevé ses préparatifs, elle retrouva Joan dans le couloir.

— On m'a dit que tu étais une vraie terreur, dit cette dernière tandis qu'elles se dirigeaient vers le greffe du centre de rétention. Ce n'est pas l'impression que tu me donnes, mais je vais devoir te passer les menottes jusqu'à ce que nous soyons dans l'avion.

Ning accomplit sans broncher les formalités administratives. Elle signa un premier formulaire attestant qu'elle avait récupéré tous les effets confisqués lors de son incarcération, puis un second assurant qu'elle acceptait la décision de la commission. Les autorités ne pouvant saisir l'argent trouvé sur les clandestins, on lui remit une enveloppe contenant une carte de retrait, un code confidentiel et une lettre l'informant qu'un compte avait été ouvert à son nom dans une banque britannique.

Joan lui passa des menottes en plastique mais prit soin de ne pas les serrer, à tel point que Ning aurait pu aisément s'en débarrasser. Mais elle avait perdu tout désir de se battre. À ses yeux, ce voyage vers l'Angleterre n'avait été qu'un rêve vain et puéril. Profondément désenchantée, il lui était désormais indifférent d'être morte ou vivante.

Joan la conduisit jusqu'à une Ford Focus stationnée sur le parking réservé aux visiteurs.

— Ça prendra combien de temps ? demanda Ning.

— L'avion décolle à sept heures cinquante. Nous atterrirons à Pékin treize heures plus tard.

— Et après, qu'est-ce qui va m'arriver ?

— À l'aéroport, je te remettrai aux services de l'immigration, et ce sera à eux de décider de ton sort.

39. Avion

Amy s'était offert une chambre à l'hôtel *Balmoral*, un établissement cinq étoiles situé à proximité de la gare. Ragaillardie par huit heures de sommeil dans un lit à baldaquin, elle dégustait un copieux petit déjeuner commandé auprès du room service lorsque son téléphone sonna.

— Lucy Pogue à l'appareil. J'ai bien reçu votre message, mais j'ai le regret de vous apprendre que la procédure d'expulsion de Fu Ning a été plus rapide que prévu. Elle a quitté le centre cette nuit, un peu après quatre heures.

Amy manqua de s'étrangler.

— Comment cela a-t-il pu se produire ? bredouilla-t-elle. Bon sang, j'ai fait le voyage depuis Dallas pour la rencontrer !

— Hier après-midi, la détenue s'est livrée à un acte de vandalisme qui nous a conduits à anticiper son départ. Je suis navrée, mais avec tout ce qui s'est passé, votre visite m'est complètement sortie de l'esprit.

— Savez-vous sur quel vol elle a embarqué ?

— Il n'y a qu'un avion par jour reliant Édimbourg à Pékin, expliqua Lucy. Mais j'ignore à quelle heure il est censé décoller.

Amy effectua un rapide calcul mental. Sa montre indiquait sept heures quarante et une. Le centre de rétention de Kirkcaldy se trouvait à un peu plus d'une heure de route d'Édimbourg, ce qui signifiait que Ning avait rejoint l'aéroport international aux alentours de cinq heures trente. Considérant que les formalités exigeaient que les passagers se présentent deux heures avant l'embarquement, l'avion avait peut-être déjà décollé.

— Merci de m'avoir recontactée, dit-elle, la gorge serrée par l'anxiété. Je vais essayer de l'intercepter avant son départ.

Elle ouvrit une fenêtre Google sur le navigateur et composa les mots *Édimbourg aéroport départs*. L'appareil fonctionnant sur le réseau 3G, elle dut attendre près d'une minute avant que la page d'accueil n'apparaisse entièrement à l'écran. Elle accéda à la page des départs et identifia aussitôt le vol de Ning :

CI208 Pékin 7 : 50 Embarquement immédiat

Amy repoussa son plateau, sauta littéralement dans son jean, décrocha le téléphone fixe placé sur la table de nuit et composa le numéro des services d'urgence.

— Passez-moi le poste de sécurité de l'aéroport d'Édimbourg, bégaya-t-elle.

— Pourriez-vous m'indiquer la nature exacte de votre requête ? répondit l'opératrice.

— J'appartiens aux services de renseignement américains. Je dois impérativement m'entretenir avec une passagère qui se trouve dans un avion sur le point de décoller. Il faut que je parle au responsable de la sécurité de l'aéroport.

Son interlocutrice semblait décontenancée.

— Les services de renseignement américains ? répéta-t-elle.

— Oui, c'est ce que je viens de vous dire. Par pitié, faites ce que je demande !

— Je vais devoir en référer à ma supérieure, annonça l'opératrice. Veuillez patienter, je vous prie.

— Bon sang, grogna Amy.

Sept heures quarante-cinq. Le téléphone fixe collé à l'oreille, elle fit défiler les noms figurant dans le répertoire de son mobile jusqu'à la lettre U, comme Unicorn Tyre.

— Garage Unicorn Tyre, j'écoute ?

— Amy Collins, ancien agent, matricule 0974.

— Ewart Asker à l'appareil. Laisse tomber la procédure. Je t'écoute.

— Ewart, je dois intercepter une passagère à l'aéroport d'Édimbourg. Son nom est Fu Ning. Elle se trouve à bord du vol CI208 à destination de Pékin. L'avion est sur le point de décoller.

— On peut dire que tu t'y prends vraiment au dernier moment, mais je vais voir ce que je peux faire.

Au même instant, l'opératrice des services d'urgence la reprit en ligne.

— J'ai parlé à ma supérieure. Elle voudrait savoir si l'avion en question est directement menacé.

Comprenant qu'elle n'obtiendrait rien de l'employée et qu'Ewart faisait le nécessaire, Amy laissa éclater sa colère.

— Non, aucun risque d'attaque terroriste, si c'est ce que vous voulez savoir. Et avouez que c'est plutôt une bonne nouvelle, vu le temps que vous mettez à réagir !

∴

L'avion roulait lentement sur la voie de circulation. Le film décrivant les consignes de sécurité venait de s'achever. Ning occupait un siège côté hublot. Elle regardait le soleil se lever au-dessus du tarmac et se demandait si c'était la dernière image qu'elle garderait de l'Angleterre. Joan posa une main sur son genou.

La voix d'une femme à l'accent chinois prononcé se fit entendre dans l'intercom.

— Mesdames et messieurs, l'équipage est heureux de vous accueillir à bord de ce vol China International à destination de Pékin. Nous nous poserons dans douze heures et vingt minutes. Nous avons quitté le terminal avec un peu de retard, mais cela n'affectera pas la suite de notre voyage.

Ning avait pris l'avion un nombre incalculable de fois, mais elle avait toujours ressenti une légère appréhension dans les instants précédant le décollage. L'Airbus se tourna lentement dans l'axe de la piste.

...

Amy n'avait même pas eu le temps de passer un soutien-gorge et d'enfiler des chaussettes. Sac de voyage à l'épaule et téléphone mobile à la main, elle déboula dans le hall de l'hôtel *Balmoral* vêtue d'un simple T-shirt, d'un jean et d'une paire de baskets. Elle franchit la porte à tambour puis se précipita vers la station de taxis.

— Désolé, il y a urgence, s'excusa-t-elle en sautant dans le véhicule qu'un couple de retraités s'apprêtait à emprunter.

— Où allez-vous ? demanda le chauffeur.

— À l'aéroport. Ça prendra combien de temps ?

— Entre vingt et quarante minutes. Tout dépend de la circulation.

Par chance, il était encore tôt et le véhicule put filer librement sur la voie rapide. Amy contacta le quartier général de l'ULFT et demanda à l'officier de permanence s'il existait un moyen de forcer l'avion à se poser lorsqu'il aurait pris les airs.

— C'est absolument impossible, répondit son collègue. À moins que tu n'aies les preuves que l'appareil est menacé d'une attaque terroriste, ça déclencherait un énorme incident diplomatique. Il ne te reste plus qu'à demander officiellement aux autorités chinoises la permission de te rendre en Chine afin d'interroger Fu Ning.

— C'est ce que je craignais. Je dois à tout prix l'intercepter avant le décollage.

Lorsqu'elle interrompit la communication, elle découvrit un avis d'appel en absence sur l'écran de son mobile. Ewart lui avait laissé un message vocal.

— Amy, c'est Ewart. Les douanes m'ont confirmé que Fu Ning se trouve à bord. Les contrôleurs ont reçu l'ordre de retenir l'avion, mais j'ai bien peur que la décision n'ait été prise trop tard.

Amy sélectionna la fonction *rappel*, mais la ligne était occupée. Elle bascula sur le navigateur et réactualisa la page des départs.

CI208 PÉKIN 7 : 50 EMBARQUEMENT TERMINÉ

Le taxi franchit un portail surmonté d'un panneau jaune et noir portant l'inscription *Bienvenue à l'aéroport international d'Édimbourg*. Il était huit heures et quart. Amy n'avait plus aucune raison de paniquer : soit l'avion avait décollé, soit son équipage avait reçu l'ordre de demeurer sur le tarmac. Courir jusqu'au terminal ne changerait rien à la situation.

Elle remit au chauffeur un billet de vingt livres.

— Merci beaucoup, dit-elle en descendant du véhicule. Vous pouvez garder la monnaie.

— Eh, attendez, dit l'homme.

Amy fit volte-face, supposant qu'elle avait oublié quelque chose sur la banquette.

— Je sais que vous êtes pressée, mademoiselle, mais il est de mon devoir que vous avertir que vous avez un truc bizarre au bout du nez.

Amy passa une main sur son visage puis contempla les résidus de porridge dont ses doigts étaient maculés.

— Oh. J'ai fini mon petit déjeuner de façon un peu… précipitée. Merci pour le tuyau.

Elle franchit les portes automatiques du terminal puis trottina en direction de la zone d'embarquement. Elle leva les yeux vers l'immense panneau d'affichage et ce qu'elle y vit lui redonna du baume au cœur.

CI208 PÉKIN 7:50 PAS D'INFORMATION

Ignorant où se trouvait le service de sécurité de l'aéroport, elle se présenta au guichet d'accueil. À cet instant précis, son mobile sonna. L'homme à l'autre bout du fil s'exprimait avec un fort accent écossais.

— Miss Collins ?

— Elle-même.

— Dès que vous serez à l'aéroport, retrouvez-moi au poste de contrôle du fret, à gauche du terminal, en entrant.

Amy leva la tête et aperçut un policier qui tenait un mobile contre son oreille, à une vingtaine de mètres. Elle se porta aussitôt à sa rencontre.

— Vous avez pu retenir l'avion ?

Le pilote informa les passagers que le contrôle aérien avait ordonné que l'appareil regagne le terminal pour des raisons techniques. Dix minutes plus tard, l'avion atteignit la portion de tarmac qui lui avait été assignée. Là, des officiers de police déployèrent une passerelle motorisée au niveau de la porte avant gauche.

— Il se passe quelque chose d'inhabituel, dit Joan Higgins.

Les passagers commencèrent à échanger des théories sur les raisons de cette intervention. Quatre officiers gravirent les marches. Le chef du détachement s'engagea dans la travée centrale d'un pas décidé, le regard rivé sur la signalétique indiquant le numéro des sièges, puis il s'immobilisa devant Joan et Ning.

— Fu Ning? demanda-t-il. J'ai reçu l'ordre de vous faire descendre de cet avion.

— Qu'est-ce qui se passe? demanda Joan en exhibant sa carte des services d'immigration. Je suis chargée de la conduire à Pékin.

— Désolé, mais nous avons des instructions très strictes. Vous allez devoir nous accompagner.

Les passagers observaient la scène avec des yeux ronds.

« *Mesdames et messieurs*, annonça la voix dans l'inter-com, *comme vous pouvez le constater, nous avons dû regagner le terminal afin de permettre le débarquement de deux personnes. Malheureusement, j'ai le regret de vous informer que la réglementation ne nous autorise pas à décoller tant que leurs bagages se trouvent en soute. Nous attendons l'intervention imminente d'une équipe de l'aéroport. »*

S'ils ignoraient les motifs précis de l'opération, les policiers chargés de la sécurité du terminal semblaient ravis d'intervenir dans le cadre d'une affaire importante. Outre les quatre officiers qui étaient entrés dans l'appareil, deux de leurs collègues montaient la garde au pied de la passerelle, et le reste des effectifs avait formé une véritable haie d'honneur dans le hall d'arrivée.

— Est-ce que quelqu'un peut me dire de quoi il s'agit ? demanda Joan en sortant son Blackberry de la poche de sa veste.

Elle ne reçut aucune réponse. Une jeune femme vêtue d'un jean et d'un T-shirt vint à sa rencontre, l'ignora souverainement et serra chaleureusement la main de Ning.

— Eh bien, on peut dire qu'on a eu chaud, haleta Amy, le visage éclairé d'un large sourire.

40. Une excellente alternative

Amy et Ning étaient installées à une table isolée du *Burger King* de l'aéroport.

— Bien, dit Amy avant de souffler sur son café. J'imagine que tu dois être un peu perdue.

Ning esquissa un sourire embarrassé puis ôta l'emballage de son cheeseburger.

— J'ai ici quelque chose qui devrait t'intéresser, poursuivit Amy.

Elle sortit de son sac un cliché tiré sur une imprimante à jet d'encre et le fit glisser en direction de la fillette.

Ning resta estomaquée. Sur la photo, trois femmes posaient en uniforme de l'armée britannique. À droite, elle reconnut Ingrid, âgée d'une vingtaine d'années.

— C'est ma mère adoptive, lâcha-t-elle dans un souffle.

— J'ai trouvé ça dans un fichier du personnel militaire auquel les services d'immigration n'ont pas accès, expliqua Amy. Je n'ai pas eu à chercher longtemps, car

Ingrid n'est pas un prénom très courant au Royaume-Uni. Son véritable nom était Miller. Elle est née en 1970 à Bootle, Merseyside. La femme qui se trouve à ses côtés se nomme Tracy Hepburn. Ce n'était pas sa sœur, mais une camarade de régiment. Je présume que c'est elle qui t'envoyait des cadeaux, chaque année, pour ton anniversaire.

— Ma mère prétendait avoir trente-sept ans. Je suppose qu'elle trichait sur son âge, comme sur tout le reste. Vous avez retrouvé des membres de sa famille ?

— Ses parents sont décédés avant ta naissance. Elle a bien une sœur prénommée Melanie qui vit à Manchester, mais je doute qu'elle gagne à être connue. Elle a effectué de nombreux séjours en prison pour vol à la tire et trafic de drogue. Ses deux enfants ont été placés en foyer d'accueil.

— Il ne manquait plus que ça, soupira Ning.

— Ne t'inquiète pas. Si j'ai étudié le dossier d'Ingrid, c'était pour m'assurer de l'exactitude des informations que tu as transmises à la police et aux services d'immigration.

— J'ai dit toute la vérité.

— Je sais. Rassure-toi, tu ne seras pas renvoyée en Chine. Les services secrets britanniques soutiendront ta demande de naturalisation. Mais j'ai besoin de ton aide. L'organisation dont je fais partie enquête sur le clan Aramov et je vais devoir t'interroger en détail sur les événements que tu as vécus au Kirghizstan.

— Ça ne me pose pas de problème, mais je n'ai pas vu grand-chose.

— Tu serais surprise de constater à quel point certains détails insignifiants peuvent se révéler capitaux lors d'une investigation.

Amy jeta un coup d'œil circulaire à la salle, se pencha en avant puis parla à voix basse.

— J'aimerais aussi que tu visites un endroit que nous appelons le campus. C'est le quartier général d'une organisation baptisée CHERUB. Il se pourrait qu'on te propose de devenir l'un de ses agents.

Ning, dont l'anglais n'était pas la langue natale, pensait avoir mal compris.

— Un de ses agents ?

— CHERUB repose sur un principe très simple. Moi, par exemple, j'ai vingt-trois ans. Si je devais noyauter une bande de narcotrafiquants, je pourrais m'arranger pour devenir la petite amie d'un dealer afin de pouvoir le cuisiner sur ses activités, mais il me soupçonnerait tôt ou tard de faire partie de la police. Toi, tu pourrais tout simplement traîner dans son secteur après les heures de cours et lui faire comprendre que tu aimerais bien gagner un peu d'argent de poche en faisant le guet. À ses yeux, tu seras toujours une gamine de onze ans. Il n'imaginera pas une seconde que tu puisses être un agent en mission d'infiltration.

— Douze ans, rectifia Ning. Depuis la semaine dernière.

— Les agents de CHERUB ont des capacités supérieures à la moyenne, tant sur le plan physique qu'intellectuel. Évidemment, comme tu peux l'imaginer, ils suivent un entraînement intensif dans le domaine du sport et des techniques de combat afin d'être en mesure d'échapper à d'éventuels agresseurs lors des opérations. Tu devras subir une série de tests avant que ta candidature ne soit acceptée, puis participer à un programme de cent jours extrêmement éprouvant pour obtenir la qualification d'agent opérationnel. Mais si j'en crois ton dossier scolaire…

— Vous avez réussi à obtenir mon dossier ?

— Un officier de la CIA basé en Chine a versé un important pot-de-vin à un employé ministériel de Dandong. Ce document remonte jusqu'à la maternelle.

— J'aimerais bien le consulter, dit Ning. J'ai toujours voulu savoir ce qu'on écrivait sur moi après m'avoir hurlé dans les oreilles.

— Je pense que tu ne serais pas surprise. Apparemment, tu es intelligente, mais tu t'ennuies facilement et tu manques de respect envers les adultes. L'adjectif *indisciplinée* apparaît exactement cent six fois dans ton dossier.

— Et malgré ça, vous voulez me recruter ?

— Par expérience, je peux affirmer que les enfants dociles ne font pas les meilleurs agents. Les fauteurs de troubles sont plus courageux et plus créatifs. Or, CHERUB a besoin d'éléments capables de faire preuve d'initiative au cours des opérations.

Pour la première fois depuis des semaines, Ning reprenait espoir. Elle avala une dernière bouchée de cheeseburger.

— Lorsque je vivais en Chine, je disais toujours à mes profs que je voulais devenir rock star ou terroriste, sourit-elle. Je n'ai jamais envisagé de m'engager dans les services secrets, mais c'est une excellente alternative.

∴

Amy et Ning firent halte à l'hôtel pour récupérer quelques affaires, puis elles embarquèrent à bord du premier train à destination de Londres. Elles s'installèrent face à face dans un compartiment de première classe presque désert.

Amy avait dressé une liste comportant plus de deux cents questions concernant le clan Aramov. Elles couvraient une foule de détails, tels que l'état d'esprit des pilotes de la compagnie de fret, ou la main dont se servait prioritairement Leonid. Cependant, elle préféra ne pas soumettre Ning à cet interrogatoire avant d'avoir pleinement gagné sa confiance.

Tandis que la campagne anglaise défilait derrière les fenêtres, elle lui raconta sa vie : ses parents étaient décédés dans un accident de la route alors qu'elle n'avait que quelques mois, puis elle avait rejoint CHERUB avec son grand frère John. Après une brillante carrière d'agent, elle avait suivi ses études en Australie, dirigé une école de conduite, quitté un petit ami trop vieux pour elle, travaillé dans une société de protection rapprochée puis, six mois plus tôt, accepté un poste aux États-Unis au sein de l'ULFT.

À son tour, Ning confia les détails de son existence. Ses premières années passées à l'orphelinat en compagnie de centaines d'enfants abandonnés qui, comme elle, avaient eu la malchance de naître à la campagne, dans l'une des provinces les plus pauvres de Chine ; son adoption par Ingrid et Chaoxiang ; son entrée à l'académie nationale des sports ; son expulsion motivée par son comportement indiscipliné.

Redoutant que la petite fille ne se mette à ruminer des idées noires, Amy changea de sujet lorsqu'elle commença à évoquer l'arrestation de son père. Elle la fit rire aux éclats en tentant vainement de prononcer quelques mots chinois appris à CHERUB, bien des années plus tôt.

— Là, en gros, tu viens de me demander si tu pouvais chevaucher une tasse de café, gloussa Ning tandis que le train ralentissait à l'approche d'une petite gare de campagne.

Amy se tourna vers la fenêtre, se leva puis attrapa son sac dans le porte-bagages.

— Prends tes affaires, on y est, annonça-t-elle.

...

CHERUB n'ayant pas d'existence officielle, les recrues potentielles qui avaient atteint l'âge de neuf ans étaient soumises à une procédure particulière : elles recevaient un puissant sédatif à leur insu et se réveillaient dans une chambre anonyme du campus, dépouillées de tous leurs effets. La façon dont ces enfants réagissaient à cette expérience imprévue faisait partie du processus de sélection : ceux qui gardaient leur calme et s'efforçaient de comprendre ce qui leur arrivait étaient jugés plus favorablement que ceux qui se contentaient d'appeler à l'aide.

Mais compte tenu de ce que Ning avait enduré depuis le début de sa cavale, les autorités de CHERUB avaient décidé d'appliquer la procédure réservée aux recrues les plus jeunes.

Une camionnette l'attendait devant la gare. Dépourvu de vitres et séparé de la cabine du conducteur par une cloison insonorisée, le compartiment arrière disposait de quatre sièges confortables, d'un minibar plein à craquer de bouteilles de jus de fruits et d'un lecteur DVD.

Le chauffeur emprunta un parcours tortueux de façon à ce que Ning ne puisse estimer la distance qui séparait la gare du campus. Lorsque les portières arrière s'ouvrirent, elle découvrit un parking encadré par un héliport et un petit bâtiment destiné à l'accueil des visiteurs.

— Je reviens dans une minute, dit Amy avant de quitter précipitamment le véhicule. Je dois aller aux toilettes de toute urgence.

Ning se tourna vers la construction qui se dressait au-delà d'une vaste pelouse.

— C'est là que se trouvent la piscine et le bassin de plongée, dit un garçon surgi de nulle part.

Elle le trouvait plutôt mignon, avec ses cheveux bruns ébouriffés et sa discrète boucle d'oreille. Il portait un pantalon de treillis et un T-shirt bleu marine. Pour la première fois, Ning posa les yeux sur le logo de CHERUB.

— Ryan Sharma, dit-il. Je suis chargé de te faire visiter les lieux.

Il serra maladroitement la main de la fillette. Il avait attentivement étudié son dossier afin de participer efficacement au processus de recrutement. Rencontrer une inconnue dont, paradoxalement, il connaissait tout, du parcours scolaire au corps martyrisé aperçu sur les photographies médico-légales, le mettait singulièrement mal à l'aise.

— Là, c'est le bâtiment principal, dit-il en se tournant vers un immeuble comportant huit étages. Le sous-sol abrite les archives. Le réfectoire se trouve au rez-de-chaussée, ainsi que les services administratifs. Il y a d'autres bureaux du premier au troisième. Les membres du personnel vivent au quatrième. Le reste est occupé par nous, les agents.

— Et vous êtes combien ? demanda Ning.

— Environ trois cents, répondit Ryan. Mais il faut compter soixante-dix T-shirts rouges, ceux qui sont trop jeunes pour obtenir la qualification. En général, la moitié des agents opérationnels sont en mission, ce qui fait qu'il n'y a jamais plus de deux cents résidents sur le campus.

— Ces pelouses sont magnifiques.

— Si tu enfreins les règles, tu auras l'occasion de passer la tondeuse, sourit Ryan. Allez, suis-moi.

— Où est-ce que tu m'emmènes ?

— À la réception. On va te remettre ton équipement.

Ils franchirent la porte du bâtiment d'accueil puis dévalèrent une volée de marches métalliques menant à un espace souterrain aménagé sous l'héliport. Ning découvrit un poste de contrôle équipé de portails à rayons X semblables à ceux des aéroports, mais ce dispositif n'était utilisé que lorsque des adultes étrangers à l'organisation visitaient le campus.

Ryan ouvrit un casier métallique puis en sortit un T-shirt orange, un pantalon de treillis et une paire de rangers neuves. Au même instant, Amy jaillit des toilettes du personnel.

— Je ne pourrais pas plutôt en avoir un noir ? demanda Ning en désignant le T-shirt.

Ryan et Amy éclatèrent de rire.

— La couleur orange est réservée aux nouveaux, expliqua cette dernière en choisissant un T-shirt blanc dans le casier. Ainsi, ils sont plus faciles à repérer. Les résidents n'ont pas le droit de leur adresser la parole, sauf si la directrice les y autorise. Les autres couleurs sont attribuées en fonction du grade. Ryan porte le bleu marine, un rang au-dessous du noir. Moi, je porte le blanc, comme tous les membres du personnel et les agents à la retraite.

Tandis que Ning se changeait, Ryan détourna pudiquement le regard.

— Je dois préparer notre entretien, dit Amy. Ryan va te conduire au bureau de la directrice, puis il te fera visiter le campus.

— Quand passerai-je les tests d'admission ?

— Il est presque quatorze heures, répondit Ryan. C'est trop tard pour aujourd'hui. Tu seras sans doute convoquée demain matin.

41. Jeu de massacre

Ning était debout depuis quatre heures du matin, mais elle était impatiente de visiter le campus. Ryan, qui avait reçu l'autorisation d'emprunter l'une des voiturettes électriques réservées au personnel, lui fit découvrir les principales installations, du centre de contrôle au camp d'entraînement des recrues, en passant par le lac, le dojo et le stade d'athlétisme.

En chemin, ils firent plusieurs haltes. Ning frémit à la vue du vertigineux parcours d'obstacles. Elle caressa les chiots et les cochons d'Inde du bloc junior, puis fit la connaissance de Théo. Ryan la laissa prendre le volant, puis elle assista à une manche de cricket sans rien comprendre à ce qui se passait sur le terrain.

Ils achevèrent la visite par la piscine. Postés devant la baie vitrée, ils observèrent de très jeunes résidents qui jouaient avec une armada de canards en plastique dans le bassin des petits. À cette vue, Ning sentit les larmes lui monter aux yeux.

— Tout va bien ? demanda Ryan.

Il approcha une main de son épaule avant de se raviser.

— C'est drôlement bien, ici, dit-elle en le regardant droit dans les yeux. C'est une chance inespérée de démarrer une nouvelle vie, mais qu'est-ce qui se passera si j'échoue aux tests de recrutement ?

Ryan haussa les épaules.

— Essaye de ne pas trop te mettre la pression. L'important, c'est que tu fasses de ton mieux.

— Qu'est-ce que je deviendrai ? insista Ning.

— CHERUB ne t'abandonnera pas à ton sort. Zara te trouvera une famille d'accueil. Mais je ne m'inquiéterais pas trop, si j'étais toi. Tu m'as l'air parfaitement au niveau.

— Je suis moins en forme qu'avant. À part quelques parties de basket à Kirkcaldy, je n'ai pas fait d'exercice depuis des semaines.

— Ce détail sera pris en compte, assura Ryan. Viens, allons manger quelque chose, ça te changera les idées.

Ning prit le volant pour parcourir les dernières centaines de mètres qui les séparaient du bâtiment principal. Lorsque Ryan eut branché le véhicule à une borne de recharge, il conduisit sa camarade jusqu'au réfectoire où une quarantaine de résidents étaient attablés. En ce vendredi soir, ils étaient surexcités à la perspective de se rendre au cinéma ou au bowling de la ville la plus proche.

— Ça sent drôlement bon, dit Ning en se plaçant dans la file d'attente qui s'était formée devant le comptoir.

Ryan hocha la tête.

— À première vue, on dirait une cantine comme les autres, mais la cuisine est délicieuse. Aujourd'hui, je te recommande le steak. Le chef se fournit en produits bio dans les exploitations agricoles de la région. Tu peux même demander la cuisson de ton choix. Tu aimes la nourriture chinoise ?

Sa question demeurant sans réponse, Ryan réalisa qu'il venait de commettre une maladresse.

— Un steak au poivre à point, avec des champignons et des frites, s'il vous plaît, demanda-t-il au cuisinier chargé du service des plats chauds.

— Ce sera prêt dans dix minutes, répondit ce dernier en lui remettant un ticket numéroté. Et pour ton amie en orange, qu'est-ce que ce sera ?

— La même chose, dit-elle. Ça fait une éternité que je n'ai pas mangé quelque chose de comestible.

Ning et Ryan posèrent des couverts et des boissons sur leurs plateaux puis se dirigèrent vers une table inoccupée.

— Hey, Rybo ! lança Max. Oh, mais tu nous as amené ta copine orange…

— Viens, je vais te présenter mes copains, dit Ryan à l'adresse de Ning.

— Rybo ? C'est ton surnom ?

— Certainement pas, grogna-t-il, au comble de l'agacement, avant de la conduire vers la table où Max, Alfie et deux autres camarades étaient installés.

Grace, Chloé et les membres de leur petite bande se trouvaient non loin de là.

— Je vous présente Ning, dit Ryan. Elle porte le T-shirt orange, mais Zara dit qu'on peut lui parler, pourvu qu'on ne rentre pas dans les détails de nos activités.

La plupart des agents se contentèrent d'un hochement de tête, mais Max ne put s'empêcher de se mettre en avant.

— Bonjour, Ning, je suis heureux de te rencontrer et de t'accueillir au campus de CHERUB.

— N'essaye pas de gagner du temps, Black, lança Aaron, le garçon assis en face de lui, avant de poser un coude sur la table à côté d'une pile de pièces de monnaie. Prépare-toi à passer à la caisse.

— Vous jouez au bras de fer, en Chine ? demanda Ryan.

— Oui, j'ai déjà vu ça, il me semble, répondit Ning.

Max et Aaron joignirent leurs mains. Alfie, qui tenait le rôle d'arbitre, s'agenouilla à l'extrémité de la table.

— Prêts ? demanda-t-il. Trois, deux, un, c'est parti.

Aussitôt, il apparut clairement qu'Aaron prenait l'avantage, mais Max était extrêmement endurant. Il résista pendant près d'une minute avant de placer une attaque décisive. Il bondit de sa chaise et célébra bruyamment sa victoire.

— Tu es nul ! brailla-t-il. Le fric est à moi.

— Je peux essayer ? demanda Ning.

Max esquissa un sourire, puis s'éclaircit la gorge.

— Sans vouloir te vexer, nous sommes surentraînés. Je ne donne pas cher de tes chances.

— J'avoue que je ne suis pas au meilleur de ma forme, dit Ning. Disons que c'est juste pour voir.

Max n'en croyait pas ses oreilles.

— Tu ne crois pas qu'il vaudrait mieux que tu te mesures à une fille ?

— Non, avec toi, insista Ning. Je sais que je n'ai aucune chance, mais je voudrais que tu me montres comment on s'y prend.

Ryan savait que Ning, qui avait pratiqué la boxe à haut niveau, jouissait d'une force exceptionnelle, mais Max était capable d'aligner des dizaines de pompes sur une seule main, un prodige que peu d'agents pouvaient accomplir.

— Bon, comme tu voudras.

Aaron céda sa chaise à Ning. Les deux adversaires étaient de taille comparable, mais Ryan remarqua que les bras de sa camarade étaient sensiblement plus longs que ceux de Max. Il supposa que cette particularité lui offrait un net avantage sur le ring de boxe.

Lorsque leurs poings se refermèrent l'un sur l'autre, il nota d'autres différences d'ordre physique. Si Max était le plus athlétique, les tendons intérieurs du coude de Ning formaient un large triangle évoquant une voile de bateau. Cette caractéristique génétique, qui lui permettait de transmettre à ses articulations toute l'énergie développée par ses muscles, expliquait à elle seule sa sélection par les spécialistes de l'académie des sports de Dandong.

Pendant une dizaine de secondes, Max, les dents serrées, développa toute sa puissance, mais l'avant-bras de Ning demeura droit comme un i, comme s'il était coulé dans le béton.

Une foule d'agents se forma autour de la table lorsqu'il parut évident que Max était en difficulté.

Bientôt, son visage prit une teinte écarlate, puis il lâcha une série de grognements. Ning, elle, affichait un sourire serein.

— Tu es foutu, Max ! lança Chloé. Vas-y, ma grande, massacre-le ! Euh, c'est quoi son nom, au fait ?

— Ning, répondit Ryan.

— Bon, ça devient ennuyeux, dit cette dernière.

Elle haussa un sourcil malicieux, prit sa respiration puis produisit son effort. Max opposa une vaine résistance pendant trois secondes, mais fut contraint de rendre les armes. Ravie de voir le garçon le plus crâneur du campus terrassé par une parfaite inconnue, l'assistance laissa éclater sa joie.

— Battu par une fille ! s'exclama Grace. Quel âge as-tu, Ning ?

— Douze ans.

— Par une orange de douze ans ! gloussa Chloé.

Contre toute attente, Max joua la carte de l'humour.

— Je l'ai laissée gagner par galanterie, dit-il. C'est ma façon à moi de lui souhaiter la bienvenue, comme un vrai gentleman.

— Tu veux ta revanche ? demanda Ning, un sourire au coin des lèvres.

Max consulta sa montre.

— Écoute, ce serait avec plaisir, mais le temps file à une vitesse ! J'aimerais beaucoup poursuivre cette rencontre, mais j'ai un rendez-vous urgent.

Ryan s'écarta du groupe afin de jouir du spectacle : Ning, à peine débarquée au campus, avait gagné la sympathie de tous les agents présents dans le réfectoire.

— Sharma ! lança le cuisinier depuis le comptoir en présentant deux assiettes. Arrête de reluquer les filles et viens chercher ton dîner.

42. Un secret d'État

Ning s'installa dans une chambre du sixième étage qui, conformément à l'usage, avait été rénovée après le départ de son précédent occupant. La pièce n'était pas aussi luxueuse que les hôtels où elle avait séjourné en compagnie de son père, mais c'était un palace en comparaison de la cellule collective du centre de rétention de Kirkcaldy.

Elle se fit couler un bain et s'y prélassa pendant près d'une heure, de la mousse jusqu'au cou et les cheveux couverts d'après-shampooing.

Durant sa cavale, elle n'avait emporté que deux jeans, trois T-shirts et trois culottes. L'employée qui avait changé ses draps avait déposé sur le couvre-lit des sous-vêtements neufs, un maillot de bain et un uniforme complet.

Au sortir du bain, devant la fenêtre, elle se brossa les cheveux en regardant les agents déambuler dans le parc. Elle se sentait encore étrangère au campus. Le matin même, à son réveil, elle aurait donné n'importe quoi pour être placée dans une famille d'accueil britannique. Désormais, elle avait le sentiment qu'elle n'avait vécu que pour appartenir à CHERUB : un endroit où elle pourrait faire la différence en exploitant ses qualités individuelles, à des années-lumière du système scolaire chinois basé sur le rabâchage et l'application aveugle de sanctions disciplinaires.

On frappa discrètement à la porte, puis Amy glissa la tête dans la chambre.

— Tu peux entrer, dit Ning.

— Je craignais que tu ne te sois déjà mise au lit. J'avais prévu de te rendre visite un peu plus tôt, mais j'ai dû étudier des dossiers concernant la mission, et je n'ai pas vu l'heure.

— Ryan m'a conseillé de me coucher tôt, à cause des tests de demain. Mais je n'arrive pas à me détendre, avec tout ce qui s'est passé aujourd'hui.

— Alors, comment tu le trouves ?

— Ryan ? Il est très gentil. J'aime bien ses amis, aussi, et le campus est vraiment un endroit fantastique.

— Tiens, c'est pour toi, dit Amy en remettant à Ning un tirage sur papier glacé de la photographie d'Ingrid en uniforme de l'armée britannique.

Ning ramassa son sac à dos posé sur le sofa et en sortit sa boîte à secrets.

— Merci. Je vais la mettre là-dedans.

Amy s'assit au bord du lit et esquissa un sourire.

— Cette boîte, ça fait longtemps que tu l'as ?

Ning ne parvint pas à cacher son embarras.

— Je sais qu'elle est moche, mais c'est tout ce qu'il me reste de mon ancienne vie. C'est là que je garde mes médailles et toutes sortes de babioles.

— Ce ne sont pas des babioles, la contredit Amy. C'est bien que tu tiennes encore à toutes ces petites choses, après ce que tu as traversé. Mais je crois que CHERUB pourrait t'offrir un nouveau sac à dos. Il me semble que celui-là ne va pas tarder à rendre l'âme.

— Il a un peu souffert des heures passées dans la poubelle, derrière la boîte de nuit de Bichkek. La fermeture Éclair est complètement bousillée.

— J'ai dressé une liste de questions concernant le clan Aramov, mais ça peut attendre quelques jours. Ce qui m'étonne le plus, c'est le peu d'informations que tu as fournies aux enquêteurs, concernant la fabrique clandestine de sandwiches et la maison où tu as séjourné.

Ning fit la grimace.

— Je leur ai dit tout ce que je savais. Ils pensaient que je leur cachais quelque chose, mais je te jure que je n'ai rien laissé dans l'ombre.

— Je ne mets pas ta parole en doute, assura Amy. Mais parfois, le cerveau humain se bloque lorsqu'il est confronté à des situations stressantes ou douloureuses. C'est un mécanisme de défense. Ma patronne de l'ULFT m'a enseigné une méthode de relaxation qui pourrait peut-être t'aider à combattre ce phénomène.

— Je ne voudrais pas être désagréable, mais je suis complètement crevée, soupira Ning.

— Ça tombe bien, car cette technique est particulièrement efficace sur les sujets somnolents. Sache que si nous parvenons à localiser la fabrique et la maison, la police sera rapidement en mesure de démanteler toute la filière.

— De quelle façon ?

— Grâce à des équipes de surveillance. Ils commenceront sans doute par l'usine, prendront en filature les véhicules utilisés pour convoyer la main-d'œuvre et remonteront jusqu'à la maison. Avec un peu de chance, ils pourront même appréhender les passeurs chargés d'acheminer les travailleuses via l'Europe de l'Est.

— L'un des enquêteurs m'a dit que mon interrogatoire avait été très utile.

— Oh oui, bien sûr, confirma Amy. Par exemple, nous pourrions localiser l'entrepôt où tu as été conduite à ton arrivée en Angleterre, identifier l'aire de repos où tu as embarqué en République tchèque, retrouver Chun Hei ou enquêter sur les monitrices d'auto-école du sud-ouest de Londres. Mais nous voulons concentrer nos efforts sur la fabrique et la maison, car Leo nous permettra de remonter jusqu'à Ben.

— Ben ? Et pourquoi vous intéressez-vous tant à lui ?

— Parce que tout indique qu'il est le chef du réseau, qu'il sait où se trouvent les corps des deux femmes et qu'il t'aurait sans doute livrée à la prostitution si tu n'avais pas réussi à t'échapper. Son arrestation pourrait sans doute nous permettre de venir en aide à des filles qui n'ont pas eu cette chance.

— Je comprends, dit Ning, qui restait hantée par le souvenir des périls auxquels elle avait été exposée. Très bien, je suis prête à répondre à tes questions.

— Commençons par l'usine, qui devrait être plus facile à identifier qu'une simple maison d'habitation. C'est là que je voudrais que tu m'emmènes.

— Ta technique est basée sur l'hypnose ? s'étonna Ning.

Amy hocha la tête.

— Certains sujets y sont plus perméables que d'autres. J'avoue que c'est un peu la tentative de la dernière chance, mais je pense qu'il faut essayer.

Elle baissa d'un ton et parla plus lentement.

— Très bien. Allonge-toi sur le lit et adopte une position confortable. Ensuite, fixe un point au plafond.

Ning s'étendit sur le dos. Amy éteignit le plafonnier, ne laissant pour tout éclairage que la lampe placée sur le bureau.

— Concentre-toi sur ton souffle. Ne pense à rien d'autre. Inspiration, expiration.

Elle observa quelques secondes de silence.

— Maintenant, détends tes doigts et tes orteils, puis tout le reste de ton corps, progressivement. Ton ventre, tes épaules puis les muscles de ton visage. Tes paupières sont lourdes. Inspiration, expiration.

Elle marqua une nouvelle pause.

— Lorsque je claquerai des doigts, tu te retrouveras à la fabrique de sandwiches, à ton premier jour de travail. Tu te souviendras du moindre détail. Des vêtements que tu portais et des sentiments que tu éprouvais. Tes paupières sont de plus en plus lourdes… Ferme les yeux.

Ning s'exécuta. Amy enfonça le bouton d'un petit enregistreur de poche puis claqua dans ses doigts.

— Tu descends de la camionnette. Dis-moi ce que tu ressens.

— J'ai un bonbon dans la bouche. C'est une des ouvrières qui me l'a donné. Il est infect, mais je ne veux ni le recracher, de peur de la vexer, ni le croquer, parce que ma mère m'a toujours dit que c'était le meilleur moyen de se casser une dent.

— Bien, murmura Amy. Concentre-toi sur le goût du bonbon. Maintenant, tourne-toi vers le bâtiment et décris-le.

— Il est tout noir. Deux étages. Des briques couvertes de suie. Les fenêtres du rez-de-chaussée sont condamnées. En haut, les lumières sont éteintes, et certaines vitres sont cassées. Je vois une hotte de ventilation.

— Qui se trouve à tes côtés ?

— La femme de l'entrepôt, qui ne lâche pas son registre. Mei, la dame aux bonbons et deux autres clandestines.

— Et maintenant, où vas-tu ?

— Vers la porte. Elle est grise. Je remarque l'emplacement d'une enseigne, plus clair que le reste, mais elle a été démontée. À l'intérieur, le couloir est si étroit que mon sac frotte contre le mur. Il y a des caisses de couleur brune. C'est là que sont placés les sandwiches avant d'être livrés.

— Y a-t-il une inscription sur ces caisses ?

— Non, aucune.

— Bien. Tu es à l'intérieur. Que se passe-t-il maintenant ?

— Roger. Il est grand. Il porte une barbe rousse. Il se dispute avec la femme au registre parce qu'il attendait plus de main-d'œuvre. Mei et les autres pénètrent dans les vestiaires, mais moi, je dois rencontrer le patron, à l'étage.

— OK. Tu gravis l'escalier. Qu'est-ce que tu vois autour de toi ?

— Il y a beaucoup de poussière. De vieilles machines à coudre. Ça sent... l'huile de vidange, je crois. Par la fenêtre, dans la pénombre, j'aperçois un grand toit. J'entends des pigeons roucouler. La femme de l'entrepôt entre dans le bureau et me fait signe de patienter.

— Tu vois une inscription sur la porte ?

— Je ne sais pas. Elle est restée ouverte.

— Tu entends ce qu'ils disent ?

— Elle ne sait pas quoi faire de moi. Lui, il a l'air plutôt tendu.

— Qu'y a-t-il dans ce bureau ?

— Une photocopieuse, une machine à café et une petite table sur le côté, sans doute le poste d'une secrétaire. Il y a beaucoup de lumière, en comparaison de la salle où sont entreposées les machines à coudre.

— Cet homme, connais-tu son nom ?

— La femme l'appelle simplement *Monsieur*. Il me fait penser à mon père, en plus jeune. Il porte un pantalon de golf. Il y a un globe terrestre sur une étagère.

— Rien d'autre dans les rayonnages ?

— Que des dossiers. La photo de deux garçons est accrochée au mur.

— Parle-moi d'eux.

— Ce sont les fils du patron.

— Comment le sais-tu ?

— Ils lui ressemblent beaucoup. Ils doivent avoir un an d'écart. Le plus jeune a une tache de boue sur le visage.

— De la boue ? s'étonna Amy. C'est une photo d'école ? Ont-ils un uniforme ?

— En fait, ils sont tous les deux très sales. Ils portent une tenue de foot.

— De quelle couleur ?

— Les maillots sont marron et orange. Même chose pour leurs chaussettes rayées.

— Bien. Rien d'autre sur le cliché ?

— Je n'arrive pas à me concentrer...

Amy réalisa qu'elle avait imperceptiblement haussé le ton, un signe auquel Ning avait aussitôt réagi négativement.

— Tu n'as pas besoin de te concentrer, dit-elle. Tu te trouves dans la pièce. Le patron est devant toi. Tu regardes la photo des garçons.

— Le plus jeune tient une coupe argentée. Et il y a un logo sur leurs maillots.

Consciente que cette information pouvait être cruciale, Amy s'efforça de ne rien laisser paraître, de garder la tête froide et de parler sur un ton monocorde.

— À quoi ressemble ce logo ?

— C'est un bonhomme souriant, de forme carrée, dans le style des dessins animés.

— Y a-t-il une inscription ?

— Oui, mais je suis trop loin pour la déchiffrer.

— OK. Et sur le bureau du patron ?

— Pot à crayons, ordinateur portable, dévidoir de ruban adhésif.

— Pas d'autres photos ? Rien que tu puisses déchiffrer ?

— Je lis l'inscription 2011 sur la couverture de son agenda. Le sous-main est orné d'une carte du monde.

— OK. Revenons à l'homme et la femme. Qu'est-ce qu'ils disent ?

— Il a l'air anxieux. Il s'inquiète pour le contrat du supermarché. Il se plaint du manque de personnel. Il ne me regarde jamais.

— Mentionnent-ils le nom de ce supermarché ?

— Non, lança Ning d'une voix plus forte.

Sur ces mots, elle ouvrit les yeux et se tourna vers Amy.

— Apparemment, c'est un vrai secret d'État.

Un hypnotiseur plus expérimenté aurait sans doute pu obtenir davantage d'informations, mais Amy avait violé l'une des règles que lui avait enseignées le docteur D : toujours procéder par suggestions et éviter les questions directes. Celle concernant le nom du super-marché avait brutalement tiré Ning de sa transe.

— Oui, un secret d'État, répéta cette dernière avant de bâiller à s'en décrocher la mâchoire. Nous, on devait déposer les sandwiches dans les caisses, mais l'employé chargé de placer des étiquettes travaillait dans une autre pièce, à l'abri des regards.

— Nous avons rassemblé de nombreux éléments, dit Amy. Si je ne t'avais pas interrogée sous hypnose, tu n'aurais sans doute pas parlé du globe ou de la photo.

— Ça fait une drôle d'impression, sourit Ning. C'était comme si je me trouvais *réellement* dans la fabrique. On peut recommencer ?

— Pas tout de suite. Je suis contente de constater que tu es réceptive à l'hypnose, mais pour le moment, il faut que tu dormes. Il est dix heures passées, et demain, une longue journée t'attend.

— J'ai vu un hypnotiseur, un jour, à la télé. Il a persuadé une femme que des oignons avaient le goût des oranges, et elle a croqué dedans à pleines dents.

Amy éclata de rire.

— Quoi qu'il arrive, je promets solennellement que je te ne te forcerai jamais à manger des oignons.

43. Hachés menu

En vertu des règles de CHERUB, les agents de retour de mission devaient assister à des cours de rattrapage le samedi matin. Ryan glissa anxieusement dans son sac ses cahiers et ses manuels d'histoire, de maths et de littérature anglaise. La veille, il n'avait pas pu venir à bout d'un devoir d'arithmétique particulièrement ardu. N'ayant pu lire que quinze pages de *Ne tirez pas sur l'oiseau moqueur,* de Harper Lee, il s'était contenté d'étudier les résumés disponibles sur Internet.

Après le petit déjeuner, il conduisit Ning au centre médical où elle devait se soumettre aux tests de recrutement. Il bruinait et un vent froid balayait le parc.

— Le campus est immense, quand on n'a pas de voiture, dit sa camarade en se frottant les bras pour se réchauffer.

— Désolé, il n'existe pas de sweat-shirts orange, répondit Ryan. Mais rassure-toi, dès que les épreuves auront débuté, tu n'auras plus froid, je te le garantis.

L'unité médicale ultramoderne disposait de chambres pouvant accueillir six patients, d'un cabinet dentaire et d'un service de médecine du sport où les agents blessés à l'entraînement suivaient leur programme de rééducation.

— Bonjour, dit le docteur Kessler avec un fort accent allemand. Voilà qui me fait deux recrues à hacher menu.

— Deux recrues ? s'étonna Ning.

Sa question demeura sans réponse. Kessler l'invita à le suivre dans le couloir menant à la salle d'examen.

Ils trouvèrent Amy assise sur une table.

— Vos fesses sont sans doute très jolies, mais elles n'ont rien à faire sur ce plan de travail stérile, gronda le médecin.

Un peu honteuse, Amy quitta son perchoir. Un garçon d'une dizaine d'années à la stature élancée, aux cheveux bruns et au teint mat, patientait à ses côtés. Comme Ning, il portait l'uniforme réglementaire de CHERUB assorti d'un T-shirt orange.

— Ning, je te présente Carlos, dit Amy. C'est avec lui que tu vas passer les tests de recrutement.

Elle adressa un discret coup de coude au garçon avant qu'il ne se décide à faire un pas en direction de Ning et à lui serrer timidement la main. Cette dernière fut frappée par la finesse de ses poignets et la longueur de ses doigts aux ongles rongés.

— Bonne chance, sourit-elle.

Carlos plissa les yeux.

— Je ne crois pas en la chance, dit-il.

Ning jugeait son attitude un peu ridicule, mais elle s'efforça de n'en rien laisser paraître.

— Pour être honnête, j'ai peur que tu n'aies raison, sourit-elle.

Le docteur Kessler se tourna vers Ryan et Amy.

— Si vous croisez l'infirmière en sortant, dites-lui de rappliquer immédiatement.

Sourire aux lèvres, les deux agents quittèrent la salle d'examen et rejoignirent le hall d'accueil.

— Si vous vous asseyez sur ma table stérile, je serai contraint de vous livrer à la Gestapo, lança Ryan en imitant la voix de Kessler.

— Je te signale qu'il est juif, l'avertit Amy. Je te déconseille vivement de faire ce genre de plaisanterie en sa présence.

— Oups, merci du tuyau…

Lottie, l'infirmière, poussait un chariot sur lequel étaient posées une unité de monitoring cardiaque et deux tenailles servant à prélever les tissus musculaires destinés aux biopsies.

— Kessler vous attend, l'informa Amy.

— Toujours de mauvaise humeur, je suppose ? Et il se demande pourquoi tous ses employés finissent par présenter leur démission !

Lorsque Amy et Ryan franchirent les portes automatiques du centre médical, une rafale les frappa de plein fouet. Sous une pluie torrentielle, ils empruntèrent l'allée menant au bâtiment principal.

— Le parcours d'obstacles doit être drôlement glissant, avec un temps pareil, dit Ryan en levant les yeux vers les nuages noirs qui s'étaient amoncelés au-dessus du campus. Et je crois que Ning a un peu peur du vide.

— Tout comme toi à tes débuts, fit observer Amy. Si tu n'as rien de prévu, je voudrais que tu m'accompagnes au centre de contrôle. Je tourne un peu en rond. J'ai besoin que quelqu'un m'aide à y voir plus clair.

— Je dois assister aux cours de rattrapage.

— Ah oui, j'oubliais. Quand j'étais à ta place, je détestais les leçons du samedi matin. Je n'y avais pas repensé depuis mon départ du campus.

— À ton âge, c'est normal d'avoir la mémoire qui flanche, plaisanta Ryan.

— Eh, un peu de respect, minus, répliqua Amy en lui adressant une légère claque à l'arrière du crâne.

— Je serais heureux de pouvoir t'aider, mais il faut que ma responsable m'autorise à sauter les cours.

Sur ces mots, il sortit son téléphone de sa poche, composa le numéro de Meryl Spencer. Lorsqu'il reçut la dispense qu'il réclamait, Amy, pressée de se mettre au sec, avait pris une trentaine de mètres d'avance. Il hâta le pas pour la rattraper.

— C'est bon, elle est d'accord, dit-il. Alors, sur quoi on va travailler ?

— Sur des tenues de football, répondit sa coéquipière sur un ton mystérieux. Mais on ferait mieux de se presser si on ne veut pas finir trempés. On fait la course ?

Un kilomètre séparait le bloc médical du centre de contrôle, une distance insignifiante pour ces agents surentraînés. Ryan l'emporta aisément car, contrairement à Amy, il n'hésita pas à salir ses bottes en s'écartant de l'allée.

Ils arrivèrent à destination ruisselants et hors d'haleine. Ryan se déchaussait dans l'entrée lorsque Lauren Adams vint à leur rencontre.

— Oh, ne me dites pas qu'il pleut ! ironisa-t-elle.

— Tu es drôlement observatrice, sourit Amy. Alors, on a du nouveau ?

— Rien du tout, ce qui est une bonne chose parce que je dois réviser mon exam de physique. Ewart est au réfectoire. Moi, je surveille le standard, au cas où un agent en opération tenterait de joindre la ligne d'urgence.

— Il y a des serviettes dans le coin ?

— Je vais aller vous chercher un rouleau d'essuie-tout. Gardez un œil sur le téléphone dans la salle de permanence.

Tandis que Lauren effectuait un aller-retour aux toilettes, Ryan ôta ses chaussettes, Amy retira son T-shirt. Son soutien-gorge détrempé laissait peu de place à l'imagination.

— Arrête de mater, sale petit pervers, lança Lauren à l'adresse de Ryan.

— Eh, je ne regardais pas, bredouilla ce dernier, le visage écarlate.

Lorsqu'ils se furent séchés, Ryan et Amy se dirigèrent vers la permanence, une salle qui occupait le centre du bâtiment. Deux contrôleurs de mission s'y relayaient vingt-quatre heures sur vingt-quatre afin de répondre aux appels des agents sur le terrain.

La pièce, constamment occupée, n'était jamais correctement rangée et nettoyée. Les six postes de travail disposés en demi-cercle étaient jonchés de documents, de gobelets en plastique, de composants d'ordinateurs et de notes autocollantes.

— Je t'explique, annonça Amy, plantée devant un tableau blanc. Hier soir, j'ai utilisé la technique de l'hypnose pour interroger Ning. Elle dit avoir aperçu une photographie, dans le bureau du patron de la fabrique. Deux garçons maculés de boue âgés de dix à douze ans. Ils portaient des tenues de football orange et marron. Leurs chaussettes étaient rayées. Il y avait aussi un logo sur les maillots, qu'elle a décrit comme un bonhomme carré et souriant.

Ryan, assis sur une chaise, écoutait l'exposé de sa coéquipière. Installée à une table, Lauren était plongée dans un manuel de physique.

— Pourquoi cette tenue est-elle si importante ? demanda Ryan.

— Parce que si nous parvenons à identifier l'équipe, nous pourrons découvrir le nom des garçons et de leur père, puis remonter jusqu'à la fabrique.

— Ces couleurs ne sont pas très communes. On ne compte plus le nombre d'équipes qui jouent en rouge et noir, ou en bleu et blanc, mais il faut être daltonien pour choisir le marron et l'orange.

Amy hocha la tête puis inscrivit sur le tableau les caractéristiques des tenues.

— Comment être certain qu'il s'agit d'une équipe de football ? fit observer Lauren en quittant son livre des yeux. Ces garçons pourraient aussi bien pratiquer le rugby ou le hockey sur gazon ?

— Excellente remarque, dit Amy en inscrivant *rugby* et *hockey* sur le tableau. Voilà qui risque de nous compliquer la tâche.

— Mais tu as dit que les garçons étaient couverts de boue, remarqua Ryan. Et les chaussettes rayées font davantage penser au rugby.

— Pour le moment, centrons nos recherches sur le football, parce que c'est le sport le plus pratiqué, affirma Amy.

— Qu'ont donné tes recherches sur Google ? demanda Lauren.

— J'ai obtenu trop de réponses. Les détails concernant la tenue m'ont orientée vers une équipe de rugby australienne.

— Et sur Internet, il est impossible de filtrer les informations par zone géographique, ajouta Ryan. Et la presse régionale ? Il y a toujours des articles sur les rencontres sportives entre équipes locales. Nous avons une vague idée de l'endroit où se trouvait Ning. Nous pourrions étudier les archives de ces journaux.

Ça prendrait sans doute pas mal de temps, mais on pourrait tomber sur quelque chose d'intéressant.

— C'est une possibilité, répondit Amy en notant cette piste au tableau. Mais je pense qu'il vaudrait mieux contacter directement les journalistes.

— Au risque d'éveiller leurs soupçons, fit remarquer Lauren.

— Nous leur fournirons une explication plausible. Nous dirons que la police recherche un jeune cambrioleur portant un maillot marron et orange, quelque chose comme ça.

— Et pour le sponsor ? On ne peut pas taper *bonhomme carré* sur Google, mais il doit bien exister un organisme qui enregistre les marques et les logos.

— C'est à étudier, dit Amy.

Lauren posa son manuel et se leva.

— J'ai joué dans une équipe de football, quand j'étais toute petite, avant de rejoindre CHERUB. Ma mère avait équipé toutes les joueuses et persuadé le propriétaire d'un magasin du quartier de nous sponsoriser. En échange, elle avait promis de ne plus rien lui faucher.

Ryan semblait troublé.

— Tu veux dire que ta mère était une voleuse ?

— Ouais, elle était à la tête d'un gang de voleurs à la tire.

— Ah. Mais quel rapport avec notre enquête ?

— Les fournisseurs d'équipement sportif, dit Lauren en pianotant ces mots sur l'ordinateur le plus proche. Ma mère a commandé trois ou quatre catalogues. Je m'en souviens comme si c'était hier. Je l'ai aidée à choisir les couleurs.

— Je comprends. Il y a des dizaines de milliers d'équipes d'enfants dans le pays. Des centaines de ligues, de journaux régionaux, de clubs, d'écoles et de paroisses. En revanche, il doit exister une poignée de sociétés qui fournissent les tenues de football personnalisées. Et elles gardent forcément une trace des commandes effectuées par leurs clients.

Amy laissa éclater son enthousiasme.

— Excellent, Lauren ! Avec un peu de chance, ce marché est dominé par deux ou trois grandes sociétés. Dès que nous les aurons identifiées, nous leur demanderons de nous transmettre les coordonnés des clients ayant passé une telle commande dans les cinq dernières années.

— Je suis en train de télécharger une liste de…

Le téléphone d'urgence sonna avant que Lauren n'ait pu achever sa phrase.

— Garage Unicorn Tyre, que puis-je faire pour vous aider ?

Tandis qu'elle s'entretenait avec un agent en difficulté à l'autre bout du monde, Amy s'assit à côté de Ryan.

— Nous allons dresser une liste des fournisseurs puis nous renseigner sur leur chiffre d'affaires grâce au greffe des tribunaux de commerce. Ensuite, nous les contacterons par téléphone, en commençant par la plus importante.

— On est samedi. Ces sociétés doivent être fermées.

— C'est vrai, mais j'aimerais que nous nous mettions au travail dès maintenant. Nous tâcherons de nous procurer les coordonnées de leurs dirigeants. Peu importe qu'ils jouent au golf, fassent une balade en bateau ou rendent visite à leur grand-mère, je veux savoir qui vend des tenues de foot orange et marron, et qui les a commandées.

— Ça risque de prendre du temps.

— C'est vrai, je comprends que tu sois effrayé par l'ampleur de la tâche, sourit Amy. Peut-être pourrais-tu me recommander quelques-uns de tes copains qui auraient la gentillesse de nous donner un coup de main ?

44. Face à face

Le docteur Kessler avait présenté la douleur provoquée par la ponction biopsique comme un léger pincement, mais Ning ne se souvenait pas avoir éprouvé souffrance comparable. Après examen au microscope, le petit échantillon de tissu musculaire prélevé dans sa cuisse révélerait de nombreuses informations concernant ses capacités physiques.

Cette opération achevée, Ning et Carlos passèrent une radio complète du squelette afin de détecter tout dysfonctionnement, puis on disposa sur leur corps des pastilles adhésives reliées à l'unité de monitoring par des câbles électriques. Masque sur le visage, ils grimpèrent sur un tapis de course afin d'éprouver leur potentiel cardiaque et pulmonaire.

Au regard des critères de CHERUB, la vitesse de récupération après l'effort était d'une importance capitale. L'exercice terminé, Kessler quitta la pièce et laissa les deux candidats reprendre leur souffle.

Si Ning n'était plus aussi en forme qu'à l'époque de son internat à l'académie sportive, elle n'avait guère souffert au cours de l'exercice. Carlos, en revanche, était au bord de l'asphyxie. Le visage tordu par la douleur, il frottait fébrilement le pansement placé sur sa cuisse.

— N'y touche pas, dit Ning. Ça risque d'empirer.

— Qu'est-ce que tu en sais ? Et qu'est-ce que c'est que cette façon bizarre de parler ?

Les détenues de Kirkcaldy s'étaient souvent moquées de son accent, mélange inédit d'intonations chinoises et d'inflexions propres aux habitants de Liverpool. Elle en avait développé un vif complexe, et redoutait désormais qu'on ne lui rie au nez chaque fois qu'elle ouvrait la bouche.

— J'ai subi plusieurs biopsies musculaires, quand j'étais à l'académie des sports, en Chine, expliqua-t-elle. Si tu grattes la plaie, elle risque de se remettre à saigner.

Lottie leur procura des gobelets d'eau fraîche qu'ils vidèrent en quelques gorgées. Ning jeta le récipient vers la boîte à ordures, mais il rebondit sur le rebord. Tandis qu'elle se baissait pour le ramasser, Carlos se leva, fit un pas en direction de la poubelle puis, saisi d'un spasme involontaire, vomit sur le dos de sa camarade.

— Oh ! bordel, c'est pas vrai, gronda-t-elle.

Pris d'une irrépressible quinte de toux, Carlos tituba vers l'angle opposé de la pièce.

— Infirmière ! appela Ning avant de se ruer sur le distributeur d'essuie-tout fixé au mur le plus proche.

Lottie consola Carlos et lui remit un autre verre d'eau afin qu'il se rince la bouche. Ning tenta vainement de nettoyer son T-shirt et son pantalon souillés de vomissures.

— Je peux faire un saut au bâtiment principal pour me changer ? demanda-t-elle.

— Je suis navrée, mais les candidats ne sont pas autorisés à interrompre le processus de recrutement, répondit l'infirmière. Maintenant, assieds-toi et ne bouge plus. L'unité de monitoring fonctionne toujours, je te signale. Si tu continues à t'agiter, le test risque d'être faussé.

Ning était désolée pour Carlos, mais elle était furieuse qu'il ait choisi son dos pour rendre tripes et boyaux.

L'examen achevé, ils retrouvèrent la directrice Zara Asker devant le centre médical.

— J'ai trois enfants, vous savez, dit-elle. Chacun d'eux m'a vomi dessus une bonne dizaine de fois. Nous devons nous rendre au dojo, et nous n'allons pas prendre vingt minutes de retard pour quelques taches sur un T-shirt.

Bravant la pluie qui tombait sur le campus, les recrues suivirent Zara jusqu'au bâtiment où étaient dispensés les cours d'arts martiaux. Carlos n'avait toujours pas retrouvé son souffle. À deux reprises, la directrice dut faire halte pour l'inviter fermement à presser le pas.

Elle semblait beaucoup moins amène que la veille, mais Ning supposait qu'elle s'était levée du mauvais pied.

Le dojo, l'une des constructions les plus luxueuses du campus, avait été financé par un don du gouvernement japonais en remerciement du travail effectué par CHERUB lors du démantèlement d'une organisation criminelle russe spécialisée dans l'espionnage industriel. Bâti dans le plus pur style traditionnel nippon, il était coiffé d'un toit à quatre versants incurvés. Un jardin zen avait été aménagé à l'extérieur, et un petit pont de bois enjambait un bassin où nageaient des carpes. L'intérieur était plus fonctionnel. Exception faite de l'impressionnant entrelacs de poutres du plafond, c'était un gymnase moderne éclairé par des rangées de néons, dont le système de ventilation émettait un bourdonnement continuel.

Après avoir ôté leurs chaussures, Ning, Carlos et Zara traversèrent la salle où un groupe d'adolescents répétait une chorégraphie au son d'une minichaîne portable, puis ils pénétrèrent dans une pièce annexe tapissée d'un tatami écarlate. Des accessoires de protection étaient disposés sur les bancs rangés contre les murs : deux paires de gants légèrement rembourrés, deux protège-dents, deux casques et une coquille.

— Voici les règles, annonça Zara. Vous pouvez employer n'importe quelle technique, à l'exception des manœuvres d'étranglement et des coups à l'entrejambe. Cinq rounds, le premier à se soumettre trois fois perdra la partie.

Carlos saisit un gant et en examina les attaches Velcro d'un œil perplexe. Ning se tourna vers la directrice.

— Je ne sais pas si vous avez lu mon dossier, mais j'ai pratiqué la boxe à haut niveau, et je pense que je suis beaucoup plus lourde que Carlos.

— Bien sûr que je l'ai lu, répliqua sèchement Zara. Ai-je jamais prétendu qu'il était facile d'intégrer CHERUB ? Carlos est petit et maigre, soit. Et il en sera de même lorsqu'il se retrouvera sur le terrain, en mission d'infiltration.

Ning s'étonnait du changement de comportement de son interlocutrice, qu'elle avait trouvée si douce et si compréhensive à son arrivée au campus. Ryan avait obstinément refusé de lui livrer le moindre détail concernant le processus de recrutement, mais il l'avait avertie qu'elle s'exposerait à des situations inattendues. L'attitude de Zara était-elle une manœuvre d'intimidation ?

— Placez-vous face à face, ordonna cette dernière.

Mais Carlos n'était toujours pas parvenu à enfiler ses gants. Elle leva les yeux au ciel puis l'aida à en fixer les attaches.

— Combattez, dit-elle enfin.

Carlos se précipita sur Ning en effectuant des moulinets avec ses bras et parvint tout juste à frôler l'une de ses épaules. À l'évidence, il n'avait aucune expérience, et elle aurait pu le mettre hors de combat d'un simple direct au visage.

Tandis qu'elle reculait, Carlos, emporté par une énième attaque lancée dans le vide, perdit l'équilibre. Voyant là une occasion de l'envoyer au sol sans le blesser,

Ning balaya ses jambes. Le garçon atterrit lourdement sur le tatami. Aussitôt, elle s'assit à califourchon sur son dos et ôta son protège-dents.

— Abandonne, dit-elle.

Carlos lança une bordée d'injures et continua à se débattre vainement. Ning n'avait aucune envie de lui faire du mal, mais elle devait trouver un moyen de mettre un terme à la manche. Elle enfonça un pouce sous son épaule.

— Aow! cria le garçon. OK, j'abandonne.

Dès que Ning eut lâché prise, il se redressa puis, hors de lui, se mit à brailler comme un enfant de cinq ans.

— C'est pas juste, j'ai trébuché! Je n'ai pas eu de chance, voilà tout.

Ning lâcha un éclat de rire.

— Il me semblait que tu ne croyais pas à la chance.

— Remettez vos protège-dents, dit Zara d'un ton ferme. Face à face... Combattez.

Carlos ne connaissait pas d'autre tactique que celle du moulin à vent. Cette fois, il resta solidement campé sur ses jambes. Ning lui porta un léger direct à la face en espérant que cela suffirait à le faire reculer sans le blesser, mais à sa grande surprise, les jambes de son adversaire flageolèrent quelques instants puis il repartit à l'assaut. Avant qu'elle n'ait pu le repousser, il lui flanqua un coup de pied à l'estomac.

Ning perdit son calme sous l'effet de la douleur. Elle prit ses distances puis, pour la première fois, adopta une garde haute des plus classiques avant de décocher trois directs fulgurants. Le premier repoussa Carlos vers l'arrière. Il se plia en deux sous la force du second. Le troisième l'atteignit de flanc, au niveau de la cage thoracique, et l'envoya valser sur le tatami.

Il atterrit sur le ventre et poussa une plainte suraiguë.

— Je suis désolée, soupira Ning. Tu n'as pas à avoir honte. J'ai remporté de nombreuses médailles lors de compétitions de boxe.

Elle considéra le visage décomposé de sa victime, fit quelques pas en arrière de crainte qu'il ne vomisse à nouveau et se tourna vers Zara.

— Ça rime à quoi ? Tout ce que ça prouve, c'est qu'une fille de douze ans qui pratique la boxe à haut niveau peut massacrer un gamin de dix ans taillé comme une crevette. Ça n'a rien de surprenant.

Zara la fusilla du regard.

— Je te conseille de changer de ton quand tu t'adresses à moi et de te contenter de suivre mes directives.

Ning se raidit. Quelques heures plus tôt, elle s'était éveillée convaincue d'avoir découvert le paradis sur terre, mais elle se trouvait désormais en présence d'une femme qui lui imposait des règles stupides et la remettait vertement à sa place, un comportement strictement identique à celui des enseignants de son école chinoise.

Assaillie par les pensées les plus noires, elle se mit à trembler.

— Je refuse de continuer à me battre, dit-elle avant d'ôter ses gants et de les jeter à ses pieds.

— Très bien. Dans ce cas, Carlos est déclaré vainqueur.

— J'essaierai de faire mieux lors du prochain test, répliqua Ning sans desserrer les dents.

Elle espérait que le garçon ferait preuve d'un peu de gratitude, mais il se redressa d'un bond et hurla :

— J'ai gagné, j'ai gagné ! Je suis le meilleur !

— Eh, ne la ramène pas trop non plus, grogna Ning. Tu n'as même pas été foutu d'enfiler tes gants.

— La prochaine étape nous permettra de mesurer vos capacités intellectuelles, annonça Zara. Il s'agit d'un simple examen de mathématiques, d'expression écrite et de culture générale. Vous disposerez de quatre-vingt-dix minutes. Tout au long de ce test, je vous demanderai d'observer un silence absolu.

...

En une heure, Ryan et Amy dressèrent une liste des dix-huit principales sociétés britanniques spécialisées dans la commercialisation de tenues de football personnalisées. Lorsque Max et Alfie se présentèrent dans la salle de permanence, chacun se vit attribuer quatre à cinq numéros de téléphone puis investit un poste de travail. Ryan activa le dispositif électronique de traitement du signal sonore qui permettait aux jeunes agents de vieillir leur voix, puis il commença par contacter une entreprise nommée Kitmeister UK.

Après avoir écouté une annonce enregistrée l'informant que les bureaux étaient ouverts du lundi au vendredi, il se connecta à la base de données des opérateurs de téléphonie mobile, releva six numéros enregistrés au nom de la société et composa le premier d'entre eux.

— Attends une minute, dit Amy. Ce genre de recherche, c'est un peu comme casser des noix. Mieux vaut garder les plus résistantes pour la fin. Essaye d'abord de contacter le standard des autres sociétés.

Max effectua la première découverte importante. Il laissa ses coéquipiers achever leur appel en cours avant de se pencher sur ses notes.

— Matthews & Son, dit-il. J'ai dû m'y reprendre à six reprises avant que la standardiste ne comprenne les raisons de mon appel, et elle a fini par me passer le vieux qui dirige la boîte. Il a l'air un peu aux fraises, mais il travaille dans le secteur depuis plus de quarante ans, et il sait de quoi il parle. Selon lui, les tenues sont produites par divers fabricants, puis les logos de sponsoring sont imprimés sur les maillots par des entreprises comme la sienne. À sa connaissance, un seul fournisseur propose une tenue orange et marron : SoccaAce, une société taïwanaise. Il ne fait jamais appel à eux, parce que leurs articles sont de très mauvaise qualité, mais Oberon Sports et Kitmeister UK font partie de leurs clients. On dirait qu'il a une dent contre Kitmeister. C'est la plus grosse boîte de distribution, mais ils refilent de la camelote, et le service après-vente est exécrable.

— Bien joué, Max ! s'exclama Amy, tout sourire.

— J'ai pas mérité un petit bisou ? demanda le garçon sur un ton espiègle.

Amy éclata de rire puis déposa un baiser sur sa joue. La mine sombre, Ryan détourna le regard.

45. Duster et Bouncer

Rassemblés autour d'une petite table, dans un bureau inoccupé du bâtiment principal, Ning et Carlos planchaient sur l'épreuve écrite. La porte avait été laissée ouverte afin que l'assistante de Zara puisse veiller au bon déroulement du test.

Forte de son expérience au sein du système scolaire chinois, Ning était rompue à ce type d'examen. Elle avait survolé l'ensemble du sujet avant de se mettre au travail. Comprenant aussitôt que quatre-vingt-dix minutes ne suffiraient pas à boucler tous les exercices, elle marqua d'une croix les questions rapportant le plus grand nombre de points.

Carlos semblait plus détendu. Il joua avec les nerfs de sa camarade en froissant des feuilles de brouillon et en tambourinant sur la table du bout de son crayon. Après vingt minutes, Ning commença à regretter de ne pas l'avoir laissé KO sur le tatami.

Lorsque Carlos glissa un doigt dans sa bouche et

imita le son produit par un bouchon de champagne, elle perdit son calme.

— Est-ce que tu pourrais arrêter de faire du bruit ? chuchota-t-elle.

L'assistante de Zara quitta son fauteuil et se planta dans l'encadrement de la porte.

— Si j'entends encore un mot, jeune fille, dit-elle, l'index dressé en signe d'avertissement, je serai obligée de t'exclure de l'épreuve.

Pour couronner le tout, la mine du crayon de Ning ne cessait de se briser, si bien qu'elle dut s'interrompre un nombre incalculable de fois pour le tailler. Cependant, lorsque Zara ramassa les copies, elle éprouvait le sentiment de ne pas s'en être trop mal tirée.

La directrice déposa sur la table une cage recouverte d'un large torchon de cuisine. Lorsqu'elle l'ôta, Ning découvrit deux petits lapins blancs.

— Je vous présente Duster et Bouncer, annonça Zara. Ne sont-ils pas à croquer ?

Ning se baissa pour les observer.

— Je peux leur donner à manger ? demanda Carlos.

Zara lui tendit une carotte qu'il glissa entre les barreaux.

— Maintenant, dit-elle, chacun de vous va tuer un lapin. Pour cela, vous ne disposerez que du crayon que vous avez utilisé lors de l'examen. Je vous conseille de viser la gorge. Ensuite, nous irons déjeuner.

Carlos bondit en arrière, comme s'il venait de recevoir une décharge électrique.

— Pourquoi ? s'étrangla-t-il, épouvanté.

— Tu manges de la viande, n'est-ce pas ?

— Oui.

— Mais pas d'animaux vivants, que je sache ? Avant d'atterrir dans ton assiette, ils doivent être abattus. C'est comme ça, je n'y peux rien.

— Je... je déteste la vue du sang.

Zara se tourna vers Ning.

— Et toi ?

Ning ouvrit la trappe de la cage et prit l'un des lapins dans ses bras. L'animal tenta de lui échapper, mais elle parvint à l'apaiser par de lentes caresses de la tête jusqu'à la queue.

— Tout doux, tout doux... murmura-t-elle.

D'un coup fulgurant du tranchant de la main, elle assomma sa victime.

Carlos poussa un cri perçant et recula vers un angle de la pièce. Ning tint le lapin par les pattes au-dessus de la corbeille à papier, coinça sa tête entre ses cuisses, s'empara de son crayon puis le planta sans hésitation dans son cou de façon à sectionner l'artère principale. Un flot de sang se déversa dans la poubelle. Enfin, bien décidée à se venger de Carlos qui lui avait tapé sur les nerfs toute la matinée, elle se tourna dans sa direction afin qu'il ne manque rien de cet horrible spectacle.

Le visage du garçon vira au vert. Zara plaça un plateau en plastique sur le bureau afin d'y déposer l'animal.

— Tu avais déjà fait ça, dit-elle, impressionnée.

Ning hocha la tête.

— À l'orphelinat, ils élevaient des lapins. On nous permettait de jouer avec, mais tôt ou tard, il fallait bien qu'ils finissent à la casserole. Si vous me procurez un petit couteau, je vous montrerai comment le vider. Je sais aussi traiter les peaux, si ça vous intéresse. Quand j'étais petite, je m'étais fabriqué un bonnet en fourrure, pour affronter l'hiver.

— Et ça ne te dérange pas plus que ça, de tuer des animaux ? demanda Zara.

— Je pense qu'ils méritent d'être bien traités tant qu'ils sont en vie, mais que les humains passent avant tout. En Chine, des millions de paysans souffrent de la faim.

Zara hocha la tête puis s'adressa à Carlos.

— Tu es sûr que tu ne veux pas tenter ta chance, maintenant qu'elle t'a montré comment s'y prendre ?

— Pas question. C'est la chose la plus horrible que j'aie jamais vue.

— Eh bien, mon petit Duster, dit-elle en replaçant le torchon sur la cage, je crois que tu as obtenu un sursis jusqu'au prochain test de recrutement. À présent, allons déjeuner.

Ning se tourna vers Carlos.

— Je me damnerais pour une assiette de lapin à la moutarde, dit-elle sur un ton railleur. Je ne connais rien de meilleur.

...

Alfie saisit la feuille jaillie de l'imprimante laser.

— Voici l'e-mail que m'a transmis la secrétaire d'Oberon Sports, expliqua-t-il en la remettant à Amy. Ils ont fourni cinq équipes en tenues orange et marron depuis 2006. Trois de football et deux de rugby. Nous avons les adresses.

— Excellent, lança Amy en cliquant sur l'onglet Google Maps de son ordinateur. Dicte-moi les codes postaux et voyons quels clubs sont situés à moins d'une heure de l'endroit où Ning a échappé à Leo.

Les deux premiers étaient respectivement basés dans le Devon et dans les Cornouailles. Le troisième était une association de Milton Keynes. Amy sélectionna la fonction *itinéraire* et constata que l'agglomération se trouvait à deux cent cinquante kilomètres de Wigan.

— Je crois que nous pouvons éliminer Oberon, dit-elle. Ryan, où en es-tu avec Kitmeister ?

— J'ai eu le directeur au téléphone, mais il passe le week-end dans son cottage du Yorkshire. De toute façon, il ne peut même pas entrer dans son bureau avant lundi, parce que seul le concierge connaît le code permettant de désactiver l'alarme. Pour couronner le tout, il tient absolument à s'entretenir avec ses clients avant de nous livrer la moindre information.

Amy lâcha un soupir agacé.

— Pourquoi se sent-il obligé de nous mettre des bâtons dans les roues, celui-là ?

Ryan leva les yeux au ciel.

— Il m'a tenu tout un discours sur le harcèlement fiscal qui étrangle les petites entreprises comme la sienne. Lorsqu'il m'a raccroché au nez, j'ai consulté le dossier de Kitmeister sur la base de données du ministère des Finances. Apparemment, ils font l'objet d'une procédure pour non-paiement des taxes.

— On va avoir du mal à lui tirer les vers du nez, soupira Amy.

— Si je peux me permettre de donner mon opinion, dit Max, on devrait se présenter chez lui et lui clouer les noisettes à la porte d'entrée.

— Et s'il refuse de coopérer, ajouta Alfie d'une voix évoquant un gangster de film hollywoodien, nous les lui clouerons sur deux portes différentes, car c'est comme ça que nous réglons les problèmes, dans la famille.

Amy éclata de rire.

— Je doute que votre stratégie soit approuvée par Zara et le comité d'éthique, gloussa-t-elle.

— Blague à part, intervint Ryan, le siège de Kitmeister se trouve à quarante minutes de route du campus. Nous pourrions pénétrer dans les locaux pour procéder à une discrète perquisition, qu'est-ce que tu en penses ?

— Je travaille pour l'ULFT, pas pour CHERUB, ce qui signifie que l'opération devra être supervisée par un contrôleur de mission. Mais compte tenu de la mauvaise volonté de notre interlocuteur, je crois que nous n'avons pas d'autre solution.

∴

Le centre de natation de CHERUB abritait quatre installations : une piscine olympique de cinquante mètres, une seconde, deux fois plus petite, réservée à l'entraînement, une fosse de plongée et un bassin de détente. En son point le plus profond, ce dernier ne dépassait pas deux mètres cinquante. Il était agrémenté de trois toboggans, d'une structure colorée en forme de château, de plusieurs îlots où se dressaient des palmiers en plastique et d'un générateur de vagues artificielles.

Conformément aux dispositions du test, les jumeaux Callum et Connor Reilly, deux agents âgés de dix-sept ans, avaient poussé ce dispositif à plein régime, simulant des creux d'un demi-mètre de hauteur, et dispersé plus d'une centaine de balles dans le bassin et ses alentours.

— Voici les règles, annonça Zara, encadrée par ses deux assistants en tenue de bain. Sur cette île, vous remarquerez deux tonneaux en plastique. Ning, tu placeras tes balles dans le rouge, et Carlos dans le bleu. Les balles vertes vous rapporteront un point, les jaunes trois, les bleues cinq et les rouges dix. Vous pouvez les lancer, mais vous n'êtes pas autorisés à en tenir plus d'une en main. Attention, tout contact physique est interdit. Vous avez la possibilité de vous accrocher au bord, et de quitter le bassin pour grimper sur les toboggans, mais si vous en profitez pour contourner la piscine, vous recevrez cinquante points de pénalité. Vous avez vingt minutes. Est-ce clair ?

— Combien rapportent les balles selon leur couleur, déjà ? demanda Carlos.

Tandis que Zara expliquait de nouveau le barème de comptage, Ning étudia le bassin. La plupart des balles vertes, de faible valeur, étaient regroupées en eaux peu profondes, à proximité des tonneaux. Les autres se trouvaient dans des endroits plus difficiles d'accès. Les rouges, en particulier, étaient disposées loin de la cible, en haut des toboggans et dans les parties les plus élevées du château.

— Top, c'est parti ! cria Zara.

Carlos plongea dans le bassin et nagea en direction de l'îlot. Ning s'y laissa tomber puis se contenta de marcher, de l'eau jusqu'à la taille, avant de se hisser sur le château. Elle lança trois balles rouges dans son tonneau, mais la troisième rebondit sur le rebord. Son adversaire l'attrapa au vol et inscrivit dix points providentiels.

Alors qu'elle s'apprêtait à descendre de la structure, une vague la frappa latéralement et manqua de lui faire perdre l'équilibre. Elle se saisit d'une balle bleue et se déplaça vers l'îlot. Alors, elle constata avec horreur que son adversaire accumulait rapidement les points en ramassant les balles qui, poussées par la houle artificielle, s'accumulaient contre les parois du bassin.

Elle marqua cinq points, puis se joignit à Carlos dans une pêche frénétique. Callum sauta sur la plate-forme et commença à jeter les balles qui se trouvaient dans les tonneaux vers la pataugeoire voisine.

— Ning, trente-huit, Carlos cinquante et un, annonça Connor qui tenait le score, stylo et carnet à la main.

Tandis que Carlos récupérait les dernières balles faciles encore en jeu, Ning nagea vers la dizaine de balles bleues disposées sur une île plus vaste, au centre de la piscine.

Ning était puissante et endurante, mais sa technique laissait à désirer. Elle éprouvait les pires difficultés à progresser face aux vagues artificielles.

— Nouvelles balles ! s'exclama Zara en lâchant une dizaine de balles rouges dans le grand bain, à l'autre extrémité de la piscine.

Ning n'avait pas envisagé une telle éventualité. Tandis qu'elle hésitait entre l'îlot et les nouveaux objectifs, elle aperçut la silhouette de Carlos qui, glissant entre deux eaux, l'avait déjà dépassée.

Si le garçon était à ses yeux une mauviette sur la terre ferme, il la surclassait en milieu aquatique. Il parcourut quinze mètres sans regagner la surface puis émergea à l'autre bout du bassin. Le temps qu'elle se décide enfin à lui disputer les balles rouges, il en avait déjà lancé une dizaine en direction des tonneaux avant de crawler vers son point de départ et d'aggraver considérablement la marque.

Chahutée par les vagues, Ning se traîna péniblement jusqu'à l'ultime balle rouge. À nouveau, elle manqua son lancer, offrant dix points faciles à son adversaire.

— Il vous reste seize minutes, cria Zara.

— Ning quarante et un, Carlos cent quatre-vingt-sept, ajouta Connor.

À bout de souffle, Ning boxa rageusement la surface de l'eau avant de s'élancer vers l'îlot parsemé de balles bleues.

46. Une vieille coutume

Pour obtenir l'autorisation d'intervenir au siège de Kitmeister, Amy dut rédiger un rapport circonstancié, requérir l'approbation du contrôleur de mission en chef Ewart Asker et la signature de Zara, puis adresser de toute urgence un e-mail récapitulant tous les détails de l'opération aux membres du comité d'éthique de CHERUB.

— Alors ? demanda Ryan lorsqu'elle sortit du bureau d'Ewart.

— C'est réglé, répondit-elle. Finalement, on va faire passer ça pour un acte de vandalisme, comme ça, tu pourras te défouler sur le mobilier.

— Ça, c'est mon rayon, sourit Alfie en se frappant la poitrine. La démolition, c'est ma passion.

La porte étant restée ouverte, cette plaisanterie parvint aux oreilles du contrôleur de mission.

— N'en rajoutez pas, les garçons. Il ne faut pas que ce cambriolage soit médiatisé, ni que la police lance une enquête à grande échelle.

— À vos ordres, chef ! dit Max en passant la tête à l'intérieur du bureau, une main plaquée sur son front dans une parodie de salut militaire.

— Bonne chance à tous. Maintenant, fermez-moi cette porte et foutez le camp en vitesse.

Amy poussa ses jeunes coéquipiers surexcités vers la sortie du centre de contrôle.

— OK, les garçons. Pour commencer, vous allez vous changer. Comme il est possible que nous ayons besoin de communiquer à distance, prenez votre équipement radio, ainsi que votre matériel d'ouverture de porte. Moi, il faut que j'aille chercher un véhicule. On se retrouve au réfectoire dans vingt-cinq minutes. On se mettra en route à quatorze heures. Ça nous laissera le temps de grignoter quelque chose.

...

Consciente qu'elle n'avait aucune chance de rivaliser à la nage avec son adversaire, Ning changea de stratégie. Elle resta à proximité des tonneaux et s'efforça d'intercepter les projectiles lancés par Carlos, ne s'en écartant que lorsque Zara lâchait de nouvelles balles en eaux peu profondes. Elle enregistra quelques progrès, mais lorsque les vingt minutes furent écoulées, elle accusait un retard de plus de cent points.

— Bien joué, mon petit, s'exclama Zara en passant affectueusement une main dans les cheveux trempés de Carlos. Un vrai têtard.

À ce spectacle, Ning ressentit une profonde jalousie. Le moral en berne, elle se sécha à l'aide d'une serviette éponge, ôta son maillot de bain puis enfila son pantalon et son T-shirt taché de sang et de vomissures. Pour ne rien arranger, Carlos semblait avoir gagné la sympathie de Callum et de Connor. Ils se rhabillaient en échangeant des blagues, à l'autre bout du bassin.

Ning avait donné le meilleur d'elle-même. Si elle avait sans nul doute réussi l'examen écrit et le test du lapin, elle jugeait le reste de sa prestation indigne d'un futur agent de CHERUB.

Le processus de sélection s'acheva par l'épreuve de franchissement du parcours d'obstacles. La veille, au premier coup d'œil, elle avait détesté cet entrelacs grinçant de mâts et de planches. Sous une pluie battante, elle se tenait au pied d'une échelle de cordes d'une trentaine de mètres.

Callum et Carlos s'y étaient déjà engagés. Zara avait regagné son bureau. Connor, lui, avait été désigné pour accompagner Ning.

— Je me tuerai si je tombe ? demanda-t-elle.

— Bien sûr que non. Mais les branches lacéreront ta peau, et les filets de sécurité sont tendus à bloc. Il y a déjà eu des accidents. Un jour, un garçon s'est cassé la jambe parce que son pied s'est coincé dans une maille.

Ning esquissa un sourire anxieux.

— Mieux vaut ne pas perdre l'équilibre, si je comprends bien.

— Je te le conseille. Allez, grimpe, et surtout, évite de regarder vers le bas.

Tandis que Ning gravissait l'échelle, Connor demeura quelques mètres derrière elle. Tout en haut, sous les encouragements de Callum, Carlos se hissait lentement à un mât.

Compte tenu de sa puissance musculaire, elle n'eut aucune difficulté à gravir l'obstacle. Elle rejoignit Callum sur une petite plate-forme perchée à quarante mètres de hauteur. Blanc comme un linge, Carlos était figé devant deux planches de bois qui enjambaient le vide. Des arbres encadraient le parcours, mais leurs branches avaient été taillées afin que les futurs agents puissent mesurer pleinement la distance qui les séparait du sol.

— Je ne peux pas, dit-il.

— Concentre-toi, conseilla Callum. Il n'y a qu'un mètre à franchir. C'est à peine plus long qu'un pas.

Le visage de Carlos avait viré au vert, et Ning redoutait qu'il ne rende à nouveau tripes et boyaux. Il franchit l'obstacle en deux foulées nerveuses puis, parvenu sur la plate-forme suivante, oscilla dangereusement avant de recouvrer l'équilibre.

Ning, qui avait pratiqué la gymnastique pendant des années, était moins effrayée qu'elle ne l'avait redouté. Elle foula tranquillement les planches sensiblement plus larges que la poutre sur laquelle elle avait maintes fois évolué.

Elle franchit ainsi une longue série d'obstacles dont la difficulté s'accentuait progressivement. Elle s'immobilisa devant deux poutres de cinq centimètres de large et d'un mètre cinquante de longueur inclinées vers le bas à quarante degrés.

S'y traînant sur le ventre, Carlos glissa à mi-parcours, si bien que Callum dut intervenir pour le remettre d'aplomb. Ning passa la dernière, après les deux assistants, et reproduisit fidèlement leurs mouvements, se balançant d'un pied sur l'autre à quatre reprises.

— C'était parfait, sourit Connor lorsqu'elle le retrouva sur la plate-forme finale.

Il existait deux moyens de rejoindre le sol : un saut depuis ce point élevé du parcours suivi d'une réception sur un épais matelas et une tyrolienne fortement inclinée dont la trajectoire s'achevait dans une pièce d'eau boueuse.

— Par ici, dit Connor en désignant la poulie mobile équipée de deux poignées. L'idée, c'est de lâcher prise pile au bon moment. Trop tôt, et c'est la chute d'une hauteur élevée avec forte possibilité de fracture. Trop tard, et c'est la baignade assurée. Nous prenons grand soin de cette mare : nous y déversons du crottin de cheval, du purin, des fruits pourris et des carcasses de poulets. Si vous y plongez, vous aurez beau vous doucher, l'odeur vous collera à la peau pendant au moins cinq jours. Et je parle par expérience.

Sur ces mots, Callum saisit les poignées et se lança dans le vide. Il prit rapidement de la vitesse, atterrit à cinq mètres de la fosse puis effectua un roulé-boulé de façon à amortir le choc.

— Surtout, n'essayez pas de rester debout, vous risqueriez de vous briser les jambes. Laissez vous tomber en avant pour amortir le choc, comme mon frère.

Ning n'aurait pas été mécontente de voir Carlos terminer sa course dans la boue putride, mais Callum le rattrapa par les épaules avant qu'il n'y plonge tête la première.

Connor dispensa à Ning ses ultimes conseils.

— Serre les poignées et laisse-toi tomber doucement de la plate-forme, dit Connor. Inutile de prendre de l'élan. Lâche prise lorsque tes pieds se trouveront à un mètre cinquante du sol.

Ning ne s'attendait pas à ressentir une sensation aussi vertigineuse. Le sol se rapprochait à vitesse grand V. Elle envisagea de lâcher prise puis, estimant sa position trop élevée, se ravisa. Hélas, compte tenu de l'importante inclinaison du câble, elle se trouva bientôt à proximité de la mare.

Elle leva les genoux, mais cette manœuvre désespérée ne lui accorda qu'un infime sursis. Une seconde plus tard, elle plongea à plat ventre dans les eaux brunâtres. La pièce d'eau n'avait pas plus d'un mètre de profondeur mais elle était tapissée d'une épaisse couche de fange visqueuse d'où la jeune fille eut les pires difficultés à extraire ses avant-bras. Elle sortit la tête, puis tenta vainement de chasser la boue qui l'aveuglait.

Elle avait pris soin de garder les lèvres serrées, mais un goût épouvantable emplit sa bouche. L'odeur qui assaillait ses narines était indescriptible. Avant qu'elle n'ait pu se relever, elle sentit un objet toucher son ventre.

— Attrape la perche, lança Connor.

Ning la saisit à l'aveuglette. Ses bottes émirent un étrange son de ventouse, puis elle sentit qu'on la hissait sur la berge. Aussitôt, un jet d'eau fraîche inonda son visage.

— Garde la bouche fermée et évite d'avaler ta salive, l'avertit Callum.

Dès qu'elle eut dégagé ses conduits auditifs, des hurlements de rire parvinrent à ses oreilles.

— Je n'ai jamais rien vu d'aussi drôle ! haleta Carlos. Tu réalises que tu viens de prendre un bain de bouse de vache ? Oh, mon Dieu, je crois que ma vessie va lâcher !

Lorsqu'elle put enfin ouvrir les yeux, Ning constata que Connor et Callum affichaient un sourire discret.

— Tiens, prends le tuyau d'arrosage, dit ce dernier.

— Salut, c'est moi, la Chinoise de Liverpool, poursuivit Carlos en singeant l'accent de sa rivale. Je suis couverte de fiente, c'est une vieille coutume de mon pays.

Ning se raidit, lâcha le tuyau et se rua vers le garçon.

— Espèce de sale petit merdeux ! rugit-elle. Si tu ne la boucles pas immédiatement, je te fais sauter les dents une par une et je...

Carlos se réfugia derrière Callum.

— Ning, je t'ordonne de te calmer, gronda Connor.

Elle essaya d'empoigner son adversaire, mais Callum la repoussa brutalement.

— Si vous vous battez, vous serez tous les deux éliminés, dit-il.

Ivre de rage, Ning fusilla Carlos du regard, fit trois pas en arrière puis ramassa le tuyau d'arrosage. Callum et Carlos prirent la direction du bâtiment principal.

— L'incident est clos, lâcha Connor. Finis de te nettoyer. Ensuite, tu retourneras dans ta chambre et tu prendras une bonne douche. Nous avons un gel spécial qui neutralise les odeurs. Je tâcherai de t'en procurer un flacon.

— Merci, répondit Ning en se pliant en deux pour se rincer les cheveux.

— Pense à ne pas trop déglutir avant de t'être lavé les dents.

— Zara t'a déjà donné un avis me concernant ?

— Non. Et si c'était le cas, je ne serais pas autorisé à t'en faire part. Zara ne prendra sa décision que lorsque ta copie d'examen aura été corrigée et lorsque le docteur Kessler lui aura transmis le résultat des tests. Tu devras encore patienter quelques heures.

47. À la médiévale

Retardée par les embouteillages du samedi après-midi, l'équipe ne rejoignit la zone d'activité commerciale qu'aux alentours de quinze heures à bord d'une Mercedes Classe E noire. Le complexe était constitué d'une vingtaine de bâtiments préfabriqués. Kitmeister UK occupait l'un des plus imposants. La plupart des sociétés avaient fermé leurs portes pour le week-end, mais plusieurs véhicules étaient stationnés sur le parking de l'entrepôt voisin, qui abritait une société spécialisée en bois de construction et en portes prêtes à monter.

— Ça grouille de bricoleurs, grogna Amy en s'immobilisant au bord de la voie d'accès menant aux locaux de Kitmeister.

Max scruta attentivement la façade du bâtiment à l'aide d'une paire de jumelles.

— Il y a des caméras de sécurité à l'entrée et au-dessus des portes de service, dit-il. Des modèles anciens. Le boîtier extérieur de l'alarme porte l'inscription *Titanium Security*.

Assis à ses côtés, Alfie pianota sur le clavier de son ordinateur portable connecté à une base de données rassemblant une foule d'informations concernant les dispositifs anticambriolage, ainsi que les codes de désactivation réservés aux forces de police et aux employés de maintenance.

Dès qu'il lui eut communiqué les détails, Amy composa le numéro de téléphone du poste de police le plus proche et s'exprima avec une extrême politesse.

— Bonjour, je suis Eileen Smith, de Titanium Security… Notre logiciel de diagnostic vient de détecter un dysfonctionnement sur l'alarme de la société Kitmeister UK, bâtiment numéro seize, allée Est de la zone d'activité commerciale. L'un de nos techniciens se rendra sur les lieux dès que possible, et vous serez sans doute alertés automatiquement de la désactivation du système… Oui, bien sûr. Le mot de passe est DGCD 24425… Oh, dans le pire des cas, je pense que l'intervention ne prendra pas plus de deux heures. Je vous contacterai dès que le problème sera réglé… Mais je vous en prie. Bon après-midi, monsieur.

Amy posa son mobile dans le vide-poches de l'accoudoir puis actionna le levier commandant l'ouverture du coffre.

— Test radio, dit-elle en ajustant son oreillette. Vous me recevez ?

— Max, fort et clair.

— Ryan, fort et clair.

— Alfie, fort et clair.

— Tout est OK, dit Amy. Je ne peux pas rester garée ici sans éveiller les soupçons. Je vous attendrai près de l'aire de jeux devant laquelle nous sommes passés il y a une minute, sur la route principale ? Vous vous souvenez ?

— Parfaitement, répondit Ryan avant de descendre de la Mercedes. On se retrouve là-bas.

Les trois garçons récupérèrent leurs sacs à dos dans le coffre, ainsi qu'un énorme marteau et une échelle télescopique. Tandis qu'Amy quittait les lieux à bord du véhicule, ils coiffèrent des casquettes de base-ball, rabattirent la capuche de leur sweat-shirt puis progressèrent vers le bâtiment.

Max sortit de son sac une bombe de peinture noire. Alfie déplia l'échelle puis la plaça contre le mur, à proximité du boîtier d'alarme, situé à deux mètres de hauteur. Si la manœuvre d'Amy les assurait que la police n'interviendrait pas, le son produit par le dispositif ne manquerait pas d'attirer l'attention des personnes présentes aux abords de l'entrepôt.

Ryan gravit les échelons et brisa le caisson de plastique à l'aide du marteau, révélant le pavillon d'une sirène équipée d'une batterie de secours. Le dispositif émit un bref crachotement avant de rendre l'âme sous les coups de masse.

— Ça, c'est réglé, annonça Ryan.

D'une pression sur le bouton de la bombe de peinture, Max obscurcit l'objectif de la caméra braquée dans leur direction puis examina la porte latérale. Il aurait facilement pu crocheter la serrure et neutraliser le lecteur de carte magnétique, mais il était censé faire partie d'une bande de casseurs, et devait agir comme tel par souci de crédibilité. Il brandit un pied-de-biche, en glissa l'extrémité la plus fine entre le cadre et le panneau, juste sous le verrou, et imprima vainement une série de poussées.

— Laisse-moi faire, lança Alfie. Tu n'as rien dans les bras.

Il dut peser de tout son poids pour faire sauter le verrou, puis ouvrit la porte d'un solide coup d'épaule.

— Et maintenant? demanda Max en découvrant un petit hall d'accueil.

— Alfie, tu restes ici pour monter la garde, dit Ryan. Max et moi, on se sépare et on procède à la fouille. Nous cherchons un ordinateur permettant d'accéder à la facturation de Kitmeister. Commençons par localiser le bureau de la direction et le service comptabilité.

Au moment précis où il s'engageait dans un étroit couloir, la voix d'Amy résonna dans son oreillette.

— Ryan, vous êtes déjà à l'intérieur?

Il posa un doigt sur le dispositif pour en activer le micro intégré.

— Affirmatif.

— Le stationnement est interdit dans tout le secteur. Contactez-moi lorsque vous serez prêts à partir.

Je viendrai vous chercher au pied du remblai gazonné, à l'entrée de la zone commerciale.

— C'est compris.

Ryan atteignit une vaste pièce disposant de trois postes de travail séparés par des cloisons mobiles. Constatant qu'aucun ordinateur n'était placé en mode veille, il franchit la porte menant au bureau du directeur, s'assit dans le fauteuil de cuir et enfonça le bouton *on/off* du PC.

— De mon côté, tout est OK, annonça Alfie sur le canal radio.

— Pas de communications inutiles, répliqua Max. N'utilise la fréquence que si tu rencontres un problème.

Ryan tambourina sur la table du bout de ses doigts gantés. Une fenêtre de mot de passe apparut à l'écran. Il connecta une clé USB dans l'un des ports du clavier, réinitialisa l'unité centrale puis enfonça les touches CTRL et F10 de façon à ouvrir le panneau de configuration. Il effectua quelques modifications afin que le système ignore le disque dur au redémarrage.

— Maintenant, tu es en mon pouvoir, sourit-il en se frottant les mains.

La clé contenait une version allégée de Windows qui reproduisait la configuration de l'ordinateur hôte tout en offrant un contrôle total des unités de stockage. Ryan relança le système d'exploitation, chercha le disque C, ouvrit le programme Sage Comptabilité et sélectionna le module facturation.

Les factures étaient classées par date, de la plus récente à la plus ancienne. Il étudia un document et réalisa que l'article était désigné par le code *Kit 43566 taille L QTY3*. Il était impossible de savoir de quoi il s'agissait.

Ryan saisit un catalogue posé sur le bureau et en feuilleta les pages proposant maillots, shorts, ballons et protège-tibias. Enfin, il trouva la double page consacrée aux chaussettes. Les produits fabriqués par SoccaAce existaient en cinq variétés : uni, bicolore, tricolore, rayures verticales et rayures horizontales. Le code correspondant au modèle orange et marron à rayures horizontales était CAOM suivi d'une lettre indiquant la taille.

Ryan lança la fonction *rechercher* du programme et pianota CAOM***, de façon à sélectionner toutes les factures comprenant cette référence, quelle que soit la taille commandée.

14 résultats

Il ouvrit le premier document, lança l'impression puis porta la main à son oreillette.

— Je crois que j'ai trouvé, annonça-t-il.

— Excellent, répondit Amy. N'oublie pas de saccager les lieux avant de t'en aller.

— Moi aussi, j'ai quelque chose, dit Max. Ryan, rejoins-moi dès que possible à l'arrière de l'entrepôt.

L'imprimante émit un signal sonore, puis un voyant indiquant qu'elle était à court de papier clignota sur le panneau de commande. L'appareil du bureau collectif voisin étant du même modèle, il se contenta d'échanger les chariots avant de relancer le processus. Lorsqu'il eut rassemblé les quatorze factures, il récupéra la clé USB et regagna la salle d'accueil. Il adressa un clin d'œil à Alfie qui montait la garde devant la porte, puis pénétra dans la partie du bâtiment réservée au stockage et à la personnalisation des accessoires de sport.

La voix de Max résonna dans le vaste espace garni de rayonnages.

— Eh bien, tu en as mis du temps. Tiens, regarde un peu ça.

Ryan s'engagea dans une travée et rejoignit son coéquipier dans une zone dégagée où était disposé l'équipement permettant de fabriquer les transferts et de les appliquer sur les maillots.

Max désigna les boîtes de classement alignées sur une étagère.

— C'est là qu'ils rangent les modèles, expliqua-t-il. J'ai jeté un œil aux projets en cours. Apparemment, chacun d'eux est désigné par une référence. Si elle figure sur les factures, on devrait pouvoir identifier le logo que Ning a décrit.

Ryan disposa les quatorze feuilles sur l'établi placé devant la presse à chaud utilisée pour la pose des transferts.

Il élimina les six commandes qui ne faisaient pas état de l'impression d'un logo, puis quatre autres, dont l'adresse de livraison était située à des centaines de kilomètres de l'endroit où Ning avait échappé à Leo.

Restaient deux commandes correspondant à la tenue recherchée.

— Code 1207-381, dit-il.

— Eh, les garçons, qu'est-ce que vous fabriquez ? demanda Amy par liaison radio. Si vous avez les factures, comment se fait-il que je sois encore en train de poireauter ?

— Laisse-nous quelques minutes, répondit Ryan. On tient quelque chose, mais on doit faire vite, et je n'ai pas le temps de t'expliquer.

Les boîtes étaient classées par date. Max localisa le modèle et découvrit le logo d'un fabriquant de stylos.

— Quel est l'autre numéro ? demanda-t-il.

— 0809-017.

Une voix masculine se fit entendre.

— Herberts ? Tu es là ?

Un homme au physique athlétique et aux cheveux ras apparut dans l'encadrement de la porte menant à la salle d'accueil. Il portait un T-shirt floqué du logo du magasin de bois voisin. Saisi de panique, Ryan se demandait ce qui avait bien pu arriver à Alfie.

— On… on effectue un stage en milieu professionnel, bredouilla-t-il.

— Vous me prenez pour un con ? Je suis sorti fumer une cigarette quand j'ai remarqué que la porte avait été forcée. Restez où vous êtes. Les flics sont en route.

Alerté par des sons de pas précipités dans son dos, l'homme fit volte-face. Alfie lui porta un *mawashi geri* à la tempe. Projeté contre un rayonnage, il parvint tant bien que mal à rester debout, puis il adopta une posture de combat peu académique. Son adversaire contourna sa garde et le frappa sèchement sous le menton, imprimant à sa tête un violent mouvement vers l'arrière. Il s'effondra sur le sol et se tordit de douleur.

— File-moi ton téléphone ! ordonna Alfie.

L'homme considéra son visage enfantin d'un air incrédule.

— Ne me regarde pas dans les yeux, connard, poursuivit son agresseur. Ton téléphone, magne-toi.

Lorsque l'inconnu se décida à lui remettre l'appareil, Alfie le lui arracha des mains et le jeta au sommet d'un rayonnage. Convaincus qu'il était hors d'état de nuire, les trois agents se précipitèrent vers le salon d'accueil. Ryan effleura son oreillette.

— Amy, on a un témoin sur les bras, chuchota-t-il. Amène la bagnole. Il faut qu'on évacue d'urgence.

La transmission achevée, il se précipita vers Alfie.

— Qu'est-ce que tu as foutu ? demanda-t-il à voix basse. Tu étais censé monter la garde.

— Il fallait absolument que j'aille aux toilettes.

— Tu as quel âge, cinq ans ? Tu ne pouvais pas pisser contre un mur, comme tout le monde ?

— La situation était plus grave que tu ne le penses. Il y avait urgence, et je n'aurais jamais tenu jusqu'au campus.

— Oh, par pitié, épargne-moi les détails.

— Regardez ce que j'ai déniché, lança Max en exhibant le modèle trouvé dans l'atelier.

C'était un personnage en forme de tranche de pain de mie surmonté de l'inscription *Boulangerie industrielle Nantong*.

— Génial, dit Ryan avant d'enfoncer le bouton de son oreillette. Amy, on a remonté la piste de la fabrique. Max a trouvé le logo. Ce bonhomme carré, c'était tout simplement un sandwich.

— Je suis presque arrivée. On se retrouve devant le hangar dans deux minutes.

Max fourra les factures et le pochoir dans son sac.

— Alfie, n'oublie pas l'échelle, dit Ryan.

Avant de quitter le bâtiment, les trois agents saccagèrent méthodiquement le mobilier, renversèrent le matériel informatique, jetèrent au sol tous les objets qui leur tombaient sous la main et arrachèrent les plantes vertes de leur pot. Max emporta la palme de la destruction en lançant une chaise dans la vitrine d'exposition placée derrière le guichet de réception.

Ryan fut le premier à franchir la porte du hangar. De l'autre côté du parking désert, quatre hommes massifs portant des T-shirts ornés du logo du magasin de bois couraient dans sa direction. Trois d'entre eux portaient de solides chaussures de chantier.

— Eh ! cria un employé. Arrête-toi immédiatement !

— Sale petit voleur, gronda l'un de ses collègues.

Ryan fit volte-face et se pencha à l'intérieur du bâtiment.

— On a de la compagnie, dit-il.

Max le rejoignit en toute hâte, suivi de près par Alfie, qui tenait l'échelle d'une main et un yucca de l'autre.

— Vous ne nous rattraperez jamais ! lança Max en adressant des gestes obscènes à leurs poursuivants.

Si Alfie, handicapé par son poids, n'était pas aussi rapide que ses coéquipiers, il se savait capable de distancer les quatre hommes sans effort. Lorsqu'il vit la Mercedes s'engager dans l'allée menant à la zone commerciale, Ryan traversa une haie s'élevant à hauteur de poitrine et déboucha sur la rampe d'accès aux locaux d'un fournisseur de cartouches pour imprimantes. Alors, il réalisa que la chaussée était séparée du reste du complexe par un haut portail grillagé. Ils n'avaient qu'un seul moyen de rejoindre Amy : neutraliser leurs poursuivants afin de traverser le parking de Kitmeister. En se tournant dans leur direction, il constata que deux d'entre eux brandissaient des manches de pioche.

— Où tu vas ? demanda Alfie en traversant la haie à son tour.

— Reviens, ajouta Max. Ils sont vieux et lents. On va s'en débarrasser en moins de deux.

— Restez où vous êtes, posez ce que vous avez dans les mains et attendez sagement l'arrivée de la police ! cria l'un des hommes.

— Cause toujours ! répliqua Max avant de s'élancer en direction du groupe.

Ryan n'était pas convaincu. Valait-il mieux affronter quatre adultes dans la force de l'âge ou passer quelques heures en cellule en attendant l'intervention des autorités de CHERUB ? Quoi qu'il en soit, ses camarades semblaient avoir tranché la question, et il était inconcevable de ne pas leur prêter main-forte.

Tandis que Max se débarrassait d'un adversaire d'un coup de pied sauté, Alfie brandit le yucca comme s'il s'agissait d'une lance et bloqua une attaque portée à l'aide d'un manche de pioche. Ryan, qui se tenait quelques mètres en retrait, affronta un individu au regard fiévreux qui tentait de prendre ses coéquipiers à revers.

— On ne bouge plus, ordonna ce dernier en faisant tournoyer un gourdin improvisé. Si tu n'obéis pas, je te jure que tu recevras une correction que tu n'es pas près d'oublier.

— Essaye un peu, pour voir, répliqua Ryan.

Lorsque son adversaire tenta de mettre sa menace à exécution, Ryan esquiva habilement puis lança un formidable coup de pied arrière circulaire, si bien que le manche de pioche se brisa en deux sur la semelle de sa basket. Il en attrapa l'un des morceaux au vol et s'en servit pour frapper les poignets de l'homme. Tandis que ce dernier titubait, en proie à une douleur indicible, il le neutralisa d'un ultime crochet à l'abdomen.

Brandissant le yucca comme une épée et tenant l'échelle repliée en guise de bouclier, Alfie avait triomphé de l'ennemi dans le plus pur style médiéval. L'inconnu qui avait eu le malheur de s'en prendre à Max rampait lamentablement sur le goudron. Le quatrième homme, épouvanté par la façon dont ses collègues avaient été mis en déroute, avait pris ses jambes à son cou.

La Mercedes s'immobilisa à une dizaine de mètres. Amy lança un coup d'avertisseur.

— Magnez-vous ! cria-t-elle dans son micro. Les flics vont arriver d'une minute à l'autre.

Les agents se glissèrent sur la banquette. Amy enclencha la marche arrière et enfonça la pédale d'accélérateur une seconde avant que Ryan ne claque la portière. Les pneus crissèrent, puis les garçons furent projetés latéralement lorsqu'elle effectua un demi-tour au frein à main.

— Tout ça n'était pas très réglementaire, mais je ne m'étais pas autant amusé depuis des mois, gloussa Alfie.

Amy était loin de partager son enthousiasme.

— J'espère que vous avez pensé à prendre les factures au milieu de tout ce bordel.

— T'inquiète, elles sont dans mon sac, dit Max.

Ryan boucla sa ceinture de sécurité puis considéra avec perplexité l'entrelacs de racines terreuses qui reposait sur ses cuisses. La partie médiane de la plante se trouvait sur celles de Mac, tandis que ses feuilles pointues chatouillaient les narines d'Alfie.

— Qu'est-ce qui t'a pris d'embarquer ce yucca ? s'étonna-t-il.

— Je lui trouverai un pot tout neuf, quand nous serons de retour au campus, expliqua Alfie. Je l'appellerai Doris.

48. Révélations

Immergée dans sa baignoire, Ning avait le cafard. Elle avait forcé sur les muscles de ses épaules lors de l'épreuve de la piscine, et la douleur se faisait plus vive à chaque minute. Elle se savonna à trois reprises du front jusqu'aux orteils à l'aide d'un gel déodorant spécial qui empestait l'alcool et lui brûlait la peau.

Après s'être soigneusement lavé les cheveux, elle se rinça puis enfila un peignoir en éponge. Au sortir de la salle de bain, elle constata qu'on était entré dans sa chambre en son absence. Sur la table basse, elle trouva un plateau garni de sandwiches, d'une bouteille de jus de fruits et d'une grande tasse de thé brûlant accompagnée de lait. On avait emporté ses vêtements sales et posé un uniforme propre sur le lit. Elle se laissa tomber sur le sofa et découvrit une feuille pliée en quatre glissée sous un verre.

Rendez-vous dans mon bureau à 18 heures. D'ici là, ne quitte pas ta chambre, à moins que l'alarme incendie ne

se déclenche. En cas d'urgence, contacte mon assistante
au 75.

Zara Asker

Ning savait que les trois heures à venir seraient les plus longues de son existence. Elle grignota un sandwich sans grand appétit en faisant défiler les chaînes d'information en continu à l'aide de la télécommande. Un célèbre comédien était décédé, un attentat avait été commis au Moyen-Orient, un député britannique soupçonné de corruption avait été contraint de présenter sa démission.

Ning avait pris l'habitude de se tenir informée, au centre de rétention de Kirkcaldy. Les médias n'évoquaient presque jamais les affaires chinoises. Qu'était-il arrivé à son père ? Se trouvait-il en prison ? Avait-il comparu devant un tribunal ? Avait-il déjà été exécuté ?

Elle s'empara d'un stylo et écrivit au dos du message :

Combat — J'ai dominé Carlos, mais je me suis disputée avec Zara.
Épreuve écrite — Correct.
Test du lapin — Excellent.
Piscine — Carlos m'a écrasée.
Parcours d'obstacles — Pas trop mal, à part la fin. J'ai manqué de sang-froid.

Elle espérait que cet exercice lui permettrait d'y voir plus clair quant à ses chances d'être admise au sein de CHERUB, mais elle restait dans le flou le plus complet.

Aux alentours de six heures moins vingt, elle éteignit la télévision, enfila son uniforme et quitta la chambre. En remontant le couloir, elle jeta de brefs coups d'œil aux portes demeurées ouvertes. En ce samedi après-midi, de nombreux agents s'étaient rassemblés pour jouer à la console ou assister à la retransmission de rencontres sportives. Dans l'ascenseur, elle se retrouva en présence de deux filles arborant des tenues de tennis. Constatant qu'elles échangeaient des paroles à voix basse, elle recula dans un angle de la cabine, submergée par un intense sentiment de paranoïa.

Elle se présenta au bureau de la direction avec huit minutes d'avance, mais Zara, sourire aux lèvres, l'invita aussitôt à entrer.

— Tu t'en es très bien sortie, annonça-t-elle. En consultant le topo rédigé par Amy, j'ai tout de suite su que tu remplissais toutes nos exigences sur le plan physique. Cependant, je n'étais pas convaincue de tes capacités à mener des opérations d'infiltration. Ton dossier scolaire fait état de nombreux problèmes disciplinaires. On t'y décrit comme une élève perturbatrice et insubordonnée, un comportement qui explique les nombreuses mesures d'exclusion dont tu as fait l'objet. Je devais en avoir le cœur net. C'est pourquoi, lors du processus de sélection, j'ai tout mis en œuvre pour éprouver ta solidité mentale, estimer ta résistance au stress, jouer avec tes nerfs et te pousser à l'abandon.

— Je m'en suis prise à Carlos, à la fin, fit observer Ning.

Zara lâcha un éclat de rire puis enfonça le bouton de l'intercom.

— Vous pouvez entrer, dit-elle.

Carlos débuola dans le bureau. Il tenait à bout de bras un coussin sur lequel était disposé un T-shirt bleu ciel orné du logo de l'organisation. Ryan, Amy et Connor pénétrèrent à leur tour et se postèrent à ses côtés.

— Bienvenue à CHERUB, annonça Zara. Aujourd'hui, tu as fait du bon, du très bon boulot. J'ai été particulièrement impressionnée par la façon dont tu as réglé le problème du lapin, et par le calme dont tu as fait preuve, dans le dojo, lorsque je t'encourageais à démolir ton camarade.

Ning sourit, mais elle nageait en pleine confusion. Carlos avait-il lui aussi été accepté dans l'organisation ? Ce n'est qu'à ce moment qu'elle réalisa que son rival portait le T-shirt gris réservé aux agents opérationnels.

— Tu... tu n'es pas une recrue, bredouilla-t-elle.

Carlos, Amy et Ryan éclatèrent de rire.

— Carlos est petit pour son âge, mais il a obtenu l'accréditation l'année dernière, expliqua Zara. Aujourd'hui, il a scrupuleusement appliqué mes consignes : il s'est moqué de ton accent, il a célébré bruyamment sa victoire imméritée à l'issue du test de combat, il t'a vomi dans le dos, il a produit toutes sortes de bruits agaçants lors de l'examen écrit. Oh, c'est lui qui a lancé ton crayon du huitième étage, hier soir, afin que la mine se fragmente à l'intérieur.

Ning poussa un cri aigu puis elle enfouit son visage entre ses mains.

— Carlos, dit-elle, tu ne peux même pas imaginer à quel point j'ai eu envie de te massacrer.

— J'ai obtenu la médaille d'argent au dernier tournoi de kick-boxing, expliqua le garçon en lui présentant le coussin. Ça risque d'être plus coton pour toi, la prochaine fois qu'on se retrouvera face à face dans le dojo. Bon, tu le prends, ce T-shirt, ou tu préfères attendre que j'attrape des crampes ?

De nature pudique, Ning l'enfila sur son T-shirt orange.

— Carlos n'était pas mon seul complice, sourit Zara. C'est Ryan qui a eu l'idée de la tyrolienne.

— Pardon ?

— Il existe deux types de poulies, expliqua Connor. Les plus lentes permettent aux nouveaux de se familiariser avec la trajectoire et le timing du saut. Ce sont celles que nous avons utilisées, Carlos, Callum et moi. Tu étais la seule à être équipée d'un modèle rapide. En fait, tu n'avais pratiquement aucune chance. Tu étais condamnée à finir dans la fosse.

— Vous êtes horribles, gloussa Ning. Je n'arrive pas à croire que vous étiez tous de mèche. Ah, je vous déteste !

— La bonne nouvelle, c'est que tu n'as pas attrapé la bactérie E.coli, dit Ryan. Cette mare ne contient que de la terre, de l'argile, des pelures de fruits et quelques produits chimiques inoffensifs, pour l'odeur. Mais n'en parle pas aux T-shirts rouges, on aime bien en jeter un dans la boue, de temps en temps.

— Et pendant qu'on y est, ajouta Carlos, je ne t'ai pas *vraiment* vomi dans le dos. J'ai juste profité de ce que tu avais le dos tourné pour vider un sachet contenant de la purée de pommes de terre mélangée à du lait caillé, du jus de pomme et des morceaux de carotte.

— Bon sang, qu'est-ce que je me sens idiote, sourit Ning, qui sentait des larmes de joie lui monter aux yeux.

— On est samedi soir, dit Ryan en lui caressant doucement le dos. Qu'est-ce que tu dirais d'aller faire la fête avec ma petite bande ?

Gagnée par l'allégresse, Ning sauta au cou de toutes les personnes présentes dans la pièce, puis s'adressa à Zara.

— Merci de m'avoir acceptée, sanglota-t-elle. Je commençais à désespérer de la vie.

— Pourriez-vous me laisser seule quelques minutes en compagnie de Ning ? demanda la directrice.

Ryan fut le dernier à quitter la salle. Il se figea dans l'encadrement de la porte.

— Quand tu en auras terminé, passe me voir dans ma chambre, et je te présenterai mes copines.

Ning hocha la tête.

— Super, mais je ne sais pas combien de temps ça va durer.

— Pas plus de cinq minutes, dit Zara en désignant l'une des chaises réservées aux visiteurs. Assieds-toi, je t'en prie. J'ai deux trois petites choses à t'expliquer. Tout d'abord, la prochaine session d'entraînement commencera dans un peu moins d'un mois. D'ici là, tu rencontreras ton responsable pédagogique, qui dressera ton emploi du temps et t'apprendra tout ce que tu dois savoir sur la vie au campus. En parallèle, tu poursuivras ton débriefing en compagnie d'Amy. Le département des sports établira ton calendrier de remise en forme afin que tu sois au top lorsque le programme débutera. Je t'ai aussi pris rendez-vous chez le dentiste, et je t'ai préparé une petite enveloppe afin que tu puisses acheter des vêtements et quelques objets personnels. Enfin, tu suivras des séances auprès d'un orthophoniste qui t'aidera à te débarrasser de ton accent. Pour le moment, il est trop marqué pour que tu puisses participer à une mission d'infiltration.

— Avec plaisir, dit Ning. Depuis que je suis en Angleterre, j'ai l'impression que tout le monde se paye ma poire chaque fois que j'ouvre la bouche.

— Tu ne dois pas t'inquiéter pour ça. Nous avons déjà aidé plusieurs agents à corriger leur expression anglaise. Tu as des questions ?

— Non, tout est parfaitement clair.

— Bien. Si quelque chose te revient, tu sais où me trouver. Tu vas être très occupée dans les semaines à venir, alors détends-toi et profite bien de ta soirée. Tu verras, c'est toujours la fête, dans les étages, le samedi soir.

49. Tête de chèvre

Ning s'éveilla aux alentours de dix heures du matin, lorsque Amy vint frapper à sa porte.

— Alors, tu t'es bien amusée, hier soir ? demanda cette dernière en observant la robe courte roulée en boule sur le sol.

Ning se frotta les yeux et lui adressa un sourire.

— On n'a pas fait grand-chose, finalement. On a juste traîné, écouté de la musique, tout ça. J'ai rencontré plein de gens sympas. Mais je ne suis pas sûre, pour la robe...

— On te l'a prêtée ?

— Oui. Tout le monde a dit qu'elle m'allait bien, mais ce n'est vraiment pas mon style.

— Tu sais, il n'y a pas de honte à se faire belle de temps en temps, la rassura Amy en ouvrant une mallette en plastique transparent. J'ai travaillé sur les informations que tu m'as communiquées lors de la séance d'hypnose. J'ai ici des documents auxquels j'aimerais que tu jettes un œil.

Ning étudia le cliché qu'elle lui tendait.

— Boulangerie industrielle Nantong, dit-elle. C'est bien le logo que j'ai aperçu sur les maillots de football.

Amy rangea la photo dans la mallette puis en sortit trois copies d'écran tirées de Google Street View.

— Ces bâtiments se trouvent à moins d'une heure de route de l'endroit où tu t'es évadée. Ils sont tous liés à la boulangerie Nantong. Certains lui appartiennent, d'autres sont loués à titre provisoire.

Sur le premier document, Ning découvrit un immeuble moderne coiffé d'une gigantesque enseigne lumineuse.

— Rien à voir, dit-elle.

Le second cliché, pris depuis la route, était un peu flou, mais elle reconnut le vieux bâtiment de brique et les fenêtres condamnées du premier étage.

— C'est la fabrique ! s'exclama-t-elle.

— Tu es formelle ?

— À cent pour cent. On voit même le vieux camion garé dans la cour. Comment avez-vous remonté sa piste ?

— Ryan, Alfie, Max et moi avons mené l'enquête, pendant que tu passais les tests de recrutement.

Le visage de Ning s'assombrit.

— Est-ce que ça veut dire que la police va démanteler l'usine et expulser toutes les employées ? Mon amie Mei a déjà été rapatriée en Chine une fois. Ça ne sert à rien. Elle doit de l'argent à un gang. Ils la forceront à retourner en Angleterre.

— CHERUB et l'ULFT ne montent pas des opérations de grande ampleur pour renvoyer une poignée d'immigrants dans leur pays, expliqua Amy. Notre objectif, en l'occurrence, c'est de démanteler le clan Aramov. En outre, je me suis déjà entretenue avec un responsable de l'ALCO, et ils sont prêts à reprendre l'enquête concernant le trafic d'êtres humain.

— L'ALCO ?

— L'Agence de lutte contre le crime organisé. Ils commenceront par placer la fabrique sous surveillance. Les camionnettes devraient les conduire jusqu'aux maisons-dortoirs. Avec un peu de chance, l'opération permettra l'arrestation de Ben et de Leo. Qui sait s'ils ne parviendront pas à remonter jusqu'à leurs chefs ?

— Combien de temps ça prendra ? demanda Ning.

— Des mois, répondit Amy.

— CHERUB participera-t-il à cette enquête ?

— C'est possible.

— Et pour les salauds qui ont tué ma mère ?

— Leonid Aramov se trouve au sommet de la pyramide. Sa famille est immensément riche et puissante, et personne ne s'y est attaqué en vingt années d'activité. Je ne peux pas te promettre que nous jetterons tous les responsables en prison, mais je te jure que l'ULFT mettra tout en œuvre pour y parvenir.

— Je te crois, sourit Ning. Alors, quand poursuivra-t-on le débriefing ?

— On est dimanche. Passe du temps avec tes nouveaux amis. Nous nous y remettrons demain.

···

Dans la file d'attente du réfectoire, Ning retrouva Ryan, qui se servait un petit déjeuner anglais complet composé de toasts, de haricots à la tomate, de saucisses, d'œufs brouillés, de bacon grillé, de champignons et de galettes de pommes de terre. Elle choisit un bol de céréales et un yaourt nature.

— Comment vas-tu ? demanda-t-il. Tu as bien dormi ?

— Divinement, répondit Ning en se versant un verre de jus de fruits.

Ils s'installèrent à une table placée près de la baie vitrée.

— Tout le monde essaye de me faire peur à propos du programme d'entraînement. Je n'arrive pas à croire que ça puisse être aussi dur.

— On en reparlera dans cent vingt-six jours, gloussa Ryan. Je crois que mes petits frères Leon et Daniel participeront à la même session. Ils sont jumeaux. Ils ont fêté leurs dix ans la semaine dernière.

— Et je dois m'en réjouir ?

— Disons que je préfère être à ma place qu'à la tienne.

— Tu t'entends bien avec eux ? demanda Ning.

— Théo, mon plus jeune frère, est adorable. Il dort dans ma chambre de temps en temps. Je n'ai rien contre les jumeaux, mais ce sont des emmerdeurs de première, comme la plupart des frères.

— Moi, j'ai toujours rêvé d'avoir un frère ou une sœur.

— Je pense que tu n'as pas de raison de t'en faire pour cette histoire de programme d'entraînement, dit Ryan. Tu es largement à la hauteur sur le plan physique. La seule chose qui puisse te faire échouer, c'est une blessure, et ça, on ne peut rien y faire. C'est la faute à pas de chance. Oh! zut, j'ai foutu de l'œuf plein mon sweat-shirt…

Tandis qu'il frottait la tache, Chloé et Grace approchèrent de la table.

— Quel petit cochon! lança cette dernière en lui pinçant légèrement l'oreille. Ning, ça te dirait qu'on aille en ville? Le dimanche, les boutiques du centre ouvrent à midi, et il faut absolument qu'on te trouve des fringues civiles.

Ning n'éprouvait pas d'intérêt pour la mode, mais les rares vêtements qu'elle avait emportés dans sa cavale lui rappelaient des souvenirs douloureux, et elle les aurait volontiers jetés au feu.

— J'aimerais bien, mais il y a cette partie de paint-ball à laquelle j'ai promis de participer.

— Ça ne commencera pas avant la fin d'après-midi, dit Ryan. Tu as largement le temps de faire du shopping.

— D'accord, dit Ning avant de se tourner vers les deux filles. Dans ce cas, ce sera avec plaisir.

— Oooh, j'adore le paint-ball! s'exclama Chloé. C'est à quelle heure?

Ryan secoua la tête.

— Je suis désolé, mais il y a déjà Ning, Max, Alfie et moi. Et comme on doit être en nombre pair...

— Je n'ai qu'à me joindre à vous, intervint Grace. À trois contre trois, ce serait parfait.

— Il faut que vous demandiez à Max. Il inaugure ses flingues tout neufs.

— Tu veux parler de ceux qu'il s'est payés avec ce fric d'origine douteuse ? Ceux qui lui vaudraient les pires ennuis si un membre du personnel en apprenait l'existence ?

— Heureusement pour lui, nous ne sommes pas du genre à recourir au chantage, gloussa Chloé.

— OK, vu sous cet angle, je suis certain que Max se fera un plaisir de vous inviter, répondit Ryan.

Les filles s'assirent à ses côtés.

— Tu viens en ville avec nous ? demanda Ning.

— J'adorerais passer des heures à piétiner dans des boutiques de prêt-à-porter féminin, ironisa-t-il, mais j'ai un paquet de devoirs en retard, et je dois travailler au centre de recyclage.

— Ça t'apprendra à tabasser les vieilles dames, dit Grace.

À cet instant, Ryan sentit le téléphone configuré pour recevoir les appels d'Ethan vibrer dans la poche de son sweat-shirt. Il quitta précipitamment sa chaise, saisit l'appareil et franchit la baie vitrée donnant sur le jardin aménagé dans la cour intérieure.

— Salut, mon vieux, dit-il. Tu es en forme ? Comment va ton bras ?

— Ça me fait toujours un mal de chien, répondit Ethan.

— Où es-tu ?

— Dans un hôtel de Dubaï. Quatorze heures de vol. En première classe, heureusement. Écoute, je n'ai pas la moindre idée du coût de la communication. Tu es sûr que ton père est d'accord ?

— Ne t'en fais pas pour ça. Il a je ne sais combien de téléphones, et il ne pointe jamais ses factures. Qui s'occupe de toi ?

— Le type qui m'a accueilli à l'aéroport. Il travaille pour ma grand-mère.

— Tu as reçu mes derniers problèmes d'échecs sur Facebook ?

— Ouais. Mais je n'arrive pas à croire que tu aies progressé aussi rapidement. Quelqu'un t'a filé un coup de main, pas vrai ?

— J'ai demandé quelques tuyaux à un copain, avoua Ryan, un peu honteux.

— Ça te dirait, une petite partie en ligne ? J'ai Internet sur la télé. Tu peux te connecter ?

Ryan effectua un rapide calcul mental.

— Je te signale qu'il est trois heures du matin en Californie, dit Ryan.

— Oh merde ! s'exclama Ethan. Je suis désolé de t'avoir réveillé. Je suis complètement décalé.

— Quelle heure est-il à Dubaï ?

— Deux heures de l'après-midi. On doit se rendre à l'aéroport de Sharjah demain matin. Là, je monterai à bord d'un des cercueils volants de ma grand-mère, direction le Kirghizstan.

— Tu devrais être heureux de retrouver ta famille.

— Arrête tes conneries, gronda Ethan. Je crève de trouille. Je ne connais que la Californie, les palmiers, les centres commerciaux et la Silicon Valley. J'ai appris à marcher sur la plage, tu comprends ? Maintenant, il faut que j'aille vivre chez des paysans dont la principale distraction consiste à jouer au foot avec une tête de chèvre.

— Je suis sûr que tu dramatises. Mais quoi qu'il arrive, n'égare pas ton téléphone, je veux qu'on reste en contact, OK ?

— Bien sûr que je te donnerai de mes nouvelles. Tu m'as sauvé la vie deux fois. Tu es mon ange gardien, et mon seul ami.

— Il y a peu de chance que je vole à ton secours, quand tu seras au Kirghizstan. Alors fais attention à toi.

— D'accord. Et je n'oublie pas que nous avons une partie d'échecs à disputer.

Ryan glissa le téléphone dans la poche de son sweat-shirt puis se tourna vers le réfectoire, où Ning, Grace et Chloé discutaient avec animation. À cette vue, un large sourire éclaira son visage.

50. Un nouveau monde

À dix-neuf heures trente, Ning et Ryan quittèrent le bâtiment principal et empruntèrent l'allée menant au terrain de paint-ball.

— Tu as passé une bonne journée ? demanda-t-il.

— Excellente. Je me suis offert un super jean. Des baskets, des chaussures, une quantité de T-shirts et de chemises, et un nouveau sac à dos. Et toi ?

— J'ai enchaîné cinq heures de boulot au centre de recyclage. Plus que trois cent trente-neuf.

— C'est bizarre, je ne te vois pas perdre le contrôle de tes nerfs. Tu as l'air tellement... gentil, posé, rationnel. Enfin, tu vois ce que je veux dire.

— Je ne comprends toujours pas ce qui m'est arrivé. Ce n'est peut-être pas la chose la plus stupide que j'aie jamais faite, mais elle figure en bonne place au classement.

— Et ta partie d'échecs ?

— Ethan m'a atomisé, comme d'habitude. Il me fait de la peine, tu sais. Je suis son seul ami, et moi, je le manipule pour obtenir des informations sur le clan Aramov.

— Dis-toi que sa vie serait bien pire sans toi. En tout cas, j'espère que tes efforts porteront leurs fruits. J'ai quelques raisons de souhaiter que Leonid Aramov finisse pendu à un croc de boucher.

Enfin, ils atteignirent le grillage qui ceinturait le terrain de paint-ball. Un panneau rappelait aux utilisateurs que le port du masque était obligatoire au-delà d'une ligne jaune tracée sur le sol, et que les lieux n'étaient accessibles que sur autorisation de la direction. Ils marchèrent jusqu'à la casemate rectangulaire qui faisait office de vestiaire et d'armurerie.

La plupart des installations du campus étaient parfaitement entretenues, mais c'est dans ce minuscule abri que, depuis des années, les agents se changeaient à l'issue des parties de paint-ball. Le moindre centimètre carré de mur était taché de peinture, et une boue brunâtre recouvrait le sol.

— Maintenant, tu comprends pourquoi je t'ai confié ces vieux vêtements dénichés au centre de recyclage.

— Eh bien, on a failli attendre, grommela Max. On allait commencer sans vous.

Comme lui, Chloé, Grace et Alfie étaient déjà équipés. Les garçons étaient criblés de taches colorées, signe qu'ils avaient déjà testé leur arsenal flambant neuf.

— Bonsoir tout le monde, lança Ryan. Alors, comment sont les fusils ?

— Déments, répondit Alfie. J'ai tiré sur un arbre en mode rafale. Je te jure, il y avait des bouts d'écorce qui volaient dans tous les sens.

— Personnellement, je préfère les armes à un coup, dit Grace. Avec ces flingues automatiques, il suffit de pointer le canon dans une direction et d'arroser au hasard. Trop facile.

— N'importe quoi ! gloussa Max. Le tir automatique, c'est de la folie, Ryan. Quand ça commence à chauffer, il y a des centaines de balles qui volent en même temps. C'est le chaos le plus complet.

— Bon, on joue ou on cause ? s'impatienta Alfie. J'ai dit à Doris que je serai rentré pour dix heures.

— Qui est Doris ? demanda Chloé.

— Sa nouvelle copine, expliqua Max. C'est une plante verte. Un yucca, pour être plus précis.

— D'accord. En fait, c'est tellement bizarre que je préfère ne pas en savoir davantage.

Ryan remit à Ning un masque et une paire de gants.

— Ton visage doit toujours rester protégé lorsqu'une arme se trouve à portée de tir, expliqua-t-il. Les détentes sont sensibles, et les coups peuvent partir accidentellement. On peut y perdre un œil.

— Compris. Et ça fait mal, quand on est touché ?

— Tu récolteras sans doute quelques bleus, la rassura Chloé. Mais avec plusieurs couches de vêtements, tu n'as pas grand-chose à craindre.

— Formons les équipes, dit Ryan. Je devrais peut-être rester avec Ning, vu qu'elle n'a aucune expérience.

— Non, trancha Chloé en la tirant par la manche. Filles contre garçons. Tu es d'accord, Ning?

— Si ça te fait plaisir.

— Wou-hou, *girl power*! s'exclama Grace. Visons-les où je pense, ils feront moins les malins.

Ryan porta une main à sa braguette.

— M'en fous, je porte une coquille.

Ils ajustèrent leurs masques puis entrèrent dans la pièce voisine, où les armes étaient entreposées.

— Ôte le couvercle et vide les billes dans le chargeur, expliqua Chloé, qui avait pris Ning sous son aile. Ensuite, remplis tes poches de munitions.

La pluie qui s'était abattue sur le campus pendant deux jours avait transformé le terrain en champ de boue.

— Voici les règles, dit Chloé. Les équipes prennent position à deux extrémités de la zone. Un drapeau est planté au milieu. Pour l'emporter, nous devons le ramener dans le camp des garçons. Quand un participant est touché, il doit retourner au point de départ et patienter trente secondes avant de repartir à l'assaut.

— Vu qu'il n'y a pas d'arbitre, il faut compter dans sa tête, ce qui signifie que tout le monde triche, précisa Grace. Tu veux tester ton arme?

Ning pointa le canon vers un bosquet, enfonça la détente et ressentit un léger recul. Six billes de peinture fendirent les airs puis éclatèrent sur les troncs d'arbres.

— C'est marrant, dit-elle.

— Tout le monde est en position? cria Max depuis l'autre bout du terrain. Trois… deux… un… À l'attaque!

Ning se mit à couvert dans la végétation tandis que Grace et Chloé progressaient droit devant elles. Ses pieds s'enfonçaient dans la boue, des ronces blessaient ses chevilles et son masque l'empêchait d'y voir clair.

Pendant deux heures, elle courut, sauta, glissa sur des talus et trébucha sur des racines. Elle tendit des embuscades, connut des échecs et des réussites, tricha effrontément, se blottit dans des cachettes et collectionna bleus et bosses. Sur un dernier point marqué par Ryan, l'équipe des garçons l'emporta cinq manches à quatre.

Ning regagna sa chambre peu après dix heures, haletante et couverte de boue. Elle se précipita sous la douche, où elle eut toutes les peines du monde à se débarrasser de la peinture qui souillait ses cheveux. Enfin, elle quitta la salle de bain, écarta les sacs de vêtements neufs qui encombraient le lit et s'y laissa tomber à plat ventre. Tout son corps frémissait d'excitation. Elle était épuisée et ravie.

Au bout du compte, après tant de souffrance et de chagrin, le destin l'avait conduite vers un monde nouveau et lumineux.

1941

Au cours de la Seconde Guerre mondiale, Charles Henderson, un agent britannique infiltré en France, informe son quartier général que la Résistance française fait appel à des enfants pour franchir les *check points* allemands et collecter des renseignements auprès des forces d'occupation.

1942

Henderson forme un détachement d'enfants chargés de mission d'infiltration. Le groupe est placé sous le commandement des services de renseignement britanniques. Les *boys* d'Henderson ont entre treize et quatorze ans. Ce sont pour la plupart des Français exilés en Angleterre. Après une courte période d'entraînement, ils sont parachutés en zone occupée. Les informations collectées au cours de cette mission contribueront à la réussite du débarquement allié, le 6 juin 1944.

1946

Le réseau Henderson est dissous à la fin de la guerre. La plupart de ses agents regagnent la France. Leur existence n'a jamais été reconnue officiellement.

Charles Henderson est convaincu de l'efficacité des agents mineurs en temps de paix. En mai 1946, il reçoit du gouvernement britannique la permission de créer CHERUB, et prend ses quartiers dans l'école d'un village abandonné. Les vingt premières recrues, tous des garçons, s'installent dans des baraques de bois bâties dans l'ancienne cour de récréation.

Charles Henderson meurt quelques mois plus tard.

1951

Au cours des cinq premières années de son existence, CHERUB doit se contenter de ressources limitées. Suite au démantèlement d'un réseau d'espions soviétiques qui s'intéressait de très près au programme nucléaire militaire britannique, le gouvernement attribue à l'organisation les fonds nécessaires au développement de ses infrastructures.

Des bâtiments en dur sont construits et les effectifs sont portés de vingt à soixante.

1954

Deux agents de CHERUB, Jason Lennox et Johan Urminski, perdent la vie au cours d'une mission d'infiltration en Allemagne de l'Est. Le gouvernement envisage de dissoudre l'agence, mais renonce finalement à se séparer des soixante-dix agents qui remplissent alors des missions d'une importance capitale aux quatre coins de la planète.

La commission d'enquête chargée de faire toute la lumière sur la mort des deux garçons impose l'établissement de trois nouvelles règles :

1. La création d'un comité d'éthique composé de trois membres chargés d'approuver les ordres de mission.

2. L'établissement d'un âge minimum fixé à dix ans et quatre mois pour participer aux opérations de terrain. Jason Lennox n'avait que neuf ans.

3. L'institution d'un programme d'entraînement initial de cent jours.

1956

Malgré de fortes réticences des autorités, CHERUB admet cinq filles dans ses rangs à titre d'expérimentation. Au vu de leurs excellents résultats, leur nombre est fixé à vingt dès l'année suivante. Dix ans plus tard, la parité est instituée.

1957

CHERUB adopte le port des T-shirts de couleur distinguant le niveau de qualification de ses agents.

1960

En récompense de plusieurs succès éclatants, CHERUB reçoit l'autorisation de porter ses effectifs à cent trente agents. Le gouvernement fait l'acquisition des champs environnants et pose une clôture sécurisée. Le domaine s'étend alors à un tiers du campus actuel.

1967

Katherine Field est le troisième agent de CHERUB à perdre la vie sur le théâtre des opérations. Mordue par un serpent lors d'une mission en Inde, elle est rapidement secourue, mais le venin ayant été incorrectement identifié, elle se voit administrer un antidote inefficace.

1973

Au fil des ans, le campus de CHERUB est devenu un empilement chaotique de petits bâtiments. La première pierre d'un immeuble de huit étages est posée.

1977

Max Weaver, l'un des premiers agents de CHERUB, magnat de la construction d'immeubles de bureaux à Londres et à New York, meurt à l'âge de quarante et un ans, sans laisser d'héritier. Il lègue l'intégralité de sa fortune à l'organisation, en exigeant qu'elle soit employée pour le bien-être des agents.

Le fonds Max Weaver a permis de financer la construction de nombreux bâtiments, dont le stade d'athlétisme couvert et la bibliothèque. Il s'élève aujourd'hui à plus d'un milliard de livres.

1982

Thomas Webb est tué par une mine antipersonnel au cours de la guerre des Malouines. Il est le quatrième agent de CHERUB à mourir en mission. C'était l'un des neuf agents impliqués dans ce conflit.

1986

Le gouvernement donne à CHERUB la permission de porter ses effectifs à quatre cents. En réalité, ils n'atteindront jamais ce chiffre. L'agence recrute des agents intellectuellement brillants et physiquement robustes, dépourvus de tout lien familial. Les enfants remplissant les critères d'admission sont extrêmement rares.

1990

Le campus CHERUB étend sa superficie et renforce sa sécurité. Il figure désormais sur les cartes de l'Angleterre en tant que champ de tir militaire, qu'il est formellement interdit de survoler. Les routes environnantes sont détournées afin qu'une allée unique en permette l'accès. Les murs ne sont pas visibles depuis les artères les plus proches. Toute personne non accréditée découverte dans le périmètre du campus encourt la prison à vie, pour violation de secret d'État.

1996

À l'occasion de son cinquantième anniversaire, CHERUB inaugure un bassin de plongée et un stand de tir couvert.

Plus de neuf cents anciens agents venus des quatre coins du globe participent aux festivités. Parmi eux, un ancien Premier Ministre du gouvernement britannique et une star du rock ayant vendu plus de quatre-vingts millions d'albums.

À l'issue du feu d'artifice, les invités plantent leurs tentes dans le parc et passent la nuit sur le campus. Le lendemain matin, avant leur départ, ils se regroupent dans la chapelle pour célébrer la mémoire des quatre enfants qui ont perdu la vie pour CHERUB.

Table des chapitres

Pour tout connaître
des origines de l'organisation CHERUB,
lisez la série HENDERSON'S BOYS

Été 1940. L'aventure CHERUB
est sur le point de commencer…

L'ÉVASION

Été 1940. L'armée d'Hitler fond sur Paris. Au milieu du chaos, l'espion britannique Charles Henderson recherche désespérément deux jeunes Anglais traqués par les nazis. Sa seule chance d'y parvenir : accepter l'aide de Marc, 12 ans, orphelin débrouillard. Les services de renseignement britanniques comprennent peu à peu que ces enfants constituent des alliés insoupçonnables. Une découverte qui pourrait bien changer le cours de la guerre…

LE JOUR DE L'AIGLE

1940. Un groupe d'adolescents mené par l'espion anglais Charles Henderson tente vainement de fuir la France occupée. Malgré les officiers nazis lancés à leurs trousses, ils se voient confier une mission d'une importance capitale : réduire à néant les projets allemands d'invasion de la Grande-Bretagne. L'avenir du monde libre est entre leurs mains…

L'ARMÉE SECRÈTE

Début 1941. Fort de son
succès en France occupée,
Charles Henderson est de
retour en Angleterre avec
six orphelins prêts à se
battre au service de Sa
Majesté. Livrés à un
instructeur intraitable,
ces apprentis espions
se préparent pour leur
prochaine mission
d'infiltration en territoire
ennemi. Ils ignorent
encore que leur chef,
confronté au mépris de sa
hiérarchie, se bat pour
convaincre l'état-major
britannique de ne pas
dissoudre son unité…

OPÉRATION U-BOOT

Printemps 1941. Assaillie
par l'armée nazie, la
Grande-Bretagne ne peut
compter que sur ses alliés
américains pour obtenir
armes et vivres. Mais
les cargos sont des proies
faciles pour les sous-
marins allemands,
les terribles U-boot.
Charles Henderson et ses
jeunes recrues partent à
Lorient avec l'objectif de
détruire la principale base
de sous-marins allemands.
Si leur mission échoue,
la résistance britannique
vit sans doute ses
dernières heures…

LE PRISONNIER

Depuis huit mois, Marc Kilgour, l'un des meilleurs agents de Charles Henderson, est retenu dans un camp de prisonniers en Allemagne. Affamé, maltraité par les gardes et les détenus, il n'a plus rien à perdre. Prêt à tenter l'impossible pour rejoindre l'Angleterre et retrouver ses camarades de **CHERUB**, il échafaude un audacieux projet d'évasion. Au bout de cette cavale en territoire ennemi, trouvera-t-il la mort… ou la liberté ?

TIREURS D'ÉLITE

Mai 1943. CHERUB découvre que l'Allemagne cherche à mettre au point une arme secrète à la puissance dévastatrice. Sur ordre de Charles Henderson, Marc et trois autres agents suivent un programme d'entraînement intensif visant à faire d'eux des snipers d'élite. Objectif : saboter le laboratoire où se prépare l'arme secrète et sauver les chercheurs français exploités par les nazis.

Robert Muchamore

L'ÉVASION

EXTRAIT : HENDERSON'S BOYS. 01

HENDERSON'S
BOYS. 01

PREMIÈRE PARTIE

5 juin 1940 – 6 juin 1940

L'Allemagne nazie lança l'opération d'invasion de la France le 10 mai 1940. Sur le papier, les forces françaises alliées aux forces britanniques étaient égales, voire supérieures à celles des Allemands. La plupart des commentateurs prévoyaient une guerre longue et sanglante. Mais, alors que les forces alliées se déployèrent de manière défensive, les Allemands utilisèrent une tactique aussi nouvelle que radicale : le Blitzkrieg. Il s'agissait de rassembler des chars et des blindés pour former d'énormes bataillons qui enfonçaient les lignes ennemies.

Dès le 21 mai, les Allemands parvinrent ainsi à occuper une grande partie du nord de la France. Les Britanniques furent contraints de procéder à une humiliante évacuation par la mer, à Dunkerque, tandis que l'armée française était anéantie. Les généraux allemands souhaitaient poursuivre leur avancée jusqu'à Paris, mais Hitler leur ordonna de faire une pause afin de se regrouper et de renforcer leurs voies de ravitaillement.

La nuit du 3 juin, il donna finalement l'ordre de reprendre l'offensive.

CHAPITRE PREMIER

Bébé, Marc Kilgour avait été abandonné entre deux pots de fleurs en pierre sur le quai de la gare de Beauvais, à soixante kilomètres au nord de Paris. Un porteur le découvrit couché à l'intérieur d'un cageot de fruits et s'empressa de le conduire au chaud dans le bureau du chef de gare. Là, il découvrit l'unique indice de l'identité du bambin : un bout de papier sur lequel on avait griffonné ces cinq mots : *allergique au lait de vache.*

Âgé maintenant de douze ans, Marc avait si souvent imaginé son abandon que ce souvenir inventé était devenu une réalité : le quai de gare glacial, sa mère inquiète qui l'embrassait sur la joue avant de monter dans un train et de disparaître pour toujours, les yeux humides, la tête pleine de secrets, tandis que les wagons s'enfonçaient dans la nuit et les nuages de vapeur. Dans ses fantasmes, Marc voyait une statue érigée sur ce quai, un jour. Marc Kilgour : as de l'aviation, gagnant des 24 Heures du Mans, héros de la France…

Hélas, jusqu'à présent, sa vie avait été on ne peut plus terne. Il avait grandi à quelques kilomètres au nord de Beauvais, dans une grande ferme délabrée dont les murs lézardés et les poutres ratatinées étaient constamment menacés par le pouvoir destructeur d'une centaine de garçons orphelins.

Les fermes, les châteaux et les forêts de la région séduisaient les Parisiens qui venaient s'y promener en voiture le dimanche, mais pour Marc, c'était un enfer ; et ces vies excitantes que lui laissaient entrevoir la radio et les magazines lui faisaient l'effet d'une torture.

Ses journées se ressemblaient toutes : la meute grouillante des orphelins se levait au son d'une canne qui frappait contre un radiateur en fonte, puis c'étaient les cours jusqu'au déjeuner, suivis d'un après-midi de labeur à la ferme voisine. Les hommes qui étaient censés accomplir ces tâches pénibles avaient tous été réquisitionnés pour combattre les Allemands.

La ferme des Morel était la plus grande de la région et Marc le plus jeune des quatre garçons qui y étaient employés. M. Thomas, le directeur de l'orphelinat, profitait de la pénurie de main-d'œuvre et recevait une coquette somme d'argent en échange du travail des garçons. Mais ceux-ci n'en voyaient jamais la couleur, et lorsqu'ils le faisaient remarquer, ils avaient droit à un regard courroucé et à un sermon qui soulignait tout ce qu'ils avaient déjà coûté en nourriture et en vêtements.

Suite à de nombreuses prises de bec avec M. Thomas, Marc avait hérité de la corvée la plus désagréable. Les terres de Morel produisaient essentiellement du blé et des légumes, mais le fermier possédait une douzaine de vaches laitières, dans une étable, et leurs veaux étaient élevés dans un abri voisin, pour leur viande. En l'absence de pâturages, les bêtes se nourrissaient uniquement de fourrage et apercevaient la lumière du jour seulement quand on les conduisait dans une ferme des environs pour s'ébattre avec Henri le taureau.

Pendant que ses camarades orphelins s'occupaient des champs, Marc, lui, devait se faufiler entre les stalles mitoyennes pour nettoyer l'étable. Une vache adulte produit cent vingt litres d'excréments et d'urine par jour, et elle ignore les vacances et les week-ends.

De ce fait, sept jours par semaine, Marc se retrouvait dans ce local malodorant à récurer le sol en pente pour faire glisser le fumier dans la fosse. Une fois qu'il avait ôté la paille piétinée et les déjections, il lavait à grande eau le sol en béton, puis déposait dans chaque stalle des bottes de foin et des restes de légumes. Deux fois par semaine, c'était la grande corvée : vider la fosse et faire rouler les tonneaux puants vers la grange, où le fumier se décomposerait jusqu'à ce qu'il serve d'engrais.

•••

Jade Morel avait douze ans, elle aussi, et elle connaissait Marc depuis leur premier jour d'école. Marc était un beau garçon, avec des cheveux blonds emmêlés, et Jade l'avait toujours bien aimé. Mais en tant que fille du fermier le plus riche de la région, elle n'était pas censée fréquenter les garçons qui allaient à l'école pieds nus. À neuf ans, elle avait quitté l'école communale pour étudier dans un collège de filles à Beauvais, et elle avait presque oublié Marc, jusqu'à ce que celui-ci vienne travailler à la ferme de son père quelques mois plus tôt.

Au début, ils n'avaient échangé que des signes de tête et des sourires, mais depuis que le temps s'était mis au beau, ils avaient réussi à bavarder un peu, assis dans l'herbe ; et parfois, Jade partageait avec lui une tablette de chocolat. Par timidité, leurs conversations se limitaient aux cancans et aux souvenirs datant de l'époque où ils allaient à l'école ensemble.

Jade approchait toujours de l'étable comme si elle se promenait, tranquillement, la tête ailleurs, mais très souvent, elle revenait sur ses pas ou bien se cachait dans les herbes hautes, avant de se relever et de faire mine de heurter Marc accidentellement au moment où celui-ci sortait. Il y avait dans ce jeu quelque chose d'excitant.

Ce jour-là, un mercredi, Jade fut surprise de voir Marc jaillir par la porte latérale de l'étable, torse nu et visiblement de fort mauvaise humeur. D'un coup de botte en caoutchouc, il envoya valdinguer un seau en fer qui traversa bruyamment la cour de la ferme. Il en prit un autre, qu'il plaça sous le robinet installé à l'extérieur de l'étable.

Intriguée, la fillette s'accroupit et s'appuya contre le tronc d'un orme. Marc ôta ses bottes crottées et jeta un regard furtif autour de lui avant d'ôter ses chaussettes, son pantalon et son caleçon. Jade, qui n'avait jamais vu un garçon nu, plaqua sa main sur sa bouche, alors que Marc montait sur une dalle carrelée et saisissait un gros savon.

Les mains en coupe, il les plongea dans le seau et s'aspergea tout le corps avant de se savonner. L'eau était glacée et, malgré le soleil qui tapait, il se dépêchait. Quand il fut couvert de mousse, il souleva le seau au-dessus de sa tête et versa l'eau.

Le savon lui piquait les yeux ; il se jeta sur la serviette crasseuse enroulée autour d'un poteau en bois.

— J'ai vu tes fesses ! cria Jade en sortant de sa cachette.

Marc écarta précipitamment les cheveux mouillés qui masquaient son visage et découvrit avec stupéfaction le regard pétillant et le sourire doux de Jade. Il lâcha la serviette et bondit sur son pantalon en velours.

— Bon sang ! fit-il en sautant à cloche-pied pour tenter d'enfiler son pantalon. Ça fait longtemps que tu es là ?

— Suffisamment, répondit la jeune fille.

— D'habitude, tu ne viens jamais si tôt.

— J'ai pas école, expliqua Jade. Certains profs ont filé. Les Boches arrivent.

Marc hocha la tête pendant qu'il boutonnait sa chemise. Il expédia ses bottes dans l'étable.

— Tu as entendu les tirs d'artillerie ? demanda-t-il.

— Ça m'a fait sursauter. Et puis aussi les avions allemands ! Une de nos domestiques a dit qu'il y avait eu des incendies en ville, près de la place du marché.

— Oui, on sent une odeur de brûlé quand le vent tourne. Vous devriez partir dans le sud avec la belle Renault de ton père.

Jade secoua la tête.

— Ma mère veut partir, mais papa pense que les Allemands ne nous embêteront pas si on leur fiche la paix. Il dit qu'on aura toujours besoin de fermiers, que le pays soit gouverné par des escrocs français ou allemands.

— Le directeur nous a laissés écouter la radio hier soir. Ils ont annoncé qu'on préparait une contre-attaque. On pourrait chasser les Boches.

— Oui, peut-être, dit Jade, sceptique. Mais ça se présente mal…

Marc n'avait pas besoin d'explications. Les stations de radio officielles débitaient des commentaires optimistes où il était question de riposte et des discours enflammés qui parlaient de « l'esprit guerrier des Français ». Mais aucune propagande, aussi massive soit-elle, ne pouvait cacher les camions remplis de soldats blessés qui revenaient du front.

— C'est trop déprimant, soupira Marc. J'aimerais tellement avoir l'âge de me battre. Au fait, tu as des nouvelles de tes frères ?

— Non, aucune… Mais personne n'a de nouvelles de personne. La Poste ne fonctionne plus. Ils sont sans doute prisonniers. À moins qu'ils se soient enfuis à Dunkerque.

Marc hocha la tête avec un sourire qui se voulait optimiste.

— D'après *BBC France*, plus de cent mille de nos soldats ont réussi à traverser la Manche avec les Britanniques.

— Mais dis-moi, pourquoi étais-tu de si mauvaise humeur ? demanda Jade.

— Quand ça ?

— À l'instant, dit la fillette avec un sourire narquois. Tu es sorti de l'étable furieux et tu as donné un coup de pied dans le seau.

— Oh ! J'avais fini mon travail quand je me suis aperçu que j'avais oublié ma pelle dans une des stalles. Alors, je me suis penché à l'intérieur pour la récupérer et au même moment, la vache a levé la queue et, PROOOUT ! elle m'a chié en plein visage. En plus, j'avais la bouche ouverte…

— Arrggh ! s'écria Jade en reculant, horrifiée. Je ne sais pas comment tu peux travailler là-dedans ! Rien que l'odeur, ça me donne la nausée. Si ce truc me rentrait dans la bouche, j'en mourrais.

— On s'habitue à tout, je crois. Et ton père sait que c'est un sale boulot, alors je travaille deux fois moins longtemps que les gars dans les champs. En plus, il m'a filé des bottes et des vieux habits de tes frères. Ils sont trop grands, mais au moins après, je ne me promène pas en puant le fumier.

Une fois son dégoût passé, Jade vit le côté amusant de la chose et elle rejoua la scène en levant son bras comme si c'était la queue de la vache et en faisant un grand bruit de pet. « FLOC ! »

Marc était vexé.

— C'est pas drôle ! J'ai encore le goût dans la bouche.

Cette remarque fit rire Jade de plus belle, alors Marc s'emporta :

— Petite fille riche ! Évidemment que tu ne le supporterais pas. Tu pleurerais toutes les larmes de ton corps !

— PROOOUT ! FLOC ! répéta Jade.

Elle riait si fort que ses jambes en tremblaient.

— Attends, je vais te montrer ce que ça fait, dit Marc.

Il se jeta sur elle et la saisit à bras-le-corps.

— Non ! Non ! protesta la fillette en donnant des coups de pied dans le vide, alors que le garçon la soulevait de terre.

Impressionnée par la force de Marc, elle lui martelait le dos avec ses petits poings, tandis qu'il l'entraînait vers la fosse à purin située à l'extrémité de la grange.

— Je le dirai à mon père! Tu vas avoir de gros ennuis!

— PROOOUT! SPLASH! répondit Marc en renversant Jade la tête en bas, si bien que ses cheveux longs pendaient dangereusement au-dessus de la fosse malodorante.

La puanteur était comme une gifle.

— Tu as envie de piquer une tête?

— Repose-moi!

Jade sentait son estomac se soulever en voyant les mouches posées sur la croûte brunâtre où éclataient des bulles de gaz.

— Espèce de crétin! Si jamais j'ai une seule tache de purin sur moi, tu es un homme mort!

Jade s'agitait furieusement et Marc s'aperçut qu'il n'avait pas la force de la retenir plus longtemps, alors il la retourna et la planta sur le sol.

— Imbécile! cracha-t-elle en se tenant le ventre, prise de haut-le-cœur.

— Cela te semblait si drôle pourtant quand ça m'est arrivé.

— Pauvre type, grogna Jade en arrangeant ses cheveux.

— Peut-être que la princesse devrait retourner dans son château pour travailler son Mozart, ironisa le garçon en produisant un bruit strident comme un violon qu'on massacre.

Jade était furieuse, non pas à cause de ce qu'avait fait Marc, mais parce qu'elle avait eu la faiblesse de se prendre d'affection pour lui.

— Ma mère m'a toujours dit d'éviter les garçons de ton espèce, dit-elle en le foudroyant du regard, les yeux plissés à cause du soleil. Les orphelins ! Regarde-toi ! Tu viens de te laver, mais même tes vêtements propres ressemblent à des haillons !

— Quel sale caractère, dit Marc.

— Marc Kilgour, ce n'est pas étonnant que tu mettes les mains dans le fumier, tu es dans ton élément !

Marc aurait voulu qu'elle se calme. Elle faisait un raffut de tous les diables et M. Morel adorait sa fille unique.

— Chut, pas si fort, supplia-t-il. Tu sais, nous autres, garçons de ferme, on aime faire les idiots. Je suis désolé. Je n'ai pas l'habitude des filles.

Jade s'élança et tenta de le gifler, mais Marc esquiva. Elle pivota alors pour le frapper derrière la tête, mais ses tennis en toile glissèrent sur la terre sèche et elle se retrouva en train de faire le grand écart.

Marc tendit la main pour la retenir, tandis que le pied avant de la jeune fille continuait à déraper ; hélas ! le tissu de sa robe glissa entre ses doigts et, impuissant, il ne put que la regarder basculer dans la fosse.

CHAPITRE DEUX

Les premières bombes s'abattirent sur Paris dans la nuit du 3 juin. Ces explosions qui symbolisaient l'avancée des troupes allemandes donnèrent le coup d'envoi de l'évacuation de la capitale.

Un an plus tôt, le régime nazi avait terrorisé Varsovie après l'invasion de la Pologne et les Parisiens redoutaient de subir le même sort : juifs et fonctionnaires du gouvernement assassinés dans la rue, jeunes femmes violées, maisons pillées et tous les hommes valides envoyés dans les camps de travail. Alors que la plupart des habitants de la capitale fuyaient, en train, en voiture ou à pied, d'autres, en revanche, considérés comme des inconscients et des idiots par ceux qui partaient, continuaient à vivre comme si de rien n'était.

Paul Clarke était un frêle garçon de onze ans. Il faisait partie des élèves, de moins en moins nombreux, qui fréquentaient encore la plus grande école anglophone de Paris. Celle-ci accueillait les enfants britanniques dont les parents travaillaient dans la capitale, mais n'avaient pas les moyens d'envoyer leur progéniture dans un pensionnat au pays. C'étaient les fils et les filles des petits fonctionnaires d'ambassade, des attachés militaires de grade inférieur, des chauffeurs ou des modestes employés d'entreprises privées.

Depuis le début du mois de mai, le nombre d'élèves était passé de trois cents à moins de cinquante. D'ailleurs, la plupart des professeurs étaient partis, eux aussi, dans le sud ou bien étaient rentrés en Grande-Bretagne. Les enfants restants, âgés de cinq à seize ans, suivaient un enseignement de bric et de broc dispensé dans le hall principal de l'école, une immense salle ornée de boiseries, sous le portrait sévère du roi George et une carte de l'Empire britannique.

Le 3 juin, il ne restait qu'une seule enseignante : la fondatrice et directrice de l'établissement, Mme Divine. Elle avait réquisitionné sa secrétaire pour lui servir d'assistante.

Paul était un garçon rêveur qui préférait cet arrangement de fortune à toutes ces années passées au milieu des élèves de son âge, assis droit comme un I sur sa chaise, à recevoir des coups de règle en bois sur les doigts chaque fois qu'il laissait son esprit vagabonder.

Le travail exigé par la vieille directrice n'était pas au niveau de l'intelligence de Paul, ce qui lui laissait du temps pour gribouiller. Il n'y avait pas un cahier de brouillon, pas un bout de papier dans son pupitre qui ne soit recouvert de dessins à la plume. Il avait un penchant pour les chevaliers en armure et les dragons qui crachaient le feu, mais il savait aussi représenter très fidèlement les voitures de sport et les aéroplanes.

Les doigts tachés d'encre de Paul traçaient les contours d'un biplan français qui fondait héroïquement sur une rangée de chars allemands. Ce dessin lui avait été commandé par un garçon plus jeune et devait être payé d'un Toblerone.

— Hé, fil de fer !

La fillette assise juste derrière Paul lui donna une chiquenaude dans l'oreille et il rata l'extrémité d'une hélice.

— Bon sang ! pesta-t-il en se retournant pour foudroyer du regard sa sœur aînée.

Rosie Clarke venait d'avoir treize ans et elle était aussi différente de Paul que peuvent l'être un frère et une sœur. Certes, il y avait une certaine ressemblance dans les yeux et ils partageaient les mêmes cheveux bruns, les mêmes taches de rousseur, mais alors que les vêtements de Paul semblaient honteux de pendre sur son corps chétif, Rosie possédait des épaules larges, une poitrine précoce et des ongles longs qui faisaient souvent couler le sang de son frère.

— Rosemarie Clarke ! intervint Mme Divine avec son accent anglais très snob. Combien de fois devrai-je vous répéter de laisser votre frère tranquille ?

Paul se réjouissait d'avoir la directrice de son côté, mais cette intervention rappela à tous les élèves qu'il se faisait martyriser par sa sœur et il fut la cible des quolibets qui parcoururent la classe.

— Mais, madame, notre père est dehors ! expliqua Rosie.

Paul tourna vivement la tête vers la fenêtre. Concentré sur son dessin, il n'avait pas vu la Citroën bleu foncé entrer dans la cour de l'école. Un coup d'œil à la pendule au-dessus du tableau noir confirma qu'il restait une bonne heure avant la fin des cours.

— Madame Divine ! lança M. Clarke d'un ton mielleux en pénétrant dans le hall quelques instants plus tard. Je suis affreusement désolé de venir perturber votre classe.

La directrice, qui n'aimait pas les effusions, ne parvint pas à masquer son dégoût lorsque Paul et Rosie embrassèrent leur père sur les joues. Clarke était le représentant en France de la Compagnie impériale de radiophonie. Il était toujours vêtu d'un costume sombre, avec des chaussures brillantes comme un miroir et une extravagante cravate à pois que Mme Divine trouvait vulgaire. Toutefois, l'expression de la directrice se modifia quand M. Clarke lui tendit un chèque.

— Nous devons passer chercher quelques affaires à la maison avant de nous rendre dans le sud, expliqua-t-il. J'ai payé jusqu'à la fin du trimestre, alors je tiens à ce que cette école soit encore là quand la situation redeviendra normale.

— C'est très aimable à vous, dit Mme Divine.

Elle avait passé trente ans de sa vie à bâtir cet établissement, à partir de rien, et elle parut sincèrement émue lorsqu'elle sortit un mouchoir de la manche de son cardigan pour se tamponner les yeux.

Aujourd'hui, c'était au tour de Paul et de Rosie de jouer la scène des adieux à laquelle ils avaient si souvent assisté ce mois-ci. Les garçons se serraient la main, comme des gentlemen, alors que les filles avaient tendance à pleurer et à s'étreindre, en promettant de s'écrire.

Paul n'eut aucun mal à prendre un air distant car ses deux seuls camarades, ainsi que le professeur de dessin, étaient déjà partis. Un peu gêné, il se dirigea vers les plus jeunes élèves assis au premier rang et rendit le cahier de brouillon à son propriétaire de huit ans.

— Je crois que je ne pourrai pas terminer ton dessin, dit-il d'un ton contrit. Mais tu n'as plus qu'à repasser sur les traits au crayon à papier.

— Tu es vraiment doué, dit le garçon, admiratif devant l'explosion d'un char à moitié achevée. (*Il ouvrit son pupitre pour y ranger son cahier.*) Je le laisserai comme ça, je ne veux pas le gâcher.

Paul allait refuser d'être payé, lorsqu'il vit que le pupitre du garçon renfermait plus d'une douzaine de barres de chocolat triangulaires. Son Toblerone à la main, il regagna sa place et rangea ses affaires dans un cartable en cuir : plumes et encre, quelques bandes dessinées défraîchies et ses deux carnets d'esquisses qui contenaient ses plus beaux dessins. Pendant ce temps, sa sœur donnait libre cours à son exubérance naturelle.

— On reviendra tous un jour ! clama-t-elle de manière théâtrale en étouffant dans ses bras Grace, une de ses meilleures amies.

— T'en fais pas, papa, dit Paul en s'approchant de la porte où attendait leur père, l'air hébété. C'est ça, les filles. Elles sont toutes un peu folles.

Paul s'aperçut alors que Mme Divine lui tendait la main, et il dut la lui serrer. C'était une personne sévère et froide, et il ne l'avait jamais beaucoup aimée, mais il avait été élève pendant cinq ans dans cette école et il perçut une sorte de tristesse dans les vieux doigts noueux.

— Merci pour tout, lui dit-il. J'espère que les Allemands ne feront rien d'horrible en arrivant ici.

— Allons, Paul ! dit M. Clarke en donnant une petite tape sur la tête de son fils. On ne dit pas des choses comme ça, voyons !

Rosie avait fini de broyer ses amies dans ses bras et elle ne put retenir ses larmes en serrant vigoureusement les mains de la directrice et de sa secrétaire. Paul, lui, se contenta d'un vague salut de la main à l'attention de toute la classe, avant de suivre son père dans le couloir, jusque sur le perron.

Le soleil brillait sur les pavés de la cour alors qu'ils se dirigeaient vers l'impressionnante Citroën. Il n'y avait aucun nuage dans le ciel, mais l'école était située sur une colline qui dominait la ville et l'on pouvait voir de la fumée s'échapper de plusieurs bâtiments dans le centre.

— Je n'ai pas entendu de bombardement, commenta Rosie en rejoignant son frère et son père.

— Le gouvernement émigre vers le sud, expliqua M. Clarke. Alors, ils brûlent tout ce qu'ils ne peuvent pas emporter. Le ministère de la Défense a même incendié certains de ses édifices.

— Pourquoi partent-ils ? demanda Paul. Je croyais qu'il devait y avoir une contre-offensive.

— Ne sois pas si naïf, espèce de bébé, ricana Rosie.

— Nous ne serions peut-être pas dans un tel pétrin si nos alliés avaient des radios correctes, dit M. Clarke d'un ton amer. Les forces allemandes communiquent instantanément entre elles. Les Français, eux, envoient des messagers à cheval ! J'ai tenté de vendre un système radio à l'armée française, mais leurs généraux vivent encore au Moyen Âge.

Paul fut surpris de voir une cascade de documents dégringoler à ses pieds quand il ouvrit la portière arrière de la voiture.

— Fais attention à ce que le vent ne les emporte pas ! s'exclama son père en plongeant pour ramasser les enveloppes de papier kraft éparpillées dans la cour.

Paul s'empressa de refermer la portière et colla son nez à la vitre : la banquette était couverte de classeurs et de feuilles volantes.

— Ce sont les archives de la Compagnie impériale de radiophonie. J'ai dû quitter le bureau précipitamment.

— Pourquoi ? demanda Rosie.

Son père ignora la question. Il ouvrit la portière du passager, à l'avant.

— Paul, je pense qu'il est préférable que tu te faufiles entre les sièges. Et j'aimerais que tu ranges tous ces papiers pendant le trajet. Rosie, monte devant.

Paul trouvait son père tendu.

— Tout va bien, papa ?

— Oui, bien sûr.

M. Clarke lui adressa son plus beau sourire de représentant de commerce.

— J'ai eu une matinée épouvantable, voilà tout. J'ai dû faire quatre garages pour trouver de l'essence, et finalement, j'ai été obligé d'aller en quémander à l'ambassade de Grande-Bretagne.

— À l'ambassade ? répéta Rosie, étonnée, en claquant la portière.

— Oui, ils ont des réserves de carburant pour permettre au personnel de fuir en cas d'urgence, précisa son père. Heureusement, je connais quelques personnes là-bas. Mais j'ai dû mettre la main à la poche.

M. Clarke n'était pas riche, mais sa Citroën six cylindres était une somptueuse berline qui appartenait à la Compagnie impériale de radiophonie. Paul adorait voyager à l'arrière, sur l'immense banquette en velours, avec les garnitures en acajou et les rideaux à glands devant les vitres.

— Il y a un ordre pour classer ces papiers ? demanda-t-il en dégageant une petite place pour poser ses fesses, alors que son père sortait de la cour de l'école.

— Contente-toi de les empiler, dit M. Clarke pendant que Rosie se retournait pour faire de grands signes à son amie Grace qui était sortie sur le perron. Je prendrai une valise à la maison.

— Où va-t-on ? interrogea Paul.

— Je ne sais pas trop. Dans le sud, en tout cas. Aux dernières nouvelles, il y avait encore des bateaux qui ralliaient la Grande-Bretagne au départ de Bordeaux. Sinon, nous devrions pouvoir passer en Espagne et embarquer à Bilbao.

— Et si on ne peut pas entrer en Espagne ? demanda Rosie avec une pointe d'inquiétude dans la voix, tandis que son frère ordonnait une liasse de feuilles en les tapotant sur l'accoudoir en cuir.

— Eh bien… répondit M. Clarke, hésitant. Nous ne serons fixés qu'en arrivant dans le sud. Mais ne t'en fais pas, ma chérie. La Grande-Bretagne possède la plus grande flotte marchande et la marine la plus puissante du monde. Il y aura toujours un bateau en partance.

La Citroën dévalait la colline en passant devant des rangées d'immeubles qui abritaient parfois une boutique ou un café au rez-de-chaussée. La moitié des commerces avaient baissé leur rideau de fer, certains étaient condamnés par des planches, mais d'autres continuaient à servir les clients, en dépit des nombreuses pancartes signalant les pénuries comme : « plus de beurre » aux devantures des épiceries, ou bien : « tabac réservé aux personnes prenant un repas », sur les façades des cafés-restaurants.

— On ne devrait pas s'arrêter chez le fleuriste ? demanda Rosie.

M. Clarke posa sur sa fille un regard solennel.

— Je sais que je te l'ai promis, ma chérie, mais le cimetière est à quinze kilomètres, dans la direction opposée. Il faut qu'on fasse nos bagages et qu'on quitte Paris au plus vite.

— Mais... protesta Rosie, tristement. Si on ne peut plus revenir ? On ne reverra plus jamais la tombe de maman !

À l'arrière, Paul se figea, alors qu'il finissait d'empiler les feuilles. Les visites au cimetière le faisaient toujours pleurer. Son père aussi, et il restait devant la tombe pendant une éternité, même quand il gelait à pierre fendre. C'était horrible, et franchement, l'idée de ne plus y retourner le soulageait.

— Il ne s'agit pas d'abandonner ta maman, Rosie, dit M. Clarke. Elle nous accompagnera durant tout le trajet, de là-haut.

Pour raison d'État, ces agents n'existent pas.

www.cherubcampus.fr
www.hendersonsboys.fr